# BIANCA.

**KIM LAWRENCE**

# UNA NOCHE
# BAJO LAS ESTRELLAS

**HARLEQUIN™**

Editado por Harlequin Ibérica.
Una división de HarperCollins Ibérica, S.A.
Avenida de Burgos, 8B - Planta 18
28036 Madrid

© 2025 Harlequin Ibérica, una división de HarperCollins Ibérica, S.A.
N.º 490 - 17.1.25

© 2009 Kim Lawrence
Una noche bajo las estrellas
Título original: Mistress: Pregnant by the Spanish Billionaire

© 2011 Miranda Lee
Un encanto irresistible
Título original: The Man Every Woman Wants

© 2011 Chantelle Shaw
Una aventura en el paraíso
Título original: After the Greek Affair
Publicadas originalmente por Harlequin Enterprises, Ltd.
Estos títulos fueron publicados originalmente en español en 2012

I.S.B.N.: 978-84-1074-464-6
Depósito legal: M-23890-2024
Impreso en España por: BLACK PRINT
Fecha impresión para Argentina: 16.7.25
Distribuidor exclusivo para España: LOGISTA
Distribuidor para México: Distibuidora Intermex, S.A. de C.V.
Distribuidores para Argentina: Interior, DGP, S.A. Alvarado 2118.
Cap. Fed./Buenos Aires y Gran Buenos Aires, VACCARO HNOS.

MIXTO
Papel procedente de
fuentes responsables
FSC® C159065
www.fsc.org

# Capítulo 1

EL MÉDICO se marchaba del castillo de Santoro cuando el sonido del motor de un helicóptero lo hizo detenerse en seco. Mientras se cubría los ojos con una mano para que no le cegara el sol, el aparato aterrizó y una alta figura descendió del mismo.

La figura resultaba perfectamente reconocible incluso en la distancia. Al ver al médico, echó a correr y llegó a su lado antes de que el helicóptero volviera a despegar.

—¿Cómo estás, Luis?

Había pocas personas en el mundo que parecieran necesitar menos un médico que Luis Felipe Santoro. A pesar del esfuerzo físico de la carrera, la mano que le extendió al médico estaba seca y fría. Además, el traje y la corbata que llevaba puestos presentaban un aspecto impoluto. Resultaba difícil imaginar que Luis Santoro había sido en su infancia un niño de salud muy delicada. Aquella frágil constitución, combinada con una personalidad aventurera, e incluso arriesgada, significaba que el médico lo había tenido que tratar de numerosos golpes y cardenales y en una ocasión de una extremidad rota.

Al médico le parecía probable que sus padres hubieran querido aplacar aquel amor por el riesgo antes de dejarlo al cuidado de la abuela y que esto hubiera provocado que Luis dijera que su abuela era «el único miembro de la familia al que podía tragar».

Para el doctor, resultaba irónico que el único miembro de la familia que ni quería ni necesitaba la fortuna que el resto de la familia tanto ansiaba fuera el que probablemente terminaría heredando el patrimonio de la anciana. Luis había ganado su primer millón antes de cumplir los veintiún años y era ya increíblemente rico por derecho propio.

—Me sorprende verte. Cuando llamé a tu despacho, me dijeron que estabas cruzando el Atlántico de camino a Nueva York.

—Así era —respondió Luis. No había dudado en cambiar sus planes de viaje ni un segundo—. ¿Cómo está mi abuela?

El médico trató de explicar del modo más positivo posible el estado de su paciente, pero la salud de doña Elena ya no era lo que había sido cuando era más joven.

Luis resumió la situación muy concisamente, tal y como era habitual en él.

—Entonces, me estás diciendo que, aunque ha mejorado ligeramente desde que te pusiste en contacto conmigo, es posible que mi abuela no mejore.

Luis siempre se había enorgullecido de ser una persona realista, pero aquélla era la primera vez que se permitía creer que su abuela no era indestructible. Reconocer que el declive de la anciana era inevitable no evitó que sintiera una profunda desazón.

—Siento que las noticias no sean mejores, Luis —suspiró el médico—. Por supuesto, si se me vuelve a necesitar...

Con expresión sombría, Luis inclinó la cabeza con un gesto de cortesía.

–Adiós, doctor.

Aún estaba observando cómo el médico se marchaba, pensando en el gran vacío que la muerte de su abuela le dejaría en su vida, cuando una voz alegre lo sacó de sus pensamientos.

–¡Luis!

Al escuchar su nombre, se dio la vuelta. Vio que quien lo llamaba era Ramón, el capataz de su abuela, que se dirigía corriendo hacia él.

Ramón había reemplazado al anterior capataz cinco años atrás y había realizado profundas y muy necesitadas reformas en la finca. A lo largo de los años, los dos hombres habían desarrollado una buena relación de trabajo y una excelente amistad. Cuando Luis descubrió la desesperada situación económica de su abuela, la experiencia y la energía de Ramón lo habían ayudado a salvar la finca de una inminente ruina económica.

Luis daba las gracias porque su abuela aún desconociera que él había inyectado una gran cantidad de dinero en la finca por lo cerca que ella había estado de perderlo todo.

–Visita sorpresa –comentó Ramón mientras se acercaba.

–Podríamos decir eso –respondió Luis. Se aflojó la corbata y se desabrochó el primer botón de la camisa.

–¿Tu abuela...?

Luis asintió. Ramón cerró los ojos un instante mientras le daba una palmada en la espalda.

–Sé que no es buen momento, pero me estaba preguntando si debería seguir adelante con los preparativos para la celebración del cumpleaños la semana que viene o...

–Sigue adelante. ¿Ha surgido algo más?

–Pues ahora que lo dices...

–Está bien. Dame una hora para ir a ver a mi abuela, cambiarme y darme una ducha y...

–En realidad, esto que ha surgido es algo que debe tratarse con inmediatez...

–¿A qué te refieres? –preguntó Luis, intrigado.

–Bueno, hay una mujer, una mujer muy guapa, que quiere verte.

–¡Una mujer!

–Y muy guapa.

–Cuando te pregunté si había surgido algo más, me refería más bien a algo relacionado con la finca –admitió Luis–. Y esta mujer, perdón, esta guapa mujer, y me molesta Ramón que pienses que ese detalle podría suponer una diferencia, ¿tiene nombre?

–Señorita Nell Frost. Inglesa, según creo.

Luis sacudió la cabeza y se encogió de hombros.

–No sé de quién se puede tratar.

–Es una pena. Yo esperaba que se tratara de tu regalo de cumpleaños para doña Elena y que fuera a ser la próxima señora de Santoro. Eso sí que le haría feliz a tu abuela –comentó Ramón con una carcajada. Cuando vio que su chiste no encontraba aprecio alguno en su interlocutor, carraspeó y cambió de tema–: Bueno, ¿qué vas a hacer?

–¿Que qué voy a hacer? –preguntó Luis. Él no veía problema alguno–. Simplemente dile que no es conveniente verla ahora y sugiérele que concierte una cita.

–No creo que eso sirva de nada. Eso ya lo he intentado yo y no he conseguido que se vaya.

–Pues que la saquen los guardias de seguridad. O, mejor aún, que se encargue Sabina de echarla.

–Sabina ya lo ha intentado. Fue ella la que sugirió que tal vez quisieras hablar con esa mujer.

Luis frunció el ceño. Sabina era, oficialmente, el ama de llaves del castillo, pero, en realidad, era mucho más. En la casa, sus sugerencias tenían casi tanto peso como las órdenes de doña Elena.

Él suspiró con resignación.

–¿Dónde está?

–Lleva más o menos una hora sentada en el jardín. Y hace calor.

Luis lo miró asombrado. Efectivamente, la temperatura era de más de treinta grados a la sombra.

–¿Y por qué está sentada en el jardín?

–Creo que está protestando.

–¿Protestando? –repitió Luis, perplejo–. ¿Sobre qué?

Ramón se esforzó por contener una sonrisa.

–Bueno, creo que se trata de algo que tiene que ver contigo. ¿Te he dicho ya que es muy guapa? –añadió.

# Capítulo 2

NELL levantó la mano para protegerse los ojos de los rayos del sol que calentaban su desprotegida cabeza. Se le estaba formando un dolor de cabeza muy parecido a los estadios preliminares de una migraña.

Se secó el sudor que le caía por la frente. Sentía la piel sucia y acalorada.

¿Cuánto tiempo llevaba sentada allí? Parecía que hubiera transcurrido una eternidad desde que llegó al castillo. Se sacó el arrugado papel en el que había impreso el correo electrónico. Ya no sabía ni el tiempo que llevaba allí. De hecho, cada vez le estaba resultando más difícil centrarse en sus pensamientos.

No sabía quién se había sorprendido más cuando se sentó en el suelo y lanzó su ultimátum, si el hombre de la cálida sonrisa o ella misma. El hombre se había mostrado tan amable que Nell se había sentido un poco culpable, aunque también había experimentado una extraña sensación de liberación. Después de pasarse la mayor parte de su vida adulta cediendo ante otras personas, había llegado su turno de mostrarse obstinada e insistente.

–En realidad, se me da bastante bien –descubrió con una sonrisa.

Luis, que se estaba acercando a la solitaria figura

sentada en medio de cuidado jardín, se detuvo cuando ella habló.

La voz era profunda, con una inesperada nota de sensualidad que hubiera encajado mejor con una mujer más mayor de lo que ella aparentaba ser. Ramón le había dicho que se trataba de una mujer, pero a Luis le pareció que era más bien una muchacha.

Una muchacha con un cabello que relucía como el oro bajo el sol y que llevaba un vestido de verano que dejaba al descubierto unas esbeltas y torneadas pantorrillas. Tal vez todo su cuerpo era igual de esbelto, pero el amplio vestido lo ocultaba a sus ojos. Mientras Luis la observaba, una ráfaga repentina de viento le levantó la falda y sugirió que dicha esbeltez llegaba al menos hasta los muslos.

Si no hubiera tenido cosas más importantes en mente... Si ella no hubiera sido tan joven, Luis admitía que podría haber estado interesado. Además, estaba hablando sola.

Sin embargo, como no era el caso, podría observarla con total objetividad.

—De ahora en adelante, todo el mundo va a ceder ante mí. Soy una mujer fuerte y poderosa. Dios, y eso que ni siquiera estoy aún en la flor de la vida. ¿Dónde se ha ido ese hombre de la sonrisa tan agradable? ¿A pedir refuerzos o a buscar a la alimaña de Luis Felipe Santoro?

—Ha ido a buscar a Luis Felipe Santoro —dijo él. Estaba acostumbrado a que, al menos a la cara, se le describiera en términos más halagüeños.

Nell, que no se había dado cuenta de que estaba hablando en voz alta, se fijó en los brillantes zapatos negros que tenía a escasos metros de distancia.

—¿Quién es usted? —añadió él.

Nell levantó la vista para mirarlo.

–Yo soy la que hace las preguntas –le espetó en tono beligerante–. ¿Quién es usted?

–Soy Luis Santoro.

Un suspiro de alivio se escapó de los secos labios de Nell. Se levantó temblorosamente. El hombre que se había materializado era alto, moreno y guapo, aunque este genérico adjetivo no parecía apropiado para él considerando la especial individualidad de sus rasgos.

Nell lo miró. Él tenía una firme mandíbula, bien afeitada, frente alta, piel dorada, fuertes pómulos y una amplia boca sensualmente esculpida. Cuando los ojos de ella chocaron con la mirada firme e impaciente de él, Nell experimentó un escalofrío que la recorrió como una descarga eléctrica de la cabeza a los dedos de los pies.

Parpadeó para romper aquella conexión. Los ojos de aquel hombre eran realmente extraordinarios. Eran oscuros, casi negros, de mirada profunda y enmarcados por unas definidas cejas negras y el único rasgo de su rostro que no era marcadamente masculino: unas largas pestañas negras que cualquier mujer habría envidiado.

–Usted no puede ser Luis Felipe Santoro –le espetó ella.

Para empezar, aquel hombre no parecía estar en la adolescencia ni ser un estudiante. ¿Le había dicho Lucy que así era o lo habría dado ella por sentado?

Mientras observaba al hombre con el que su sobrina tenía intención de casarse, le costaba pensar. Su rostro era casi tan perfecto como el de una antigua estatua griega. En cuanto al resto...

Nell tragó saliva. Se sentía incómoda con la visceral reacción que había experimentado en cuanto al resto de aquel hombre. Parecía tener el cuerpo de un nadador olímpico. Además, emanaba de él un agradable aroma, cálido y masculino.

–¿Que no puedo ser? ¿Y por qué no? –preguntó él con curiosidad.

–Tiene usted que tener... ¿qué? –replicó ella mirándolo de arriba abajo. Todo en él parecía ser firmes músculos, lo que le provocó una extraña sensación en el estómago ante tan descarada masculinidad–. ¿Treinta años?

–Treinta y dos.

–Treinta y dos –repitió ella.

Luis se preguntó por qué aquella mujer parecía estar tan asqueada por su respuesta.

–¡Es repugnante!

Nell dio un paso al frente. La satisfacción con uno mismo no era, en su experiencia, un rasgo atractivo y los hombres tan guapos como aquél debían de estarlo. Y mucho.

Por supuesto, su experiencia era limitada.

–¿Sabe lo que pienso de los hombres que se aprovechan de jovencitas impresionables?

–Estoy seguro de que me lo va a decir ahora mismo –replicó él lacónicamente.

Aquella actitud de descaro incendió a Nell aún más.

–¿Cree usted que esto es una broma? Estamos hablando del futuro de una jovencita. Lucy es demasiado joven para casarse.

–¿Quién es Lucy?

La rubia frunció los labios y siguió mirándolo como si él fuera una especie de monstruo depravado. La novedad de verse insultado verbalmente estaba empezando a cansarlo, pero el placer de ver la agitación con la que subía y bajaba su pecho la compensaba ampliamente.

Aquella sensación de deseo resultaba irracional, pero el anhelo sexual era así, imprevisible. Afortunadamente, él no tenía ningún problema en mantener sus instintos carnales a raya.

–No se haga el inocente conmigo. ¿De verdad tiene intención de casarse con ella o ha sido tan sólo una frase hecha para metérsela en la cama?

–No tengo intención alguna de casarme con nadie. Además, jamás he tenido que prometer matrimonio a ninguna mujer para llevármela a la cama.

–Entonces –replicó ella, furiosa. El rubor de la ira le había cubierto el rostro, dándole color a su blanca piel–, ¿por qué cree Lucy que se va a casar con usted?

–No tengo ni idea.

–Tal vez esto le refresque la memoria –dijo ella. Extendió la mano con la que sujetaba el papel en el que estaba impreso el correo electrónico.

Cuando él no mostró intención alguna de tomarlo, Nell bajó la mano y se dispuso a leerlo.

–«Querida tía Nell...».

–¿Y usted es la tía Nell? –le interrumpió él. Aquella mujer no se parecía en nada a ninguna tía que él hubiera conocido.

–Sí. «Querida tía Nell: llegué aquí la semana pasada. Valencia es una hermosa ciudad, pero hace mucho calor. He conocido a un hombre maravilloso, Luis Felipe Santoro. Está trabajando en un hotel increíble que hay aquí y que se llama Hotel San Sebastián. Estamos muy enamorados. Es mi media naranja» –leyó Nell mientras lanzaba dardos con la mirada al español, que ni siquiera tenía la decencia de parecer avergonzado–. «Casi no me lo puedo creer yo misma, pero hemos decidido casarnos en cuanto nos sea posible». Supongo que sabe usted que se está tomando un año sabático y que lleva seis meses viajando por Europa. Tiene un futuro muy brillante, una beca para la universidad...» –añadió, tras levantar la mirada.

–No. No lo sabía –respondió él, cortésmente.

Un gruñido de impotencia se escapó de la garganta de Nell. Apretó los ojos y terminó el contenido del correo sin necesidad de leerlo.

–«Lo querrás tanto como yo, o casi tanto, ¡ja, ja! Sé que tú sabrás el mejor modo de darles la noticia a mis padres. Con mucho cariño, Lucy» –concluyó. Abrió los ojos y levantó la barbilla. Deseó que la diferencia de altura entre los dos no fuera tan grande–. Bueno, ¿qué tiene que decir ahora? ¿Va a seguir negándolo? ¿O acaso me va a sugerir que Lucy se lo ha inventado todo?

–Estoy impresionado.

–¿Impresionado por qué?

–Tenía usted el nombre de un hotel y mi nombre, pero ha conseguido encontrarme. Es impresionante.

Nell lanzó un grito de triunfo.

–Entonces, admite que es usted. En realidad, no ha sido fácil encontrarlo.

Aquello era decir poco. Cuando llegó al aeropuerto, descubrió que su equipaje había terminado en otro lugar. Los empleados del elegante hotel se habían mostrado poco cooperadores, por no decir groseros, cuando ella había mencionado el nombre de Luis Felipe Santoro. Evidentemente, tenían la intención de llevarse la dirección de su casa a la tumba. Si no hubiera sido por un amable portero que le había dicho que podría encontrar al hombre que estaba buscando en el castillo de Santoro, su búsqueda podría haber terminado allí mismo.

Además, el único coche de alquiler que había encontrado no tenía aire acondicionado y, por si esto fuera poco, se había perdido tres veces de camino al castillo. La distancia en el mapa era engañosa. Aunque estaba bastante cerca del Mediterráneo, la histórica finca estaba en una zona de difícil acceso. Había sido un día infernal. Tan sólo la determinación de evitar que Lucy cometiera un terrible error la había empujado a seguir.

¿Y si después de todo aquello Lucy ya se había casado con su español?

–Dígame –suplicó agarrándole de la manga–, ¿está usted casado?

–Lo estuve, pero ya no –respondió él, tras un instante de silencio.

Dios Santo... Lucy no sólo se había liado con un hombre de más edad, sino que se había liado con un hombre de más edad que ya tenía un matrimonio fallido a sus espaldas. Además, su manera de responder sugería que la ruptura no había sido amistosa.

–Es usted una mujer de recursos.

–Soy una mujer que se está quedando sin paciencia muy rápidamente. Quiero ver a Lucy y quiero verla ahora mismo. No sé de qué trabaja usted aquí, pero me imagino que sus jefes no se sentirán demasiado impresionados si les digo lo que ha estado usted haciendo.

–¿Me está amenazando?

–¡Sí! –exclamó ella, a pesar de que resultaba difícil imaginarse a un hombre menos amenazado que el amante de Lucy.

¡El amante de Lucy! Aquella frase sonaba tan mal

por tantos motivos. Además, no le parecía justo que su sobrina adolescente tuviera oficialmente más experiencia en el terreno sexual que ella.

–Yo no trabajo aquí.

Nell le soltó el brazo y lo miró con confusión.

–¿Acaso se aloja usted aquí?

–Ni me alojo aquí ni esto es un hotel. Ésta es la casa de mi abuela, doña Elena Santoro.

Nell palideció. Se dio la vuelta y observó el imponente castillo de Santoro, un castillo de verdad, fortificado con torreones y todo.

–¿Que usted vive aquí? –preguntó ella. Eso explicaba la actitud de superioridad y el desdén con el que aquel hombre se había dirigido a ella–. Bueno, eso no cambia nada.

–Yo no soy el hombre que está usted buscando. No conozco a su sobrina.

–¡No le creo! –exclamó ella.

–Sin embargo, sí conozco al hombre que está usted buscando. Entre y se lo explicaré.

–No pienso entrar en ninguna parte. ¡No me pienso mover de aquí! –exclamó Nell mientras se cruzaba de brazos.

–Como quiera, pero no me gustaría estar mañana en su piel –dijo mirando al cielo azul y luego al rostro de la joven–. Tiene usted la piel muy blanca, de la que se quema –añadió, con una expresión distraída mientras observaba la pálida curva de la garganta de Nell.

–Y pecas –murmuró ella.

Aquel comentario pareció despertarlo de su ensoñación. Nell pensó que, posiblemente, él estaba sufriendo también el calor al notar el rubor que atrajo su mirada a los afilados contornos de los maravilloso pómulos de Luis Felipe Santoro.

# Capítulo 3

**E**L DOLOR sordo que le martilleaba en las sienes se intensificó mientras observaba como él volvía a entrar en palacio sin detenerse ni una sola vez para mirar atrás. Estaba tan seguro de que ella lo seguiría del modo en el que, sin duda, las mujeres llevaban siguiéndolo toda su vida que ni siquiera se molestó en comprobarlo.

A Nell le habría encantado poder darse el lujo de no hacer lo que él esperaba, pero con ese gesto no habría conseguido nada. Si Luis Santoro decía la verdad y sabía con quién estaba Lucy, a ella no le quedaba más remedio que seguirlo. Además, él tenía razón sobre lo del calor. La crema protectora que se había puesto aquella mañana habría perdido su efecto hacía ya mucho tiempo.

El frescor reinante en el interior del castillo era una delicia después del opresivo calor del sol valenciano. Nell apretó el paso para alcanzar a Luis.

–¿Quién es el hombre? –le preguntó mientras se colocaba delante de él para interceptarle el paso.

Luis se detuvo, pero lo hizo muy cerca de ella, tal vez demasiado. Nell recibió una especie de descarga eléctrica, producto del aura sexual que él proyectaba, que le atravesó el cuerpo. Fue la sensación más extraña y turbadora que ella había experimentado jamás. Se colocó una mano sobre el pecho esperando que el hecho de que se hubiera quedado sin respiración se debiera a su falta de forma física.

—Mi primo —respondió él mirándola con sus ojos oscuros.

Nell abrió la boca para pedir más información pero él colocó una mano sobre la pared, por encima de su cabeza. Ella cerró los ojos y sintió que el pánico se apoderaba de ella. Contuvo el aliento y lo soltó un instante después, cuando se encontró empujada a través de una puerta que había a sus espaldas y que conducía a una grande y espaciosa sala.

—Siéntate. Pediré algo para tomar.

—¿Tu primo? —preguntó ella. No tomó asiento a pesar de que las rodillas le temblaban.

—Todo encaja. Tenía un trabajo para vacaciones en el hotel que tú has mencionado. De hecho, yo mismo le conseguí ese trabajo.

Nell seguía sin sentirse convencida.

—¿Y qué me dices del nombre?

—A los dos nos bautizaron con el nombre de Luis Felipe. No es la primera vez que surge la confusión, pero sí es la más... divertida.

—Los dos os llamáis Luis Felipe.

—Lo sé. Indica una dramática falta de imaginación. A los dos nos pusieron el nombre de nuestro abuelo, pero en la familia a él solemos llamarlo Felipe.

—¿Y cuántos años tiene ese primo tuyo?

—No estoy seguro. ¿Dieciocho, diecinueve?

Nell lo miró fijamente.

—¿Y me lo preguntas a mí? ¿Cuántos primos tienes?

Luis se apoyó sobre la chimenea con un gesto distraído. Entonces, movió un pesado candelabro con un dedo.

–Siento estar aburriéndote.

Aquella ácida observación hizo que Luis se fijara de nuevo en la esbelta figura que estaba allí, mirándolo con las manos en las caderas.

–Lo siento –comentó, con una sonrisa–. Sólo ése.

–¿Y no sabes cuántos años tiene?

–No se puede decir que estemos muy unidos.

–Pero es tu primo. Tu familia.

–Todas las familias son diferentes. Creo que mi actitud para con la familia identifica a más personas que la tuya.

–¿Acaso no te preocupa que tu primo arruine su vida?

–Una persona aprende de los errores. Tal vez tu sobrina necesita aprender de los suyos. Además, ¿quién soy yo para interponerse en el camino del amor verdadero?

Nell entornó la mirada y no se preocupó de ocultar el profundo desprecio con el que observó a Luis.

–Ya. La verdad es que a ti te importa un comino todo el mundo. Eres un ser completamente egoísta y no tienes intención de levantar un dedo para evitar que tu primo cometa el mayor error de su vida porque sólo te preocupas por ti mismo.

Luis estaba escuchando como ella lo acusaba de no poseer sentimiento familiar alguno cuando recordó la broma de Ramón. ¡La futura señora Santoro! Sonrió tristemente y reconoció que Ramón tenía razón. Una futura esposa para él sería el regalo de cumpleaños que más le gustaría a su abuela. Sabía que la idea que se le estaba formando en la cabeza era una locura, pero... de repente se encontró preguntándose: «¿Por qué no?».

Él nunca podría darle a su abuela la esposa y el heredero que ella anhelaba por lo que aquélla era una alternativa en la que nadie salía perjudicado. Podría funcionar.

Además, ¿por qué tenía que esperar al cumpleaños de su abuela?

Siempre había dos maneras de considerar una situación. A algunas personas su idea le parecería un momento de inspiración, mientras que a otras les parecería un momento de locura. A Luis no le importaba lo que pudiera parecer. Sólo le importaba el resultado.

—Tengo una proposición para ti. Sé dónde están.

Nell lo miró con los ojos de par en par.

—¿Lucy y tu primo?

—Sí.

—¿Dónde?

Luis apartó la imagen de la casita junto al mar, donde Rosa y él habían vivido. Si cumplía su parte del trato, tendría que ir allí por primera vez en muchos años. Por primera vez desde la muerte de Rosa.

—Antes de que te lo diga, tienes que hacer algo por mí.

Luis vio cómo la alarma se reflejaba en los ojos de Nell. Esbozó una cínica sonrisa.

—Tranquila, no me refiero a esa clase de cosas. Tú no eres mi tipo.

—Pues mira qué pena tengo —le espetó ella con gesto irónico—. Bueno, ¿qué sería lo que yo tendría que hacer?

—Quiero que vengas conmigo para que conozcas a mi abuela.

Nell se quedó atónita.

—¿Y eso es todo? —preguntó. Estaba segura de que había algo más.

–Tienes que seguirme en todo lo que yo diga.

–No entiendo por qué.

–No necesito que lo entiendas. Como te he dicho, simplemente necesito que me des la razón en todo lo que yo diga, sea lo que sea.

–¿Pero por qué?

–¿Quieres encontrar a tu sobrina y a mi primo?

Nell lo miró fijamente.

–Está bien –dijo. ¿Qué otra cosa podía hacer?–. ¿Y después me dirás dónde están?

–Querida, te llevaré yo personalmente. ¿Trato hecho?

Nell miró fijamente la mano que él le ofrecía durante un largo instante antes de extender la suya. Mientras los fríos dedos de Luis apretaban los de ella, trató de ignorar las voces de alarma que le decían que estaba cometiendo un grave error.

Le resultó más difícil aún ignorar el hormigueo que sentía por la piel y que no tenía nada que ver con los rayos del sol y sí mucho con aquel breve contacto físico.

# Capítulo 4

**E**L CASTILLO era un laberinto. Nell siguió a Luis por lo que le parecieron kilómetros de pasillos de piedra antes de que se detuvieran por fin.

–Éstas son las habitaciones de mi abuela –dijo él mientras extendía la mano hacia la puerta–. Espera aquí. Volveré inmediatamente.

A Nell no le quedó más opción que obedecer y esperar a que él regresara. Mientras observaba un tapiz que cubría la pared de enfrente, no dejaba de pensar que aquello era una locura. Después de todo, ella no conocía a Luis Santoro y, por lo tanto, no podía estar segura de que él fuera a cumplir su palabra. Sin embargo, antes de que pudiera cambiar de opinión, él regresó. Sin decir ni una sola palabra, le tomó la mano izquierda y le colocó un anillo en el dedo.

–¿Qué estás haciendo? ¿Qué... qué es eso? –tartamudeó ella mirando el anillo. Era muy pesado y presentaba un diamante de color rosado rodeado por lo que parecía que eran rubíes.

La joya parecía ser una antigüedad. Nell no era ninguna experta, pero no creía que aquélla fuera una pieza de bisutería.

–Un anillo –respondió él levantando la ceja.

–Eso ya lo veo. ¿Qué es lo que está haciendo en mi dedo?

—Es atrezzo.

—¿Atrezzo para qué?

—No es relevante.

Nell sacudió la cabeza.

—No pienso moverme de aquí hasta que me expliques lo que está pasando.

Luis la miró durante un instante y luego sacudió filosóficamente la cabeza.

—Mi abuela...

—¿La dueña de este castillo?

—Sí, la dueña del castillo y de la finca sobre la que éste se asienta, está enferma. Tal vez incluso...

Luis se detuvo. Le resultaba imposible pronunciar con palabras aquella posibilidad, como si el hecho de decirlo hiciera que fuera más posible que ocurriera. Observó a la joven que lo estaba mirando a él con la sospecha y la cautela reflejados en sus ojos claros sin poder continuar la frase.

—¿Incluso qué? –lo animó Nell.

—Tal vez incluso se esté muriendo.

Nell lo miró con tristeza.

—Lo siento.

—Bueno, es ley de vida y mi abuela tiene ochenta y cinco años.

Nell sintió que se le ponía la piel de gallina al escuchar aquel pronunciamiento tan lógico, realizado además con una voz tan carente de sentimientos.

—Siento que tu abuela esté enferma, pero eso sigue sin explicar lo del anillo... ni nada de esto –comentó indicando todo lo que les rodeaba con un gesto de la mano.

—Es deseo de mi abuela que yo me case y le proporcione un heredero.

Nell lo observó con los ojos abiertos de par en par,

como si pensara que estaba tratando con alguien completamente demente y posiblemente peligroso. Comenzó a negar con la cabeza y dio un paso atrás.

–Quiero mucho a Lucy, pero si piensas que yo voy a... Hay ciertos sacrificios que no estoy dispuesta a hacer. Deja que el que herede todo esto sea el otro Luis Felipe. Él sí que está dispuesto a casarse –dijo. ¿Y también a proporcionar herederos?–. Ay, Señor. Necesito encontrar a Lucy.

Durante un segundo, él pareció completamente perplejo por lo que ella había respondido.

–¿Sacrificio? ¿Tú crees...? –le preguntó. Entonces, echó la cabeza hacia atrás y comenzó a reírse–. No te estoy pidiendo que te cases conmigo. Además, Felipe no sería un administrador adecuado para la finca.

Nell frunció los labios. Le irritaba profundamente que a él pareciera divertirle tanto la idea.

–Entonces, no quieres una esposa.

El rostro de Luis se puso más serio. De hecho, comenzó a reflejar un descarnado y sorprendente dolor.

–Tuve una esposa. No necesito a nadie que ocupe su lugar en mi vida o en mi corazón.

¿Significaba aquello que su esposa lo había dejado? La imagen de Luis Santoro con el corazón roto por sentirse rechazado resultaba casi imposible de visualizar. En realidad, Nell se sentía mucho más cómoda creyendo que él no tenía corazón, por lo que decidió cambiar de tema.

–Entonces, ¿crees que tú sí serías un administrador adecuado? ¿Significa eso que te imaginas como rey de este castillo? Es decir, no te importa si tu primo se lleva la chica, pero no el dinero.

–No hay dinero.

Nell hizo un gesto de desaprobación con los ojos.

–Y ahora voy yo y me lo creo. Es decir, si tú no tienes ni un solo gramo de avaricia en el cuerpo, ¿a qué viene todo esto? –le espetó.

–Mi abuela me crió. Ella me ha enseñado todo lo que sé. Le debo todo y deseo que ella muera en paz.

–Pero...

Luis la miró con exasperación y se hizo un gesto como si se cerrara una cremallera en la boca.

–¿Te vas a quedar callada para que yo pueda terminar de hablar?

–Si vas al grano... –observó ella levantando la barbilla y mirándole con desaprobación.

–Mi abuela es una mujer intachable. Se ha ocupado de esta finca en solitario durante muchos años. Su esposo murió cuando ella era aún una mujer joven. Quiere que yo sea feliz y cree que para eso necesito una... –se interrumpió y esbozó una sonrisa antes de terminar la frase– media naranja. Una esposa.

–¿Yo? ¡Ni hablar!

–Eso es exactamente lo que yo pienso.

–No voy a mentir por ti.

–No te estoy pidiendo que lo hagas. Espero que con el anillo baste.

–¿Pero y si ella no se...?

–¿No se muere? –susurró él–. Es posible –admitió–. Es dura y ha estado enferma antes. Si eso ocurre –añadió. Nada de su actitud sugería lo desesperadamente que se aferraba a aquella esperanza–, simplemente le diré que te has visto obligada a regresar a Inglaterra. Las relaciones a distancia son difíciles y la nuestra terminará de muerte natural, posiblemente debida a tu infidelidad.

–Pareces haber pensado en todos los detalles.

–Tengo esa reputación.

–Pues a mí se me ocurre otra posibilidad. Tal vez te hayas convencido de que estás haciendo esto para hacerla feliz porque te avergüenza admitir hasta dónde serías capaz de ir para asegurarte de que heredas este lugar.

Luis la miró atónito. Al ver su reacción, ella dio un paso atrás. La ira que se reflejaba en los ojos del español reflejaba la de ella.

Luis, por su parte, decidió que no tenía por qué justificarse ante aquella mujer ni ante nadie. La opinión que ella tuviera de él no tenía importancia alguna.

–No tienes que preocuparte por cuáles son mis motivaciones. Simplemente debes tener un aspecto dulce y enamorado –se burló mientras le colocaba un dedo debajo de la barbilla.

Nell, cuyo pulso latía desbocado y ya no sólo por miedo, se mantuvo rígida mientras él la observaba.

–Pues no pareces enamorada.

Apartó la mano de él y miró hacia un punto detrás de él. Se dijo que no debía tener pánico. Que podía marcharse cuando quisiera. Él no podía detenerla. Lo único que tenía que hacer era marcharse.

–Eso es porque no lo estoy –replicó ella. Se pasó la lengua por los labios con gesto nervioso–. Todo esto es demasiado raro. Necesito tiempo. He cambiado de opinión. Creo...

–No es una opción.

Sin previo aviso, él inclinó la cabeza sobre la de ella y apretó los labios contra los suyos. El tórrido beso no empezó lentamente para hacerse más apasionado. Resultó duro, exigente. Comenzó a un nivel de intimidad para el que nada la podía haber preparado. Mientras la boca de Luis se movía con una sensualidad innata por la de ella, el deseo prendió en su cuerpo y los sentidos se vieron inundados con el tacto y el sabor de él.

Cuando la lengua realizó su primera erótica incursión, algo se disolvió y se rompió dentro de ella. De repente, comenzó a devolverle el beso. Le extendió los dedos sobre el firme torso mientras gemía contra sus labios y se apretaba contra él, respondiendo así a la frenética necesidad de sentirse más cerca.

En el momento en el que Luis levantó la cabeza, pareció tan sorprendido como ella, aunque Nell decidió que tal vez lo había imaginado porque, un segundo más tarde, Luis se quitó las manos de ella de encima y la empujó hacia la puerta.

–No pienses –le susurró al oído.

Nell, aún aturdida por lo ocurrido, no pudo reaccionar a tiempo. Su fuerza de voluntad parecía haberla abandonado. No se podía creer que le hubiera devuelto el beso. Para intentar reaccionar, le lanzó una mirada asesina.

–Si vuelves a hacer eso, haré que te arrepientas de ello –le espetó.

Luis no respondió. Él mismo ya se estaba arrepintiendo de lo ocurrido. Observó los jugosos labios de Nell y pensó en su sabor. Entonces, apartó aquel pensamiento. Para ser un hombre que se enorgullecía de su férreo control, aquel asunto debería haber sido más sencillo.

Si había algo en lo que Luis no destacaba, era en la espontaneidad, especialmente cuando la espontaneidad se refería a Nell Frost.

Nell, por su parte, sentía resentimiento y humillación. Luis la había besado para callarla y hacerla entrar en la habitación de su abuela. Lo peor de todo era que lo había conseguido con tan sólo un beso. Un beso que ella había correspondido.

La sala en la que entraron estaba en penumbra. Nell pudo distinguir los muebles y una frágil figura incorporada sobre los almohadones de una enorme cama de madera tallada. Ella habló en español, pero Luis respondió en inglés.

–¿Estás sorprendida? Lo dudo. No me digas que no te habías enterado ya de que yo había llegado –dijo Luis mientras se dirigía hacia la cama y se inclinaba sobre la anciana.

Al ver el andador al lado de la cama, Nell rememoró dolorosos recuerdos y los ojos se le llenaron de lágrimas. Habían pasado ocho semanas. No podía llorar precisamente en aquel momento. Poco a poco, fue recuperando el control y se secó las lágrimas que le habían humedecido los ojos.

–Te he traído una visita y ella no habla español.

El contraste entre la dura actitud de unos instantes y la ternura con la que hablaba a la anciana acrecentó el nudo que se le había formado en la garganta. Deseaba seguir pensando que él no tenía buenas razones o sentimientos, pero si Luis Santoro no quería mucho a aquella anciana, era un buen actor.

–Ésta es Nell.

Luis extendió una mano hacia ella. Nell respondió sin pensar al ver el mensaje que él le transmitía con la mirada. Dio un paso al frente y le agarró la mano. Sintió una oleada de calor por todo el cuerpo cuando él tiró de ella y le rodeó la cintura con un brazo para pegarla junto a su cuerpo.

De repente, Nell comprendió a Lucy. Si su primo tenía la mitad de los poderes de seducción de aquel hombre, no era de extrañar que su inexperta sobrina se hubiera enamorado tan perdidamente.

–Enciende la luz, Luis.

Nell parpadeó cuando la luz le iluminó el rostro.

–Buena estructura ósea... –dijo la anciana. Entonces, miró a su nieto antes de volver a mirar a Nell–. No es tu tipo, Luis.

«Dígame algo que yo ya no sepa, señora», pensó Nell. Entonces, un gesto en el rostro de Luis la empujó a extender la mano como si fuera una marioneta.

–Bueno, ahora ya no tendré que cambiar mi testamento –bromeó doña Elena.

Nell tardó unos segundos en comprender el comentario. Cuando lo hizo, se vio abrumada por la desilusión. Había querido saber la razón y ya no había dudas. Resultaba irracional sentirse tan defraudada. La gente hacía cosas ruines y desagradables cuando había por medio grandes cantidades de dinero. ¿Por qué iba a ser Luis diferente?

–¿Se lo ibas a dejar todo a Felipe?

Elena Santoro sonrió débilmente. Sabía perfectamente que su nieto más joven no tenía aprecio alguno por la finca y menos entusiasmo aún por las responsabilidades que la acompañaban. Felipe casi se había sentido aliviado cuando ella le había explicado que su intención era que el mayor lo heredara todo, aunque él podría disponer de la casa de Sevilla y de la colección de arte que ésta contenía.

–Posiblemente –bromeó. Entonces, miró a Nell–. ¿Conoces a Felipe?

–Todavía no –respondió ella. Casi sentía pena por Felipe.

–Es un buen muchacho. Muy artístico, aunque espero que se le vayan olvidando esas tonterías. Habrás notado que no hablo de mis hijos. Si les dejara la finca a ellos, la dividirían y la venderían a los especuladores antes de que yo me enfriara en mi tumba –susurró. Entonces, empezó a toser estrepitosamente–. Estoy bien, no te preocupes, Luis –añadió mientras golpeaba cariñosamente la mano solícita de su nieto–. Entonces, Nell, ¿cuándo os vais a casar?

–Aún no tenemos fecha –respondió Luis.

A pesar de su fragilidad física, la mirada de la anciana no tenía nada de débil cuando miró a su nieto.

–¿Acaso esta muchacha no sabe hablar, Luis? Deja que sea ella la que responda.

Nell levantó la barbilla. Si Luis tenía miedo de lo que ella pudiera decir, se lo merecía.

–Claro que sé hablar –dijo ella mirando a Luis con gesto desafiante.

–Pues háblame de ti.

–¿Qué le gustaría saber? Tengo veinticinco años y soy ayudante de biblioteca.

–¿Cómo conoció Luis a una ayudante de biblioteca?

–Tal vez fue el destino.

Luis sonrió y acarició el cabello de Nell como si hubiera realizado aquel gesto tan tierno cientos de veces. Había que reconocer que, aunque su moralidad distara mucho de ser la adecuada, era un buen actor.

–¿Tienes familia, Nell? –le preguntó de nuevo la anciana.

–Tengo una hermana y un hermano. Los dos son mayores que yo y están casados.

–¿Vives sola?

–Vivo con mi padre –dijo, sin pensar. Entonces, recordó–. Qué tonta –murmuró–. Se me sigue olvidando. *Vivía* con mi padre.

–¿Ha muerto tu padre?

Luis notó por primera vez las ojeras que tenía en el rostro y sintió una increíble ternura hacia ella al ver como se apretaba las manos contra los ojos y se los frotaba como si fuera una niña respondiendo a las preguntas de su abuela.

–Hace ocho semanas –susurró–. Ocho semanas.

Repitió aquellas dos palabras con voz casi sorprendida. Aquellas semanas habían estado llenas de asuntos de los que ocuparse. No había tenido tiempo de lamentar la muerte de su padre. Pensó en el montón de maletas que había dejado cuando se montó en el primer vuelo disponible. Los de la mudanza llegarían por la mañana y no habría nadie que los dejara entrar.

Pensó también en Clare, que llegaría para recoger los muebles de más valor que había reclamado para su propia casa. Nell se imaginó lo enfadada que se pondría su hermana y en los de la mudanza, allí, de pie junto a la puerta. Aquella imagen debería preocuparla más, pero no era así.

–La casa sólo estuvo una semana en venta antes de que se vendiera –dijo, sin comprender por qué les contaba aquello–. De todos modos, habría sido demasiado grande para mí.

–¿Tu padre llevaba enfermo mucho tiempo, Nell? –preguntó la anciana con voz suave.

Nell asintió y notó que Luis decía algo que sonaba enojado en español. Su abuela respondió diciendo:

–¿No ves que necesita hablar? La pobre ha estado conteniendo sus sentimientos.

–Tuvo un ictus. Le paralizó parcialmente el lado izquierdo. Como tenía algunos problemas de movilidad, yo no fui a la universidad.

Si ella hubiera ido a la universidad, la única opción

para su padre habría sido una residencia y Nell sabía lo mucho que su padre adoraba su casa. Con unas cuantas modificaciones en la casa, su padre había adquirido una cierta independencia hasta el punto de que, poco antes de su muerte, había estado animando a Nell para que fuera a la universidad.

—Estaba muy bien. Por eso fue un shock que él... Murió de neumonía.

Nell oyó como se le quebraba la voz. No quería llorar, pero sabía que, si empezaba, no podría contenerse.

Cuando las lágrimas comenzaron a manar, giró la cabeza y se encontró con el torso de Luis. Una mano la inmovilizó allí y otra la abrazó contra su cuerpo.

—Esto no ha sido una buena idea —le dijo Luis a su abuela mientras abrazaba el cuerpo de Nell. El sonido de los sollozos de ella lo desgarraba por dentro. Nunca en toda su vida se había sentido tan impotente. Ni tan responsable.

Debería haber reconocido la vulnerabilidad de aquella mujer, pero no lo había hecho y aquél era el resultado. Apoyó la barbilla en lo alto de la cabeza de Nell y la acunó entre sus brazos.

—Tranquila... tranquilla... —susurró él.

—Esta muchacha tiene sentido del deber. Eso me gusta.

—Yo creo que ya ha tenido bastante —dijo Luis antes de tomarla en brazos y de sacarla así de la habitación.

# Capítulo 5

LOS SOLLOZOS de Nell atravesaron el corazón de Luis. Cada sollozo parecía salirle desde lo más profundo de su ser. Resultaba muy doloroso escucharla, sentir como le desgarraban el cuerpo.

Luis la miró. Le parecía que no iba a terminar nunca de llorar. Sin embargo, poco a poco, Nell se fue calmando hasta que dio un último y profundo suspiro y levantó la cabeza del hombro de él. Al hacerlo, la húmeda mejilla de él rozó la de ella.

Luis no hizo intento alguno por detenerla mientras se deslizaba a la parte contraria del sofá.

Nell levantó la mano para apartarse el cabello húmedo que le cubría los ojos.

—Lo siento —musitó sin mirarlo. Le molestaba haber perdido el control, pero más aún le molestaba haber perdido el control delante de Luis Santoro—. Ya estoy bien.

—Por supuesto que sí —dijo él mientras le ofrecía una caja de pañuelos de papel que les había llevado Sabina—. Sobre lo de tu padre...

—No quiero hablar al respecto. Ya has conseguido lo que querías.

—¿Sí?

—Bueno, tu abuela va a dejarte su fortuna, ¿no? Supongo que eso es mejor que tener que trabajar para ganarse la vida.

Una mirada que ella no pudo interpretar le cruzó el rostro. No era culpabilidad, aunque lo debería haber sido.

—Tal vez no todos tenemos tu integridad moral —dijo con cierto desdén.

—No estoy sugiriendo que yo sea perfecta.

Luis la miró. Tenía los ojos y la nariz enrojecidos. «Tal vez no sea perfecta, pero sí muy atractiva». Sin embargo, no era su tipo. Hasta su abuela lo había reconocido.

—¿Qué puedo ofrecerte?

—Quiero que me lleves con Lucy.

—¿Ahora mismo? —preguntó él con incredulidad.

—Ahora mismo.

—No pareces en condiciones de ir a ninguna parte.

—Sí, bueno. Siento mucho no llegar a tus niveles de perfección estética, pero teníamos un trato y yo he hecho mi parte que, tengo que decirte, me ha dejado un amargo sabor de boca. Ahora te toca a ti. ¿Sabes de verdad dónde se encuentran? Si es así, sólo tienes que decírmelo. Iré yo sola. Tengo coche.

Luis decidió que ella era más que capaz de hacerlo si él se lo permitía. Aquella mujer era ciertamente muy obstinada o tal vez necesitaba estar en movimiento para no sentir la pena que se apoderaría de ella irremediablemente. Era un mecanismo de defensa que él reconocía muy bien. Lo había utilizado después de la muerte de Rosa. En su caso, había adoptado la forma de trabajo y más trabajo, lo que algunas personas habían considerado falta de sentimiento.

—La carretera no es buena. Sólo un cuatro por cuatro o, mejor aún, un caballo, te llevará allí.

—No monto a caballo —dijo ella. No le resultaba difícil imaginarse a Luis Santoro sobre uno.

–Entonces, tendrá que ser el cuatro por cuatro.

–¿Me vas a llevar? –preguntó ella, aliviada.

–Como, evidentemente, no estás en condiciones de ir sola, sí, te llevaré yo –afirmó él. Miró su reloj–. Tengo algunas cosas de las que ocuparme, por lo que digamos que nos marcharemos dentro de una hora. Mientras tanto, come algo. Te enviaré a Sabina, que te mostrará dónde puedes ir para refrescarte un poco.

Aquel comentario provocó que Nell se sonrojara. Lo último que quería era mirarse en un espejo.

–¿Quién es Sabina? –preguntó. Pero él ya se había marchado.

No tuvo que esperar mucho tiempo para descubrirlo. La mujer apareció momentos después con café recién hecho. Sus modales le resultaron a Nell muy tranquilizadores. La mujer le explicó en un inglés perfecto, aunque con fuerte acento, que era el ama de llaves.

Tras tomar unos bocadillos y beber un poco de café, lavarse la cara y peinarse, Nell se sintió mucho mejor. Estaba preparada... a menos que no volviera a pensar en aquel beso.


Luis regresó cuarenta y cinco minutos después. Había ido a ver a su abuela para explicarle que estaría fuera el resto del día. Muy pronto, resultó evidente que su plan había ido mucho mejor de lo que había imaginado. Su abuela estaba más animada de lo que la había visto en semanas. Escuchándola hablar de su futura nieta política y de los bisnietos que estaba deseando vivir para ver nacer, Luis se preguntó si deshacerse de aquel falso compromiso le iba a resultar mucho más difícil de lo que había anticipado.

Él mismo se había creado el problema y, sinceramente, esperaba tener que solucionarlo. Sin embargo, el futuro seguía siendo incierto y no se podía permitir tener esperanzas. No obstante, una cosa estaba clara: Nell Frost contaba con la aprobación de doña Elena. Nell Frost, a la que no podía encontrar por ninguna parte.

Observó la bandeja y miró a su alrededor. La rubia inglesa no estaba por ninguna parte. Se dio cuenta de que la puerta que conducía a la biblioteca estaba abierta, por lo que se dirigió hacia allí. Casi inmediatamente la encontró. Estaba subida en lo alto de una de las escaleras que daban acceso a los estantes más altos de la sala.

Nell estaba tan concentrada en un libro que no se dio cuenta de que él había entrado. Él la observó. La imagen era muy agradable. El sol se filtraba por las contraventanas que cubrían las ventanas y destacaba los mechones más rubios de su cabello, además de las esbeltas curvas bajo el vestido de algodón, que prácticamente se había hecho transparente. Su respuesta a aquella imagen fue más terrenal de lo que había imaginado. Irritado, tuvo que esforzarse para volver a guardar su libido. Le pareció un buen momento para recordarse que ella ni siquiera era su tipo.

—¿Haciendo en vacaciones lo que haces en el trabajo?

Nell se sobresaltó al escuchar el sonido de la voz de Luis. Volvió a colocar el libro que tenía sobre las rodillas en su sitio. Lo hizo con el cuidado que un tesoro se mereciera. Entonces, se aclaró la garganta y trató de hablar con tranquilidad, ignorando el temblor que sentía en el estómago.

—Estaba mirando tus libros.

–¿Y no podrías haberlo hecho en el suelo?

Nell ignoró la pregunta.

–¿Sabes que aquí no hay organización alguna? Y tienes unos libros muy valiosos.

–¿Y es una pena que pertenezcan a un lerdo que no los aprecia?

–Lo has dicho tú.

–Creo que a mi bisabuelo le gustaba coleccionarlos –dijo él. A lo largo de los años, le había sugerido a su abuela que la colección debería catalogarse, pero ella lo había considerado una costosa pérdida de dinero.

La indignación de Nell se acrecentó. Le parecía un sacrilegio que alguien tan poco informado pudiera tener acceso a un tesoro como aquél.

–Pues se estará revolviendo en su tumba por la condición de algunos de... En realidad, es criminal. Aquí hay algunos ejemplares verdaderamente raros...

–Jamás había visto a ninguna mujer desplegar tanta pasión por nada a menos que fuera un bolso de diseño

–Si las mujeres que tú conoces sólo sienten pasión por bolsos, eso dice mucho de tu habilidad en la cama.

La satisfacción que sintió al realizar aquel comentario duró los dos segundos que su cerebro tardó en suministrarle una imagen de sábanas enredadas en extremidades entrelazadas, piel clara contra piel oscura.

Evidentemente, había sido un gran error introducir aquel tema cuando hablaba con Luis Santoro. Apretó los ojos para no ver las explícitas imágenes que su mente estaba creando.

–No quería...

–¿Lanzar un desafío? ¿O mancillar mi masculinidad?

Aquel comentario le provocó un escalofrío por el cuerpo. En su ansia por negar aquella sugerencia, Nell estuvo a punto de caerse de la escalera.

—¡Ten cuidado!

Nell miró durante un segundo los oscuros ojos de Luis. Un pequeño suspiro de alarma se le escapó de los labios mientras la adrenalina y el deseo le recorrían el cuerpo. Se echó hacia atrás y se acomodó de nuevo sobre la escalera. Entonces, respiró profundamente.

—A decir verdad, me interesa mucho más encontrar a Lucy que explorar tus inseguridades masculinas.

—No te preocupes. No soy tan inseguro. ¿Estás pensando bajar de ahí en un futuro cercano?

Nell comenzó a bajar con cuidado, pero, a pesar de todo, volvió a resbalarse. Cuando le quedaban tan sólo tres escalones para llegar al suelo, un par de grandes manos le agarró la cintura.

—¿Qué crees que estás haciendo? —le espetó ella mientras se daba la vuelta para mirarlo con indignación.

—Evitar un accidente. Si no tienes cuidado, señorita Frost, no deberías subirte a las escaleras.

Consciente de que aún tenía las manos de Luis en la cintura, Nell levantó la barbilla y se apartó un mechón de cabello que le cubría el rostro. Afortunadamente, él apartó las manos, pero seguía demasiado cerca de ella.

—En realidad, no tengo problema alguno con las alturas —dijo ella. Los españoles altos con rostro de ángel eran otro asunto—. Son estos zapatos. Las suelas no se agarran bien.

Luis le miró los zapatos.

—Tienes unos pies muy pequeños —comentó tras levantar la mirada—. ¿Te encuentras bien?

–Sí –susurró ella, sin dejar de mirarse los pies.

Luis observó el rubor que le cubría el rostro y el cuello cuando instantes antes había estado muy pálida.

–Pues a mí no me parece que estés bien.

Ella levantó la barbilla, aunque evitó mirarlo a los ojos.

–No puedo evitar el aspecto que tengo.

Con un profundo asombro, Luis se dio cuenta de que no podía evitar sentirse atraído por el aspecto que ella tenía... y mucho. En mucho tiempo, sólo había buscado sexo en una mujer y lo que sentía en aquellos momentos hacia una mujer que apenas conocía le parecía una traición a la memoria de Rosa. Por supuesto, no se podía comparar con lo que sentía en aquel momento. Rosa lo había conocido como la palma de su mano, lo mismo que él a ella. Los dos habían crecido juntos y el vínculo que los unía se había estrechado cada vez más.

–Bien, ¿estás lista?

Nell respondió a la pregunta recordándole enérgicamente que había sido ella la que había estado esperando.

# Capítulo 6

EL ENORME todoterreno, al contrario del coche que Nell había alquilado, tenía aire acondicionado.

–¿Dónde vamos? –le preguntó mientras se abrochaba el cinturón de seguridad.

–A una casita que hay al otro lado de la montaña. Junto al mar.

–¿Qué te hace estar tan seguro de que se encuentran allí?

–A Felipe siempre le ha gustado esa casa. Ha dicho en más de una ocasión que es el nidito de amor perfecto.

Luis no mostró más inclinación de hablar. Un incómodo silencio se extendió entre ellos. La carretera resultó ser tan mala como él le había dicho. Llegó a hacerse tan empinada que hasta las ruedas del cuatro por cuatro tenían dificultades a la hora de agarrarse al asfalto. En una ocasión, Nell contuvo la respiración.

Luis la miró y vio que su rostro estaba muy pálido y reflejaba una gran tensión.

–Normalmente la carretera no está tan mal. El mes pasado hubo unas tormentas muy fuertes.

–Mientras no tengamos ninguna ahora.

Poco después, la carretera se hizo más llana y comenzaron a avanzar por una zona boscosa. Nell expresó su sorpresa ante una vegetación tan abundante.

–¿No puedes ir un poco más rápido? –preguntó con impaciencia.

–Podría –respondió él mientras observaba como ella cerraba los ojos cuando tomaban una curva muy cerrada–. También podrías conducir tú, pero tendrías que tener los ojos abiertos.

–No se me dan bien las alturas –dijo–. Y tú deberías mirar la carretera, no a mí.

–Tal vez me siento impotente ante tu fatal atracción.

Luis bajó los ojos para ocultar la sorpresa ante la inesperada verdad de aquella afirmación. ¿Qué tenía el rostro de Nell que tanto lo fascinaba? Giró el rostro y observó el suave perfil de la joven antes de centrar su atención de nuevo en la carretera. Jamás había conocido a una mujer que tuviera un rostro tan expresivo.

Rosa había sido una belleza clásica. Aquella muchacha no lo era. Luis sintió deseos de buscar sus imperfecciones. Tenía los ojos muy hermosos, pero el resto de sus rasgos no eran excepcionales. Sin embargo, la boca, que era demasiado generosa para su rostro, ejercía una creciente fascinación sobre él.

Nell giró el rostro para observar el paisaje. Se dio cuenta de que una bruma estaba empezando a levantarse del suelo. Estaba muy baja y cubría la vegetación con un sudario espectral que reducía bastante la visibilidad.

–¿Crees que esta niebla va a empeorar?

–Podría ser.

La niebla sería el menor de sus problemas. Luis se había dado cuenta de que tenían el depósito de la gasolina casi vacío. Apretó los dientes. Decidió que no había razón para decírselo a Nell. Ella se enteraría tarde o temprano. Además, podría ser que llegaran a la costa antes de que el depósito se vaciara por completo.

La miró de nuevo y vio que ella había vuelto a mirar por la ventana. Tenía un aspecto tan tenso como la cuerda de una guitarra. Su cuerpo estaba completamente rígido.

–¿Por qué estás aquí?

Nell lo miró con irritación.

–Ya te lo he explicado.

–Sí. Sé que has venido a salvar a tu sobrina de las garras de mi primo. Lo que no comprendo es por qué tú.

–¿Qué quieres decir con eso de por qué yo?

–Bueno, ¿acaso tu sobrina no tiene padres? ¿Tu hermano o tu hermana?

–Lucy es la hija mayor de mi hermana Clare. También tiene un bebé de corta edad. He venido yo porque Lucy se puso en contacto conmigo. Quería que fuera yo la que se lo dijera a sus padres.

–Pero no lo has hecho.

–Si consigo ver a Lucy a tiempo, no habrá necesidad alguna de preocuparles.

–Son padres. Lo de preocuparse forma parte de la definición.

–Y yo soy sólo la tía, ¿verdad? Da la casualidad que Lucy y yo estamos muy unidas –dijo–. Supongo que estarás pensando que yo debería dejar que ella hiciera lo que quisiera.

–Es una opción. Aprendemos de nuestros errores.

Nell lo miró con desaprobación.

–¿Estás diciendo que, en algún momento de tu vida, tú también cometiste un error? No me lo puedo creer. Yo creía que tú habías alcanzado la infalibilidad ya en la cuna.

Aquel ácido comentario sólo provocó una sonrisa. Luis Santoro debía de tener la piel de un rinoceronte. Además, debía de llevar años perfeccionando aquella sonrisa tan devastadora delante de un espejo.

–No todos somos tan duros como usted, señor Santoro. Ni tan pagados de nosotros mismos.

–Creo que te deberías olvidar de eso de señor Santoro mientras lleves ese anillo en el dedo.

Nell miró automáticamente el dedo donde llevaba el anillo y, tras mirarlo con desaprobación, trató de quitárselo del dedo. Después de todo, ya no había necesidad alguna de fingimientos.

–¡Se me ha quedado atascado! –exclamó ella–. No se mueve ni un milímetro –aulló mientras trataba de sacarse el pesado anillo.

–No te preocupes –comentó él–. Siempre podemos echar mano de la amputación. También podrías habérselo dicho a los padres de tu sobrina, pero no lo hiciste. Esto es problema suyo, no tuyo.

–Ya te he explicado que ellos no podrían haber hecho nada –afirmó, aunque estaba comenzando a tener dudas. De hecho, podría ser que incluso la estuvieran buscando a ella.

–¿Y tú sí?

Nell lo miró muy irritada.

–Por si no te has dado cuenta, estoy haciendo algo, siempre suponiendo que tú estés en lo cierto y que ellos estén en esa casa. Y que no lleguemos demasiado tarde.

–¿Tan malo sería que ya estuvieran casados?

Nell apartó la vista del barranco por el que estaban pasando en aquellos momentos y que era muy profundo y lo miró con incredulidad.

–¿Malo, dices? ¿Malo? ¿Estás loco? Lucy tiene

diecinueve años. Tiene la vida entera por delante, la universidad, una profesión... Está en el momento de su vida en el que debería estar teniendo aventuras, descubriendo quién es, pero no casándose con un... un...

—¿Español? —sugirió él mientras la miraba con diversión en los ojos.

—No me importa la nacionalidad, aunque el hecho de que comparta genes contigo no es una buena recomendación.

Luis sonrió.

—Felipe no se parece a mí. Además, podría ser que los estudios universitarios y una profesión no sean tan importantes para tu sobrina.

—Lucy es una alumna de sobresaliente. Y siempre ha querido tener una profesión.

—Mi primo es lo que algunas personas podrían llamar un buen partido —comentó él.

—Si estás tratando de insinuar que mi sobrina es una cazafortunas... —le amenazó ella apretando los puños.

—No. Estoy tratando de sugerir que tu sobrina podría estar enamorada.

—¿Enamorada?

—Ocurre de vez en cuando, según me han dicho —dijo Luis en tono burlón.

—Tan sólo hace unas semanas que se conocen.

—Supongo que eso significa que no crees en el amor a primera vista, Nell.

Nell se frotó los brazos. No sabía por qué, pero cada vez que él pronunciaba su nombre, había notado que se le ponía piel de gallina. Tenía que ser el acento tan sensual de su voz. Entonces, echó la cabeza hacia atrás y soltó una carcajada.

Luis giró la cabeza para mirarla. Observó los ojos grises y la sugerente boca.

–Supongo que eso significa que no.

–Efectivamente. El deseo a primera vista es posible.

–¿Hablas por experiencia propia?

–No creo que eso sea asunto tuyo. Supongo que esto significa que tú sí crees en el amor a primera vista.

–No tengo experiencia personal al respecto, pero no soy tan cínico como tú. No lo rechazo de antemano.

–El último de los grandes románticos. Supongo entonces que eso significa que crees que casarse a los diecinueve años es una buena idea.

–Bueno, sería un hipócrita si recriminara a Felipe lo que hice yo mismo.

Nell lo miró con la boca abierta.

–¿Te casaste con diecinueve años?

–En realidad, a los veinte.

–¿Te crees que soy una ingenua?

Luis la miró. Ella lo estaba observando, con los ojos abiertos y grandes como un pájaro enjaulado.

–En realidad, sí.

–Te advierto que el aspecto puede resultar engañoso

–¿Por qué te resulta tan difícil creer que me casé a los veinte años?

–¿Hablas en serio? –preguntó ella–. ¿Acaso ella se quedó embarazada? –añadió, antes de que pudiera contenerse. Entonces, se sintió muy avergonzada por lo que había dicho–. Lo siento. Eso no es asunto mío.

–No, no lo es, pero, para que conste, no nos casamos a punta de pistola.

–Vaya, yo habría pensado que...

Nell decidió guardar silencio para que él no pensara que estaba demasiado interesada en su vida privada. No estaba allí para descubrir detalles sobre Luis Santoro, sino para encontrar a Lucy y sacarla de aquella situación.

–¿Qué es lo que habrías pensado?

–No importa.

–¿No te parece un poco tarde para andarse con cautela a la hora de compartir tu opinión?

–Está bien. Tú no eres un buen ejemplo sobre las ventajas de casarse joven, ¿verdad? Yo habría pensado que, teniendo en cuenta que tu matrimonio fracasó, tu instinto natural sería evitar que tu primo cometiera el mismo error.

–¿Acaso he dicho yo que mi matrimonio fuera un fracaso?

–Dadas las circunstancias, deduje eso. Si tu matrimonio tuvo tanto éxito, ¿cómo es que terminasteis divorciándoos?

El desdén que se reflejaba en la voz de Nell despertó de nuevo la ira en Luis.

–No nos divorciamos. Llevábamos casados dieciocho meses cuando Rosa murió.

Nell jamás pensó que se pudiera sentir más incómoda en presencia de Luis Santoro como en aquel momento. Se llevó la mano a la boca.

–Eso es horrible –susurró.

–De eso hace ya mucho tiempo...

De su matrimonio Luis sólo conservaba un tenue recuerdo y, en ocasiones, le parecía que hasta eso estaba perdiendo. Había dejado de sufrir la pérdida de Rosa hacía mucho tiempo, pero sentía una gran culpabilidad cuando cerraba los ojos y no podía ver su rostro, escuchar su voz o recordar su risa. Todo se estaba desvaneciendo. Y eso que no podría encontrar nunca una mujer que reemplazara a Rosa. Un hombre sólo amaba una vez.

–Venga, pregúntame.

–¿Preguntarte?

–Claro –afirmó él sin mirarla–. Resulta evidente que te mueres de curiosidad.

–Te equivocas al juzgar mi interés por tu vida personal –dijo Nell. Inmediatamente se contradijo con sus siguientes palabras–. Rosa es un hermoso nombre. ¿Lo era ella?

–Sí, muy hermosa.

–¿Tienes hijos? –preguntó. Sin poder evitarlo, se lo había imaginado jugando con un niño o tal vez con una niña entre los brazos que lo recordara para siempre a su madre.

Luis apretó la mandíbula. Cuando Rosa quiso tener niños, él se había negado diciendo que tendrían mucho tiempo. No había sido así. Ya nunca tendría hijos. ¿Cómo podría tenerlos con otra mujer cuando se los había negado a la única mujer que había amado nunca?

–No.

–¿Tienes alguna relación sería? No es que sea una cotilla, pero...

–¿No?

–No, claro que no. Sólo me parece que es justo que me adviertas si podría haber una novia celosa en alguna parte que pueda aparecer de repente para sacarme los ojos.

–No me gusta provocar celos.

–Con el aspecto físico que tú tienes, no tienes que provocar nada.

Nell cerró los ojos y se mordió la imprudente lengua.

—Gracias, Nell.

—No tienes por qué. No ha sido un cumplido, sino un hecho. Además, no creo que eso sea una novedad para ti. Sin embargo, para que conste —añadió, tratando de enmendar su comentario—, a mí no me gustan los hombres malos, variables y machistas.

—Yo no soy así. Se me considera un hombre muy estable y con una personalidad muy alegre —comentó él, con rostro serio.

Nell trató de no sonreír.

—Al menos tienes sentido del humor. Eso es algo.

—Relájate. No va a venir nadie con una reclamación anterior... Soy todo tuyo.

—¡Qué suerte tengo! —exclamó ella, aunque el estómago le dio un vuelco.

Sin embargo, con gesto ausente, se tocó el anillo que llevaba en el dedo y pensó en la mujer que un día lo llevaría de verdad. Entonces, experimentó una oleada de sentimientos encontrados.

—Tu esposa debió de tener los dedos muy delgados.

Luis tensó la mandíbula. La gente nunca hablaba de su esposa en su presencia.

—Rosa jamás se puso ese anillo.

—Por supuesto que no —musitó ella. Se sintió muy estúpida. Evidentemente, él nunca viciaría el recuerdo de su amor perdido permitiendo a otra mujer que se pusiera su anillo.

—A ella no le gustaban las joyas antiguas.

—Vaya... ¿Es éste un anillo muy antiguo?

—Lleva mucho tiempo en la familia. La hermana gemela de mi abuela, Dominga, fue el último miem-

bro de la familia que se lo puso. Su prometido era bri-
tánico.

–¿De verdad? Debe de ser maravilloso conocer la
historia de la familia hasta varias generaciones atrás.
¿Se marcharon a Inglaterra?

–No. Su prometido murió en la Segunda Guerra
Mundial y ella permaneció soltera.

«Como tú», pensó Nell. Miró el anillo y se sintió
abrumada por una repentina tristeza.

–Es terrible –susurró.

–¿Estás llorando?

Luis parecía sorprendido y no era de extrañar. Resultaba ridículo verse afectada por una tragedia que
había ocurrido hacía ya tiempo.

–No. Por supuesto que no –negó.

–Pues debes de tener algo en un ojo.

–Eres muy gracioso. ¿Por qué no te fijas más en la
carretera?

«Efectivamente, Luis. ¿Por qué no te fijas más en la
carretera?», se preguntó.

# Capítulo 7

**L**UIS conducía esperando que el coche se detuviera en cualquier momento. De reojo, había comprobado que Nell trataba de no dejarse vencer por el sueño. Cabeceaba constantemente y el tiempo que pasaba entre las veces que se despertaba era más y más largo.

–Duérmete si estás cansada.

Ella se frotó los ojos y bostezó.

–No estoy cansada –mintió.

Luis estaba a punto de responder que sabía que no era así cuando el motor de paró y el coche se detuvo.

–¿Por qué nos hemos detenido? –preguntó ella ahogando un bostezo.

–Quería admirar el paisaje –bromó él.

Nell entornó la mirada. Luis sonrió y levantó las manos como si se estuviera rindiendo.

–¿Por qué crees que nos hemos parado?

–Si lo supiera, no habría preguntado... –dijo. Entonces, una mirada de horror se le reflejó en el rostro–. ¿Estás tratando de decirme que tenemos una avería?

–No exactamente.

Luis observó cómo ella se cubría el rostro con las manos y empezaba a protestar.

–¿Por qué me ocurren estas cosas a mí?

–¿Se trata de una pregunta retórica?

–No es un buen momento para hacerse el gracioso

–comentó ella levantando la cabeza–. Por si no te lo ha dicho nadie, no se te da bien –añadió. Entonces, respiró profundamente y se puso a hablar consigo misma–. No te dejes llevar por el pánico. Tienes que permanecer tranquila. Y tú, supongo que no sabes nada de motores, ¿verdad? –le dijo a Luis.

–No soy ningún experto, pero me las arreglo.

–Bien. En ese caso, ¿no deberías estar buscando cables sueltos, cinturones del ventilador rotos o algo así? –le preguntó mientras señalaba el capó. Recordó que, en algunos programas de televisión, se utilizaba un par de medias para reparar milagrosamente el motor averiado de un coche. Desgraciadamente, ella no llevaba medias.

–No hay por qué. Ya sé lo que pasa.

Nell sonrió.

–¿Y por qué no lo habías dicho? Bueno, eso es maravilloso –añadió. La sonrisa se le borró de los labios cuando observó el rostro de Luis–. No es maravilloso. ¿Es algo importante?

–No mucho.

–¿Entonces, qué es lo que pasa?

–Nos hemos quedado sin gasolina.

–No hablas en serio, ¿verdad? –le preguntó ella con incredulidad.

–Hablo en serio. Nos hemos quedado sin gasolina.

–Tiene que ser una broma de mal gusto–susurró ella mirándole horrorizada.

–Nada de broma –afirmó él. Se quitó el cinturón y abrió la puerta. Nell se echó a temblar cuando el aire fresco de la montaña hizo bajar la temperatura del coche varios grados.

–¿Qué es lo que haces? –le preguntó al ver que él se bajaba tranquilamente del coche–. Llama a alguien.

–Voy a estirar las piernas, a ver dónde estamos exactamente y a atender a una llamada de la naturaleza. Te sugiero que hagas lo mismo antes de que oscurezca. Como no tengo cobertura aquí, no puedo llamar.

Nell miró con nerviosismo por la ventana. No era una chica de ciudad, pero aquel paisaje era mucho más salvaje que lo que ella estaba acostumbrada. No quería pensar en lo alejados que estaban de cualquier parte.

–¿Oscurezca?

–Yo diría que nos queda otra hora de luz.

–Bueno, en ese tiempo podría pasar alguien por aquí –dijo Nell decidida a mostrarse optimista.

–¿A estas horas? ¿Cuándo recuerdas habernos cruzado con otro coche?

Nell tragó saliva.

Luis la observó. El aire de desesperación que emanaba de ella no era fingido. Cuando le miró la boca, se vio atrapado por un fuerte y peligroso deseo de besarla para cambiar aquella expresión de miedo por la mirada perdida y asombrada que había visto en sus ojos cuando la besó.

–Alégrate. Podría ser peor.

Efectivamente, la zona en la que se encontraban era una pequeña explanada que resultaba más segura aunque no servía de nada para borrarle el deseo que no parecía que fuera a desaparecer en un futuro cercano.

Iban a tener que pensar cuidadosamente cómo iban a dormir. Evidentemente, él no quería complicar aquella situación aún más compartiendo el asiento trasero. Era una opción, pero la tentación sería demasiado grande.

–¿Estás de broma? No creo que nuestra situación pudiera ser peor –replicó ella–. Nada podría ser peor que verme atrapada en el medio de ninguna parte con... ¡contigo! –añadió, con un profundo desagrado.

Una sonrisa se dibujó en la expresiva boca de Luis.

–Vaya, yo creía que la fortaleza británica se ponía de manifiesto frente a la adversidad –comentó fingiendo desilusión.

–¡Lucy me necesita!

–Relájate –le aconsejó él lacónicamente, ocultando la tensión que él también estaba sintiendo.

–¡Estoy relajada! –gritó ella apretando los dientes.

Luis soltó un silbido de admiración.

–Y lo dices sin ironía alguna.

–Y te aseguro que gritaré también sin ironía alguna –le advirtió ella. Le estaba costando mucho mantener el control.

–Es una pérdida de tiempo preocuparse sobre cosas sobre las que no tenemos control.

–Para ti resulta fácil mostrarte filosófico cuando te importa un comino lo que le pase a tu primo. Ni siquiera habrías levantado un dedo para evitar que él cometiera un error que podría arruinar el resto de su vida. ¡Lo único que te importa es el dinero! –le acusó–. ¡Siento pena por ti!

–Yo también siento pena por mí por tener que soportar tus incesantes protestas.

–Lucy está....

Luis ya estaba más que harto de escuchar aquel nombre.

–Te aseguro que Lucy ya está metida en la cama –la interrumpió.

–Con tu primo. ¡Genial! –bufó ella–. Ese pensamiento resulta muy reconfortante.

–Pues no lo pienses –le aconsejó él. Evidentemente, ya estaba aburrido de aquella conversación.

–No pienso moverse de este coche hasta que me lleves con Lucy. Insisto en que me lleves junto a ella.

–Me halaga tu fe en mi habilidad, pero conseguir que un coche funcione sólo con el aire está más allá de mis capacidades.

–¿Cómo nos hemos podido quedar sin gasolina? ¿Es que no lo comprobaste o acaso delegas tareas tediosas como ésa en uno de tus empleados? ¡Dios mío! –exclamó meneando la cabeza con incredulidad–. Resulta evidente que no tienes ni idea.

Luis la contempló en silencio. Un instante después, ese silencio se rompió con una sonora carcajada.

–Me han dicho muchas cosas en mi vida, pero jamás eso. Al menos, no a la cara –admitió con una sonrisa.

–Me alegra mucho haberte divertido.

–Tienes razón. Debería haber comprobado que teníamos gasolina antes de salir, pero cuando me di cuenta ya estábamos demasiado lejos como para poder volver.

Nell se esforzó por mantener una expresión de desprecio. Luis se había disculpado y no parecía haber planeado que aquello ocurriera. Además, se estaba empezado a dar cuenta que su reacción había sido excesiva. Seguramente estaba tan contrariado por lo ocurrido como ella.

–Bueno... supongo que... ¿Cuando te diste cuenta, has dicho? ¿Quieres decir que llevas kilómetros sabiendo que nos íbamos a quedar sin gasolina?

–Tal y como lo dices, parece que yo lo tuviera planeado.

–¡No dijiste nada! –exclamó Nell. Estaba furiosa porque él le hubiera ocultado la situación.

–Ahora me arrepiento de no haberlo hecho –comentó él con ironía–. Si hubiera sabido que podría haber estado disfrutando de tu histérica reacción desde un poco antes, te aseguro que te lo habría dicho.

Le dedicó una sonrisa, pero antes de que Nell tuviera oportunidad de responder a su sarcasmo, se dirigió hacia los árboles. Un instante después las siniestras sombras de la densa vegetación se lo habían tragado.

–¡No pienso salir de este coche! –gritó ella por la ventana en tono desafiante. Entonces, añadió una súplica–: ¡No me puedes dejar aquí así!

Sin embargo, lo había hecho.

Nell permaneció sentada, con la espalda rígida por la tensión. Aquello era una pesadilla. No podía estar ocurriendo. Tardó diez minutos en decidir que lo mejor sería que fuera a echar un vistazo. Retiró las llaves que él había dejado en el contacto, cerró el coche y se las metió en el bolso. Entonces, se dirigió a los árboles y tomó el sendero que había visto que él tomaba. Había recorrido tan sólo unos cuantos metros cuando el suelo comenzó a inclinarse peligrosamente, lo que la hizo tropezar en repetidas ocasiones. No vio a Luis hasta que él estaba prácticamente a su lado.

–Veo que has decidido unirte a mí.

–Yo... –susurró. Entonces, se fijó en lo que él estaba haciendo. Estaba abanicando un montón de hojas y ramitas que ardían en el suelo–. ¿Qué estás haciendo?

Observó su rostro. Luis estaba de perfil hacia ella. Las sombras destacaban la pureza de sus rasgos. Sin saber por qué, Nell se echó a temblar. No creía que fuera la calidad estética de su belleza masculina lo que tanto la había afectado, sino un aspecto más primitivo y terrenal que formaba parte de él.

–Estoy haciendo un fuego. Más tarde hará frío.

–¿Y qué eres tú, un boy scout? –le preguntó.

Sin embargo, cuando lo miró, vio el lugar donde la camisa se le había abierto y observó la clase de torso del que no podía presumir ningún boy scout. El corazón comenzó a latirle con fuerza. Apartó la mirada y, mientras lo hacía, su mirada se encontró con la de Luis.

De repente, el aire entre ellos pareció hacerse más espeso. Nell sintió una extraña sensación en el vientre. Respiró profundamente y, con dificultad, escapó de la tensión sexual que la atenazaba.

Luis, por su parte, comenzó a azuzar el fuego con una rama y consiguió por fin encender una llama.

–No he sido nunca scout. En realidad, no me gusta jugar en equipo.

–Algunas personas considerarían que eso es una debilidad.

–Lo era –admitió él. Se pasó la mano por la mandíbula, que estaba empezando a mostrar ya los primeros indicios de una incipiente barba–. Fue algo que se mencionó en varios de mis informes escolares. Eso y mi problema con las personas que representaban la autoridad.

–Entonces, los días que pasaste en el colegio no fueron los mejores de tu vida.

–Gracias por tu preocupación, querida mía, pero creo que ya he superado hace mucho tiempo mis traumas de la infancia.

–No estaba preocupada por ti –replicó ella–. Me reservo mi comprensión para tus profesores. Si eras tan sólo la mitad de irritante de lo que eres ahora...

–Es cierto que el sistema de colegios privados de Inglaterra y yo no nos llevábamos muy bien.

Nell lo miró con los ojos abiertos de par en par. Extendió una mano y se apoyó contra una piedra cercana al fuego.

–¿Fuiste al colegio en Inglaterra?

–Es una tradición familiar.

–Y tu primo también.

–No. Mi tío es diplomático. Estuvo destinado en los Estados Unidos durante mucho tiempo. Felipe se educó allí –comentó mientras echaba otra rama al fuego.

Las chispas saltaron por los aires. El humo que produjo el fuego en aquel momento se metió en los ojos de Nell. Ella empezó a toser.

–¿Qué esperas colocándote en dirección del viento? Ven aquí.

El aroma que llegó hasta él era más sutil que el del fuego. Se trataba de un ligero aroma que emanaba del cuerpo de Nell. Las pestañas que enmarcaban sus ojos oscuros le acariciaron suavemente las mejillas cuando deslizó su mirada por los delicados rasgos del rostro de ella y pasó luego a examinar el esbelto cuerpo y las esbeltas extremidades. Nell lo hacía pensar en una brillante y delicada flor que había nacido en un rincón oscuro.

¿Sería su piel tan suave y sedosa como parecía?

¿Por qué estaba mirando? Y peor aún, ¿por qué deseaba hacer algo más que mirar?

«Relájate, Luis», se dijo. No se estaba enfrentando exactamente a uno de los misterios de la vida. Aquello era deseo, nada más complejo que una reacción química. Una fuerte reacción química. A él le gustaba mantener su vida sexual, como el resto de su vida, sencilla y sin complicaciones. No solía implicar debates internos sobre la textura de la piel de una mujer. Colocaba sus cartas sobre la mesa, sin sentimientos o malinterpretaciones. Le gustaban las relaciones con mujeres que tenían una actitud más propia de los hombres hacia el sexo. Sabía que el hecho de que una persona le gustara no era fundamental para la atracción sexual ni para tener unas relaciones íntimas maravillosas, pero, en su experiencia, sin ese requisito, cuando la pasión se saciaba, la situación podría ser incómoda.

No era que él estuviera ni siquiera considerando... Ante aquella sugerencia, dirigió la mirada hacia el firme busto contenido por el modesto escote del sencillo vestido y sintió que le subía la temperatura.

De acuerdo, lo estaba considerando, pero tan sólo hipotéticamente.

Nell se secó los ojos, pero no hizo además alguno de obedecer su sugerencia.

—Después, me pedirás que te haga un arco y flechas y que me ponga a matar animalillos.

La nota discordante de aquellas palabras hizo que ella soltara una carcajada para contrarrestar el asombro que incluso a ella misma le habían causado, pero comprobó aliviada que sirvieron también para romper el hechizo que se había estado formando entre ellos.

Se plantó las manos en las caderas y adoptó un aire de desafío.

—¿Vas a hacer también ropa con las pieles para ser el cavernícola completo? ¿O te vas a poner a pescar con lanza? —le espetó ella para transmitirle sin duda alguna lo enojada que estaba.

Luis parecía divertido en vez de ofendido por aquella burla.

–Deduzco que lo de volver a la naturaleza no tiene atractivo alguno para ti –observó él mientras echaba otro trozo de leña al fuego–. Sin embargo, te advierto que en estos bosques no sólo hay animalillos. Tenemos jabalís. Pueden resultar muy peligrosos.

–¿Jabalís?

–Sí. En algunas fincas los crían para hacer negocio con ellos. Los nuestros son salvajes.

–¿Seguimos aún en la finca de tu abuela?

–Sí. Durante la mayor parte del tiempo hemos estado atravesando las tierras que pertenecen a la familia.

Nell se quedó asombrada. Tenía que ser muy grande. No era de extrañar que él estuviera dispuesto a tanto para heredar.

–No todo el mundo tiene la oportunidad de regresar a la naturaleza –comentó él con una mirada de sorna.

–¡No tengo intención alguna de volver a la naturaleza contigo! –exclamó, mientras se sonrojaba por completo–. Tienes una mente muy maliciosa.

Luis se levantó de la postura agachada en la que había estado hasta entonces y se sacudió la tierra que tenía en los pantalones.

–¿Estás segura de que es mi mente lo que te preocupa?

–Te aseguro que tengo más cosas de las que preocuparme que el hecho de que tú te creas irresistible. Mi sobrina...

–Tu sobrina es una mujer –le interrumpió él.

–Legalmente tal vez, pero en experiencia...

–Creía que habías dicho que llevaba viajando por Europa seis meses.

–Sólo tiene diecinueve años.

–¿Y qué hacías tú cuando tenías diecinueve años, Nell? Es decir, si te acuerdas de algo que ocurrió hace tantos años –añadió, con sorna. Le parecía que Nell, sin maquillaje, con el cabello suelto y aquel vestido parecía mucho más joven que la sobrina a la que había ido a salvar–. Te lo diré yo. Estabas cuidando de tu padre enfermo.

Luis ni siquiera se podía imaginar lo que aquello había implicado, pero, en su opinión, no era lo que una joven en la flor de la vida debería haber estado haciendo. Sintió una poderosa ira hacia los dos hermanos mayores que, en su opinión, se habían comportado tan egoístamente.

–No hay comparación –protestó ella.

–No soy yo el que está haciendo la comparación. La historia no se está repitiendo, Nell.

Ella sacudió la cabeza.

–No sé de qué estás hablando.

–Yo creo que sí. A tu sobrina no se le está obligando a poner el deber por delante del deseo. No está haciendo un sacrificio.

El tono de su voz sugería que no tenía una buena opinión de las personas que realizaban tales sacrificios. Aquellas palabras enojaron a Nell.

–Te aseguro que no soy ninguna mártir, si es eso lo que estás implicando.

–¿No te sentiste atrapada? ¿No se te ha ocurrido pensar que esta cruzada no tiene nada que ver con tu sobrina, sino contigo? No puedes soportar la idea de que tu sobrina tire lo que a ti se te quitó cuanto tenías su edad.

Nell pareció escandalizada por aquella sugerencia, que, hasta entonces, no se le había ocurrido nunca pensar.

–Esa idea es ridícula –comentó ella, aunque no estaba tan segura de que no hubiera algo de verdad en ella–. Me preocupa Lucy.

Luis experimentó una irracional oleada de ira al escuchar el nombre de la muchacha. ¿Por qué se negaba Nell a reconocer lo evidente?

–¡Esto no tiene nada que ver con Lucy! –gritó.

–¡Claro que sí!

–¿Cuándo vas a dejar de aceptar las responsabilidades de otras personas para poder vivir tu propia vida? ¿O es eso de lo que tienes miedo? –añadió mientras echaba otro trozo de madera al fuego.

Nell dio un paso atrás. Se sentía algo intimidada por la fuerza de la ira de Luis.

–De ti no, te lo aseguro.

–No estaba tratando de asustarte –afirmó él mientras moderaba el tono de su voz.

–No estoy asustada.

Luis sentía que aquel desafío lo llenaba con una mezcla de exasperación y de ternura. La primera reacción era comprensible, la segunda completamente inexplicable.

–Mira, tu sobrina es joven y estoy de acuerdo contigo. Estoy de acuerdo en que, a la edad de diecinueve años, no sabe nada de tomar decisiones sensatas, pero a los diecinueve tú sabías demasiado. Tu sobrina no eres tú, Nell. Ella es una niña caprichosa y mimada.

–¡Y tú qué sabes de Lucy! –le espetó–. ¿Cómo te atreves a criticarla? Es una chica encantadora.

Luis levantó los hombros y se remangó la camisa dejando al descubierto unos fuertes antebrazos cubiertos de vello.

Se encogió de hombros y la miró.

–No hay razón para discutir esto. Estás demasiado cerca de todo esto para ser objetiva.

–¡No te atrevas a hablarme con tanta condescendencia! –gritó ella observando con ira la ancha espalda cuando él se dio la vuelta–. Mírame, ¿quieres? No te atrevas a marcharte mientras te estoy hablando –añadió mientras echaba a andar tras él y le agarraba el hombro.

Luis se dio la vuelta. Cuando la miró, Nell dejó caer la mano.

De repente, la idea de que él se marchara no le pareció tan mala.

–Te estoy escuchando. ¿Qué querías decir con eso de demasiado cerca?

–Mira, tanto si nos gusta como si no, estamos aquí sin poder movernos, así que trata de relajarte. No estamos en Las Vegas ni hay capillas en las que te puedas casar las veinticuatro horas del día. Si están pensando en casarse, no van a hacerlo esta noche. Además, lo bueno de todo esto es que son muy jóvenes. Seguramente, ya habrán cambiado de opinión. Si quieres ser de utilidad, ve a buscar un poco de leña.

–No quiero ser útil –le espetó ella cruzándose de brazos.

Luis observó como el labio inferior le temblaba y se enfrentó a una desconocida necesidad de tomarla entre sus brazos. Cuando la tuviera así, estaba seguro de que se adueñarían de él unos instintos menos nobles. Sin embargo, un profundo temblor le recorrió todo el cuerpo. La deseaba tan desesperadamente que era capaz de saborearlo. De saborearla a ella. Se imaginó separándole los labios y hundiéndose en aquella dulce calidez tan claramente que se quedó inmóvil en el sitio sin poder hablar.

Cuando por fin pudo reaccionar, habló con dureza.

–La lista de lo que quiero que hagas no es demasiado larga –dijo él, sin detallar la lista de lo que él deseaba verdaderamente hacer.

No recordaba haberse sentido atraído por una mujer de aquella manera. Siempre había sentido un profundo desprecio por los hombres que dejaban que su vida se rigiera por su libido, pero la frustración por un nivel de excitación tan continuado estaba haciendo que le resultara difícil concentrase.

–¿Acaso te imaginas que no tengo otros sitios en los que preferiría estar y...?

Nell levantó la barbilla y le interrumpió.

–Sí, y personas con las que preferirías estar. Lo entiendo. Bueno, pues para que conste, tú tampoco eres la persona con la que yo elegiría verme atrapada en una isla desierta.

A PESAR de su afirmación, Nell tenía que admitir que Luis se adaptaría mejor que la mayoría a una situación tan extrema. Era un hombre al que le gustaba el desafío físico e intelectual. El aire de sofisticación urbana y su ropa de diseño la habían engañado al principio, pero se estaba dando cuenta de que, si la situación lo exigía, Luis Santoro se podía despojar de todo aquello muy fácilmente.

Sólo a una idiota le resultaría excitante una naturaleza tan explosiva y tan imprevisible. Se colocó una mano en el estómago, pero no logró calmarse. No era el momento más adecuado para darse cuenta de que, en realidad, no era tan madura como quería ser.

—Esto no es una isla desierta.

—No —afirmó ella mientras se colocaba una chaqueta que llevaba en el bolso—. En una isla desierta haría más calor.

—Hay muchas maneras en las que está demostrado que uno se puede mantener caliente.

. Ella lo miró con los ojos abiertos de par en par. Los ojos de Luis la miraban de una manera... El deseo la recorrió todo el cuerpo hasta el punto de que lo único que pudo escuchar era el rugido de su propia sangre en los oídos. Entonces, él dio un paso al frente.

—¡No!

Era posible que Nell no hubiera hablado en voz

alta y que el grito sólo se hubiera producido en su cabeza porque Luis no respondió.

El incómodo momento se extendió en el tiempo mientras ella trataba de respirar y de controlarse.

—Además, ¿para qué estás haciendo un fuego? —le espetó—. ¿No sería más sensato quedarse en el coche?

Luis se encogió de hombros.

—¿Eres siempre tan sensata, Nell?

Ella tragó saliva. Luis parecía estar comiéndosela con la mirada. Ningún hombre la había mirado nunca así, lo que la excitaba y la asustaba de igual manera.

Se pasó la lengua por los temblorosos labios.

—¿Sí?

Era un pregunta que Nell esperaba que él desacreditara. Sin embargo, Luis se contuvo. Sabía que ella respondía si él la tocaba, lo que suponía que le resultara más difícil escuchar la voz de su interior que le decía que aquello sería un error. Un error porque él sabía que sería simplemente sexo sin complicaciones. La cuestión era si lo sabría ella.

—Duerme donde quieras. No puedo tomar esa decisión en tu nombre, Nell.

—Eso significa que tendré el coche para mí sola.

Con eso, se dio la vuelta y echó a correr. Cuando llegó al coche, iba sin respiración. Era un milagro que sólo se hubiera tropezado una vez en su carrera, pero si se hubiera quedado, podría haber sido mucho peor. Recordó de nuevo aquellos tensos instantes, de fuerte carga sexual, cuando las cosas se podían haber escapado fácilmente a su control. Con un suspiro, se apoyó contra la puerta del coche y cerró los ojos mientras esperaba que su corazón se tranquilizara.

Luis no había intentado seguirla ni ella había esperado que lo hiciera. Él le había estado ofreciendo una noche de sexo, no un compromiso para toda una vida. Cuando ella se había negado, él se había encogido de hombros sin darle más importancia.

Nell volvió a pensar en su huida. Seguramente él habría pensado que estaba loca. Tal vez tenía razón. El hecho de que no supiera si quería quedarse o no constituía una locura. Lanzó una carcajada histérica.

No había ocurrido nada, por lo que no había razón para preocuparse al respecto. Es un hecho bien conocido que el agotamiento físico y mental cambia por completo el carácter de las personas.

—Lo que necesito es dormir —se dijo.

Entonces, con mano temblorosa, se metió la mano en el bolso para sacar las llaves del coche. Al escuchar un crujido entre la maleza, se detuvo en seco mientras recordaba la conversación que había tenido con Luis sobre los jabalís.

La búsqueda de las llaves se hizo más frenética. Cuando no las encontró, se tiró de rodillas al suelo y vació el contenido de su bolso sobre la tierra.

—Vísteme despacio que tengo prisa —dijo. Entonces, volvió a guardar todas las cosas una por una.

Le quedaba más o menos la mitad por recoger cuando su aprensión se hizo más latente. Cuando por fin logró recogerlo todo menos la pequeña linterna que tenía en la mano, su aprensión se convirtió en una profunda desesperación.

Se cubrió el rostro con las manos. Pensar que tenía que pasar la noche allí sola la horrorizaba por completo, pero ¿qué alternativa tenía? ¿Regresar con Luis?

Negó con la cabeza.

—Bajo ningún concepto. ¡Nunca!

Decidió que lo que tenía que hacer era pensar. Repasó mentalmente sus actos. Decididamente había puesto las llaves en el bolso, por lo que, si no estaban allí, debían de habérsele caído en alguna parte. Tal vez se le habían caído cuando se cayó al suelo.

Encendió la pequeña linterna y lanzó una carcajada al ver el pequeño halo de luz que emitía. Encontrar una aguja en un pajar sería un juego de niños comparado con aquello. Se secó las lágrimas con gesto impaciente.

—¡Muestra un poco de coraje, Nell!

Estaba en España, no en la Antártida. No se iba a morir de hipotermia. No había lobos... ¿O sí?

Incapaz de resistir el impulso, miró por encima del hombro iluminando la oscuridad con la pequeña linterna. Decidió que al día siguiente, cuando amaneciera, iría a buscar las llaves antes de que Luis se enterara de que se habían perdido.

Tras haberse convencido de la viabilidad de aquel plan, se preparó para la noche que la esperaba. Desgraciadamente, su fino vestido de algodón y la chaqueta que llevaba puesta no le ofrecían mucha protección ni para los elementos ni para la vida salvaje que pudiera haber por allí.

Se sentó con la espalda contra el coche, escuchando los sonidos de la noche. Su imaginación se desbocó. Todos los ruidos la asustaban. La montaña que a la luz del día le había parecido tan hermosa se convirtió en un lugar siniestro y vivo por la noche. Mantuvo la compostura hasta que algo cálido y peludo le corrió por encima de un pie.

Ahogó como pudo el grito que llevaba conteniendo bastante tiempo. Con el corazón latiéndole con fuerza en el pecho, se puso de pie de un salto y echó a correr. Cuando estuvo entre los árboles, se dirigió hacia el resplandor que emitía la hoguera de Luis.

Él estaba tumbado a un lado de las llamas, de espaldas a ella. Su respiración era profunda y lenta.

Nell contuvo su propia respiración y, sin dejar de mirar a Luis, que dormía plácidamente, se colocó silenciosamente al otro lado del fuego y se dejó caer de rodillas. Sin hacer ningún ruido, se tumbó sobre el suelo.

—Espero que no ronques.

Nell se sobresaltó y se dio la vuelta. Vio que Luis estaba de espaldas sobre el suelo, mirándola.

—Estás dormido —dijo.

—Lo estaba —afirmó él—, pero tu perfume es muy característico.

—No llevo perfume —replicó—. He cambiado de opinión sobre el coche. Resultaba muy agobiante.

—Ah.

Nell se sintió muy aliviada de que él no hubiera realizado preguntas incómodas, pero esa sensación no duró mucho. El aliento se le heló en la garganta cuando vio que él se ponía de pie con un fluido movimiento. El pulso se le aceleró al ver que se dirigía hacia ella. Cuando llegó a su lado, Luis se detuvo y la miró. Aquellos ojos oscuros tan hermosos la hicieron temblar.

Entonces, él comenzó a quitarse la chaqueta.

—¿Qué estás haciendo?

Luis se inclinó sobre ella y la cubrió con la prenda que se había quitado.

—Que duermas bien, querida.

—No puedo aceptar tu chaqueta, Luis.

—Supongo que también te parece un insulto que un hombre te abra la puerta, ¿no? Mira, es muy tarde, así que te pido que me permitas un gesto de cortesía sin considerarlo un insulto o sin otorgarle otras intenciones.

Después de un breve instante, Nell asintió.

–Gracias –susurró mientras se cubría con la prenda, que llevaba impreso el olor de su cuerpo–. Tengo un poco de frío.

Nell observó como él se dirigía con paso elegante a su lado del fuego y echaba un trozo de leña antes de sentarse.

A pesar de todo, Nell, que estaba completamente agotada, se quedó dormida casi inmediatamente. Luis permaneció despierto, escuchando los sonidos de la noche y el de la suave respiración de Nell. No necesitaba dormir mucho, pero cuando tenía que dormir, podía hacerlo en cualquier lugar... normalmente. Aquella noche, esa capacidad parecía haberlo abandonado.

Aquella noche, muchas cosas parecían haberlo abandonado.

Cuando por fin consiguió relajarse, se podía decir que acababa de cerrar los ojos cuando los gritos de Nell le pusieron los pelos de punta. Se puso en pie y se dirigió rápidamente hacia ella, prácticamente pasando por encima de las brasas del fuego.

Se arrodilló junto a ella y le colocó las manos sobre los hombros.

–¿Qué tienes? ¿Qué te ha pasado?

Ella lo miró sin reconocerlo.

Luis no hizo intento alguno por evitar los golpes de las manos de Nell ni por dominarla con su fuerza superior. Se limitó a sujetarle el rostro entre las manos.

–Tranquila... –le susurró.

Poco a poco, ella se fue relajando contra él, apretando el rostro contra el torso de él. Mientras la estre-

chaba contra su cuerpo, Luis sintió como el aliento de
Nell le caldeaba el cuello. Le acarició suavemente el
cabello. Sentía una profunda necesidad de reconfor-
tarla.

Cuando ella por fin levantó la cabeza y se apartó
un poco de él, le ofreció un rostro pálido y manchado
de lágrimas.

—Lo siento...

—No tienes por qué sentirlo.

Nell trató de sonreír, pero no lo consiguió.

—Debería haberme quedado en el coche. Te he manchado la camisa.

—Tengo más. ¿Te encuentras bien? —le preguntó él.
Había visto pesadillas anteriormente, pero nada que
provocara un terror tan visceral.

Nell no podía apartar los ojos de la piel morena
que asomaba por la camisa de Luis. Los dientes le
castañeaban a pesar de que trataba de mostrarse se-
rena.

—Ha sido un terror nocturno.

—¿Un terror nocturno?

Nell movió los dedos ligeramente. Se sentía asustada, pero excitada a la vez, por el hecho de que sus
dedos pudieran estar acariciando una piel tan suave.

—Nunca... nunca me acuerdo. Solía tenernos cuando
era una niña. Resulta más aterrador para otras personas que para mí. Siempre me volvía a acurrucar en la
cama y me quedaba dormida. Siento haberte molestado.

—¿Molestado? No. No te preocupes. No estaba
dormido.

—Éste ha sido el día más extraño de toda mi vida
—confesó ella.

—Pues aún no ha terminado —comentó él con una

sonrisa–. Aún no estás a salvo de vuelta en tu biblioteca. Madre de Dios –añadió observando el rostro de Nell con una intensidad que hizo que ella se echara a temblar–. ¡Ojalá no la hubieras abandonado nunca!

Nell se encogió. Se sentía impresionada por una declaración tan apasionada.

–¿Sabes que me asustaste mucho?

–¿Te asusté? –preguntó ella.

Luis le deslizó un dedo desde la barbilla hasta la mejilla. Lo hacía suavemente, casi sin tocar la suave piel. Los ojos, a su vez, seguían el camino que el dedo había marcado.

Era el equivalente táctil de un suspiro, pero causó un desproporcionado grado de daño al sistema nervioso de Nell. El pequeño escalofrío de excitación que ella sintió en la boca del estómago se creció y se convirtió en un temblor de anticipación. El aire que los rodeaba se cargó de tensión sexual.

En algún lugar por encima de sus cabezas, sonó el lúgubre ulular de un búho.

# Capítulo 9

LOS OJOS de Luis tenían una expresión extraña cuando le colocó a Nell una mano en la parte posterior de la cabeza. Los dedos se le hundían en el cabello mientras soportaba el peso. Tenía un rubor sobre las mejillas que pareció profundizarse más y más a medida que le recorría a Nell los suaves contornos de su rostro con la mirada.

–Sí. Sigues dándome miedo...

Curvó la mano alrededor de su rostro y bajó la boca sobre la de ella. El contacto fue breve, duro. Nell abrió los ojos a pesar de que los párpados le resultaban pesados, tanto como el extraño letargo que le invadía las extremidades. Lo miró y negó lentamente con la cabeza a modo de silenciosa súplica.

–No me mires así... –susurró.

Luis no quería sentirse así, pero no tenía elección. Se había visto poseído por una fuerza más fuerte que ninguna otra. El sentimiento que aquella mujer despertaba en él era primitivo. Llenaba cada célula de su cuerpo, lo consumía y le rugía en las venas, borrándole así toda capacidad de pensar en otra cosa que no fuera en poseerla.

A la luz de las brasas, ella podía ver la capa de humedad que le cubría la bronceada piel del rostro y del cuello. Bajó los ojos un poco más hasta el lugar en el que la camisa se le había abierto y adivinó los fuertes músculos que le cubrían el liso vientre.

Sintió sensaciones a las que no podía poner nombre. Luis era muy guapo, la esencia de la masculinidad más primitiva.

La mano de él siguió su viaje. Le recorrió la espalda lentamente, resbalándosele lentamente por la espina dorsal hasta que descansó en la zona lumbar. A través de la tela del vestido, ella notó la calidez de sus dedos.

—Sigues teniendo frío.

Nell respondió de un modo inarticulado. No sentía frío. Se sentía desconectada de su cuerpo de un modo extraño.

—Tú no —susurró. Efectivamente, notaba el calor que emanaba del cuerpo de Luis a través de la delgada tela del vestido.

Extendió los dedos y se los deslizó por el torso. Desabrochó la camisa y se la apartó hasta conseguir dejar el vientre al descubierto.

Luis le agarró la mano y la apartó de su cuerpo.

—¡Madre de Dios! —exclamó—. ¿Sabes lo que me estás haciendo? —gruñó. El deseo que llevaba refrenando todo el día le rugió en las venas.

—Eres perfecto. Sólo quiero tocarte...

Al notar que él inclinaba la cabeza, cerró los ojos. Luis la besó. Sus labios eran cálidos y firmes. La textura, el sabor, la experiencia sensorial consiguieron extraer un suave gemido que se perdió inmediatamente en la boca de él cuando Luis profundizó la exploración.

El beso terminó y, respirando como si acabaran de correr un maratón, los dos se miraron. Nell dejó que la cabeza le cayera sobre el torso de él. Le deslizó los brazos alrededor de la cintura y permaneció así unos instantes, escuchando los latidos de su corazón, hasta que él se apartó y se tumbó a su lado.

Nell le deslizó las manos por los hombros y por la fuerte curva de la espalda. Los ojos de Luis brillaban mientras la besaba con un ansia abrumadora y excitante. Era como si quisiera absorber la esencia de ella. Nell, por su parte, arqueó la espalda y le rodeó el cuello con los brazos. Entonces, abrió la boca para animarlo a que él profundizara el beso. Al sentir que él deslizaba una mano por debajo de la falda del vestido, le agarró con fuerza el cabello.

Luis levantó la cabeza y la miró. Vio que ella tenía las pupilas dilatadas de tal manera que el negro se había tragado al gris del iris. Cuando la miraba, el deseo de poseerla se adueñaba de él por completo. Jamás había experimentado nada tan fuerte cuando miraba a una mujer ni había sentido la primitiva necesidad de reclamarla para sí.

Oyó que ella contenía la respiración cuando comenzó a dibujarle arabescos lentamente en la parte interior del muslo. Entonces, le deslizó los dedos por debajo de las braguitas y sintió el calor que irradiaba de la humedad que se le había formado entre los muslos.

–Dios, eso es... –gimió Nell.

Apretó con fuerza los ojos mientras desplegaba los dedos sobre la piel de los poderosos hombros de Luis. Una corriente eléctrica parecía recorrerle todo el cuerpo. Movía la cabeza de un lado a otro mientras le clavaba las uñas en la piel de los hombros.

Luis deslizó las manos por debajo del trasero de ella, levantándola hacia él. Entonces, mientras le besaba la suave curva de la pálida garganta antes de volver a reclamar sus labios, se colocó entre sus piernas.

Nell lanzó una exclamación al sentir la dura y vibrante presión de la erección contra la tierna carne de su vientre. Resultaba más excitante y sorprendente a la vez que nada de lo que hubiera imaginado nunca. El dolor ardiente y líquido que le vibraba entre las piernas se hizo cada vez más doloroso.

Luis le besó la suave piel del cuello, aspirando el suave aroma que emanaba de ella. Entonces, se colocó de rodillas y, sin apartar la mirada de la de ella durante un solo instante, se desabrochó los vaqueros y se los quitó. La camisa siguió el mismo camino un instante más tarde. Se quedó completamente desnudo y gloriosamente excitado, algo que a Nell no dejaba de escandalizarla. La imagen de aquel cuerpo desnudo incendió aún más el deseo que le ardía en el vientre. Los sedientos ojos recorrían ávidamente los tensos músculos del torso y de los hombros de Luis, para luego bajar más abajo, acariciando con la mirada el listo y firme vientre, y más abajo aún.

La avaricia relució en los ojos de ella.

–Eres tan hermoso –susurró, lo que incrementó en varios grados el nivel de excitación de Luis.

La voz de él era irreconocible. De repente, ella comprendió que Luis estaba hablando en español. Las palabras fluían de él con suavidad mientras la hacía incorporarse un poco para poder bajarle la cremallera del vestido.

Nell contuvo la respiración y bajó la mirada. Sin poder evitarlo, se preguntó qué era lo que estaba haciendo.

Estúpida pregunta. Resultaba evidente lo que estaba haciendo aunque a ella le costaba incluso en la intimidad de sus pensamientos ponerlo en palabras.

La pregunta era si aquello era lo que quería.

Estuvo a punto de soltar la carcajada ante aquella pregunta. ¿Querer? Jamás había deseado nada con tantas ganas en toda su vida.

—Quiero esto, Luis. Te deseo a ti...

Los largos dedos de Luis descansaban suavemente sobre la delicada piel de Nell. Estaba temblando de deseo, un deseo que lo consumía desde el interior con la fuerza de un incendio forestal.

—Y yo te deseo a ti —susurró. Casi no podía reconocer su voz.

Le sacó el vestido por la cabeza. Al sentir la piel expuesta al aire nocturno, ella se echó a temblar.

El corazón le latía fuertemente en el pecho. Notó el aliento de Luis sobre su rostro mientras él le quitaba el sujetador. Entonces, la empujó de nuevo sobre la hierba.

Tenía los ojos tan negros como la noche que los rodeaba. Nell se sintió deslizándose en ellos, perdiéndose... deseaba perderse en él, en su firme masculinidad.

Luis se inclinó sobre ella y comenzó a moldearle los senos con una mano mientras profundizaba palabras en español.

—No puedo soportar...

Nell creyó que iba a morir por aquella dulce y dolorosa intimidad. Arqueó el cuerpo cuando sintió los labios de él sobre el vientre al tiempo que las manos iban bajando poco a poco, lanzando deliciosas y ardientes descargas por todo su cuerpo.

—Estás tan caliente y tan húmeda para mí —ronroneó él mientras le besaba de nuevo la curva del cuello.

Los muslos de Nell se separaron bajo la presión de la rodilla de Luis. Volvió a acomodarse entre ellos. El roce de la sedosa erección provocó en ella un primitivo grito.

–Por favor –susurró, mientras trataba de respirar.

Luis le tomó la mano y, sin dejar de mirarla a los ojos, se la colocó sobre el pene erecto. Era tan duro como el acero, pero también sedoso y caliente a la vez.

–Esto es lo que me haces, querida mía –murmuró. Entonces, le apartó la mano y colocó las dos suyas a ambos lados de la cabeza de Nell.

La penetró, hundiéndose en ella profundamente con un solo movimiento. Aquella invasión tan sensual cortó la respiración de Nell e hizo que ella gritara su nombre.

Estaba tan concentrada en lo que le estaba pasando, en la sorprendente sensación de verse llena, estirada por dentro, que no fue consciente del todo del grito de incredulidad de Luis.

–Te he hecho daño. Tú...

Nell le mordió el hombro.

–No me has hecho daño. Yo... Por favor, Luis, eres...

Sintió que él tensaba los músculos de la espalda y que comenzaba a moverse lentamente dentro de ella. Le acarició la espalda y le envolvió con sus piernas mientras él se movía, lentamente al principio, para luego hacerlo más deprisa como respuesta a los gritos de placer que ella lanzaba.

Luis sintió las primeras contracciones en el cuerpo de Nell. Dejó de ejercer el férreo control al que estaba sometiendo a su cuerpo y se hundió en ella más profundamente para luego dejarse ir. El clímax lo deshizo en mil pedazos y lo dejó sin aliento mientras se desmoronaba encima del cuerpo de ella.

Nell abrió los ojos y parpadeó. La cúpula de hojas se hizo más nítida al mismo tiempo que recordó lo ocurrido la noche anterior.

–Dios...

Se sentó sobre el suelo y examinó el claro.

No se veía a Luis por ninguna parte. Ella estaba sola. Las brasas eran su única compañía, junto con los dolores que el acto sexual había dejado en su cuerpo...

–Dios...

¡Una aventura de una noche!

Siempre se había preguntado cómo sería el sexo. El buen sexo. Había tenido miedo de ser demasiado reprimida como para averiguarlo de primera mano, pero lo había hecho y... ¡Menuda experiencia!

Le había costado, pero había tenido un profesor excelente. Recordó el rostro de Luis. En su ingenuidad, siempre había pensado que para conseguir el sexo perfecto, tenía que existir una unión de pensamientos, de corazones. Sin embargo, lo de la noche anterior desacreditaba por completo aquella teoría. Se sentía escandalizada y, en igual medida, fascinada, por el instinto que había cobrado vida y se había adueñado de ella, un instinto dormido que ni siquiera había sospechado que existiera. Jamás hubiera pensado que ella era capaz de una pasión tan desatada.

Se pasó la lengua por los labios. Aún le dolían por los besos de Luis. Le recorrió un escalofrío por el cuerpo al tocarse la boca. Los ojos se le nublaron cuando recordó instantes de tan apasionado coito.

Podría haber sido peor, se dijo. Se podría haber enamorado de él.

Había sido una locura. Una hermosa locura. Antes de que pudiera seguir torturándose con los detalles, oyó un sonido en la distancia.

Rápidamente se quitó la chaqueta que le cubría y se vistió con su propia ropa. Estaba tratando de subirse la cremallera del vestido cuando ésta se le atascó a medio camino.

–Estás despierta.

Allí de pie, con el cabello revuelto, los ojos abiertos de par en par y la blanca piel de su cuerpo, Nell le hacía pensar en una ninfa del bosque.

–Deberías haberme despertado. ¿Qué hora es? –preguntó ella. Luis tenía un aspecto muy sensual. Ella, por otro lado, debía de parecer una vagabunda. El mundo no era un lugar justo.

Luis levantó la ceja al escuchar el brusco tono de la voz de Nell.

–¿Eres de las que nunca está de buen humor al despertarse?

Nell se pasó una mano por el cabello y se lo colocó detrás de las orejas.

–Prefiero despertarme en una cama, con cortinas, sábanas...

–Eso tiene fácil solución.

Nell se sonrojó y apartó la mirada de la de él.

–En mi cama.

–Yo tengo una cama –dijo él. Se la imaginaba en ella, pero sabía que Nell no estaba hecha para ser amante.

–¿Me estás invitando, Luis?

¿Era sorpresa o sólo alarma lo que se dibujó en los ojos de él? Ninguna posibilidad habría sorprendido a

Nell considerando que la ironía que ella había querido instilar a sus palabras no se había materializado.

«Buena pregunta», pensó Luis. Evidentemente, sólo había una respuesta. O más bien la había habido hasta que él regresó al lado de Nell y la encontró con un aspecto tan delicioso.

Cuando se había marchado treinta minutos antes para ocuparse de la gasolina, no había estado pensando en ningún momento en repetir lo de la noche anterior. Sabía que era una mala idea.

Había hecho el amor con una virgen. En su opinión, eso le ponía a él en mala situación, a pesar de que ella podía y debería habérselo dicho. Jamás habría esperado algo así. Él estaba acostumbrado a mujeres que se mostraban tan abiertas y relajadas sobre sus necesidades sexuales como los hombres.

Si ella se lo hubiera dicho, él no habría... ¿O sí?

La pregunta seguía pendiente. ¿Podría él jurar que si ella le hubiera explicado su situación, las cosas habrían salido de un modo muy diferente?

—Mira, no tienes que fingir que lo ocurrido anoche fue el comienzo de una hermosa amistad –dijo ella, ofreciéndole inesperadamente una salida.

Amistad era lo que él había compartido con Rosa. Una gran amistad. Sin embargo, ¿y si a su relación le había faltado una chispa de vital importancia? En el momento en el que aquel pensamiento desleal se le formó en la cabeza, un fuerte sentimiento de culpabilidad se apoderó de él.

—Lo de anoche no tuvo nada que ver con la amistad –dijo. Sí con un deseo compulsivo y ciego que, incluso en aquellos momentos, se estaba haciendo sentir.

—¿Reservas ese desprecio para las mujeres que se

acuestan contigo en la primera cita? –preguntó ella tratando de añadir una nota de despreocupación a su voz.

–No teníamos una cita. Y tú eras virgen.

–Tal y como lo dices, parece una enfermedad contagiosa. Bueno, pues aunque lo fuera, ya no estoy infectada.

–Esto no es una broma –dijo.

Nell vio cómo él tragaba saliva. Estaba enfadado, pero ella no comprendía exactamente por qué.

–Había una casa a poco más de un kilómetro de distancia carretera arriba. Tengo gasolina, algo de comida y un termo con café. El coche estaba cerrado, así que supuse que tú tienes las llaves.

Nell abrió los ojos de par en par. Se había olvidado de aquel pequeño detalle.

–Hay un ligero problema.

Luis frunció el ceño y la miró con expectación. Ella tragó saliva. La ligera barba que le cubría la mandíbula le daba el aspecto de un bandolero y enfatizaba el peligro que siempre parecía acechar bajo su piel.

–Efectivamente, yo cerré con llave el coche. Hay que tomar precauciones –añadió.

Jamás se imaginó la respuesta que Luis iba a darle.

–Fue imperdonable.

Nell, sorprendida por la dureza de aquella frase y de la actitud de él, parpadeó.

–¿El qué? ¿Cerrar con llave el coche? –preguntó. De repente, lo comprendió todo y el rubor le cubrió todo el rostro–. Te refieres al sexo. Bueno, no se puede decir que yo no quisiera...

–Pero no sabías lo que estabas haciendo.

–Muchas gracias.

Aquella amarga respuesta provocó un gesto de impaciencia en él.

–No seas ridícula. Estuviste...

Se detuvo. Nell tomó la palabra.

–¿Bien, mal o inclasificable? ¿Siempre que tienes una aventura de una noche con una mujer le pones nota?

–No hables de ti en ese tono. Además, te pido que no hagas que lo que compartimos resulte barato.

Luis se quedó atónito por las palabras que había pronunciado. Él no compartía. Lo de compartir era para Rosa.

Sin saber los diablos interiores a los que Luis se estaba enfrentando, ella lo miró escandalizada.

–Simplemente quería prometerte que no tengo por costumbre tener relaciones sexuales sin protección –dijo él. Su responsabilidad lo abrumaba.

–No lo había pensado...

–Pues deberías.

Luis tenía razón, por supuesto, pero la manera en la que trataba el tema, como si la estuviera sermoneando, le pareció a Nell algo hipócrita.

–¿No fuiste tú el que me aconsejó que no me preocupara por las cosas que no puedo controlar? –le preguntó. Control era lo que debería haber mostrado la noche anterior.

–Quiero que sepas que estoy preparado para vivir con las consecuencias de mis actos.

–¿Qué consecuencias? Cuando yo haya encontrado a Lucy, no nos volveremos a ver.

–¿Cómo que qué consecuencias? –repitió él.

De repente, Nell comprendió a lo que se refería. El rubor le cubrió el rostro.

–¡Oh!

Apretó los labios. Luis asintió.

–Exactamente. No soy hombre que eluda sus responsabilidades.

Nell levantó la barbilla y esbozó una sonrisa de desprecio. Entonces, se dio la vuelta para ocultar la vergüenza que la embargaba.

—Yo no soy tu responsabilidad. Estadísticamente, las posibilidades de quedarse embarazada la primera vez, o incluso la segunda, deben de ser mínimas. Y no te preocupes. Si estoy embarazada, tú serás el último en saberlo.

Nell no había dado ni un paso antes de que una mano en el hombro le hiciera darse la vuelta. Luis le agarró los brazos y tiró de ella hasta que sus cuerpos se chocaron.

—No me parece que el asunto sea divertido.

—Evidentemente, no lo es —replicó ella. Se soltó de él y se frotó los brazos donde él le había agarrado.

Nell pensó que lo que le ocurría a Luis era que estaba aterrado ante la posibilidad de que ella estuviera embarazada.

—No haré más bromas —prometió ella. De repente, no sintió muchas ganas de bromear. La reacción de Luis era la natural, pero le dolía también.

—Yo jamás he tenido sexo sin protección con una mujer, ni siquiera con mi esposa —confesó—. Rosa quería un bebé y yo dije que teníamos tiempo. No fue así.

Nell sintió pena por él.

—Era imposible que lo supieras.

—Yo no le di el hijo que ella quería y ahora contigo, una mujer a la que apenas conozco... tú podrías estar embarazada.

Aquellas palabras explicaban muchas cosas y le dolían a unos niveles que ni siquiera sabía que existieran.

—Bueno, te aseguro que no, así que cambiemos de tema. Las llaves.

Nell agarró el bolso y se secó al mismo tiempo una inexplicable humedad que le cubría las mejillas.

—Estaban ahí —explicó señalando el bolso—. Debieron de caerse cuando me caí.

—¿Has perdido las llaves?

—Te aseguro que no lo hice a propósito. Fue un accidente —dijo. ¿Serviría la misma excusa para explicar el hecho de que se hubiera acostado con un hombre al que apenas conocía y que deseara hacerlo otra vez a pesar de que, evidentemente, él lo lamentaba profundamente porque seguía enamorado de su esposa muerta?—. Estaba muy oscuro. Me iba a levantar temprano, antes de que tú te levantaras... al menos ése era el plan.

Luis extendió la mano. La abrió y le mostró las llaves.

—Eso me pareció que habría ocurrido.

Nell lo miró a los ojos. Se había sonrojado profundamente.

—Las has tenido desde el principio.

—Las encontré cerca del coche.

—Pero decidiste hacérmelo pasar un poco mal. ¡Qué hombre más agradable eres!

—Lo de anoche no debería haber ocurrido —dijo él, de repente. Un gesto de remordimiento había aparecido en sus ojos.

—No lo pienses. Yo no lo hago —mintió.

—Claro. Eso de perder la virginidad ocurre todos los días de la semana.

—Tenía que ocurrir alguna vez.

—Veo que no te importa demasiado.

—Por el amor de Dios, ¿vas a dejar de hablar del tema? —le espetó. Se encogió de hombros y trató de insuflar un poco de humor a la situación—. Relájate.

Comprendo que la última vez que te acostaste con una virgen te casaste con ella, pero no espero una proposición de matrimonio.

—Yo nunca me había acostado con una virgen.

—¡Ah! Yo pensaba que los dos erais tan jóvenes cuando os casasteis que tu esposa...

—Rosa no era virgen. Yo sí.

—¿Eras virgen? —comentó, sorprendida. Le costaba imaginarse a un Luis joven e inexperto.

—Los chicos a menudo maduran más tarde que las chicas, aunque no parece que sea así en tu caso. Ahora, date la vuelta y deja que te ayude a abrocharte el vestido.

—Puedo yo sola.

—Date la vuelta.

Nell lo hizo simplemente porque era más fácil que discutir.

—Está atascada —añadió él.

—Eso te lo podría haber dicho yo porque...

Se detuvo en seco cuando los dedos de Luis rozaron la piel desnuda de su espalda. El contacto le produjo una serie de agradables sensaciones por todo el cuerpo.

—Ya casi lo tengo. Ya está.

—Gracias —musitó ella sin mirarlo.

Nell se tomó un poco del café que él había llevado y uno de los deliciosos bollos. Entonces, llegó el temido momento de meterse en el coche con él.

Cuando Luis le preguntó si estaba lista para marcharse, Nell respiró profundamente y esbozó una sonrisa.

—Cuando tú lo estés —dijo alegremente.

—Intenta no preocuparte por Lucy —comentó él mientras Nell se ponía el cinturón.

–No estoy preocupada –respondió.

Ése era precisamente el problema... hasta que él no había mencionado a su sobrina, Nell no se había dado cuenta de que no había pensado en Lucy en toda la mañana.

# Capítulo 10

SÓLO tardaron media hora en alcanzar la casita. Nell se pasó la mayor parte de ese tiempo con la cabeza fuera de la ventana. Sin embargo, el desagradable silencio que reinaba en el coche hizo que aquél pareciera uno de los trayectos más largos de su vida.

De vez en cuando, se volvía para mirar el perfil de Luis. Cada vez que lo hacía, comprobaba que él mantenía una actitud distante y remota.

Mejor así. Era mejor mantener las distancias para no tener que enfrentarse a las letales sonrisas de Luis. No obstante, a ella le abría gustado que él se fijara en ella también.

No tenía modales.

La carretera en la que estaban viajando se dividió en dos. Luis tomó el desvío de la derecha, lo que les condujo a una verja de hierro forjado que estaba abierta de par en par.

—¿Ya hemos llegado?

—Sí.

Nell miró a su alrededor. Jamás se le había ocurrido llamar «casita» a la vivienda que se alzaba frente a ellos. La casa que ella había vendido y que se había anunciado como «casa familiar espaciosa» era cuatro veces más pequeña que la *casita*. Constaba de una sola planta y estaba construida en piedra al estilo mediterráneo.

Ciertamente, resultaba muy apropiada para ser un nido de amor.

—Ésa es la casita.

—Bien. Espero que, después de todo, estén aquí.

Luis, al que no había pasado desapercibido el hecho de que no hubiera coche a la puerta, esperó que ella no se desilusionara. Se guardó aquel detalle para sí y observó como ella salía corriendo del coche en dirección a la puerta principal de la casa.

Nell buscó un timbre, pero, como no lo pudo encontrar, golpeó la puerta con el puño. La puerta se abrió inmediatamente hacia dentro, y ella estuvo a punto de caer al interior.

Se dio la vuelta y miró hacia el coche. Vio que Luis seguía sentado allí, observándola. Ella sacudió la cabeza sin comprender la total falta de urgencia que él presentaba.

—¡Está abierta! —gritó. Entonces, entró en la casa gritando también el nombre de su sobrina.


Luis respiró profundamente antes de entrar por la puerta principal que ella había dejado abierta. La última vez que había estado en aquella casa había sido después del entierro. En aquella ocasión, había jurado que jamás volvería a entrar por aquella puerta. Sin embargo, allí estaba. Muy pocas cosas habían cambiado, a excepción de la cruda intensidad del dolor que sintió entonces.

¿Qué era lo que había esperado sentir? ¿Dolor? ¿Melancolía? ¿Nostalgia? Simplemente, había esperado sentir más. Ese hecho después de la traición emocional de la noche anterior sólo servía para intensificar su sensación de culpabilidad.

Acababa de entrar en el recibidor cuando Nell reapareció. Tenía la respiración acelerada y los rasgos llenos de ansiedad y frustración. La ira brillaba en sus ojos cuando lo miró.

–Aquí no hay nadie. ¡Dijiste que estarían aquí! –lo acusó–. Y lo peor de todo es que yo te creí.

–Te dije que probablemente estarían en este lugar –le corrigió él–. Estuvieron aquí o alguien estuvo...

–¿Qué eres? ¿Vidente?

–Hay huellas recientes de los neumáticos de un coche en la grava de fuera.

–Eso no nos ayuda en absoluto. No te quedes ahí parado. Haz algo.

–¿Qué es lo que quieres que haga, Nell?

–Yo creía que tú siempre sabías lo que había que hacer.

–En lo que se refiere a ti, lo que yo hago siempre está mal –comentó él secamente.

–¡Como si a ti te importara mi opinión! –exclamó ella.

–Yo...

–¡Luis! ¿Qué estás haciendo aquí?

Al escuchar su nombre, Luis giró la cabeza.

–Buenos días, Felipe.

Nell se dio la vuelta también y vio que en la puerta había un hombre joven, vestido con vaqueros y camiseta como Luis. Ahí terminaba el parecido. El recién llegado tenía una constitución más ligera. Llevaba gafas y tenía el cabello largo, casi por el hombro, lo que le daba un aspecto de estudiante ligeramente desarrapado.

–Te estaba buscando.

–¿Sí? –preguntó Felipe. Parecía confuso–. ¿Habíamos quedado en algo? Se me ha olvidado. Yo creía
que tú ya no venías por aquí. No he entrado en el estudio.

–Está vacío, Felipe –explicó Luis. Le había parecido mal ocultar el talento de Rosa bajo polvorientos
trapos. Su trabajo estaba expuesto permanentemente
en una galería en Valencia.

–¿Él es Felipe? –preguntó Nell–. ¿Tú eres Felipe?
Como no entendía de lo que estaban hablando, no
pudo concretar la identidad del recién llegado.

–Sí. Éste es Felipe. Felipe, te presento a Nell Frost.
El muchacho abrió los ojos de par en par.

–¿Eres Nell, la tía de Lucy?

–Sí, soy la tía Nell. Ahora, ¿dónde está Lucy?

–No lo sé –respondió el muchacho.

–Te ruego que no juegues conmigo. Mi paciencia
no es infinita.

–Su paciencia es inexistente –comentó Luis.

–¿Te importa? –le espetó ella–. Estoy hablando
con tu primo. Ahora, Felipe, ¿qué has hecho con
Lucy?

–No he hecho nada con ella. Lucy... No sé. Le juro
que no lo sé. Se marchó en el coche anoche y me dejó
aquí. Dijo que se marchaba a su casa. No lo comprendo. Me dijo que me amaba y ahora, ahora me
dice que no está preparada para casarse y... –susurró
Felipe. La voz se le quebró y se ocultó el rostro entre
las manos.

Nell suspiró aliviada.

–¡Gracias a Dios!

–¡Yo la amo! –exclamó Felipe, que parecía tener
el corazón destrozado.

Nell se sintió afectada por la angustia del muchacho. Miró a Luis y le pidió en voz baja que hiciera algo. Él se encogió de hombros y siguió mirando a su primo con una mezcla de desagrado e irritación.

Luis parecía no tener corazón, pero ella sabía que no era así. ¿Había llorado cuando su esposa murió?

Apartó inmediatamente aquel pensamiento. Sabía que aquella clase de divagaciones podrían llevarla de nuevo a un lugar peligroso. Entonces, se acercó a Felipe y le dedicó una sonrisa.

—Por supuesto que la amas —susurró para tranquilizarlo—. Venga, venga...

Sus palabras sólo consiguieron que Felipe llorara abiertamente.

—¡Ya está bien, Felipe! —exclamó Luis. Entonces, comenzó a hablar a su primo en español.

El muchacho respondió en el mismo idioma antes de volverse a Nell y decirle suavemente:

—Lo siento mucho, señorita Frost, por haberle causado tanta preocupación —dijo. Entonces, se volvió a Luis, quien asintió casi imperceptiblemente.

Nell se volvió para mirar a Luis.

—¿Le has pedido que me dijera eso? —le preguntó—. ¡Dios Santo!

—¿Y si lo he hecho, qué?

—Este pobre muchacho no es una marioneta —replicó ella. Se volvió a Felipe, que parecía algo asombrado por su reacción—. Ignórale a él y dime qué es lo que pasó.

—Estábamos enamorados...

—Bueno, esa parte no —dijo Nell—. Me gustaría saber por qué estás aquí solo, Felipe. ¿Acaso os peleasteis? ¿Cuándo se marchó Lucy?

—Ella cree que tuvisteis una pelea y que has enterrado a Lucy en el jardín —bromeó Luis.

–¿Te puedes estar callado? –le espetó ella–. O te enterraré en el jardín.

Luis la miró con un aire de sincera inocencia que sacó de quicio a Nell.

–Eres completamente imposible.

Luis sonrió e inclinó la cabeza a modo de saludo. La tensión que había habido entre ellos se deshizo notablemente.

–Gracias.

Nell se sorprendió devolviéndole la sonrisa. Inmediatamente, apretó los labios.

–No ha sido un cumplido –replicó.

Felipe, que evidentemente no entendía nada, sacudió la cabeza.

–Yo jamás le haría daño a Lucy.

–Por supuesto que no, Felipe.

–Se marchó esta mañana... Creo.

Nell, que ya no podía contener la impaciencia, lo interrumpió. Sólo esperaba que su sobrina no se hubiera metido en más líos.

–¿Crees? ¿Es que no lo sabes?

–En realidad, no. Se marchó mientras yo estaba dormido –dijo mientras se sacaba un papel arrugado del bolsillo–. Me dejó una nota y se llevó el coche. Me quedé aquí colgado...

Luis le interrumpió.

–¿Y tu teléfono? –le preguntó. Entonces, miró a Nell–. Aquí sí que hay cobertura.

–Estaba en el coche cuando Lucy se marchó.

–¿Y te dejó aquí tirado? –exclamó Nell, incrédula.

–Parece que tu sobrina es una joven... con muchos recursos, querida mía.

–No me llames así –le espetó ella–. Estoy segura de que Lucy no quería dejarte tirado.

–No, no, claro que no –comentó Felipe–. Me dijo en la nota que siempre recordaría con cariño el tiempo que hemos pasado juntos. Esto no fue tan sólo un amor de vacaciones para ella.

–¿Te dijo Lucy adónde se marchaba? Estoy segura de que debía de estar muy disgustada. Podría necesitar...

–¿Crees que te podría necesitar? –le preguntó Luis con sorna–. No lo creo, querida. Acéptalo. Tu sobrina es una joven muy capaz de cuidar de sí misma. Seguramente ya estará en el aeropuerto.

Nell apartó la mirada de Luis y la centró en Felipe.

–¿El aeropuerto?

Felipe asintió.

–Sí. Puso los datos del vuelo en la nota.

–¡Qué carta más romántica! –comentó Luis.

Nell apretó los dientes.

–No digas ni una palabra más –le espetó. Entonces, se volvió a Felipe.

–Lucy dijo que, si no lograba tomar ese vuelo, se perdería... –comentó, tras consultar la arrugada hoja de papel– no lo entiendo, la semana de algo. Ahora, si me perdonáis, yo...

Con eso, volvió a salir por la puerta y la cerró cuidadosamente a sus espaldas.

Nell se cruzó de brazos. Con ese gesto se levantó ligeramente el pecho, lo que no pasó desapercibido para Luis.

–¿Estás contenta ya? Parece que tu sobrina no es la muchacha romántica que tú pensabas, sino más bien pragmática.

Nell, que era consciente de que Lucy no salía muy bien parada de aquella situación, se puso a la defensiva.

–Supongo que tú crees que se ha portado mal.

–No lo he pensado. La verdad es que no tengo ningún interés en particular por tu sobrina. Ella tan sólo fue el medio para alcanzar un fin.

Ese final no habría debido incluir una pérdida total de control por su parte ni la experiencia erótica más arrolladora de toda su vida.

Nell se miró el anillo que llevaba en el dedo. Sólo Dios sabía cómo, pero a ella se le había olvidado la razón de la presencia de Luis allí. Estaba cumpliendo su parte del trato. Ella, por su parte, le había dado mucho más de lo que el contrato le exigía.

–Tendrás tu dinero, así que no te preocupes. Supongo que ni siquiera te importa que tu primo tenga el corazón roto.

La facilidad con la que ella creía lo peor de él le produjo un brillo de acero en la mirada.

–Sí, claro. Ya tengo mi dinero.

La peculiar inflexión de su voz hizo que ella volviera a preguntar.

–¿Acaso no es así?

Luis no contestó.

–En cuanto a Felipe –dijo él, consciente de que le había dado a Nell Frost pocas razones para pensar bien de él–, me gustaría pensar que ha aprendido algo de esta experiencia, pero lo dudo.

–¡Dios, eres tan duro!

–Y tú una inconsistente. Estamos hablando de la persona que llevas maldiciendo las últimas veinticuatro horas y ahora... hasta parece que le quieres dar un beso.

Los ojos de Nell se prendieron a la sensual línea de la boca de Luis. Ella tragó saliva y perdió la concentración. Permitió que sus pensamientos se marcha-

ran a un lugar en el que el cuerpo de Luis yacía, cálido y pesado, encima del de ella. Un lugar en el que
la lengua realizaba eróticas incursiones en su boca.

Durante un largo instante, Nell se olvidó de respirar. Sólo recordó que tenía que hacerlo cuando la
nube sensual que le nublaba el cerebro comenzó a levantarse. Luchó frenéticamente por tomar aire y, entonces, cometió el fatal error de permitir que sus ojos
volvieran a conectar con los de Luis.

Él la miraba como si supiera lo que estaba pensando. El corazón de Nell comenzó a latir apresuradamente y ella sintió que el rubor le cubría las mejillas. Parecía como si le estuviera diciendo que ella le
pertenecía para que la tomara cuando deseara.

Durante un instante, pensó que Luis podría aceptar
la invitación.

Él dio un paso adelante y la miró con el rostro privado de todo sentimiento.

–Te aseguro que no voy besando a todo el mundo
por ahí.

–Imagínate lo privilegiado que me siento.

Nell ignoró aquel desagradable comentario.

–Ahora que he visto a Felipe, me doy cuenta de
que él es...

–¿Patético?

–¿Tienes que hablar de él en esos términos?

–Sí –respondió secamente él–. No me importa que
Felipe sufra, porque estoy seguro de que eso le ayuda
a formar carácter, pero preferiría que lo hiciera en privado y en silencio.

–¿Porque los hombres de verdad no lloran? No,
claro que no. Deben ser fuertes y silenciosos como tú.
Dios, siento pena por tu hijo si algún día tienes uno.
¡Tienes la sensibilidad de un ladrillo! –le gritó.

Luis la miraba como si su rostro estuviera tallado en piedra.

De repente, Nell comprendió que no estaba enfadada con Luis porque no pareciera sentir nada por su primo, sino porque no sentía nada hacia ella.

Abrió los ojos de par en par ante la implicación de aquel descubrimiento. Dios sabía que no tenía ningún derecho a esperar nada de él. No tenía derecho a esperar que él sintiera algo. Ella no sentía nada. La noche anterior no había tenido nada que ver con los sentimientos. Había sido un momento de locura. No había dejado de repetirse que lo de la noche anterior había sido algo que sólo ocurriría una vez, pero en secreto sabía que deseaba más.

—Yo...

Cuando Nell levantó la mirada, Luis se detuvo en seco. La ira que sentía se desvaneció por completo para dejar paso a una ternura que lo sorprendió completamente.

La sorpresa por la intensidad de sus sentimientos hizo que la voz de Luis sonara dura cuando la agarró por el brazo y la animó a sentarse en una silla.

—Siéntate antes de que te caigas.

—¿Quieres dejar de decirme lo que tengo que hacer?

—¿Qué es lo que pasa?

Nell lo miró y pensó que debería decirle que quería algo de él, pero no tenía intención alguna de poner voz a sus sentimientos. Había perdido la cabeza, pero no hasta ese punto. Además, no sabía qué más era exactamente lo que quería de él. No obstante, aunque hubiera podido ponerle nombre, no tenía derecho alguno a pedir nada.

—Nada.

A pesar de tener una vida social limitada, Nell no había sido virgen hasta los veinticinco por falta de oportunidades, sino por elección. Simplemente no estaba equipada para tener relaciones sexuales sin una implicación emocional. No se consideraba chapada a la antigua. No había que avergonzarse por tener un deseo sexual saludable. Simplemente ella no lo había tenido... ¡o eso era lo que había pensado!

Volvió a contemplar la sensualidad de la boca de Luis. Tragó saliva y se colocó una mano en el pecho, como si aquel gesto sirviera para contener las eróticas imágenes que se le agolpaban en el pensamiento.

Evidentemente, Luis tenía lo que a ella le faltaba: la capacidad para separar sus necesidades sexuales de las emocionales. Respiró profundamente. Podría haber sido peor aún. ¡Se podría haber enamorado de él!

La carcajada que se le escapó de la garganta sonó al borde de la histeria. No era de extrañar que él la estuviera mirando como si estuviera loca.

—Deja de mirarme así —le dijo.

Luis, que siempre salía con mujeres que le sonreían y le decían que era maravilloso, por algún extraño motivo, se encontró sorprendido por el hecho de que no le disgustaban los modales de Nell. Seguramente era la novedad.

Tenía más espinas que un erizo, aunque no le había parecido que pinchara cuando la tenía entre sus brazos. Le había parecido suave y tierna. Respondía a sus caricias sin reservas. Se había entregado sin esperar nada a cambio y sin reservas.

Luis sintió un profundo deseo de volver a experimentar aquella suavidad allí mismo, en la casa que había compartido con Rosa. Sintió vergüenza por su debilidad.

–¿Cómo?

–Como si me estuvieras evaluando –lo acusó ella. Luis no lo negó y siguió mirando–. ¿Qué? –añadió. Se sentía muy nerviosa por aquel escrutinio, pero se puso aún más por el modo en el que él respondió.

–El sexo fue muy bueno. Mejor que bueno –dijo. Añadió algo en español que sonaba muy sensual y que seguramente era indecente. Nell se alegró de no comprenderlo.

–Yo no tengo nada con lo que compararlo, pero no fue algo que vaya a olvidar rápidamente.

–Yo tengo mucho con lo que compararlo...

–Te ruego que no me des detalles. Tengo un estómago muy sensible.

–¿Qué estás haciendo? –preguntó él cuando vio que Nell empezaba a tirarse del anillo.

–¿A ti qué te parece? Estoy tratando de quitarme este maldito anillo...

–Yo tampoco lo olvidaré.

Nell levantó la cabeza inmediatamente. Las mejillas se le habían teñido de rosa.

–Supongo que te estás preguntando por qué me acosté contigo. Yo lo he estado pensando.

–Yo también.

La profunda voz de Luis hizo que el estómago le diera un vuelco, pero ella decidió ignorarlo y apartar las eróticas imágenes que aquel sencillo comentario había evocado.

–No... No...

–Pero si has sido tú quien ha sacado el tema...

Nell lo miró a los ojos.

–Si hubiera tenido la intención de seducirte, diría que lo siento. Si te hubiera engañado deliberadamente, te diría que lo siento, pero no hice ninguna de las dos cosas y no voy a disculparme –añadió con fiereza–, por un instante de absoluta locura.

Con eso, trató de levantarse, pero descubrió que las piernas no lograban sostenerla, por lo que tuvo que volver a sentarse.

–¿Tú lamentas lo que ocurrió?

Luis se respondió su propia pregunta. ¿Qué era lo que había que lamentar? Tal vez el hecho de perder la virginidad con un hombre al que apenas conocía en el suelo de un bosque, sin música, sin suave seducción. Tan sólo una explosión primitiva de deseo. La vergüenza le había dejado un sabor amargo en la boca.

Sin embargo, Nell había sabido tan dulce...

No había comprendido su inexperiencia. No había sospechado nada. Simplemente se había sentido aún más excitado. La única vez en su vida que había perdido el control y había tenido que ser con ella. Lo raro había sido que Nell no se marchara gritando por la montaña.

No lo había hecho.

Ella le había respondido con una pasión salvaje, sin límites, que había igualado la de él, como si el mismo fuego que le había calentado la sangre a él hubiera calentado también la de ella.

Ante tan dulces recuerdos, él no pudo controlar la respuesta de su cuerpo.

Nell pensó que una mujer podía perderse en aquellos ojos. La hipnotizaba el brillo de aquella mirada oscura. Respiró profundamente y apartó los ojos.

–Cuando algunas personas llegan a un punto de su vida que les da miedo, algunas personas prefieren enterrarse en el trabajo para evitar enfrentarse a ello –dijo ella–. Yo me monté en ese avión por lo que ha resultado ser una razón no demasiado buena. Luego me metí en la cama contigo, bueno, no en la cama, pero ya sabes lo que quiero decir. Estaba... En realidad, no estoy segura de cuál es el término psicológico para definir lo que hice o si existe...

–Estoy seguro de que sí existe.

–Lucy no necesitaba que la salvara. Tú me lo dijiste desde un principio. ¿Cómo te sientes al tener razón?

Luis guardó silencio.

–Puedes decir algo así como «ya te lo dije» –añadió–. Me apuesto algo a que lo estás deseando.

–¿Quieres saber lo que estoy deseando hacer, querida?

–¡No! –exclamó ella. Levantó las manos y se tapó los oídos.

La carcajada que él soltó hizo que la tensión desapareciera del ambiente.

–Mira, olvidémonos de los análisis. Lo hecho, hecho está. No hay razón para llorar por lo que ya no se puede cambiar.

–En ese caso, ya está. ¿Podrías dejarme en algún sitio en el que yo pueda tomar un taxi para ir al aeropuerto? –le preguntó ella. La sonrisa se le borró de los labios–. No volveré a verte.

–Nada es imposible.

–Bueno, no creo que nuestros caminos vuelvan a cruzarse a no ser que vengas a la biblioteca a tomar prestado un libro.

Luis bajó la mirada con lenta deliberación, gesto que hizo que Nell levantara las manos para protegerse el vientre.

–O que estés esperando un hijo mío.

–Eso no va a ocurrir...

–Como tú dices, no es muy probable, pero creo que deberíamos permanecer en contacto.

–¿Por qué?

–Por si acaso...

«Por si acaso me despierto en medio de la noche y nadie más que tú puede calmar el dolor», pensó. Justo en aquel momento, un movimiento en la periferia de su visión hizo que Luis girara la cabeza.

–Podría haber algún retraso en lo de ir al aeropuerto.

–¿Por qué? –preguntó ella.

–Porque mi sensible y destrozado primo acaba de marcharse en el coche.

–¿Qué? –exclamó Nell. Se dirigió hacía la ventana y llegó a tiempo de ver una nube de polvo–. ¡No puede hacer eso!

# Capítulo 11

**L**O HA hecho.

—¡Será idiota!

—¿Es ése el modo de hablar sobre un joven tan sensible? —bromeó él.

—¿Y ahora qué hacemos? —preguntó ella tras lanzarle una mirada de irritación.

Luis se sacó un teléfono móvil del bolsillo.

—Nos organizaré otro medio de transporte. Sugiero que aproveches el tiempo para refrescarte un poco.

Nell se llevó una mano al cabello.

—Debo de tener un aspecto horrible.

—Estás... —dijo él, interrumpiéndose al tiempo que una extraña mirada le cruzaba el rostro—. Estás bien.

Entonces, comenzó a marcar un número en su teléfono. Ella aprovechó la oportunidad para marcharse a buscar un cuarto de baño.

La primera puerta que probó estaba cerrada, la segunda era un dormitorio con un cuarto de baño dentro. Era grande y lujoso, con una bañera de estilo antiguo en la que podría haberse bañado un ejército entero. ¿La habría compartido Luis alguna vez con alguien?

Rechazó aquella pregunta. Decidió que cuanto antes abandonara España, mejor. ¡Se estaba convirtiendo en una especie de adicta al sexo!

Una mirada en el espejo reveló que Luis no había

sido muy sincero. Bien desde luego que no estaba. Tenía un aspecto terrible

—Bueno, no podemos hacer mucho, pero al menos lavarnos como los gatos sí.

Se mojó las manos y se las pasó por el cabello. Luego, se alisó la ropa, que tenía manchada y sucia, pero se escandalizó ante el resultado.

Llenó el lavabo de agua y se dispuso a reparar algunos de los daños más superficiales. Los resultados supusieron una mejora, aunque la marca negra que tenía en la mejilla y que se pasó mucho tiempo frotando resultó ser un hematoma y no suciedad.

—Más no se puede hacer —le dijo a su reflejo en el espejo.

Con eso, respiró profundamente y salió de la habitación. Se dirigió directamente al salón, pero Luis ya no estaba allí. Estaba a punto de salir a buscarlo cuando el sonido de voces la atrajo a la ventana.

Luis estaba en el exterior hablando con un hombre que tendría aproximadamente su misma edad. Los dos estaban junto a una furgoneta. Aquella imagen debería haberla alegrado, pero se sintió derrotada.

En aquel momento, Luis giró la cabeza y la vio en la ventana. Entonces, le indicó con la mano que saliera para unirse a ellos.

En el exterior, la suave brisa que soplaba desde el mar era muy fresca y agradable. Nell se dirigió a los dos hombres. Ellos pararon de hablar cuando ella se acercó. El desconocido sonrió mientras Luis lo presentaba.

—Es Francisco. Ha venido a ayudarnos.

—Me alegro de conocerla, señorita Frost. ¿Conoce a Luis hace mucho tiempo?

—No. No hace mucho —dijo ella simplemente.

Luis le dijo algo en español a Francisco. Entonces, se volvió hacia ella y añadió:

–Voy a cerrar la casa. Espera aquí.

Nell levantó una mano y realizó un saludo militar al tiempo que entrechocaba los talones.

–¡Sí, señor!

Luis sonrió. Entonces, volvió a repetir la frase.

–Quédate aquí, por favor.

Francisco, que había observado el intercambio con interés, esperó hasta que Luis hubo desaparecido en el interior de la casa para tomar la palabra.

–Me alegro de que Luis haya traído a alguien aquí. Hace mucho tiempo. No es bueno –musitó el hombre–. Había convertido este lugar en una especie de sitio sagrado.

Entonces, añadió algo en español, pero lo único que Nell comprendió fue «Rosa».

–En realidad –prosiguió Francisco–, esta casa siempre fue más de Luis que de Rosa. Se parecía demasiado al hogar del que ella quería escapar. Rosa era una chica de ciudad. Solía decir que el aire de la ciudad alimentaba su vena artística, aunque le encantaba la luz que tenía en el estudio de esta casa. Para Luis, volver a reconstruir este lugar prácticamente piedra a piedra fue un gesto de amor. Yo le ayudé un poco.

Nell abrió los ojos. Por fin comprendía por qué él se había mostrado reacio a entrar en la casa. Allí era donde había vivido con su esposa.

–Aunque todo el mundo sabe que Luis lo heredará todo cuando doña Elena muera...

–¿Sí?

–Por supuesto. ¿Quién iba a heredar si no? ¿Felipe? En el hipotético caso de que él perdiera todo su dinero mañana, creo que, si tuviera que elegir un lugar que mantener intacto, sería este lugar. No vale mucho económicamente, pero tiene muchos recuerdos.

—No parece un hombre muy sentimental. ¿Conoció usted a Rosa?

—Soy su hermano. Pensé que lo sabía.

—Lo siento, no.

—No se preocupe. Me parece bien que esté aquí con usted —comentó él. Evidentemente, había malinterpretado la incomodidad de Nell—. Llevo años diciéndole a Luis que no puede vivir en el pasado. Necesita una mujer y el hecho de haber vuelto aquí con usted es, evidentemente, su manera de olvidarse de viejos fantasmas. Parece que es usted buena para él.

Nell se sonrojó y negó con la cabeza.

—No, no. Yo no soy su pareja... Soy...

Pensó en el anillo que llevaba en el dedo y cerró la boca. Si empezaba a dar explicaciones, sólo conseguiría empeorar las cosas.

Francisco sonrió. Le tomó la mano entre las suyas y se inclinó suavemente sobre ellas.

—No se preocupe por mí. Lo entiendo... Su secreto está a salvo conmigo.

—No hay secreto —prometió ella. No se atrevía a imaginarse lo que Francisco estaba pensando.

—Cuando estén dispuestos para hacerlo público, yo seré el primero en brindar por ustedes. Aprecio mucho a Luis y tengo mucho por lo que darle las gracias, pero ya conoce usted a Luis. Cuando hace algo por alguien, no le gusta que se sepa —dijo—. Crecimos juntos. Luis, Rosa y yo. Nuestra familia lleva años arrendando tierras de la finca. Mi padre sigue teniendo una granja cerca del castillo. Yo me hice cargo de las viñas que están a poco mas de kilómetro de aquí hace unos cinco años. Las inversiones de Luis han significado... Bueno, digamos que estoy en deuda con él. Siempre supe que él sería un hombre de éxito, pero lo mejor de Luis es que no se olvida de sus viejos amigos por muchos millones que gane.

¿Millones? Antes de que Nell pudiera abrir la boca para pedir más detalles, Luis reapareció.

–¿Lista para marcharte?

Nell, que no había oído que él se acercaba, se dio la vuelta y vio que la mirada de Luis estaba prendida de las manos de Francisco, que aún tenía agarrada la suya. La expresión de aquellos ojos oscuros fue abiertamente hostil.

Ella se sonrojó y apartó la mano inmediatamente. No obstante, decidió que no quería sentirse culpable. No había nada por lo que arrepentirse. Observó con frialdad a Luis y lanzó una cálida sonrisa a Francisco.

–Era yo la que estaba esperando –comentó.

Francisco, que ignoraba lo que ocurría entre los dos, sonrió.

–Espero que volveré a verla muy pronto –dijo. Entonces, le dio a Luis una palmada en la espalda.

Nell pensó en el viaje de vuelta a solas con Luis y sintió que el alma se le caía a los pies.

–¿No va a venir con nosotros?

–Mi casa está muy cerca de aquí. Luis ya me enviará la furgoneta –afirmó. Tomó la mano de Nell y le besó el reverso cortésmente. A continuación, se marchó en la dirección que había indicado.

En la furgoneta, Luis esperó a que ella se pusiera el cinturón antes de arrancar el motor. Después de hacerlo, volvió a desconectarlo de nuevo.

–Déjame adivinar –bromeó ella–. ¿Nos hemos quedado sin gasolina?

–Está casado –dijo él.

–¿Cómo dices?

–Francisco está casado.

–¿Y por qué me estás diciendo eso?

–Bueno, vi que estabas muy a gusto con él.

Nell lo miró con frialdad.

–¡Qué elegantemente lo has expresado! Mucho más que acusarme simplemente de ser una zorra. Tal vez te sorprenda saber que puedo sonreír a un hombre sin arrancarle la ropa.

–A mí no me sonreíste y me las arrancaste de todos modos.

–Francisco es un caballero –le espetó ella–. Tú eres un bárbaro.

Casi no podía controlar la violenta profundidad de sus sentimientos. Todo lo que sentía sobre Luis parecía ser extremo.

Él tensó la mandíbula cuando sus miradas se cruzaron. Nell tuvo que echar mano de toda su fuerza de voluntad para no encogerse en el asiento. Efectivamente, él no parecía un caballero en aquellos momentos.

Entonces, ¿por qué el pulso se le había acelerado por la excitación? Tal vez le gustaban demasiado los hombres de hermosas bocas que se comportaban como bárbaros.

Luis la miró durante un largo instante antes de volver a arrancar el coche. Metió la marcha y gruñó:

–Tal vez tú sacas el bárbaro que hay en mí.

# Capítulo 12

LLEGARON al castillo a primera hora de la tarde. Desde el acalorado intercambio de palabras antes de abandonar la casita, Luis no había pronunciado palabra.

Nell, por su parte, tampoco se había sentido inclinada a iniciar una conversación dado que las conversaciones, incluso las que implicaban temas aburridos y seguros como el tiempo, de algún modo desarrollaban connotaciones sexuales.

¿Por qué de repente todo tenía que ver con el sexo? La fragancia de su cálido cuerpo. La barba que le cubría la barbilla. Aquellas pestañas tan largas... Nell decidió que aquél era uno de los grandes enigmas de la vida. O eso, o había perdido la cabeza.

Se preguntó qué iba a ocurrir a continuación. ¿Iba a ponerla en un taxi para que la llevara al aeropuerto o esperaría que compartiera su cama? Un escalofrío le recorrió la espalda al pensar en la última posibilidad. ¿Aceptaría ella si él se lo proponía?

Abrió los ojos de par en par. El hecho de que se hubiera hecho aquella pregunta, aunque fuera hipotéticamente, revelaba que había habido un gran cambio en ella en las últimas veinticuatro horas. No era que pudiera empeorar las cosas si se acostaba con él. Se marcharía igualmente al día siguiente. Y lo deseaba.

¿Por qué negarlo cuando no podía pensar en otra cosa?

El hecho de reconocerlo provocó que ella emitiera un pequeño gruñido. Luis, que acababa de desconectar el motor, giró la cabeza al escucharlo.

–¿Te encuentras bien?

–Sí, muy bien. Sólo estoy algo... seca. Estaré estupendamente después de una taza de té... si... si no es demasiada molestia.

–¿Quieres tomar té? –le preguntó él mirándola con perplejidad.

«Te deseo a ti».

–Te lo agradecería mucho..

Luis siguió mirándola como si pudiera ver lo que ella estaba pensando.

Cuando Nell consiguió romper el contacto visual, sentía que el sudor le humedecía el labio superior. El ambiente del coche rezumaba tensión.

–Dios... Estoy entumecida. Me vendrá bien estirar las piernas.

Prácticamente se cayó del coche en su esfuerzo por escapar. Permaneció allí unos segundos, respirando profundamente. Se había pasado la mayor parte de su vida adulta sin sexo y, en aquellos momentos, no podía pensar en otra cosa.

Escuchó que Luis salía también del coche y se reunía con ella. No giró la cabeza, pero supo que él estaba a sus espaldas. La sensible piel del cuello se le erizó al sentir su presencia. Era tan consciente de Luis, de la textura de su piel, del sonido de su voz... Cerró los ojos. ¿Qué le estaba ocurriendo?

Si alguien le hubiera dicho veinticuatro horas antes que le resultaría imposible respirar porque había un hombre cerca de ella, se habría echado a reír.

Aquello era ridículo. Nell esbozó una sonrisa y se dio la vuelta. Entonces, con toda la alegría que pudo fingir, dijo:

—Bueno, ya estamos aquí.

—Sí.

La voz de Luis no tenía nada de alegre. Era ronca, seductora, lo que le produjo una violenta contracción de los músculos del estómago.

Allí de pie, con un pulgar enganchado en la cinturilla de los vaqueros, la brisa revolviéndole el cabello oscuro, parecía un hombre completamente relajado. Hasta que se le miraba a los ojos. No estaban relajados. Eran oscuros, pero ardían con una ira evidente.

El aire entre ambos vibraba de deseo. El calor envolvió a Nell al tiempo que un violento anhelo sexual la dejaba completamente inmóvil y le cortaba la respiración. Dijo lo primero que se le vino a la cabeza.

—¿Por qué no me dijiste que la casita era tu hogar? Tuyo y de tu esposa.

—No me pareció relevante.

—Era la primera vez que regresabas. Es muy especial para ti.

—Es tan sólo un lugar.

—Sí, pero es un lugar especial.

La insistencia de Nell estaba empezando a enojarle.

—Lo que hice o sentí antes de que nos conociéramos no te importa, Nell.

Ella parpadeó. ¿Estaba Luis diciendo que lo que hacía y sentía en aquellos momentos sí le importaba? No pudo preguntar porque, en aquel mismo instante, se acercó alguien al lugar en el que se encontraban.

—Ramón —dijo Luis tratando de ocultar su frustración e impaciencia mientras se volvía para saludar al otro hombre.

Ramón miró a Nell y asintió. Su curiosidad hacia ella pareció incrementarse cuando se fijó en el anillo que ella llevaba en la mano. Resultaba evidente que ese detalle le había dado que pensar. Extraña elección para el hombre que podía tener lo que deseara.

Nell tiró de él una vez más. No se lo pudo sacar.

–Si pudiera hablar contigo un momento, Luis...

–Por supuesto. No tardaré mucho –le dijo él a Nell.

No podía tardar. El viaje había sido un infierno. Luis no había podido dejar de pensar en la suave piel de Nell, en su boca..

Nell observó como los dos hombres hablaban. No podía oír lo que decían, aunque no lo hubiera entendido. ¿Le habría ocurrido algo a la abuela de Luis?

Luis no le dio oportunidad de preguntar. Cuando regresó a su lado, se limitó a decirle muy secamente que acompañara a Ramón.

–Iré a verte más tarde –dijo. Con eso, se marchó. Nell ni siquiera pudo desafiar el hecho de que él hubiera dado por sentado que ella estaría esperando.

–Señorita Frost...

El capataz le dijo que iba a acompañarla a las habitaciones privadas de Luis.

Nell se sintió incómoda, pero asintió y dijo:

–Llámame Nell, por favor.

–Es por aquí –dijo Ramón. Se hizo a un lado para permitir que ella caminara junto a él–. El castillo puede resultar confuso hasta que se conoce.

Nell lo siguió a través del laberinto de pasillos. Dudaba que, aunque pasara allí el resto de su vida, algo que evidentemente no iba a suceder, llegara a conocer bien aquel castillo.

Aquello no podía estar ocurriendo. Era un sueño. Un sueño, sí, pero un sueño que quería disfrutar al máximo antes de despertar. No era que esperara volver a revivir la salvaje pasión de la noche anterior, sino sólo que, si ocurría, no iba a resistirse. Iba a dejarse llevar.

¿Quería sexo sin complicaciones? ¿Podía hacer sexo sin complicaciones?

Entró en las habitaciones privadas de Luis a indicación de Ramón. Decidió que cuando tenía que elegir entre sexo sin complicaciones o nada de sexo, la decisión era fácil de tomar. La verdad era que, en lo que se refería a Luis Santoro, ella no tenía ni orgullo ni sentido común.

Se despidió cortésmente de Ramón y se quedó allí sola.

Lo primero que hizo fue buscar el cuarto de baño. Un par de minutos más tarde, se estaba dando una ducha. Cuando salió, se sentía mucho mejor. Se puso la ropa que se había quitado. ¿Qué elección tenía? Después de todo, tenía que tener puesto algo para que Luis pudiera quitárselo.

–Estás dando muchas cosas por sentadas, Nell Frost –le dijo a la imagen de sí misma que se reflejaba en el espejo–. Unas cuantas miradas ardientes no significan nada. Ya no estamos en medio de un bosque. Aquí hay otras opciones para pasar una velada. Incluso podría haber alguna buena película en la televisión –bromeó.

Salió del cuarto de baño tratando de no mirar la enorme cama que dominaba el dormitorio de Luis. Sonrió al ver la bandeja de té con bocadillos que la estaba esperando. Dos tazas. Evidentemente, Luis pensaba reunirse con ella en algún momento.

Después de tomarse un bocadillo y de servirse una taza de té, se sentó en el sofá y se dispuso a esperar.

No tuvo que hacerlo mucho. Cuando él entró en la sala, el corazón empezó a golpearle violentamente contra las costillas.

Al verla, él se detuvo en seco.

—Pareces tan joven...

Nell no estaba segura de si aquello era un cumplido o no.

—Gracias por el té —dijo, por responder de algún modo.

—De nada.

—Espero que no te importe que haya utilizado tu ducha.

Lo único que a Luis le importaba era que no hubiera estado allí para compartirla con ella.

—En ese caso, olerás mejor que yo.

—¿Se ha puesto peor tu abuela? —preguntó para saber si ésa era la razón de que él se hubiera demorado.

—No. Está muy bien. He tenido que ir a atender una llamada de mi despacho.

—¿Tienes un despacho?

—Varios.

—¿Eres rico?

Luis se metió las manos en los bolsillos y se encogió de hombros. Evidentemente, alguien había estado hablando.

—No soy pobre.

—Un millón arriba o abajo no cuenta —comentó ella. Cuando Luis no contestó, tragó saliva—. Creía que Francisco estaba exagerando —añadió. Entonces, se miró el anillo—. Esto no tenía que ver con el dinero de tu abuela. Me has estado diciendo la verdad desde el principio.

—¿Acaso debo disculparme por no mentir?

¿Se estaba mintiendo a sí mismo cuando se decía que aquello era sólo sexo? No estaba seguro de ello, por lo que decidió apartar el pensamiento.

Nell dejó la taza sobre la bandeja y estiró las piernas.

—Me lo podrías haber dicho. Sabías lo que pensaba y podrías haberme puesto en mi sitio en cualquier momento. Sin embargo, disfrutaste sintiéndote superior.

—Me dijiste que era una alimaña y tu opinión sobre mí cayó en picado a partir de ese momento. Supongo que me preguntaba cuánto podía bajar la opinión que tenías sobre mí —comentó. Se sentó frente a ella y estiró las piernas.

—A pesar de que pensaba que eras una alimaña, me acosté contigo.

—Es cierto —afirmó él—. ¿Y ahora que la opinión que tienes sobre mí no es tan baja...?

Nell decidió apartar los ojos del brillo de desafío sexual que relucía en los de él.

—Pareces agotado.

—Alguien no me dejó dormir anoche —murmuró él. Esperaba que le ocurriera lo mismo aquella noche.

Nell decidió volver a retomar de nuevo el tema original.

—Cuando me dijiste que no había dinero, ¿me estabas también diciendo la verdad?

—¿Yo te dije eso?

—Sí.

—Tienes la extraña capacidad de conseguir que yo diga cosas que no debería. Sí. Es cierto. No hay dinero. La finca no ha evolucionado con los tiempos y doña Elena siguió algunos consejos equivocados para invertir su dinero.

–¿La finca tiene problemas económicos? –preguntó ella sin ocultar su sorpresa. Nada de lo que había visto sugería descuido o falta de fondos.

–Hubo problemas. Ramón y yo decidimos que sería mejor no molestar a mi abuela con ellos. Hicimos gestiones para depositar fondos en algunas cuentas para cubrir los gastos. Donde era necesario, yo realicé algunas inversiones de capital para llevar a cabo programas de renovación.

–Es decir, no sólo no quieres el dinero de tu abuela, sino que llevas dándole el tuyo varios meses –dijo ella. De repente, se sintió muy estúpida.

–Ha sido más bien un proyecto a largo plazo.

–Años entonces.

–Así es –reconoció él, para sorpresa de Nell–. Quería ahorrar a mi abuela la humillación y el dolor de perder la finca que ha sido su vida. Me parecía que era lo menos que podía hacer por ella considerando que ha sido mi padre y mi madre desde que mis padres me dejaron con ella un año cuando se fueron de vacaciones y no volvieron a recogerme. En realidad, era comprensible. Un niño delgaducho y enfermo arruinaba verdaderamente su cosmopolita estilo de vida.

A Nell le costaba imaginarse a Luis como un niño enfermizo y no querido, pero le resultaba aún más difícil comprender cómo unos padres podían abdicar de sus responsabilidades y de su único hijo. Se preguntó cómo Luis podía recitar la historia sin rastro alguno de amargura.

–Aunque, para ser justos, para ellos era un trabajo. Se dedicaban a hacer documentales sobre viajes.

–No sé cómo nadie puede ser capaz de dejar a su hijo –susurró. De repente, se encontró odiando a dos personas que no conocía.

–Estoy seguro de que no puedes, pero no todo el mundo tiene tu sentido del deber.

Nell se puso de pie y se apretó una mano contra el pecho. La expresión de su rostro adquirió una intensa pasión.

–No tiene nada que ver con el deber, sino con el amor. Las personas que no saben eso no deberían tener hijos –añadió, mientras volvía a sentarse.

–Estaban, y están, muy centrados el uno en el otro.

–A mí me parecen más bien unos idiotas egoístas.

–Me parece recordar que tenías una imagen muy similar sobre mí.

–Tú eres un idiota... en ocasiones –admitió–, pero no dejarías que otra persona criara a tu hijo.

–No, Nell. No lo consentiría –dijo él, muy serio–. Pero no le di a mi esposa el hijo que tanto ansiaba. Creo que eso me hace más que egoísta.

–Te hace humano, estúpido.

–¡Vaya! La mayoría de la gente me considera bastante inteligente.

–Eso sólo demuestra lo ridícula que puede ser la gente. Tu esposa murió. No fue culpa tuya, ¿verdad?

–Un accidente de coche. Regresaba sola de Barcelona.

–Entonces, no fue culpa tuya. Tú estás vivo, Luis.

Él respiró profundamente. De repente, aquella afirmación le pareció más cierta que nunca.

–Así es.

Nell observó con el corazón latiéndole con fuerza en el pecho como él se acercaba. Se detuvo a menos de un metro de ella.

–Déjame que sea sincero contigo. Esta noche podría ir por dos caminos distintos. Primero, si lo deseas, podría hacer que te llevaran al aeropuerto y reservarte allí una habitación para que pasaras la noche. En segundo lugar, y ésta es la opción que yo prefiero, podrías pasar la noche aquí conmigo –dijo. Entonces, señaló con una inclinación la enorme cama que quedaba visible a través de la puerta abierta del dormitorio–. En esa cama.

Nell lo miró. Luego miró la cama. Y tragó saliva. El corazón le latía tan rápidamente que casi le resultaba insoportable.

–No voy a mentirte diciendo que siento cosas que no siento. ¿Lo comprendes, Nell?

–Lo comprendo.

–¿Y qué eliges?

–Me gustaría pasar la noche aquí contigo, en esa cama.

–Gracias a Dios.

Luis se levantó y se dirigió hacia ella.

De repente, Nell sintió que el pánico se apoderaba de ella. ¿Qué había hecho? ¿Qué estaba haciendo?

–Nuestro acuerdo...

–¡Tener relaciones sexuales no formaba parte de nuestro acuerdo! –exclamó él–. Estoy cansado del trato. Sugiero que lo tiremos por la ventana y volvamos a empezar.

–Sí, por favor.

Nell extendió las manos. Luis las tomó entre las suyas y tiró de ella hasta que sus cuerpos se unieron.

–No tienes ni la más mínima idea de lo mucho que me alegra que aceptaras la segunda opción –susurró.

Le rozó los párpados y las mejillas con los labios. Luego se concentró en la curva de su garganta antes de reclamar la boca con un apasionado beso que la dejó sin aliento.

–Demuéstramelo, Luis. Demuéstrame lo mucho que te alegras, por favor...

Luis le agarró la barbilla con una mano y la levantó hacia él. Nell sintió que él estaba temblando. Y sintió también la erótica huella de su erección contra el vientre.

–Te lo mostraré –le prometió mientras le acariciaba suavemente el cabello–. La otra vez...

Nell le tiró suavemente de la comisura de los labios con los dientes. Los alientos de ambos se mezclaron cuando ella se puso de puntillas.

–No tienes nada por lo que compensarme. Estuviste perfecto. Fue perfecto.

Entonces, apretó los labios contra los de él y los besó con fuerza.

Con un gruñido, Luis la tomó en brazos y la llevó al dormitorio. Allí, cayeron juntos en la cama. Entre suaves gruñidos, desesperados gemidos y suaves susurros, se desnudaron mutuamente con una torpeza nacida de la propia desesperación. Por fin, estuvieron desnudos el uno frente al otro.

Nell levantó una mano y, con los ojos oscuros por el deseo, deslizó un dedo por la angulosa mejilla de Luis hasta llegar a la boca.

–Tu boca es un verdadero milagro –susurró. Entonces, soltó una carcajada–. Y el resto tampoco está mal.

Luis no se rió. Tenía una mirada hipnótica y oscura, tan apasionada que Nell casi podía ver las llamas danzando en las aterciopeladas profundidades. De repente, él agarró los dedos y se los metió en la boca. Comenzó a chupárselos.

Aquella sensación tan erótica recorrió el cuerpo de Nell desde la cabeza a los pies. Cerró con fuerza los ojos. Se sentía flotando. De cintura para abajo era como si sus cuerpos se hubieran licuado.

Luis se sacó los dedos de la boca y los besó uno a uno, lentamente, antes de besar la boca de Nell. Apretó suavemente la rosada carne entre los dientes.

–He estado todo el día pensando en esto –confesó.

–Yo también.

Nell apretó más los ojos cuando él le introdujo la lengua entre los labios para demostrarle así toda su pasión.

–¡Dios mío, Luis! –exclamó ella cuando él rompió el beso.

–Puedes estar segura de que esta vez voy a hacer que sea bueno para ti.

–Estoy segura...

Luis se irguió sobre ella. Delicadamente, le apartó el cabello del rostro. Aquella ternura hizo que los ojos de Nell se llenaran de lágrimas. Simultáneamente, la oscura pasión que veía en los de él acrecentaba su deseo. Cuando él comenzó a besarle el cuerpo, moviéndose hacia abajo, arqueó la espalda. La respiración se le aceleró cuando Luis centró su atención en las zonas más íntimas. Aquellas eróticas caricias la empujaron muy cerca del clímax en varias ocasiones, pero en todas él se apartó. Por fin, cuando ella sentía que estaba a punto de explotar, la penetró, llenándola deliciosamente y convirtiéndose en uno con ella.

Cuando empezó a moverse dentro de ella, Nell le rodeó la cintura con las piernas. Cuando sintió las primeras oleadas del clímax, Luis cerró los ojos y se tensó. Entonces fue cuando escuchó que ella alcanzaba un potente orgasmo y la suave humedad de su feminidad se tensó rítmicamente alrededor de su miembro.

–Una vez más con sentimiento, querida...

Comenzó a moverse de nuevo, fundiéndose de nuevo con ella. Explotó al unísono con Nell. Ella perdió toda sensación de sí misma. Los dos eran uno.

–Ha sido... perfecto –susurró ella.

–Perfecto...

Después de la segunda vez que hicieron el amor, Luis se quedó profundamente dormido con Nell entre sus brazos. Sin embargo, el sueño la eludía a ella. Su mente no dejaba de pensar. Además, ¿quién quería dormir cuando podía emplear el tiempo mirando a Luis?

Se apartó un poco y colocó la cabeza sobre la almohada para poder ver cómo dormía. Su rostro la hipnotizaba. Una extraña emoción le atenazaba la garganta. Le fascinaban los detalles que quería memorizar. Los dedos, los poderosos músculos de los hombros, la red de cicatrices que le cruzaba el pecho oculta por el vello negro. ¿Sabría alguna vez qué las había causado?

Él se rebulló en sueños y murmuró algo en español. Nell se pegó más a él y moldeó su cuerpo contra los duros contornos del de él.

–Duérmete, cariño –le susurró suavemente al oído.

Sintió que la tensión de aquellos músculos se relajaba como si a un nivel subconsciente él hubiera escuchado sus palabras. Le aliviaba poder expresar sus sentimientos. Entonces, sin previo aviso, él abrió los ojos. Nell se quedó atónita porque parecía estar mirándola, pero ella sabía que estaba profundamente dormido.

–Rosa...

Sólo dijo una palabra. Luego, cerró los ojos sin saber que a su lado, una mujer lloraba en silencio de humillación y de angustia.

Una palabra podía cambiar tantas cosas...

¿Había estado él pensando en su esposa muerta cuando le hacía el amor a ella? Sintió un profundo asco.

Se apartó de él cuidadosamente y se sentó al borde de la cama. Se llevó una mano a los labios, Dudaba que alguna vez lograra librarse del sabor metálico de la humillación que tenía en la boca.

Se había sentido hermosa, especial y cómoda al lado de Luis. Toda aquella dulce ternura y después aquello. Era como ver el cielo y regresar de un golpe a la fría tierra.

Se envolvió con la sábana. Los labios le temblaban. No podía competir con un fantasma ni quería hacerlo. Su error había sido pensar que para Luis también había sido algo más que sexo.

# Capítulo 13

**N**ELL comprobó que el escucha bebés estaba encendido y se reclinó en su asiento para leer su libro. Llevaba diez minutos en la misma página y aún no se había enterado de nada de lo que decía. Nada podía distraerla de la introspección que le producían sus propios pensamientos, ni siquiera el hecho de que su hermano y su cuñada le hubieran dicho que su sobrino jamás se despertaba cuando se dormía y ya había subido cuatro veces la escalera.

Sabía que iba a tener que dar un giro a su vida en algún momento, olvidarse de lo ocurrido y seguir adelante, pero ese punto aún no había llegado.

Había pensado mucho en todo lo ocurrido antes de escribir a Luis. Un hombre se merecía saber que iba a ser padre, aunque la vida habría sido mucho más sencilla si él no lo hubiera sabido nunca.

No iba a resultarle fácil tener a Luis en su vida, aunque tan sólo fuera como padre a tiempo parcial de su hijo. De hecho, iba a ser un infierno. Sólo el hecho de imaginándoselo del brazo de una hermosa rubia mientras acudía a ver al niño había sido casi motivo suficiente para no echar la carta al correo. Sin embargo, en ocasiones, el hecho de tener conciencia era un verdadero inconveniente.

Tanto pensar no le había servido de nada. Había echado la carta hacía ya un mes, por lo que, incluso

permitiendo tiempo extra para las posibles inciden-
cias del servicio postal, Luis tendría ya que haberla
recibido. Desgraciadamente, hasta aquel momento su
respuesta había sido tan sólo un ensordecedor silencio.

Nell se dijo que se sentía aliviada. Estaba enojada
simplemente porque había pensado que él responde-
ría. Había creído que lo haría. Había creído en él y en
su integridad. Se había dado cuenta de que tan sólo
había sido una necia. Su desilusión era absoluta.

Dejó el libro y encendió la televisión. Bajó el vo-
lumen hasta que éste se convirtió en un ligero murmullo.

Llevaba dos semanas en casa cuando se hizo la
prueba de embarazo. Las pruebas, más bien. Se había
hecho tres antes de aceptar el resultado. Aun así, había tardado en asimilarlo varios días, como si el hecho
de ignorar la situación pudiera hacer que ésta desapareciera.

Había conseguido enfrentarse a la verdad en la sala
de espera de la consulta del dentista. Había ido a hacerse una revisión cuando el dentista había decidido
que debía hacerse una radiografía rutinaria. La revista que había tomado mientras esperaba contenía
las fotografías de una fiesta benéfica que se había ce-
lebrado en Nueva York.

Nell reconoció algunos de los rostros famosos, entre los que se encontraba Luis. Era el único que no
sonreía, pero, a pesar de todo, parecía más digno de
estar en Hollywood que algunos de los que estaban
con él. Tenía la mano sobre la cintura de una joven
actriz. Si había estado fingiendo la adoración con la
que lo miraba, se merecía el Óscar que había ganado.

Era una locura pensar que algo así hubiera hecho

que comprendiera la realidad de su situación, pero así había sido.

En un mundo perfecto, el hecho de que una mujer descubra que está embarazada del hombre del que está enamorada debería ser el mejor momento de su vida. Un momento inolvidable. Para Nell, había sido como si un rascacielos se le hubiera desmoronado encima. No obstante, había comprendido que deseaba tener al niño y que lucharía por tenerlo. Era el niño de Luis.

Las lágrimas comenzaron a caerle por las mejillas. Se levantó, se dirigió a recepción y dijo:

—Lo siento, pero no puedo hacerme una radiografía. Estoy embarazada.

Entonces, antes de que la recepcionista hubiera podido responder, había salido huyendo.

Apartó los recuerdos y se recordó una vez más las ventajas de criar a un hijo en solitario. Cambió de canal y se dijo que su situación podría ser peor aún. Podría ser una de las invitadas de la fiesta con la que su hermano y su cuñada estaban celebrando su aniversario de boda en la casa de la hermana de Nell.

Cuando, en el último minuto, se supo que había un problema con la canguro, ella no se había sentido irritada por el hecho de que su hermana diera por sentado que ella sería la sustituta.

—A Nell no le importará.

Por una vez, no le importaba. Sin embargo, habría agradecido que se lo pidieran.

—Dios, Nell. Me has salvado la vida —dijo Kate, su cuñada—. ¿Estás segura de que no te importa? La agencia podría...

—No creo que te apetezca dejar a Stevie con una desconocida, Kate.

Kate se disculpó con la mirada ante Nell.

–No, claro que no, Clare, pero...

–Nell será la única sin pareja.

–En realidad, Clare, he invitado a Oliver Loveday. Es el nuevo socio de...

Eso fue más que suficiente para Nell.

–No, Kate. Me encantaría cuidar del niño y, además, no tengo nada que ponerme.

Nell apretó los dientes cuando las dos mujeres se echaron a reír como si hubiera dicho una broma divertidísima.

–Nell cree que la moda es comprarse una camiseta nueva.

–Y que los vaqueros se llevan una talla más grandes.

–Dos, si me los pasas tú, Clare –comentó Nell inocentemente.

Inmediatamente, vio que su hermana se ponía muy seria. Conocía la constante batalla que Clare tenía con su peso y se sintió como si fuera una canalla. A pesar de todo, le dolía que ninguna de las dos mujeres hubiera pensado en el hecho de que a Nell le gustaría la moda si tuviera dinero para gastárselo en ropa.

Alguien llamó a la puerta, lo que sacó a Nell de sus pensamientos. Pensó no hacer caso, pero luego decidió que la insistencia del que llamara podría despertar de nuevo a Stevie, por lo que se levantó enseguida. La última vez había tardado media hora en conseguir que el niño se durmiera y no quería que se volviera a repetir la situación.

–Voy, voy –musitó mientras se ponía las zapatillas. Una no se vestía para cuidar de un bebé. El desaliñado atuendo de Nell buscaba la comodidad–. He dicho que ya voy.

Abrió la puerta, aunque dejó la cadena echada. La casa de su hermano estaba en una zona bastante tranquila de la ciudad, pero nunca se podía estar suficientemente segura.

Una alta figura dio un paso al frente bajo la luz del porche. Ella, eso sí muy elegantemente, se cayó sobre el trasero.

Luis la miró muy preocupado. Comprendía su reacción, dado que a él había estado a punto de ocurrirle algo muy parecido cuando abrió la carta.

–Nell... ¡Nell!

Metió los dedos en la rendija de la puerta y trató de abrir. ¿Estaría ella herida? No se podía permitir el lujo de especular sobre las posibilidades. Al fin, consiguió forzar la cadena. La puerta se abrió y él sintió una oleada de alivio al ver que ella estaba consciente.

A pesar de que ella trataba de apartarlo con la mano, se dejó caer a su lado, de rodillas.

–Vete. ¡Estoy bien! ¡Deja de hacer eso! –exclamó, al notar que él comenzaba a explorarle clínicamente todo el cuerpo para ver si se había roto algún hueso. A pesar de que las manos la tocaban de un modo completamente puro, las reacciones de su cuerpo eran menos clínicas.

–No parece haber nada roto.

–Dame un minuto –dijo ella, cerrando los ojos–. ¿Qué?

Luis la levantó con un suave movimiento. Unos segundos después, ella estaba tumbada sobre el sofá de su hermano.

Nell trató de levantarse.

–¿Me quieres dejar en paz?

Luis colocó la mano ligeramente sobre el pecho de ella.

–Quédate quieta. Te has desmayado.

Ella le golpeó la mano y se incorporó sobre un codo.

–No me he desmayado en toda mi vida. ¡He dicho que te vayas! –exclamó. Consiguió apartar el brazo de Luis y sentarse en el sofá–. ¿Ves? Estoy perfectamente. Ahora, puedes irte.

–Te aseguro que no me voy a marchar a ninguna parte, Nell. Acabo de llegar.

–¿Qué es lo que estás haciendo aquí? –le espetó ella con voz poco amigable.

Luis se quitó el impermeable que llevaba puesto sobre su traje. La prenda relucía con la lluvia, igual que le ocurría a su cabello.

–Te estaba buscando.

Ya la había encontrado. No podía dejar de mirarla. Su memoria no le había engañado. Los ojos de Nell eran tan grandes como los recordaba y su boca igual de suave y sugerente.

La expresión del rostro de Luis no reveló en absoluto el deseo que se había despertado en su cuerpo tan sólo con mirar aquella boca.

–¿Cómo te sientes? –le preguntó. Se alegraba de ver que ella ya no estaba pálida, pero le parecía que presentaba un aspecto muy frágil. Se quedó asombrado al ver cuánto peso había perdido.

Nell no prestó atención a la pregunta. De todos modos, habría sido imposible responder. No había palabras que pudiera describir el cóctel de sentimientos que estaba experimentando en aquel momento.

–¿Dices que me estabas buscando? –preguntó Nell. A pesar de su intención de permanece con una actitud fría y distante, que no le permitiera a Luis saber todo el daño que le había hecho, ella no pudo evitar que la amargura y el resentimiento se reflejaran en su voz–. No me parece que lo hayas estado haciendo con mucha urgencia.

–¿Creías que yo había ignorado la carta?

–Y así ha sido.

–No la ignoré. Simplemente no la recibí.

–Si tú lo dices... –replicó ella con una sonrisa de desprecio.

–Claro que lo digo.

–Mira, en realidad no me importa si es de un modo u otro –mintió.

–Sí, ya lo veo. ¿Enviaste la carta al castillo?

Los ojos de Nell reflejaron incertidumbre.

–La envié al castillo... ¿y qué si la envié al castillo?

–Que no estaba allí. Si hubieras puesto que era urgente, me la habrían enviado. Sin embargo, como simplemente decía que era personal, permaneció sobre mi escritorio esperando mi regreso. La salud de mi abuela ha mejorado mucho. Por cierto, creo que te mandaría recuerdos si supiera que yo estoy aquí. He estado viajando mucho. Regresé a España esta misma mañana.

No podía revivir el momento en el que abrió la carta y leyó la breve nota sin palidecer. Ella le había dado todos los detalles relevantes, pero no había reflejado sentimiento alguno. No se podía deducir si ella estaba triste, feliz o indiferente con la noticia... o con él.

Esto último ya no era un misterio. Cuando lo miraba, resultaba evidente que no sentía ninguna de las tres cosas, sino un odio profundo, que ardía como una fogata en aquellos ojos grises.

Nell lo miró y se encogió de hombros. No sabía si él decía la verdad.

—Me alegra que tu abuela esté mejor.

—Yo también.

—Vi una fotografía tuya en Nueva York —dijo. Aquél había sido el día en el que se había dado cuenta de que lo amaba.

—Tuve allí varias reuniones de negocios.

Nell recordó la imagen de la actriz que lo acompañaba en aquella fotografía y replicó:

—Esa fiesta benéfica no tenía nada que ver con los negocios. Entonces, leíste mi carta cuando llegaste a casa.

No quería que sus comentarios pudieran ser interpretados como celos.

—Sí.

—Lo siento.

—¿Que lo sientes?

Luis la miró. Él era quien tendría que estar disculpándose. En su opinión, la ignorancia no era excusa. Pensar que ella se había estado enfrentando a todo sola le producía una gélida sensación en el pecho. Él debería haber estado a su lado. Casi lo había estado. Si no hubiera sido tan orgulloso, habría salido corriendo detrás de ella. Por primera vez en su vida, una mujer lo había dejado a él y Luis no se había permitido seguirla. En vez de eso, se había dejado cegar por el resentimiento y había tratado de actuar como si nada hubiera ocurrido.

Nell se encogió de hombros y apagó la televisión.

—Bueno, me imagino que no habrá sido un buen regalo de vuelta a casa.

La expresión velada del rostro de Luis no revelaba

nada, pero ella no pasó por alto que él no afirmó estar encantado.

–Era una posibilidad.

–Bastante remota. No obstante, te aseguro que no había necesidad para que te presentaras aquí. Tu reputación está a salvo –dijo ella. La fotografía de Nueva York se había considerado una exclusiva, dado que se consideraba el soltero de oro español siempre guardaba muy celosamente su intimidad.

Nell suponía que era natural para alguien de su posición querer evitar demasiada publicidad.

–No tengo más ganas que tú de darle publicidad a esto, así que tranquilo. No voy a contárselo a nadie –añadió Nell mientras se colocaba la mano sobre el aún liso vientre–. Aún no se me nota. Nadie sospecha nada. Kate incluso piensa que me he pasado con los regímenes.

Luis sintió que la ira se apoderaba de él.

–¿Es ésa la razón por la que crees que estoy aquí? ¿Crees que he venido para evitar que vendas nuestra historia?

La ira que él demostró la dejó perpleja.

–Bueno, ¿por qué si no ibas a venir tan rápidamente?

–Evidentemente, yo tengo mejor opinión de ti que tú de mí –replicó Luis.

Nell se dio cuenta de que no podía apartar los ojos de los labios, que reflejaban claramente la ira que Luis sentía. Sabía que él estaba enojado, aunque el porqué seguía siendo un misterio para ella.

–Ni siquiera se me pasó por la cabeza que tú pudieras rebajarte para ganar dinero con una historia de venganza –añadió.

–Estupendo, porque yo jamás lo haría. Entonces, ¿por qué has venido?

–¿Que por qué? –repitió él–. ¿Por qué? Estás esperando un hijo mío, estás sola. No sabía cómo te iban las cosas o si estabas bien, lo que evidentemente, no es así –añadió, tras mirarle el rostro–. Tal vez yo sea la clase de tonto irresponsable que tiene relaciones sexuales sin protección, pero nunca ignoro mis responsabilidades.

Aquellas palabras provocaron un ligero rubor en las mejillas de Nell. Entornó los ojos. No se podía creer que, de repente, él fuera la víctima.

–¡Qué suerte tengo! Soy una responsabilidad. Ya me siento mejor.

Luis la miró con exasperación.

–Sabes que no es eso lo que quería decir.

–Sé exactamente lo que querías decir y, para que conste, no soy tu responsabilidad.

«Quiero ser el amor de tu vida, estúpido».

Asombrada por lo cerca que había estado de poner voz a sus pensamientos, Nell bajó los ojos y se mordió el labio. Iba a tener que tener más cuidado en el futuro. Sería un buen comienzo pensar antes de abrir la boca.

–Y supongo que el niño tampoco es mi responsabilidad –comentó él furioso.

–No –afirmó Nell frunciendo los labios–. Por cierto, ¿cómo has sabido dónde estaba?

–Yo tenía la dirección de la casa de tu hermana.

–Cuando escribí la carta estaba allí. Pasé allí unos días hasta que me compré mi casa –afirmó, muy orgullosa.

Por suerte, él no había visto su casa.

El hecho de vivir con su hermana había sido un

verdadero incentivo para encontrarse su casa. Cualquier casa. El ambiente no había sido muy agradable. Clare se había mostrado furiosa de que Nell se hubiera marchado justo cuando, según ella, había que hacer todas las cosas. Se había mostrado más furiosa aún cuando Nell se había negado a decirle dónde había estado.

Agotada por la presión, se marchó en cuanto pudo.

–¿Fuiste a la casa de Clare? Hay una fiesta.

–Lo he notado –dijo. También se había dado cuenta de que Nell no estaba en aquella celebración familiar.

–¿Te dijeron ellos dónde podías encontrarme? –preguntó Nell con escepticismo. No le parecía probable que su familia le facilitara su paradero a un completo desconocido. Sin embargo, Luis era un desconocido que sabía muy bien cómo resultar persuasivo. Normalmente, la gente no le decía que no.

Ella, ciertamente, no lo había hecho.

Luis observó como ella palidecía de nuevo. Se preguntó si debía llamar a un médico. Antes de que pudiera tomar una decisión, ella se quedó blanca como el papel.

–Túmbate.

Nell ignoró aquella sugerencia. Se le había ocurrido una posibilidad horrible.

–Por favor, dime que no les contaste que yo estoy embarazada.

Sabía que tendría que darles la noticia en algún momento, pero quería que fuera cuando ella lo eligiera.

–No fue lo primero de lo que hablamos –dijo él. Nell lo miró fijamente–. No. No les dije que estás embarazada. Sin embargo, si esperas que te apoyen cuando se lo digas, estás muy equivocada. Por lo que he visto, son personas egoístas y completamente desconsideradas.

Luis sonrió al recordar el aspecto de sus caras cuando él les dijo lo que pensaba de una familia que descargaba todas sus responsabilidades en los hombros de una muchacha, cosa que, por lo que veía, seguían haciendo.

Nell no podía discutir la exactitud de aquel análisis tan brutal, pero no le pareció que él tuviera derecho a expresarlo y así se lo dijo.

—Estás hablando de mi familia. ¿Acaso siempre hablas mal de la gente a sus espaldas?

—No, no. Se lo dije a la cara —replicó. Se alegró de ver que Nell había recuperado un poco el color de las mejillas. Entonces, se inclinó hacia delante y, tras colocarle un dedo por debajo de la barbilla, la ayudó a cerrar la boca—. ¿Dónde está la cocina? ¿Te puedo traer un vaso de agua?

—Estás bromeando, ¿verdad?

—Te aseguro que soy perfectamente capaz de traerte un vaso de agua.

—¿Les dijiste a mi hermana y a mi hermano que...?

—Tú también tienes la culpa —observó él, interrumpiéndola.

—¿Qué quieres decir?

—¿Por qué estás aquí cuidando del niño mientras que ellos se están divirtiendo?

—Me ofrecí —mintió.

—¿Acaso tienes intención de seguir jugando a ser Cenicienta toda la vida?

—¡Eso no es cierto!

—Entonces, ¿qué estás haciendo esperando que aparezca el Hada Madrina? ¿O tal vez esperas al Príncipe Azul?

—Bueno, si ése fuera el caso, ciertamente me equivoqué contigo —le espetó ella. Aún no estaba segura de que fuera cierto que él le había dicho aquellas cosas a su familia—. ¿De verdad te metiste en la fiesta?

—Sí. Llamé a la puerta y tu sobrina me invitó a pasar.

—¿Has visto a Lucy?

Su sobrina había regresado de la universidad para pasar el fin de semana allí. Cualquiera hubiera dicho que ella era la candidata ideal para cuidar de su primito.

Nadie se lo había preguntado a Lucy porque ella habría dicho que no. Tal vez Luis tenía razón. Nell se sintió muy incómoda. ¿Se había convertido en el felpudo de la familia?

No era de extrañar que él la mirara con tanta irritación. Seguramente la estaba comparando con su hermosa y fuerte sobrina, a la que nadie se le ocurriría pasarle por encima.

—Sí.

—¿Y te gustó?

¡Qué pregunta más tonta! ¿Cómo no le iba a gustar? Lucy era alta, rubia, inteligente y hermosa. Con un profundo desprecio por sí misma, Nell se dio cuenta de que había empezado a estar celosa de su propia sobrina.

—No me he parado a pensarlo.

Al pensar en ella en aquellos momentos, le daba la impresión de que la muchacha era una versión más joven de su madre. El hermano también era similar. Los rasgos de los tres no habían dejado una impresión muy duradera en él. Podría volver a encontrárselos por la calle y no los reconocería.

—Tú no te pareces a tu familia.

No era la primera vez que la falta de parecido se había notado. Normalmente, Nell aceptaba filosóficamente que ella se había llevado la peor parte. No era la situación en aquel momento.

—Me gustaría decir que yo me llevé la inteligencia y ellos el físico, pero en realidad son bastante inteligentes.

—¿Quién te ha hecho creer que no eres atractiva? —le preguntó Luis muy asombrado.

Nell lo contempló aturdida.

—No sé de qué estás hablando.

—Lo sé. Por eso es tan increíble.

Antes de que Nell se diera cuenta de las intenciones que él tenía, Luis le agarró la barbilla con una mano. Cuando ella trató de zafarse, le colocó la mano sobre la mejilla.

Nell estuvo a punto de dejarse llevar por el pánico al notar que él la miraba atentamente. El contacto de los dedos de Luis sobre su piel la hizo temblar e intensificó la sensación que llevaba ya unos instantes sintiendo en la pelvis.

—Pues lo eres. Además, con esa estructura ósea, siempre lo serás.

—Yo no...

—¡Cállate!

Para asegurarse de que ella le obedecía, Luis inclinó la cabeza y la besó.

Nell abrió los labios y sintió la lengua de Luis contra la suya. Gimió suavemente cuando el deseo, apasionado e irrefrenable, le explotó en las venas. Le rodeó el cuello con los brazos y le devolvió el beso con toda la necesidad y toda la pasión que llevaba semanas acumulando.

Cuando rompieron el beso, Luis permaneció a su

lado, con la frente apoyada sobre la de ella. Las narices de ambos prácticamente se tocaban. Nell quería que aquel momento de intimidad durara para siempre.

–No deseo escuchar nada más sobre tu familia. Me aburren.

# Capítulo 14

NELL no pudo evitar sonreír al escuchar que Luis consideraba que su familia era aburrida.

–Ahora sí que me siento hermosa –comentó. Se sentía salvaje, completamente irresistible. Ésa era la capacidad que tenían los besos de Luis.

Él soltó la carcajada y se irguió.

La sonrisa de Nell se evaporó cuando vio que él empezaba a quitarse la chaqueta.

–¿Qué te crees que estás haciendo? –le preguntó ella. No quería que pensara que aquel beso había sido una invitación para algo más. Ella no lo iba a permitir.

Luis colocó la chaqueta sobre una silla sin verse afectado por la agresiva hostilidad que ella presentaba.

–Tengo la ropa mojada.

–Ah.

Ella sabía que debería sentirse aliviada por haber malinterpretado sus intenciones, pero le sorprendió que aquel sentimiento no fuera el dominante.

Era una locura, pero una parte de ella había deseado dejar de pensar, dejar de ser sensata y dejarse llevar por la pasión del momento. Una parte de ella seguía queriendo que él se quitara la ropa.

–Tranquila –dijo él–. No me voy a quitar nada más. A menos que tú me lo pidas.

–Ni lo sueñes –replicó ella a su pesar.

–Yo prefiero la realidad a los sueños.

Luis se había acostumbrado a despertarse de sueños que lo atormentaban todas las noches y la excitación latiéndole en las venas, a asfixiarse con una frustración que permanecía con él todo el día y que lo dejaba nervioso y de mal genio.

–Hoy el tiempo es terrible.

–Buena elección. El tiempo es uno de los temas de conversación más seguros. Aunque, hablando del tiempo, no estoy seguro de que en tu piso tú estuvieras más seca dentro que fuera.

Luis se había quedado escandalizado por el estado del apartamento en el último piso de un bloque que había junto a una concurrida carretera. No creía que fuera posible encontrar algo menos adecuado para un niño.

–Mi casero me ha prometido arreglar el tejado antes... ¿Has visto mi piso?

–Bueno, evidentemente fui ahí primero.

–¿Y cómo supiste dónde vivía yo?

–Tomé el teléfono y le pedí a alguien que lo descubriera –explicó él–. Delegar es una cosa maravillosa. Te aseguro que no me hizo falta echar mano del FBI. Por supuesto, puedes no quedarte ahí.

–Diría que eso no es asunto tuyo. Si quisiera vivir en una tienda en el jardín, tampoco sería asunto tuyo.

Luis la miró atentamente. Durante un instante, Nell creyó que iba a empezar a discutir con ella. No fue así. Se encogió de hombros y dijo tranquilamente:

–Como quieras. La cuestión de dónde vives dejará muy pronto de ser importante.

–¿Por qué dices eso? –le preguntó ella.

Luis desapareció en dirección a la cocina sin responder. Un instante después, regresó con un vaso de agua.

–¿Por qué dejará muy pronto de ser importante? –preguntó ella de nuevo. Tomó el vaso que él le ofrecía con muchísimo cuidado para no permitir que sus dedos se rozaran. Tanto esfuerzo hizo que Luis sonriera, algo que él fingió no ver.

–Bueno, cuando estemos casados, ya no tendrás que preocuparte de eso –comentó él mientras se aflojaba la corbata y se sentaba sobre el brazo del sillón, junto a ella.

–Creo que tanto vuelo en avión te ha afectado.

–Ya te dije antes que yo cumpliría con mis responsabilidades.

–Y tú crees que, para hacerlo, tienes que casarte conmigo. ¿Se te ha pasado por la cabeza que yo pudiera decir que no?

La expresión del rostro de Luis dejaba muy a las claras que no había sido así.

–¿Que yo podría tener otros planes que no te implicaran a ti?

Aquella sugerencia hizo que Luis frunciera el ceño.

–¿Me estás diciendo que hay otro hombre en tu vida?

Nell hizo un gesto de desaprobación con la mirada. ¡Qué propio de un hombre!

–¿Por qué siempre tiene que haber un hombre? ¿Se te ha pasado por la cabeza que una mujer puede llevar una vida perfectamente plena sin tener pareja? Además, tal vez me gustaría recuperar el tiempo perdido y soltarme la melena.

–¡No!

–¿Cómo has dicho?

–Una larga fila de novios no es el modelo masculino que yo tenía en mente para mi hijo.

Y eso se lo decía el mismo hombre que había posado abrazado a una mujer casi desnuda para una revista. Se apostaba algo a que, aquella noche, los dos habían compartido habitación.

–Así que, de repente, es tu hijo. Bueno, pues para que conste, tú no eres el modelo masculino que yo tenía en mente para mi hijo. En cuanto a mi vida sexual, te aseguro que la llevaré a cabo con más decoro y discreción que tú.

Con la respiración acelerada, Nell se reclinó sobre el sofá y trató de sobreponerse al fuerte deseo de echarse a llorar.

–¿Qué he hecho?

–Vi la...

De repente, Luis lo comprendió todo.

–Viste el artículo y la fotografía con Sarah y ahora estás celosa. No tienes por qué. Sólo es una fotografía y Sarah tiene una película que promocionar.

–¡Acaso crees que me interesa tu vida sexual! –exclamó ella–. Puedes acostarte con todas las protagonistas de todos los culebrones del mundo y te aseguro que no me importará. Dios santo, sólo me importa que pienses que, porque contigo no mostré contención alguna, me vuelvo loca por todos los hombres que se dignan a darse cuenta de que soy una mujer. Te aseguro que hace falta mucho más que eso.

–¿Y si yo dijera que te deseo?

Nell cerró los ojos. Seguía deseándolo tanto que casi le suponía un dolor físico. Sabía que, si Luis la tocaba, si volvía a besarla, sus barreras se desmoronarían.

Ese pensamiento le resultó aterrador. Tragó saliva

y miró las manos de Luis, con sus largos dedos. Contuvo un suspiro al recordar cómo aquellos dedos le habían acariciado la piel. Durante un largo instante, se vio paralizada por una oleada de anhelo.

Varios instantes más tarde, consiguió tranquilizarse lo suficiente como para volver a hablar.

—Yo te diría que no te molestes. Ya he pasado por eso y he salido con un bombo.

—Comprendo que estés enfadada conmigo.

—No estoy enfadada contigo, sino conmigo misma.

—¿Por qué? —preguntó él mirándola con curiosidad.

Nell lo miró y negó con la cabeza. Lo que debería haber dicho era que estaba enfadada porque lo amaba. Porque se estaba pensando muy seriamente aceptar la oferta que él le había hecho.

—Creo que cuando te pares a pensar fríamente en esto...

—¡Fríamente! —exclamó ella—. El día en el que yo piense en el matrimonio fríamente será el día en el que me convierta en otra persona. ¿Te estás escuchando, Luis? El matrimonio no puede ser algo frío. Tiene que implicar sentimientos. Tiene que ver con el amor y el compromiso. Tal vez yo esté embarazada, pero eso no significa que tenga que conformarme con lo que se me ofrezca. El día que eso ocurra será cuando yo... —se interrumpió y se encogió de hombros—. Simplemente no va a ocurrir. Creo que mi hijo se merece algo mejor. ¿Me puedes ofrecer algo mejor, Luis?

—Te puedo ofrecer un hogar en el que nuestro hijo crezca con unos padres que están comprometidos el uno con el otro.

Nell apartó la mirada. Suponía que debería estar agradecida que él no estuviera fingiendo tener sentimientos hacia ella que, evidentemente, no tenía, pero no podía hacerlo.

–Si accediera a eso, tendría que estar comprometida. Es una locura, Luis. Mira, sé que estás tratando de portarte con nobleza y todo eso...

–Y tú crees que deberías ser castigada o algo así.

–No lo puedo evitar. Haz lo que tengas que hacer para tranquilizar tu conciencia, pero tengo que decirte que la idea de que el matrimonio conmigo sea una penitencia no me resulta en absoluto halagüeña.

–¿Por qué tienes que malinterpretar todo lo que te digo y hago?

–¿Qué quieres que te diga? Es un don.

–Te podría hacer ver lo poco práctico que resulta criar a un niño en solitario.

Nell lo miró a los ojos.

–Podrías hacerlo, sí.

–O podría tratar de conseguir la custodia.

Vio como Nell palidecía y lamentó sus palabras.

–Aunque no creo que eso sea necesario –añadió.

Luis la miró atentamente. Ella le devolvió la mirada y, entonces, se puso de pie. Con las manos en las caderas, tenía un aspecto tan orgulloso como el de una reina a pesar de sus pantalones de chándal, su camiseta y una ridícula chaqueta que la engullía por completo.

A pesar de que se sentía enojado, experimentó una cierta admiración también. Nell Frost era la mujer más obstinada que había conocido nunca, pero tenía agallas y una dureza interior que contrastaba con el aire de fragilidad que le otorgaba su físico. Además, había perdido peso. Había resultado tan ligera entre sus brazos... Trató de comprender la mezcla de deseo y de ternura que acompañó aquel recuerdo.

No la amaba. Un hombre sólo podía tener un amor verdadero en toda su vida, pero la ternura, el instinto de protección y el deseo... ¿Cómo podía analizar aquellos sentimientos si, cada vez que lo intentaba, su pensamiento se veía interrumpido por el sonido estático de las interferencias emocionales?

Nell lo miraba con desprecio.

–Si intentas arrebatarme a mi hijo, tendrás que pelear con tus propias manos –le advirtió–. ¡No me importa que tengas todo el dinero del mundo!

La determinación que había en su voz hizo que Luis quisiera aplaudirla. Aquella mujer era irracional y poco razonable, pero era una luchadora.

–Soy un amante, no un guerrero.

–Sí. Estoy segura de que Sarah estaría de acuerdo.

–Estás celosa.

Aquella acusación provocó que se le ruborizaran las mejillas por la ira. Lo peor de todo era que Luis tenía razón.

–¡De Sarah no! –exclamó ella. Vio que Luis la miraba perplejo, como si le estuviera pidiendo a qué se refería exactamente–. No podrías ser más arrogante ni aunque lo intentaras. No voy a llorar, si eso es lo que quieres.

Luis se tensó. Entonces, respiró profundamente.

–De verdad crees que soy un hombre sádico y malvado.

De repente, Nell se dio cuenta de que el mejor modo para conseguir que se marchara era ofenderle, golpearle directamente en su orgullo masculino.

–El hecho es que lo que ocurrió entre nosotros fue un error y me gustaría poder ducharme y lavarte de mi piel para poder olvidarme para siempre de ti... –le espetó–. Ojalá pudiera, pero, por el bebé, no me es posible. Evidentemente, podrás ver a tu hijo, pero no voy a empeorar mi estúpido error casándome contigo.

–Crees que el hecho de que nos acostáramos juntos fue un error.

–Si no fue un error, ¿qué fue, Luis? En mi opinión, sólo hay una razón para casarse y es el amor.

Con eso, se dirigió a la puerta y la abrió de par en par. En silencio, rogaba para que él no se marchara, para que le dijera que la amaba.

–Creo que deberías marcharte.

Luis recogió su chaqueta y su gabardina y se las colgó por encima del hombro. Cuando llegó a la puerta, la miró.

–Te estás comportando de un modo totalmente irracional.

–No es negociable –replicó ella encogiéndose de hombros–. En lo que a mí respecta, la única razón para contraer matrimonio es el amor, no el deber ni la seguridad económica.

–Volveremos a hablar cuando seas más realista.

–No quiero tu clase de realismo, Luis. Te casaste por amor en una ocasión, ¿por qué no podría yo tener lo mismo?

–No voy a hablar de Rosa contigo –replicó él.

–¿Y qué te hace pensar que yo quiero hacerlo? Era el matrimonio perfecto. ¿Quién podría competir? Pule tus recuerdos y llévatelos a la cama. Espero que te mantengan caliente, porque yo no voy a hacerlo. ¿Qué te hace pensar que una mujer quiere del hombre con el que está en la cama, al que acaba de dar...? –le espetó. La voz se le quebró en aquel momento y apartó de un manotazo la mano que él extendía–. No quiero casarme con un hombre que me abraza en medio de la noche para llamarme con el nombre de su esposa muerta.

–¿Yo hice eso? –preguntó él, atónito.

–Sí.

–¿Por eso te marchaste sin decir nada?

–No me gusta mucho la idea de que un hombre me haga el amor mientras está pensando en otra mujer. Además, creo que terminarías arrepintiéndote de este niño –dijo ella al tiempo que se colocaba una mano en el vientre–, porque él nunca será el hijo de Rosa, igual que yo nunca seré Rosa.

–Eso nunca ocurrirá, Nell. No ha ocurrido. Cuando estoy contigo, no pienso en nadie más que en ti. Cuando no estoy contigo... el mundo me parece un lugar vacío. Me has llegado muy dentro, tanto que sólo la cirugía podría apartarte de mí. Y a ese bebé lo amaré por sí mismo.

Nell giró la cabeza. Se negó a reconocer la nota de urgente sinceridad que escuchó en su voz. No podía hacerlo.

–Tienes asuntos pendientes, Luis. Enfréntate a ellos y tal vez entonces podríamos tener algo de lo que hablar.

Con eso, Luis se marchó. Se alejó de la casa escuchando los sollozo de Nell en el interior. Le cortaron como si fueran un cuchillo.

# Capítulo 15

AÑOS atrás, la biblioteca de aquella pequeña ciudad había sido una capilla y la acústica seguía siendo excelente. Nell estaba sentada en una pequeña sala, con un libro sobre las rodillas. Lo estaba leyendo para un grupo de niños. Oyó unos pasos que se acercaban hacia el lugar donde ellos estaban, pero no se volvió. Cuando terminó de leer el libro, lo cerró y les explicó a sus pequeños oyentes que les leería otro libro el viernes siguiente, pero que, en aquellos momentos, tenía mucho que hacer. Se lo dijo con verdadera pena, dado que aquel momento era uno de los favoritos de Nell en su trabajo.

Se levantó y se dio la vuelta para ver quién se había acercado al grupo sin interrumpir el cuentacuentos. Casi se le cortó la respiración cuando vio de quién se trataba. Durante varios segundos, ni siquiera pudo pensar. Su cerebro se paralizó, como si se negara a aceptar la información que estaba recibiendo.

Él no podía estar allí. Ni en aquel momento ni nunca. Se sentía a salvo en su trabajo. El único lugar en el que aquello podía ocurrir, y así lo hacía, era en su imaginación. Se preguntó si estaría alucinando.

Tras mirar a su alrededor, se dio cuenta de que, si ella se estaba imaginado la presencia de Luis, también lo estaban haciendo el resto de las mujeres que había en la sala. Todas lo miraban fijamente.

Se sentía incapaz de moverse, como si tuviera los pies encadenados al suelo, por una combinación de anhelo y lujuria.

Los sentimientos se apoderaron de ella. Se había jurado que la próxima vez que aquello ocurriera, se haría con el control. ¿Control? ¡Qué gracia!

Lo devoraba con la mirada. Lo había echado tanto de menos... No se lo había permitido reconocer hasta aquel momento. Parpadeó para aclarar su visión. No era de extrañar que todos los ojos estuvieran puestos sobre él. Era tan guapo... Iba vestido con un traje oscuro de diseño que enfatizaba su esbelto y atlético cuerpo de dios griego. En aquel momento, la desilusión se apoderó de ella. Jamás había sido más evidente que los dos vivían en mundos muy diferentes.

Sin embargo, cuando él se acercó, vio otras cosas, como la tensión que le atenazaba el rostro y el brillo de determinación que le daba un aire de deliciosa amenaza. Era un hombre dispuesto a todo.

La pregunta era qué había ido a buscar allí.

Decidió que no podía dejar que las fantasías se apoderaran de ella. Si era un hombre enamorado, lo estaba ocultando muy bien, a menos que el amor le diera un aspecto enojado.

Luis se metió la mano en el bolsillo y sacó el contenido del paquete que había llegado a su escritorio aquella mañana. Tensó la mandíbula cuando lo apretó entre los dedos. Si ella creía que podía extirparle tan fácilmente de su vida, él estaba allí para que se diera cuenta de que eso no iba a ocurrir.

Nell casi no se dio cuenta de que el libro se le había caído al suelo ni se dio cuenta de que las madres habían comenzado a recoger a sus hijos, aunque la mayoría se quedaban al ver que Luis se acercaba.

Cuando Luis se detuvo frente a ella, con una mano en el bolsillo de la chaqueta, Nell se sintió físicamente enferma.

–Luis, lo siento. No te había visto –dijo, tratando de disimular.

–Algunas cosas no cambian. Sigues mintiendo muy mal, querida –añadió con voz ronca.

–No deberías estar aquí –replicó ella–. Teníamos un acuerdo.

–Para que conste, yo creo que no acordé nada.

–¿Qué estás haciendo aquí? –insistió ella.

–He venido a verte. Estás...

Luis se interrumpió. Le resultaba imposible continuar porque el impulso de tomarla entre sus brazos le resultaba abrumador.

–Bueno, no creo que pueda estar mucho peor que tú –replicó ella. Sentía la tensión que emanaba del cuerpo rígido de Luis–. ¿Cuándo fue la última vez que comiste decentemente?

–No tengo tiempo para comer.

–Lo mencionas como si se tratara de algo opcional.

–Mira, no he venido aquí para hablar de necesidades nutricionales.

–No deberías estar aquí. Estoy trabajando –susurró mientras los ojos se le llenaban de lágrimas–. Por favor, Luis. No puedo. Tú... No, Jack –añadió. Se refería a un niño muy pequeño, con la carita muy sucia y manos muy pegajosas que estaba tirando con urgencia de la impecable pernera del pantalón de Luis.

En silencio, ella bendijo al niño por la interrupción. Un segundo más, y ella podría haber dicho algo que la hubiera avergonzado.

–Lo siento, tu traje...

—Tranquila —dijo Luis. Se agachó y miró al niño—. No pasa nada.

Ver como sonreía al niño hizo que el corazón de Nell se detuviera en su pecho. Se llevó las manos al vientre. Sería un gran padre. ¿Se estaba comportando como una egoísta negándose a casarse con él? ¿Tenía el derecho de privarle a su hijo de un padre a tiempo completo?

Sacudió la cabeza. Todo aquello le había parecido perfectamente racional hacía un semana, pero el tiempo había ido quebrando su convicción. No dejaba de preguntarse si estaba haciendo lo correcto. Además, le resultaba imposible tomar decisiones objetivas cuando ansiaba tanto estar con él.

—¿Qué puedo hacer por ti, Jack? —le preguntó él al niño

El niño lo miró con ojo crítico.

—Eres grande, pero no tanto como mi papá.

—Espero que, algún día, tú serás grande como tu papá.

—¿Tienes perro?

—Sí.

—Pues yo quiero un perro. Necesito un perro —añadió, después de pensárselo un poco—. Mi madre dice que los perros son...

Nell lo agarró por los hombros y con mucha suavidad le dio la vuelta.

—Despídete, Jack. Ya ha llegado tu madre.

Jack vio a su madre y salió corriendo.

—¡Qué rico!

Nell asintió.

—Está en una edad maravillosa —comentó—. Sin embargo, es un niño muy testarudo.

Luis se volvió a poner de pie.

–A mí me pasa lo mismo.

Entonces, sacó la mano que tenía en el bolsillo y le mostró un pequeño estuche de terciopelo. Antes de que lo abriera, Nell ya sabía lo que contenía. Miró el anillo y lo miró a él. Entonces, se dio cuenta de que él reflejaba una ira apenas contenida en el rostro y apartó la mirada.

–Veo que lo has recibido.

–Sí.

–¿Hay algún problema?

El anillo había parecido estar bien cuando consiguió quitárselo. Había sido su dedo el que se había quedado hinchado y magullado. Por supuesto, había curado ya, pero las heridas que le había dejado por dentro podrían no curarse nunca. Eso le daba mucho miedo

Sabía que él no la amaba y que nunca lo haría, por lo que no le quedaba más remedio que aguantarse y seguir con su vida. Respiró profundamente y levantó la barbilla.

–¡Sí, claro que hay un problema! –gritó él.

–Bueno, pensé que podrías haber pasado por aquí y haber pensado que por qué no te pasabas a verme para avergonzarme delante de mis compañeros de trabajo. Si ésa era tu intención, Luis, ¡enhorabuena! Lo has conseguido.

–No estoy tratando de avergonzarte, Nell. ¿Por qué crees que estoy aquí?

–No tengo ni la más remota idea –replicó ella–, pero, mientras estés en este lugar, ¿te importaría bajar la voz? ¡Estamos en una biblioteca, no en un estadio de fútbol!

–¿Por qué devolviste el anillo? –quiso saber él ignorando por completo la petición que ella acababa de hacerle.

–¿Y has venido hasta aquí para preguntarme eso? ¿Qué tiene de malo el teléfono?

–No habrías contestado.

Nell apartó la mirada.

–Bueno, dadas las circunstancias, no puedo quedármelo.

–Es decir, te puedes quedar con mi hijo, pero no te puedes quedar mi anillo.

–¿Quieres bajar la voz? –le pidió ella mirando por encima del hombro a las personas que estaban fingiendo no escuchar todo lo que estaban diciendo–. Me gusta este trabajo y no quiero perderlo. Además –añadió, tras acercarse un poco más a él–, no sólo se trata de tu hijo.

–No soy yo quien se ha olvidado de que el niño tiene un padre y una madre.

–No me he olvidado de nada, Luis. Ojalá pudiera –susurró mientras bajaba la barbilla hacia el pecho.

¿Cómo iba a poder llevar una vida normal si, a cada momento del día, se veía turbada por recuerdos del breve espacio de tiempo que habían pasado juntos?

Luis le colocó un dedo bajo la barbilla y la obligó a mirarlo.

–¿Estás llorando? –le preguntó. Ella negó con la cabeza, pero Luis miró a su alrededor–. ¿Hay algún lugar privado al que podamos ir?

Nell asintió y señaló una puerta que había a su izquierda.

Luis asintió y le rodeó los hombros con un brazo.

–Vamos.

La puerta conducía a la sala de empleados, que, por suerte, estaba vacía.

–¿Pides algo alguna vez o siempre das órdenes?

Luis no contestó. Se limitó a mirar a su alrededor

con una expresión de desagrado. No tardó en dar su veredicto sobre aquel lugar.

–Esto es un armario.

–Un armario para ti, pero es una sala de empleados para mí. ¡Vaya! ¿Qué he hecho yo con mis modales? Siéntate –dijo, realizando un gran ademán para señalar las dos sillas que había en la sala–. ¿O una taza de té? –añadió con un hilo de voz mientras señalaba la tetera y dos tazas que había junto a un pequeño fregadero.

–Sigues llorando –le acusó él.

–¿Y qué? –le espetó ella con beligerancia–. ¿Por qué no iba a estar llorando? No me puedo olvidar de ni un segundo de los que pasamos juntos. Ni un segundo. Estás grabado en mi cabeza para siempre. Estás grabado en mi... –dijo mientras se llevaba la mano al pecho–. ¡Oh, Dios!

Las lágrimas comenzaron a caerle abundantemente por las mejillas. Trató de darse la vuelta, pero él se lo impidió agarrándole por los hombros.

–¡Suéltame, Luis! –le suplicó ella. Trató de golpearle en el pecho, pero, de algún modo, terminó apoyando allí la cabeza y suspirando cuando él comenzó a acariciarle el cabello–. No puedo hacer...

–¡Nunca!

Nell levantó la mirada con una mezcla de cautela y esperanza.

–¿Nunca?

–No puedo dejarte ir, querida mía.

–¿Por el bebé?

–Deja al bebé fuera de esto.

Nell se rió con amargura.

–A ti te resulta fácil decir eso. No estás vomitando todas las mañanas.

–¿No lo estás llevando bien?

–Estoy bien –afirmó ella–. No estoy tratando de hacer que te sientas culpable. Simplemente, no es algo que yo pueda olvidar fácilmente. ¿Cómo no va a ser parte de la conversación cuando si no fuera por este bebé tu ni siquiera estarías aquí?

–Jamás me lo preguntaste.

–¿Jamás te pregunté qué?

–En qué me obstino tanto. Me obstino sólo en una cosa. Pienso sólo en una cosa. En una hermosa bruja cuyos ojos son capaces de verme el alma.

–¿Yo?

–Tú, querida mía.

–¿Piensas en mí?

Luis inclinó la cabeza y le rozó los delicados párpados con los labios. Después, le enmarcó el rostro entre las manos antes de contestar.

–Me duermo pensando en ti. Me despierto pensando en ti y, entre medias, sólo pienso en ti, Nell. Tenemos que solucionar esta situación. No estoy funcionando bien.

–¿Y cómo crees que deberíamos solucionarla?

–Cásate conmigo.

Nell giró la cabeza para ocultar las lágrimas que volvieron a inundarle los ojos.

–Ya hemos hablado de eso antes, Luis.

–Lo sé y sé por qué dijiste que no. No fue porque no me ames, porque creo... No, más bien sé que me amas, Nell. No tienes que decir nada... –susurró–. Cásate conmigo, Nell. Te amo. ¿No es eso lo que querías que te dijera?

Nell sacudió la cabeza. Le resultaba imposible creer lo que él acababa de decirle.

–¿Estás diciendo esto ahora porque sabes que es lo

que quiero escuchar? ¡No podría soportar que me mintieras!

Luis se acercó un poco más a ella y le colocó las manos sobre las caderas. Entonces, pudo aspirar su aroma. La había echado tanto de menos...

–No. Te lo digo ahora porque ya no puedo seguir ocultándolo. Quiero que el mundo entero lo sepa.

Nell soltó un ligero sollozo y sintió que los ojos se le llenaban de lágrimas. Luis le enmarcó el rostro con una mano y le acarició la mejilla con el pulgar.

–No llores –le suplicó–. No puedo soportarlo. Te he echado tanto de menos... He sido un estúpido. Un cobarde. Me dije que un hombre sólo ama una vez en la vida porque me parecía que un hombre sólo podría sobrevivir a la pérdida de la clase de amor que tuve con Rosa en una ocasión. Después de que ella muriera, me retiré y construí una fortaleza a mi alrededor. Me he dado cuenta de que no sobreviví realmente. Una parte de mí ha estado muerta, Nell –susurró mirándola con ojos llenos de amor. Entonces, le agarró una mano y se la llevó al corazón–. Hasta que tú llegaste a mi lado y la despertaste. Eres una mujer increíble, hermosa... No es de extrañar que me enamorara de ti a primera vista.

–No tienes que decir eso –murmuró ella–. Creo que me amas, pero sé que jamás me amarás a mí del modo en que amaste a Rosa.

–En cierto modo, lo que dices es cierto –admitió él–. Lo que sentí por Rosa fue un sentimiento lento, profundo y suave. Lo que siento por ti, por otro lado... Lo que siento por ti fue apasionado, intenso y extremo desde el primer momento. Me dije que sólo era lujuria, una violenta reacción química que me hacía sentir culpable.

–¿Culpable?

–Sí. Rosa me conocía como la palma de su mano y yo a ella, pero tuviste que ser tú, una desconocida, la que me desafiara a todos los niveles y, al mismo tiempo, me hiciera sentir cosas que jamás había sentido antes... Tu rostro, tu encantador rostro...

Luis la miró y entonces, como si fuera incapaz de resistir la tentación, la besó apasionadamente. Cuando él levantó la cabeza, Nell decidió que ya no quería reprimir las palabras que tanto ansiaba pronunciar.

–Te amo, Luis.

Él sonrió y suspiró profundamente. Su rostro perdió la tensión que había estado experimentando hasta entonces.

–No tienes ni idea de lo mucho que necesitaba escucharte decir esas palabras.

–Pensaba que sabía que te amaba...

–No podía dejarme pensar otra cosa o me habría vuelto loco –comentó él encogiéndose de hombros–. Ya ves el poder que tienes sobre mí.

–Te prometo que lo utilizaré bien –susurró ella. Le colocó la manos sobre la mejilla, gesto que él aprovechó para besarle la palma de la mano.

–Si lo haces, seguramente me lo mereceré. Cuando pienso en todo el dolor que se podría haber evitado si no hubiera sido un necio tan ciego y testarudo... Te amo, pero me opuse a mis sentimientos con cada célula de mi cuerpo. ¿Me podrás perdonar? ¿Puedes comprender por qué me parecía la máxima traición a su recuerdo? Desde que Rosa murió, yo no me había implicado emocionalmente en otra relación. No quería hacerlo. Entonces, apareciste tú. Si hubiera admitido que te amaba... Lo negaba todo. Cuando tú me acusaste de idealizar mi matrimonio, me sentí tan furioso que..

—Lo siento, Luis. No te debería haber dicho lo que te dije. Era...

—Era la verdad.

—Pero tú amabas a Rosa. Teníais un matrimonio perfecto.

—Yo no diría tanto. Teníamos problemas.

—¿De verdad?

—Mis recuerdos han sido demasiado selectivos. Yo elegí no recordar algunas cosas. ¿Quién sabe? Si ella no hubiera muerto, nuestro matrimonio podría haber sido bueno, pero habría sido igualmente posible que nos hubiéramos distanciado. Había ya ciertos detalles...

Nell escuchó atentamente. Se sentía profundamente aliviada por lo que estaba escuchando.

—Rosa era un espíritu libre y mi éxito en los negocios era algo que ella consideraba aburrido y convencional. Yo, por mi parte, no sentía interés alguno por sus cristales, sus terapias alternativas y sus amigos. Los dos éramos muy jóvenes y no demasiado tolerantes. Ella estaba preparada para tener una familia y yo no. Creo que no estaba siendo justo con Rosa al recordarla como si fuera una santa. Era más que eso. Sin embargo, Rosa es el pasado. Un recuerdo. Y tú, querida mía, eres el futuro. Mi futuro.

El amor brilló en los luminosos ojos de Nell.

—Nuestro futuro –le corrigió ella–. Juntos. Me gusta cómo suena.

—A mí también –comentó él riendo–. Me siento como si llevara solo mucho tiempo, demasiado. Ahora por fin tengo una familia –añadió. Le colocó la mano a Nell sobre el vientre–. Esta noche, tendré miedo de cerrar los ojos por si me despierto y descubro que todo esto tan sólo ha sido un maravilloso sueño.

Nell se puso de puntillas y le tomó el rostro entre las manos.

–Eso no será un problema. Esta noche yo no había pensado que durmiéramos mucho.

–Podríamos empezar ahora –susurró él.

–Por si se te ha olvidado, estoy en el trabajo.

–Cuando te miro, Nell, me olvido de todo a excepción del amor que siento por ti.

Nell le agarró una mano.

–Creo que, dadas las circunstancias, podrían dejar que hoy me marchara un poco antes, Luis. ¿Has visto esa película de Richard Gere...?

Antes de que ella pudiera terminar la frase, Luis la tomó en brazos y abrió la puerta de la sala de una patada. La miraba con tanto amor contenido en sus maravillosos ojos que ella sintió que se le cortaba la respiración.

–Nuestro futuro, querida, empieza ahora.

Nell suspiró llena de felicidad. De repente, su futuro había empezado a parecerle muy interesante...

BIANCA.™

MIRANDA LEE

# UN ENCANTO
# IRRESISTIBLE

# Capítulo 1

RYAN Armstrong nunca mezclaba el placer con los negocios.

Ya había escarmentado. Conocía las consecuencias y complicaciones de mezclar el placer con los negocios.

De joven, cuando todavía no estaba en el mundo de los negocios, no había tenido necesidad de resistirse al sexo débil. Cuando se había sentido atraído por una chica, se había dejado llevar por sus hormonas y siempre había tenido mucho éxito. La Madre Naturaleza había sido muy generosa con él, al dotarlo con un cuerpo atlético y de hombros anchos, que las mujeres adoraban y con el que se había convertido en uno de los porteros mejor pagados del mundo. Desde los veintitrés hasta los veintinueve años, mientras había jugado en varios clubes europeos, había tenido más novias de las que nunca había imaginado.

Después de que una lesión lo obligara a retirarse a la edad de treinta años, había montado su propia empresa de gestión deportiva en Sídney. Por desgracia, no había desarrollado la buena costumbre de controlarse o de ignorar sus deseos sexuales. Así que cuando una de sus clientas, buena deportista además de muy atractiva, empezó a flirtear con Ryan, le había sido inevitable acostarse con ella. Teniendo en cuenta que ella tenía casi treinta años y que estaba completamente dedicada a su carrera deportiva, Ryan nunca imaginó que querría otra cosa que no fuera una aventura de una noche.

Fue en la segunda cita cuando Ryan se dio cuenta de

que había cometido un gran error. La mujer había empezado a enviarle mensajes de texto a su teléfono móvil, diciéndole lo mucho que había disfrutado de sus habilidades amatorias y cuánto deseaba convertirse en su esposa. Al intentar poner fin a aquel asunto, ella había reaccionado haciendo todo lo posible para destruir su empresa. Había facilitado información confidencial a los periódicos y había intentado ensuciar su buen nombre.

Por desgracia, para entonces había borrado todos los mensajes y, al final, era su palabra contra la suya. Por suerte, él había ganado el juicio, pero había sido difícil. Ryan se estremecía cada vez que recordaba lo cerca que había estado de perder todo por lo que había luchado. Su empresa se había visto afectada por un tiempo, a pesar de su norma de no mezclar el placer con los negocios.

Ya solo tenía citas con mujeres maduras y sensibles que no tenían nada que ver con su empresa de gestión deportiva Win-Win. Guardaba la distancia con las clientas y las empleadas. Su novia en aquel momento era una ejecutiva de una empresa de relaciones públicas cuyos servicios nunca contrataba. Era una rubia de treinta y cinco años, divorciada y muy ambiciosa.

Por suerte, no tenía ningún interés en casarse, al igual que él. Tampoco estaba enamorada. Sencillamente estaba ahí y cumplía las necesidades de Ryan. Era atractiva, inteligente y sexy. En los últimos años Ryan había descubierto que las mujeres entregadas a sus carreras solían ser muy apasionadas en la cama y no ponían ningún reparo cuando llegaba el momento de separarse.

Cada pocos meses, Ryan necesitaba seguir con su vida. De vez en cuando, alguna relación duraba algo más, pero no era lo habitual. Ryan siempre actuaba rápido si pensaba que podía verse afectado por un problema. Había alcanzado una edad, casi treinta y ocho años, en la que la mayoría de los hombres había dejado atrás su soltería. Casi todos sus amigos estaban casados, incluso los que siempre se habían negado a casarse y tener hijos.

Ryan comprendía por qué los miembros del sexo opuesto lo veían como un candidato a marido. Nunca hablaba de su pasado, ni contaba que había decidido hacía mucho tiempo que nunca se casaría ni sería padre. Y no había cambiado de opinión al respecto.

Unos golpes en la puerta lo sacaron de sus pensamientos y miró el reloj. Eran exactamente las tres. Irritado, Ryan pensó que era tan puntual como siempre. Lo cierto era que le gustaba la puntualidad. No le gustaba perder el tiempo esperando a alguien, sobre todo cuando tenía una reunión. Así que, ¿por qué no le parecía bien que llegara todos los viernes a las tres de la tarde?

–Pasa, Laura.

Al cruzar la habitación en dirección a la silla que siempre ocupaba en su reunión semanal, Ryan la miró de arriba a abajo y se preguntó por qué se hacía eso. ¿Pensaba que era así como debía vestir una abogada?

Era evidente que podía ser una mujer muy atractiva si quisiera. Tenía buen tipo y un rostro interesante, de mejillas marcadas y extraños ojos de color gris. Su mirada resultaba tan fría como el Ártico, sobre todo cuando se fijaba en él.

Esta vez, Ryan la miró con cierta lástima, en vez de con la fría indiferencia con la que solía hacerlo. Eso hizo que ella se detuviera por un segundo para mirarlo.

–¿Qué? –dijo él.

–Nada –contestó ella y sacudió la cabeza–. Lo siento. Pongámonos a trabajar, ¿de acuerdo?

Se sentó, cruzó las piernas y se inclinó hacia delante para recoger el primero de los contratos que estaba al borde de la mesa a la espera de su aprobación.

Se trataba de una interesante póliza de seguro que él mismo había negociado para un joven jugador de tenis con el que Win-Win había firmado el mes anterior. Una parte importante del trabajo de Ryan era la negociación de todo tipo de contratos, que luego eran revisados por una de las mejores mentes jurídicas de Sídney, la de Laura.

No era empleada de Win-Win. Ryan no necesitaba un abogado en plantilla. Laura trabajaba para Harvey, Michaels y Asociados, una firma de abogados americana, con oficinas en Sídney, y que estaba instalada en el mismo edificio que la empresa de Ryan.

Al principio, le habían enviado un joven abogado, un profesional inteligente, pero muy mal conductor. Había chocado su coche contra un árbol. Cuando la firma de abogados sugirió que una mujer lo sustituyera, a Ryan no le había gustado la idea puesto que tenía treinta años y estaba soltera. Pero en cuanto la había conocido, se había dado cuenta de que no había posibilidades de enamorarse de ella.

Seguía sin ser un problema en ese aspecto. Podía ser una mujer muy irritante en algunas ocasiones. Ryan no estaba acostumbrado a que los miembros del sexo contrario lo trataran con tanta indiferencia. Le molestaba a su ego masculino. A veces su falta de interés parecía rozar la aversión. A veces, se le pasaba por la cabeza que quizá no le interesaban los hombres, pero no tenía pruebas de ello. Más bien parecía que alguna mala experiencia, había hecho que odiara a los hombres. O eso, o que ningún hombre había sido capaz de atravesar su capa exterior.

Dos semanas atrás, en un día en el que se había mostrado especialmente distante, había sentido el impulso de tomarla entre sus brazos y besarla para comprobar si era capaz de provocarle alguna reacción.

Por supuesto que se había contenido. Ryan sabía que si hacía eso se metería en problemas. Además, ya controlaba su testosterona, al menos, en teoría. Una sonrisa traviesa asomó a sus labios al recordar lo que le había hecho en su cabeza y lo ávidamente que había respondido.

—¿Qué es tan divertido?

Ante aquella pregunta, Ryan apartó sus pensamientos. Laura no solía darse cuenta de las cosas cuando estaba leyendo un contrato. No solía levantar la cabeza hasta que terminaba. Todo parecía indicar que apenas había leído los dos primeros folios de un documento de cinco.

—No tiene nada que ver contigo, Laura —mintió—. Estoy deseando que llegue el fin de semana. Voy a salir a navegar mañana con unos amigos.

Era cierto. Erica pasaría el fin de semana en Melbourne, participando en una conferencia.

El suspiro de Laura también lo sorprendió.

—¡Qué afortunado! —exclamó.

Parecía sentir envidia.

—¿Quieres venir?

La invitación salió de su boca sin poder evitarlo.

Ella parpadeó sorprendida, antes de volver los ojos al contrato.

—Lo siento —dijo bruscamente—. Este fin de semana estoy ocupada.

Había tenido suerte. ¿Qué le había llevado a invitarla? Aun así, su ego se sentía afectado al no haberle dicho un no rotundo. Quizá no fuera tan indiferente a sus encantos como parecía.

Ryan sabía que gustaba a las mujeres, como todo hombre alto, guapo y con éxito. No le gustaba la falsa modestia.

Dejó que siguiera leyendo el contrato sin interrumpirla, pero su cabeza seguía activa, al igual que su mirada.

Tenía unas piernas preciosas. Le gustaban las mujeres con las pantorrillas torneadas, los tobillos finos y los pies pequeños. Los pies de Laura eran bastante pequeños para su altura. Era una lástima que llevara unos zapatos tan feos.

Su pelo también era muy bonito, oscuro, largo y brillante. Seguro que sería fabuloso esparcido sobre una almohada...

Vaya, otra vez lo estaba haciendo, otra vez estaba teniendo fantasías con ella. Tenía que parar aquello.

Dio la vuelta a la silla, poniéndola hacia la ventana, y se quedó mirando hacia el puerto. Siempre le había parecido una vista muy relajante y una de las razones por las que había alquilado oficinas en aquel edificio. Otro de los motivos era que estaba a dos manzanas del apartamento en el que vivía y que también tenía vistas hacia el puerto.

Nada más retirarse del fútbol, lo primero que había echado de menos había sido pasar la mayor parte de su tiempo en el exterior. Odiaba la sensación de estar encerrado. Le gustaba sentir espacio a su alrededor y ver el cielo. Recientemente había descubierto que también le gustaba el mar. De pequeño, nunca lo habían llevado a la playa y no había aprendido a nadar hasta los veinte años, obligado a meterse en una piscina para recuperarse de una lesión.

A su vuelta a Sídney, se había sentido muy atraído por el mar, y eso le había llevado a vivir y trabajar junto al puerto. Hacía poco que había descubierto su pasión por navegar y estaba pensando en comprar un barco.

Aquella tarde había muchos barcos en el puerto. El invierno había dado paso por fin a la primavera. Después de dos meses de intensa lluvia sobre Sídney, el cielo volvía a verse azul.

Sus ojos se posaron en un barco que estaba pasando por Bennelong Point, camino al mar abierto. Era un yate, un juguete caro para alguien con mucho dinero.

«Quizá compre uno de esos», pensó Ryan.

Podía permitírselo. Win-Win no era la única fuente de ingresos de Ryan. Durante sus años como portero, había invertido la mayor parte de su sueldo en propiedades. Antes de retirarse, ya era dueño de unas doce casas, todas ubicadas en zonas de Sídney en donde los alquileres eran altos.

A Ryan no le gustaba hablar de su patrimonio. Sabía que no debía presumir de lo que se tenía. Tenía un pequeño grupo de amigos y no todos ellos eran multimillonarios como él. Disfrutaba de su compañía y no quería hacer nada que pudiera estropear su amistad. Claro que ahora que la mayoría estaban casados, no los veía tanto como solía, pero seguían viéndose de vez en cuando para ir al fútbol o a las carreras.

Ninguno de ellos tenía un barco. Los amigos con los que Ryan iba a salir a navegar al día siguiente no eran amigos de verdad. Eran regatistas a los que había conocido a través de su trabajo y que le habían estado enseñando vela.

—No encuentro ningún error —dijo Laura como si le molestara no haberlo hecho.

Ryan volvió a girar su silla para mirarla.

—¿Estás segura?

Lo habitual era que Laura le propusiera cambios. Solía encontrar lagunas legales que no favorecían a su cliente.

—Quizá debería revisarlo otra vez.

Ryan se sorprendió ante aquella sugerencia tanto como se había sorprendido con la manera en que lo había mirado antes. No parecía ella. Había logrado quitarse de la cabeza aquellas imágenes que tanto lo habían distraído y ahora era ella la que estaba distraída.

¿Qué le habría pasado para no poderse concentrar en el trabajo? Tenía que ser algo serio.

Sintiendo curiosidad, Ryan decidió intentar averiguarlo.

—No hace falta que lo hagas —dijo—. Estoy seguro de que está bien. ¿Por qué no le echas un vistazo rápido a esos dos contratos? Son solo unas renovaciones. Luego, daremos el día por terminado y te invitaré a una copa en el bar Ópera.

Si conseguía que se relajara, quizá se mostrara más abierta.

De nuevo, lo sorprendió al no negarse en rotundo. Pero tampoco dijo que sí. Cada vez sentía más curiosidad.

—Mira, no te estoy pidiendo una cita —continuó—, tan solo salir a tomar algo. Muchos compañeros de trabajo quedan para tomar algo los viernes por la tarde.

—Lo sé.

—Entonces, ¿cuál es el problema?

Otra vez se quedó pensativa.

—Mira —continuó decidido—, me doy cuenta de que no te caigo bien. No, Laura, no hace falta que lo niegues. No lo has disimulado en los dos últimos años. Confieso que tampoco he hecho nada por ser amable contigo. Pero cualquier hombre, por indiferente que fuera, se daría cuenta de que hoy no estás siendo tú misma. Por raro que te parezca, estoy preocupado por ti. De ahí mi invitación. Pensé que te vendría bien relajarte con una copa de vino y contarme lo que te pasa.

—Aunque te lo contara —replicó con mirada triste—, no hay nada que puedas hacer.

—Deja que sea yo el que lo juzgue.

Ella rio, pero no había alegría en su expresión.

—Seguramente te enfadarás conmigo.

—Eso suena muy misterioso. Ahora no acepto un no por respuesta. Vamos a ir a tomar algo y vas a contarme de qué va todo esto.

Laura sabía que era una estupidez sentirse halagada por su preocupación. Y más aún acceder a tomarse una copa con él en el bar Ópera.

El bar Ópera era el lugar al que ir después del trabajo en la zona de oficinas de Sídney. Estaba cerca del muelle y tenía una de las mejores vistas de la ciudad, con la Ópera a la derecha, el muelle circular a la izquierda, el puente sobre la bahía en frente, además del puerto. La mitad de la plantilla de Harvey, Michaels y Asociados se reunía todos los viernes por la noche. Incluso Laura se unía a ellos de vez en cuando. Sabía que se produciría un gran revuelo si la veían bebiendo allí en compañía de Ryan Armstrong.

Entonces, ¿por qué había accedido? Aquella pregunta no dejó de atormentarla de camino al muelle.

Cuando llegaron al bar, Laura seguía sin dar con la respuesta. Al menos, habían llegado pronto, evitando así encontrarse con compañeros.

Alison diría que estaba enamorada de él. Claro que Alison era una romántica empedernida, adicta a películas en las que los protagonistas se odiaban nada más conocerse, pero que al final acababan enamorados.

A Laura no le gustaban aquellas historias. Cuando alguien no le gustaba, no le gustaba y punto. Nunca le había caído bien Ryan Armstrong y mucho menos le gustaba.

Sí, era guapo, inteligente y tenía éxito. Diez años antes, lo habría encontrado fascinante. Sin embargo, en aquel momento era inmune a los encantos de un hombre atractivo, que se aprovechaba de las mujeres y lo único que les daba a cambio era el dudoso placer de su compañía. Laura había estado saliendo con dos hombres así y había desarrollado un sexto sentido para reconocerlos.

Ryan Armstrong había hecho saltar las alarmas de su cabeza nada más conocerlo, motivo por el que los viernes no se arreglaba tanto como solía.

No le preocupaba que estuviera fingiendo. Desde el principio había sido evidente que no le caía mejor que él a ella. Por eso le había sorprendido que fuera amable con ella ese día. La había pillado desprevenida dos veces y allí estaba, a punto de tomarse unas copas con él.

–Sentémonos fuera –dijo.

Salieron a la zona exterior. El sol todavía brillaba y

calentaba lo suficiente como para contrarrestar el fresco de la brisa.

–¿Qué quieres beber? –preguntó Ryan.

Luego, le apartó la silla de una mesa que estaba cerca del agua.

–Bourbon con Coca-Cola –contestó.

Ryan arqueó las cejas asombrado, pero no dijo nada y volvió al interior para pedir las bebidas.

A solas, Laura tuvo tiempo de pensar y preocuparse. No solo de su reputación, sino de la confesión que Ryan esperaba sonsacarle. De ninguna manera iba a dejarse seducir por Ryan Armstrong.

Todavía no podía creerse la estupidez que había cometido. Y ahora, le había salido el tiro por la culata. No había imaginado que los doctores se equivocarían y que su abuela saldría del coma y recordaría cada palabra que su nieta le había dicho mientras esperaba junto a su cama. Las intenciones de Laura habían sido buenas en aquel momento, pero ¿qué importaba eso ahora? Un suspiro escapó de sus labios.

Al ver a Ryan acercándose a la mesa con las bebidas, recordó por qué lo había elegido para mentirle a su abuela. En primer lugar porque era muy guapo. Su abuela siempre le había dicho que le gustaban los hombres que parecían hombres. Siempre le había aconsejado que se alejara de los hombres presumidos sin personalidad.

A Laura nunca le había gustado la manía de su abuela de juzgar superficialmente al sexo contrario. Aunque quizá debería haberla escuchado porque los dos hombres que le habían roto el corazón habían sido unos presumidos.

–Acaban todos calvos –le había dicho.

Ryan no era ningún presumido. Todas las facciones de su rostro eran grandes y masculinas. Tenía la frente ancha, una nariz aquilina y un mentón marcado con un hoyuelo en la barbilla. Tenía el pelo castaño oscuro, con un corte a lo militar y no corría riesgo de quedarse calvo.

Por alguna razón, a su abuela le gustaban los hombres de ojos azules.

Ryan los tenía azules, pero bajo sus cejas pobladas y a distancia parecían negros. De cerca, reflejaban una dureza que seguramente le vendría muy bien en sus negociaciones.

Su cuerpo también habría recibido el visto bueno de su abuela, al ser alto y de hombros anchos. Tenía músculos en los sitios adecuados. Laura solo lo había visto vestido con trajes, como el que llevaba ese día. Alguna vez lo había visto sin chaqueta, con las mangas de la camisa remangadas, y no había ninguna duda de que estaba en forma.

No era extraño que lo hubiera elegido como su hombre perfecto imaginario, pensó mientras observaba a Ryan acercándose a ella. No solo tenía un gran físico, sino que tenía estabilidad económica, era encantador cuando quería y lo suficientemente mayor como para tener experiencia en la vida.

Su abuela decía que una mujer no debía casarse con un hombre de su edad.

—Los hombres maduran mucho más tarde que las mujeres —le había advertido siempre su abuela—. Necesitan experimentar antes de sentar la cabeza.

Claro que cuando le había hablado a su abuela de Ryan, junto a su cama en el hospital, no le había mencionado lo experimentado que estaba. Seguramente no le parecería bien que un hombre cambiara más veces de mujer que de calzoncillos.

Lo cierto era que a Laura le sorprendía que hubiera mujeres deseando tener una relación con Ryan Armstrong, si se le podía llamar relación a lo que tenía con las mujeres.

Ryan sonrió al dejar las bebidas en la mesa y Laura reparó en lo peligrosamente atractivo que podía ser.

—He decidido tomar lo mismo que tú —dijo y le dio un sorbo a su bourbon con Coca-Cola—. ¡Salud!

Laura alzó su copa y la chocó con la de él. Luego, dio un trago largo. Sus miradas se encontraron por encima del borde de sus copas. La de él parecía divertida, mientras que la de ella era tan fría como de costumbre. Pero bajo su chaqueta, Laura sintió que su corazón empezaba a latir más deprisa. Quizá no fuera tan inmune a los encantos de aquel hombre como había imaginado. Pero no era para preocuparse por ello.

Aun así, desvió la vista hacia el puerto. Era un sitio espectacular, especialmente en una tarde cálida de primavera. Había muchos barcos en el agua, lo que hacía las delicias de los turistas que estaban tomando fotos del puente y de la Ópera.

—Sídney es una ciudad preciosa, ¿verdad? –dijo Laura con orgullo.

—Sí que lo es. Solo tienes que haber vivido en otros países para darte cuenta de la suerte que tenemos.

—Parece como si hubieras vivido en muchos países.

Ryan se encogió de hombros.

—Sí, en bastantes. Pero no hablemos ahora de eso. Cuéntame qué es lo que te preocupa y que tan alterada te tiene hoy.

—No estoy alterada.

—Laura, estás aquí tomando una copa conmigo. Eso es prueba suficiente de que algo te pasa. Así que deja de negarlo. Teniendo en cuenta que nunca cometes errores profesionales, tiene que ser un problema personal. Y sospecho que de alguna manera estoy implicado, ¿me equivoco?

—No –contestó.

No veía motivos para mentir. Era evidente que Ryan iba a seguir insistiendo hasta que conociera todos los detalles, así que respiró hondo antes de comenzar su relato.

—Es una larga historia, así que ten paciencia conmigo.

Paciencia no era uno de los fuertes de Ryan. Pero no dijo ni una palabra. Su expresión era de interés sincero.

Seguramente, en cuanto supiera el papel que desempeñaba en aquel desastre, se sentiría de otra manera.

–Hace dos semanas mi abuela sufrió una caída y terminó en coma en el hospital. No en un hospital de Sídney, sino de Newcastle. Vive en Hunter Valley. Nos dijeron que seguramente no sobreviviría. De hecho, los médicos no confiaban en que superara la noche. Así que me senté a su lado toda la noche y, como no quería dormirme y dejarla sola, no dejé de hablarle. Y como pensé que no importaba, empecé a decirle todas las cosas que siempre había querido oír, que había encontrado al hombre perfecto y que era muy feliz. Me vi obligada a inventarme una historia para seguir rellenando tiempo. Por desgracia, nunca he tenido una gran imaginación. Así que pensé en todos los hombres que conocía y elegí al que mejor cumplía la descripción del hombre perfecto desde el punto de vista de mi abuela.

–Dios mío –dijo él incorporándose–. Te refieres a mí, ¿verdad?

–Por desgracia, sí –admitió a regañadientes.

–No puedo negar que me resulta divertido. No es que me haga gracia lo que le ha pasado a tu abuela. Me caen bien las abuelas –dijo y su mirada se enterneció–. Creo que se me escapa algo –continuó él, arrugando la frente–. ¿Qué daño podía causarte inventarte al hombre perfecto en el lecho de muerte de tu abuela? Sinceramente, me parece que hiciste algo muy bonito.

Laura suspiró.

–Bonito, pero estúpido. Debería haberme imaginado que mi abuela lo superaría. Siempre ha sido muy luchadora. No solo lo ha superado, sino que recuerda todo lo que le dije mientras se suponía que estaba inconsciente. Bueno, quizá exagere un poco, pero se acordaba perfectamente de que le dije que había conocido al hombre perfecto y que se llamaba Ryan Armstrong. Ahora que ha salido del hospital quiere que te lleve a conocerla este mismo fin de semana.

–Por supuesto –dijo Ryan y volvió a reír.

–No te rías. No es divertido, todavía no está bien. Los médicos descubrieron que le había fallado el corazón y seguramente fue por eso por lo que se cayó. Nos han advertido de que puede volver a ocurrirle y que incluso puede sufrir un infarto. Le hicieron pruebas en el hospital y sus arterias no parecen estar en buen estado. Pero se niega a someterse a un bypass. Dice que ha tenido una vida agradable y que está lista para marcharse.

–Vaya. Te has metido en un lío, ¿verdad?

–Así es, pero no es tu problema. Te lo he contado porque has insistido.

–Y ¿qué vas a hacer?

–Intentaré retrasarlo todo lo que pueda. Me inventaré alguna excusa para justificar que no vayas a verla este fin de semana, algo como que te ha surgido un viaje o que te has puesto enfermo. Pero no puedo decir siempre lo mismo. Al final, tendré que contárselo, pero no quiero mentirle sobre nuestra relación. Se sentiría defraudada. Le diré que las cosas entre nosotros no funcionaron.

–Puedes decirle que no quería casarme contigo. Lo cual es cierto –agregó sonriendo.

–Muy divertido.

–Lo es si te paras a pensar en ello. No puedo imaginarme a nadie que hiciera peor pareja.

–Eso no lo sabe mi abuela.

–Cierto. Entonces, solo hay otra solución a tu problema.

–No sé cuál.

–Por supuesto que no lo sabes, no tienes imaginación.

Laura puso los ojos en blanco.

–Entonces, dime de qué se trata, listillo.

–Puedo ir este fin de semana a casa de tu abuela y fingir que soy tu hombre perfecto.

Laura estuvo a punto de derramar lo que le quedaba de bebida, pero enseguida recuperó la compostura.

–¿Y para qué ibas a hacer algo tan generoso, a la vez que patético?

# Capítulo 2

¿**P**ARA QUÉ?, se pregunto Ryan mientras apuraba su bebida.

Debía de ser porque la idea le resultaba divertida, especialmente que Laura tuviera que pretender ser su novia.

Pero no podía decirlo. Además, había otra razón que podía convencer a la sorprendentemente sentimental Laura.

—Como ya te he dicho antes —dijo él—, las abuelas despiertan en mí ternura. La mía fue maravillosa conmigo. No sé qué habría hecho sin ella.

Sin ninguna duda, no habría tenido éxito en la vida. Era ella la que lo había llevado a jugar al fútbol con trece años y así había terminado convirtiéndose en portero. Le había hecho creer que podía superar cualquier cosa y convertirse en lo que quisiera.

—Murió antes de que pudiera darle la vida que se merecía —añadió.

No se había dado cuenta hasta después de su muerte de lo mucho que había hecho por él y de lo que significaba en su vida. En aquel momento era un joven egoísta de veintidós años que acababa de firmar su primer contrato con un equipo inglés de la liga de primera división. No había vuelto a Australia para el funeral de su abuela y después se había arrepentido.

Le había conmovido que Laura hubiera pasado la noche junto a la cama de su abuela para que no muriera sola. Era evidente que la anciana significaba mucho para ella.

—Está claro que estás muy unida a tu abuela —dijo él.

—Así es —replicó Laura, emocionada—. Me crió después de que mis padres murieran en un accidente de avión.

—Entiendo.

A él también lo había criado su abuela después de que su madre muriera, pero no quería pensar en eso en aquel momento.

—¿Qué contestas a mi sugerencia? —preguntó sin demasiado entusiasmo.

Era muy tarde para retirar su ofrecimiento.

—Tengo que confesar que me siento tentada, pero no creo que podamos fingir que nos queremos. Ni siquiera nos caemos bien.

—Cierto.

—No tienes por qué estar de acuerdo conmigo —dijo ella—. ¿Qué es exactamente lo que no te gusta de mí?

—¿No querrás que te lo diga, verdad?

—Por supuesto que sí.

—Muy bien, tú lo has querido. En primer lugar, tu aspecto.

—¡No le pasa nada a mi aspecto!

Ryan enarcó una ceja y al instante, ella se sonrojó.

—Después, tus modales.

—¿Qué pasa con mis modales?

—Bueno, reina del hielo es una buena definición —dijo y continuó—: Si pudiera convencerte de que llevaras el pelo suelto de otra forma, sería estupendo. ¿Crees que podría hacerlo?

—No voy a hacer lo que tú quieras, Ryan Armstrong.

—Y por último, la principal razón por la que no me caes bien es porque no te caigo bien. ¿Por qué no?

—¿No querrás que te lo diga, verdad?

Ryan sonrió. Quizá no tuviera imaginación, pero sí una lengua afilada.

—Lo cierto es que no creo que me caigas mal. Eres una compañía muy agradable.

Laura no dijo nada y se limitó a dirigirle otra de sus miradas cortantes.

–¿Tienes novio, Laura? –preguntó bruscamente.

–No seas ridículo. ¿Crees que si tuviera novio estaría en esta tesitura?

–Tener novio no quiere decir que hayas encontrado al hombre perfecto. Pero déjame que te lo pregunte de otra manera: ¿te acuestas con alguien?

Sus ojos se volvieron aún más fríos.

–No tengo novio en este momento.

–Ah.

–¿Qué significa ese «ah»?

–Nada, tan solo «ah».

–Lo dudo. No crees posible que pueda tener novio, ¿no? Crees que soy demasiado fría.

Tenía razón, pensó Ryan fascinado. Daría lo que fuera por derretir parte de ese hielo.

Tenía que tener cuidado con ella durante el fin de semana.

–Lo que creo es que algún hombre te ha hecho daño en el pasado y tienes una opinión equivocada del sexo masculino.

Por cómo abrió los ojos, adivinó que estaba en lo cierto.

–Muchas mujeres guapas a las que les han hecho daño, tratan inconscientemente de hacer cosas que las hagan menos atractivas para que no vuelvan a fijarse en ella. Algunas cambian su aspecto engordando, otras visten tratando de disimular su feminidad. Lo que me parece...

El sonido de su teléfono lo interrumpió.

–Discúlpame –dijo sacando el teléfono y fijándose en la pantalla para ver quién lo llamaba.

Maldita fuera. Era Erica.


Laura agradeció la interrupción. La descripción que estaba haciendo Ryan se parecía demasiado a la realidad. Inconscientemente, sabía por qué se estaba comportando de aquella manera, pero ningún hombre se lo había dicho a la cara.

No le gustaba. La hacía sentirse débil y vulnerable, incluso cobarde, aunque no lo era, ¿no?

La idea la atormentaba. Alison siempre le estaba diciendo que debía volver a dar una oportunidad a los hombres. Pero ¿qué sabía Alison? Estaba casada con un gran hombre, fiel y cariñoso, que nunca haría nada que la hiciera sufrir. Nunca conocería el dolor que se sentía cuando le partían el corazón no uno, sino dos hombres. Laura sabía que no podía arriesgarse a sufrir esa clase de dolor porque, si le ocurría una tercera vez, estaba segura de que no lo soportaría.

Tenía que admitir que en ocasiones se sentía muy sola. A veces le gustaría que su vida hubiera sido diferente. Si hubiera encontrado a alguien honesto cuando era más joven... Las experiencias de la vida la habían vuelto más dura, a la vez que más sensata. En la actualidad, cada vez que conocía a un hombre atractivo, no se dejaba engañar por su aspecto.

Sabía que Ryan Armstrong era de la clase de hombres que le rompían el corazón a una mujer y no le quitaba el sueño.

Pero no era tan malo, admitió mientras lo miraba por encima del borde de su copa. Era evidente que podía ser amable.

–Hola –dijo en el teléfono–. ¿Cómo van las cosas?

Se había dado la vuelta para hablar, pero Laura podía oírlo con claridad. El bar estaba empezando a llenarse, pero todavía no había demasiado ruido y la música no había empezado a sonar.

–Así que aburrido, ¿eh? –continuó Ryan–. No, estoy en el bar Ópera tomando una copa con alguien del trabajo.

Laura frunció el ceño, consciente de que Ryan estaba siendo evasivo con quien fuera que estuviera hablando por teléfono. ¿Sería su novia? Seguramente tendría una. Por lo que tenía entendido, siempre tenía alguna relación. Se le habría olvidado cuando se había ofrecido a fingir ser su media naranja.

¿Qué pensaba decirle a su novia si aceptaba su sugerencia? No se imaginaba que hubiera ninguna mujer a la que le pareciera bien que su novio se hiciera pasar por el novio de otra, por muy inocente que fuera la situación.

—Te llamaré esta noche, cariño —oyó que decía, confirmando sus sospechas de que hablaba con su novia—. Adiós.

Colgó y volvió a girarse para mirarla.

—¿Por dónde íbamos? —preguntó, guardándose el teléfono.

Laura decidió echar un jarro de agua fría.

—No creo que a tu novia le guste la idea de que te hagas pasar por el novio de otra. ¿O acaso pensabas no contárselo?

Su mirada se volvió más fría que la de ella.

—Erica no es mi dueña, Laura. Además, este fin de semana se ha ido a una conferencia a Melbourne.

—¿Quieres decir que ojos que no ven, corazón que no siente?

—Lo cierto es que iba a contárselo luego, cuando la llame esta noche.

—Sí, claro —dijo Laura sin poder disimular la ironía en su voz.

Por su experiencia, el segundo rasgo que caracterizaba a los hombres como Ryan era mentir a sus novias.

—Sí, de verdad. Pero ya veo que no me crees.

—¿Acaso importa lo que crea? Bueno, de todas formas da igual, porque he decidido no aceptar tu oferta.

—¿Y por qué?

—Porque daría lugar a mayores complicaciones. Mi abuela cumplirá ochenta años dentro de poco. Si su salud mejora, mi familia querrá organizar una fiesta y ella querrá que vaya con mi nuevo novio para conocerlo. Sinceramente, no puedo pretender que pases por eso también. No dejarían de preguntarnos cuándo nos casaríamos. Sería una bola de nieve que cada vez se haría más grande. Será mejor que vaya a casa este fin de semana y diga que hemos roto.

Ryan se encogió de hombros.

—Si eso es lo que quieres hacer, de acuerdo. Pero a Erica no le importará.

—Si crees eso, es que no conoces bien a las mujeres. Creo que ahora debería irme —añadió, preocupada porque en cualquier momento empezara a llegar gente del trabajo—. Gracias por la copa y por el ofrecimiento. Ha sido muy amable de tu parte, pero no es una buena idea.

Se terminó la bebida y se levantó.

—Te veré el viernes que viene a las tres.

—Escucha —comenzó Ryan antes de que pudiera escaparse—, voy a darte mi número de móvil para que me llames en caso de que cambies de opinión. ¿Tienes un bolígrafo en el bolso? Seguro que sí —añadió sonriente.

—Sí, pero...

—Tan solo apúntalo, Laura. Uno nunca sabe.

—Está bien —dijo y anotó el número en el reverso de una de sus tarjetas.

Luego, buscó la salida, aliviada al no haberse encontrado con nadie del trabajo. Cuando llegó al muelle, tomó el ferry para volver a casa y se sentó en un rincón, contenta de volver a estar a solas con sus pensamientos.

Una vez su cabeza se tranquilizó y los latidos de su corazón se estabilizaron, Laura supo que había tomado la decisión correcta al rechazar el ofrecimiento de Ryan. Era ridículo, por muy tentada que se sintiera.

Además, sería muy difícil mantener aquella farsa, siendo tan evidente que no se llevaban bien. Sí, había hecho lo correcto. Pero todavía se estremecía ante la idea de decirle a su familia que era mentira que hubiera encontrado a su hombre perfecto. Tenía su orgullo.

No, haría lo que había pensado hacer en un principio: pondría alguna excusa por la que Ryan no había podido acompañarla ese fin de semana. Más adelante, si su abuela continuaba mejorando, diría que habían roto porque Ryan no quería casarse. Eso también salvaría su orgullo. Si su abuela no se recuperaba, pensó Laura con el corazón en un puño, entonces no importaría. Al menos, moriría feliz.

Después de que el ferry atracara en Manly Wharf, Laura empezó a subir la colina que llevaba a su casa. La decisión estaba tomada. Habría sido muy gratificante haber vuelto a casa del brazo de un hombre como Ryan solo por ver la cara de sus tíos, que nunca dejaban de pasar la ocasión sin recordarle lo poco afortunada que era con los hombres.

Lo cierto era que no la apreciaban. Su tío Bill la había tomado con ella desde el momento en que había ido a vivir a casa de sus abuelos y su madre había preferido a aquella nieta antes que al hijo que Cynthia y él habían tenido.

Aquello no debía ser una sorpresa, pensó Laura, puesto que todos los hombres de la familia Stone eran odiosos, especialmente su abuelo. Jim Stone había sido un machista de primer orden. Lo habían seguido su hijo y su nieto, en la convicción de que eran superiores y de que las mujeres existían para satisfacer todas sus necesidades. Después de vivir en casa de sus abuelos, Laura había comprendido por qué su madre se había ido de casa en cuanto había tenido edad suficiente y por qué había acabado casándose con un hombre como su padre quien, además de ser un hombre fuerte, también era compasivo y atento en su trato con los demás, sobre todo con las mujeres. Había sido abogado y Laura lo había querido mucho.

Sin embargo, nunca había soportado a su abuelo y apenas había sentido su muerte. Incluso después de muerto, su abuelo Jim había conseguido enfadarla, dejando todos sus bienes a su hijo en vez de a su esposa. Había intentado convencer a su abuela para que impugnara el testamento, pero se había negado diciendo que no le importaba porque Bill le había prometido cuidar de ella hasta su muerte.

En opinión de Laura, eso no era suficiente. La casa en la que su abuela había vivido durante los últimos cincuenta años debía ser suya. Sin embargo, parecía relegada al papel de la pariente necesitada, dependiente de la caridad de su hijo. Todo lo que le había quedado a su abuela era una pensión miserable de veinte mil dólares al año. Pero Laura había hablado con su tío y lo había convencido de que subiera la cantidad al menos hasta cuarenta mil, bajo la amenaza de que, si no lo hacía, usaría todo su poder e influencia hasta conseguir que su abuela impugnara el testamento.

Naturalmente, su insistencia no había caído bien, pero al menos su tío había hecho lo que le había pedido. Claro que él había hecho creer a los demás que había sido su idea y Laura no había querido decir nada al ver lo contenta que se había quedado su abuela, probablemente porque nunca nadie la había tratado tan bien. Varias veces en los cinco años que habían transcurrido desde la muerte de su abuelo, Laura había intentado convencer a su abuela de que se fuera a vivir con ella a Sídney, pero no había tenido éxito. Decía que era una mujer de campo y que no sería feliz viviendo en la ciudad.

«Y no es que mi casa no sea acogedora», se dijo Laura al abrir la puerta de la valla de su casa.

Era una casa de tres dormitorios que había pertenecido a sus padres y que había heredado tras su trágica muerte. Su abuelo había intentado venderla al irse a vivir con ellos, pero su abuela, que había sido la albacea del testamento, no había dado su consentimiento para hacerlo. Así que los muebles fueron guardados y la casa alquilada hasta que Laura volvió a Sídney para estudiar en la universidad, momento en el que tomó posesión de la casa.

Desde entonces, había sido feliz viviendo allí.

Laura metió la llave en la puerta principal, consciente de que, en cuanto abriera la cerradura, Rambo aparecería por el pasillo, maullando a la espera de su comida.

Y así fue. Dejó el bolso en la mesa de la entrada, tomó al gato en brazos y lo acarició.

–¿Qué tal tu día? –preguntó dirigiéndose a la cocina.

Una vez en la cocina, dejó a Rambo en el suelo y se dispuso a servirle su comida favorita. Acababa de tirar a la basura la lata de carne cuando su teléfono sonó. Al no ser el móvil, supuso que no era Alison ni ningún compañero de trabajo. Las únicas personas que conocían su teléfono fijo eran los televendedores y su familia.

Laura descolgó el teléfono de la pared de la cocina.

–¿Hola?

–Por fin doy contigo –dijo su tía Cynthia al otro lado de la línea–. Te llamé antes, pero no estabas.

Laura miró el reloj de la pared. Eran solo las cinco y media. Rara vez volvía a casa antes de las seis los viernes.

–Podías haberme llamado al móvil –dijo Laura–. Te di el número.

–Bill dice que no llame a móviles. Dice que las llamadas cuestan una fortuna.

Laura suspiró.

–Ya no, tía Cynthia. De todas formas, ¿qué querías? No le pasa nada a la abuela, ¿verdad?

–No, tu abuela está bastante bien. Te llamo porque me lo ha pedido Shane.

Shane era su único hijo y había heredado las cualidades de los hombres de la familia Stone. No había dejado de fastidiar a Laura desde el día en que se fue a vivir con sus abuelos. Su familia había vivido en la casa de al lado. Por suerte, al acabar la escuela primaria, su abuela la había mandado a un colegio privado en Sídney, algo que siempre había agradecido. Su abuelo había protestado al principio diciendo que era muy caro, pero su abuela había insistido, alegando que el coste podía ser asumido por la herencia de Laura. Sus padres habían contratado buenos seguros de vida que, al morir en un accidente, habían duplicado su cuantía.

Laura había disfrutado mucho del colegio, no así de las vacaciones. Su primo siempre se había encargado de fastidiárselas. Había que admitir que con la edad había cambiado, especialmente desde que se casara con una mujer que no toleraba su comportamiento grosero. Lo cierto era que la última vez que se habían visto, la había sorprendido siendo muy amable con ella. Pero no acababa de imaginar por qué le había pedido a su madre que la llamara.

–¿Qué quiere?

–Quiere saber si tu nuevo novio es el mismo Ryan Armstrong que fue portero de fútbol hace unos años. Su padre dice que no es probable, teniendo en cuenta que sale contigo, pero le prometí que te preguntaría. Shane dice que, si es, le gustaría conocerlo.

–¿Y si no lo fuera?

–¿Cómo?

Laura apretó los labios. Ciertamente eran una familia peculiar.

–Ryan es, o más bien era, un conocido portero.

Lo sabía porque uno de sus compañeros de trabajo al que le apasionaban los deportes, le había hablado del éxito internacional de Ryan.

–¡No puedo creerlo! –exclamó su tía–. Shane se va a poner muy contento. Ya sabes cuánto le gusta el fútbol.

Lo cierto era que Laura no lo sabía. Apenas se había relacionado con Shane en los últimos años.

–Debo reconocer que me sorprende que te hayas echado novio y más aún, que sea alguien famoso. Precisamente le estaba diciendo a Bill el otro día que ibas a acabar convirtiéndote en una solterona. No es que seas fea, pero no tienes suerte. Eres demasiado tajante con tus opiniones y a los hombres no les gusta eso, ya sabes. Y tu manera de vestir... Bueno, no es muy femenina. Pero supongo que todo el mundo tiene una media naranja. Y ¿cuántos años tiene ese señor Armstrong? Seguro que no es joven.

Laura no pudo decir nada. Se había quedado sin palabras tras los comentarios de su tía.

Pero mientras trataba de encontrar qué decir, Laura tomó la decisión de no ir sola a aquella casa al día siguiente. ¡De ninguna manera!

–Si te digo la verdad, tía –dijo por fin–, no sé cuántos años tiene Ryan exactamente. Calculo que treinta y muchos.

–Deberías saber cuántos años tiene tu novio. ¿Cuánto tiempo dices que llevas saliendo con él?

–Hace un par de años que nos conocemos por asuntos de trabajo, pero hemos empezado a salir hace poco.

–O sea, que la cosa todavía no va en serio.

–Va muy en serio. No creerás que vendría a casa para conocer a la abuela si no fuera en serio, ¿verdad?

–¿Cómo? Ah, no, claro que no. ¿A qué hora crees que llegaréis?

Laura cerró los ojos y rezó para que Ryan no cambiara de opinión.

–Alrededor del mediodía.

–¿Podría ser un poco más tarde? –dijo su tía–. Digamos a eso de las tres. Así no tendré que preparar la comida, además de la cena y la comida del día siguiente. Es demasiado trabajo.

–No pensábamos quedarnos a pasar la noche –protestó Laura.

–No seas tonta, claro que sí. Ya he comprado la comida y el vino. Además, tu abuela quiere que te quedes el fin de semana, no solo unas horas. No querrás disgustarla, ¿verdad?

–No, claro que no –contestó Laura.

Su cabeza empezó a dar vueltas. ¿Cómo demonios iba a mantener aquella farsa tantas horas? ¿Y si Ryan se negaba a ir con ella? El que le hubiera dado su número de teléfono no era garantía de que dijera que sí una segunda vez.

–Entonces, te veremos mañana a las tres, ¿verdad?

–De acuerdo –convino Laura.

–Y una cosa más, Laura. Tráete un vestido para cenar. No quiero verte con esos vaqueros desgastados que llevas siempre.

Laura respiró hondo y a punto estuvo de decir algo, pero se dio cuenta de que su tía había colgado. Furiosa, se quedó mirando el auricular unos segundos antes de soltarlo.

Si había alguien que podía enfadarla más que su tío, era su tía. Era una mujer estúpida e insensible. Laura sintió lástima de su abuela por tener que vivir con semejantes personas. Se merecía algo mejor después de haber vivido cincuenta y cinco años con su insoportable esposo.

Al reparar en los sentimientos de su abuela, Laura pudo ver con cierta perspectiva todo aquel asunto del fin de semana. Se había metido en la boca del lobo ella sola. Por su abuela, tenía que fingir que era la novia de Ryan algo más que unas cuantas horas. Tenía que olvidarse de su orgullo y llamarlo para decirle que había cambiado de opinión y que aceptaba su ofrecimiento. Si se negaba, tendría que suplicarle que fuera con ella.

La idea de ofrecerle sexo a cambio surgió en su cabeza. Era una idea tan tonta, que se rio. Como si la idea de acostarse con ella pudiera convencer a un hombre como Ryan de hacer algo. Probablemente lo hiciera salir corriendo en dirección contraria.

Sacudió la cabeza y salió al pasillo para buscar su bolso y sacar la tarjeta en la que había anotado su teléfono.

Se le hizo un nudo en el estómago al empezar a marcar el número. ¿Qué haría si se negaba? Laura se ponía mala solo de pensarlo. Apretó el botón de llamada y comenzó a rezar.

# Capítulo 3

R YAN Armstrong al habla –contestó.
Laura se irguió al oír aquella voz tan viril.

–Ryan, soy Laura, Laura Ferrugia.

–¡Laura! –exclamó sorprendido.

Se oía ruido de fondo, gente hablando y riendo. Si no estaba equivocada, seguía en el bar Ópera.

Laura decidió ir al grano. No le gustaba dar rodeos.

–¿Sigue en pie tu oferta?

–Por supuesto.

–Gracias a Dios.

–Eso no suena bien. ¿Qué te ha hecho cambiar de opinión?

–Mi tía, ella ha tenido la culpa.

–¿Cómo? Creo que me he perdido algo.

–Te lo contaré mañana por el camino.

–¿Por el camino adónde?

–¿No te lo dije? Mi abuela vive en Hunter Valley, al igual que el resto de mi familia. Creí que te lo había contado.

–Seguramente lo hiciste. Recuerdo que me hablaste del hospital John Hunter.

–Sí, bueno, ese hospital no está tan cerca de Hunter Valley. Sospecho que no conoces la zona de Newcastle, ¿me equivoco?

–No, nunca he estado por allí.

–No está tan lejos. Hay que tomar la autopista hacia el norte y seguir las indicaciones hacia los viñedos. Suelo tardar unas dos horas desde que salgo de casa, siempre y cuando no sea hora punta.

—¿Dónde está tu casa?

—En Manly. ¿Tienes un buen coche?

—Vaya pregunta extraña, pero la respuesta es que sí. Veo que quieres impresionar.

—No lo sabes bien —dijo Laura con tanta pasión que lo hizo reír.

—En ese caso te diré que tengo un bonito BMW descapotable. ¿Te parece bien?

—Perfecto. Una cosa más: mi tía quiere que pasemos allí la noche y no he podido decirle que no. Pero no te preocupes, no tendremos que compartir habitación. Mi abuela nunca lo permitiría.

Aunque de repente, cayó en la cuenta de que ya no era la casa de su abuela.

Su tía no permitiría que compartieran habitación, ¿verdad? Quizá...

Lo mejor sería no decir nada por si acaso Ryan decidía cambiar de opinión.

—Dame tu dirección. ¿A qué hora quieres que te recoja mañana?

—¿Cómo?

—Laura, tracemos un plan.

—Lo siento —dijo y le dio los detalles que le pedía.

—¿Qué ropa tengo que llevar? Tengo la sensación de que tu familia tiene dinero, ¿estoy en lo cierto?

—No les va mal, pero no son ricos. Aun así, mi tía se tiene por la perfecta anfitriona, así que mañana organizará una cena con todo lujo de detalles. Pero no tienes que llevar traje ni nada por el estilo.

—¿A qué clase de lugar vamos?

—Hace unos años era un criadero de caballos, con cientos de hectáreas de tierras para pastar. Pero cuando las carreras de caballos perdieron interés, mi abuelo vendió los caballos y se dedicó al ganado. Después de que muriera, mi tío vendió la mayor parte del terreno a un constructor y se quedó con unas cuantas vacas. Hoy en día es una pequeña granja.

–Nunca he estado en una granja.

–No te has perdido nada.

–Deduzco que no te gusta el campo.

–No te equivocas. Hay algo más que deberías saber.

–Dispara.

–Mi primo Shane es un fanático del fútbol y seguro que estará en la cena familiar de mañana. Sabe que fuiste portero y está deseando conocerte. ¿Te parece bien?

–No me importa en absoluto.

–Es lo que me imaginaba, pero prefería preguntarte antes.

–Muchas gracias, Laura, eres muy considerada.

–El considerado eres tú. Te agradezco mucho que hagas esto.

–Es un placer. Lo cierto es que me apetece.

–No sé por qué. Yo estoy aterrada.

–Sí, adivino la tensión en tu voz. Escucha, no me hagas esperar hasta mañana para saber qué fue lo que te dijo tu tía que te hizo cambiar de opinión. Cuéntamelo ahora o no dormiré en toda la noche. No es solo porque se haya enterado de mi pasado como portero de fútbol, ¿verdad?

–No, no es eso, es algo que dijo sobre mí.

–¿Qué te dijo?

Laura le contó la conversación con su tía, incluyendo el comentario de que Ryan debía de ser un anciano por haberse fijado en ella.

–¿Puedes creer que ha tenido la desfachatez de decirme que me pusiera un vestido en la cena de mañana?

–Increíble.

–Te estás burlando de mí.

–En absoluto –replicó él–. Creo que tu tía ha sido muy descortés contigo.

Se detuvo, consciente de que sus palabras no sonaban muy convincentes y Laura recordó su comentario sobre su aspecto.

–Te diré que tengo varios vestidos y también productos de maquillaje. Pero no me pongo nada de eso para trabajar ni para ir al campo los fines de semana.

–Pero este fin de semana lo harás, si de veras quieres impresionar a tu familia. El espectáculo no va solo conmigo, cariño, sino con los dos como pareja.

–¿Vas a llamarme así?

–¿Cómo?

–Cariño.

–No si no te gusta.

–No me gusta.

–Entonces, ¿cómo quieres que te llame?

–Laura.

–Muy bien, Laura. Y Laura...

–¿Qué?

–Intenta relajarte para mañana. Estás demasiado excitada.

–No puedo evitarlo. Odio tener que hacer esto.

–¿El qué? ¿Simular que estás enamorada de mí? ¿Por qué tenía que ser tan sincero?

–Supongo.

–Ya has estado enamorada antes, ¿verdad?

–Sí –confesó.

Dos veces, primero de Brad y luego de Mario. Había sido devastador descubrir que Brad era una rata egoísta e inmoral, pero había sido el falso encanto de Mario el que casi la había destrozado. Porque para entonces debería haber sido más precavida y haberse dado cuenta de sus mentiras.

Pero no había sido así.

–Entonces, compórtate conmigo como lo hacías con él –sugirió Ryan.

–Nunca podría volver a hacerlo. Fue patético.

–¿Tan mal? Está bien, pero no te asustes si te rodeo con el brazo o te doy algún beso. Eso sí, sin lengua.

–Espero no hacerlo.

Él sonrió.

–Ya veo que mañana va a ser algo complicado, pero ¿qué demonios? Lo hacemos por tu abuela, ¿no?

Laura parpadeó. Se había olvidado de ella. Desde la llamada de su tía, no había dejado de pensar en su orgullo.

–Sí, claro –dijo sintiéndose avergonzada de sí misma–. ¿Ryan?

–¿Qué?

–Puedes llamarme cariño si quieres.

–Mejor. Ahora, tenemos que buscarte un vestido. El rojo te sienta bien.

–No tengo ningún vestido rojo.

–¡Entonces cómprate uno! Tienes toda la mañana. Y también unos zapatos bonitos. Tengo que colgar ahora, Laura, alguien me está llamando. Nos veremos mañana en tu casa a la una en punto.

Laura abrió la boca para protestar, pero él ya había colgado.

«Dios mío, ¿qué he hecho?».

Tenía razón. Cualquiera que fuera la novia de Ryan, tenía que vestir de manera provocativa.

Desde que rompiera con Mario no se había vestido sexy, de lo cual hacía ya varios años. Para empezar, no sabía dónde buscar para encontrar un vestido rojo.

Pero Alison sí lo sabría. Le gustaba mucho la moda.

Laura hizo una mueca. Si le pedía ayuda a Alison, eso supondría tenerle que contar lo que iba a hacer el fin de semana y con quién. Eso significaría también tenerle que contar lo que le había dicho a su abuela mientras había estado en coma.

Alison se molestaría porque no se lo hubiera dicho antes. Las dos amigas se lo contaban todo desde que se conocieran en el internado. Iba a ser duro confesarle que se había guardado un secreto, pero tenía que hacerlo.

Mientras marcaba el número de Alison, atravesó la habitación y se sentó en la cama a esperar a que su amiga contestara.

Un segundo antes de que saltara el contestador, escuchó la voz acelerada de su amiga.

–Será mejor que sea importante, Laura. Ya sabes lo insoportables que se ponen los niños a esta hora de la noche.

Al fondo, se oían voces discutiendo. Alison tenía un hijo de ocho años y una hija de seis que no se llevaban demasiado bien, especialmente cuando estaban cansados. Era evidente que no era un buen momento para andar haciendo confesiones.

–Lo siento –dijo Laura–, pero estoy desesperada. ¿Puedes pedirle a Peter que cuide de los niños mañana por la mañana para acompañarme de compras?

–¿Qué tienes que comprar?

–Un vestido rojo y sexy.

–Casi se me cae el teléfono. ¿He escuchado bien? ¿Has dicho que tienes que comprarte un vestido rojo y sexy?

–Sí –contestó Laura, consciente de que había abierto la caja de los truenos–. Te lo explicaré mañana.

–De eso nada. Vas a explicármelo dentro de un rato, cuando tenga un momento de calma para escuchar tu historia, que seguro es fascinante.

–De acuerdo –dijo Laura y suspiró resignada–. Pero sé amable conmigo, me siento algo débil.

–Tonterías, tú no eres frágil. ¡Niños! Si no dejáis de pelear, voy a estrangularos. Laura, tengo que ir a poner orden entre los niños. Te llamaré más tarde.

–De acuerdo –dijo Laura y colgó.


–No puedo creerlo –dijo Alison dejando la taza de café en la mesa–. ¿Por qué Ryan Armstrong?

Estaban sentadas en una cafetería después de haber pasado dos horas buscando el vestido y unos zapatos a juego.

–Sabes por qué. Es la clase de hombre que le gusta a mi abuela.

–Pero no lo soportas.

–No me cae tan mal como pensaba –admitió Laura.

¿Cómo hacerlo después de lo que iba a hacer por ella?

–¡Ahora lo entiendo! Has mantenido en secreto que te gustaba. Y tú a él.

–No empieces con esas tonterías románticas, Alison.

–Entonces, ¿qué motivos tiene él para participar en esta...

–Farsa –dijo Laura, terminando la frase de su amiga–. Ya te lo he dicho, tiene un lado tierno para las abuelas.

Alison puso los ojos en blanco.

–¡Qué ingenua! Seguramente lo está haciendo para llevarte a la cama. Ahora que lo pienso, no es romanticismo lo que busca, sino sexo. Se me olvida que no todos los hombres son tan honestos como mi Peter. Ambas sabemos la clase de hombre que es Ryan Armstrong, Laura. Le gusta jugar y ganar. Si lo que me has contado es cierto, te has mostrado distante desde que es tu cliente, ¿verdad?

–Sí.

–A los hombres como él no les gusta que les hagan el vacío. Les gusta seducir y que los seduzcan. Eres un reto para él, Laura. Tú misma has dicho que te sorprendiste de que te invitara a una copa.

Y a navegar con él, recordó Laura de repente.

–Ese es el primer paso –concluyó Alison.

–¡Pero tiene novia! –protestó Laura.

–Que va a pasar el fin de semana en Melbourne. Qué casualidad.

–Tú no sueles ser tan cínica. Ese papel suelo hacerlo yo.

–Es que veo que corres el riesgo de caer en sus garras. Ese hombre te pide que te compres un vestido rojo y sexy, y te falta tiempo para hacerlo. La Laura que conozco nunca hubiera hecho eso.

Laura suspiró.

–No estoy cayendo en sus garras. Es solo que no quiero parecer una aburrida solterona este fin de semana.

–Desde luego que no lo parecerás con ese vestido y esos zapatos que te has comprado.

–Tú me dijiste que me los comprara.

–Eso fue antes de que me enterara de lo que pretendía ese hombre.

–Alison, se lo he pedido yo y no tengo ninguna intención de acostarme con Ryan Armstrong.

Laura sabía a qué se refería Alison. Su amiga se había formado una opinión de Ryan Armstrong a partir de lo que le había contado de él en el pasado. Si lo conociera, Alison se daría cuenta de que no era un sinvergüenza. Por mucho que le costara admitirlo, el día anterior había conocido otro lado de él que la había sorprendido a la vez que impresionado.

–Tan solo está siendo amable –afirmó Laura–. Y ahora, tengo que irme. Muchas gracias por acompañarme, Alison. Nunca hubiera dado con el vestido sin ti.

–No me des las gracias todavía. Ese vestido no parece usado, así que, si todavía no sueña contigo, pronto lo hará.

De camino a casa en el ferry, Laura no dejó de dar vueltas en la cabeza a las palabras de su amiga. Era un vestido sexy, pero no exageradamente sexy, pensó una vez lo sacó de la bolsa en la soledad de su dormitorio.

Claro que aquel color escarlata era llamativo. También lo era el cinturón ancho de piel negra con tachuelas. Era difícil encontrar un vestido de cóctel que no tuviera algo brillante y llamativo. Lo mismo pasaba con los zapatos. Alison la había convencido para que se comprara unos zapatos de tacón negro que tenían las mismas tachuelas plateadas en las tiras de los tobillos.

Laura parpadeó al volver a mirar los zapatos que había comprado. Quizá lo más prudente fuera ponerse otros que fueran menos provocativos. Pero después de revisar su armario, se dio cuenta de que no tenía otros que quedaran tan bien con el vestido. Después de su ruptura con Mario, había tirado toda la ropa y zapatos atrevidos sustituyéndolos por prendas que no excitarían a ningún hombre.

Aunque no quería excitar las hormonas de Ryan Armstrong ese fin de semana, sí quería que su familia pensara que era capaz de hacerlo. Y si como consecuencia de eso Ryan la miraba con ojos diferentes, lo soportaría. No lo creía capaz de dar un paso en ese sentido. ¿Por qué iba a hacerlo cuando seguramente su novia lo satisfacía en el plano sexual? A pesar de que Ryan tenía fama de cambiar de novia con cierta regularidad, nunca mantenía relaciones simultáneas. Era conocido en Sídney por su integridad.

Hasta el día anterior, la opinión de Laura acerca de su cliente no había sido muy buena. Pero ahora que lo había tratado más, empezaba a sentir que se podía confiar en él. Era un extraño pensamiento viniendo de ella, especialmente de un soltero empedernido como Ryan.

De todas formas no podía perder tiempo preocupándose por esos asuntos en aquel momento. Estaban a punto de dar las doce y media, por lo que solo le quedaba media hora para acabar de arreglarse y comer algo antes de que Ryan llegara. Al menos, iba vestida con ropa decente, aunque fueran unos vaqueros y una camisa blanca. Había pensado comprarse algo más de ropa, una falda y una blusa quizá. Pero había tardado toda la mañana en encontrar el vestido rojo. Además, los vaqueros eran perfectos para un fin de semana en el campo.

Tampoco iba a dejarse el pelo suelto. No le gustaba que le cayera sobre la cara. Bastante tenía con llevarlo suelto esa noche. Se lo recogería en una coleta, un estilo más femenino que el que solía llevar. Y nada de pintalabios rojo; eso tendría que esperar hasta la noche.

Laura se estremeció al pensar en aquella noche.

«No pienses en eso, Laura. Hacerlo no te ayudará en nada y solo conseguirás ponerte más nerviosa. Ya está hecho y no hay vuelta atrás. Piensa en la abuela, en hacerla feliz. Piensa en las buenas intenciones que te hicieron contarle que Ryan Armstrong era tu hombre perfecto».

Laura no pudo evitar sonreír. Le resultaba divertido imaginárselo como su hombre ideal porque, si había alguien completamente inadecuado para ella, ese era él.

Pero su abuela nunca lo sabría, pensó mientras hacía la maleta. Ella tan solo vería lo que quería ver: un hombre guapo, encantador y exitoso.

Con un poco de suerte, su abuela no se enteraría de nada.

Laura gruñó. Tenía el presentimiento de que durante el fin de semana, las cosas no iban a salir como las había planeado. Lo que no imaginaba era que antes de que el día terminara, iba a ocurrir un gran desastre.

RYAN miró el reloj del salpicadero cerca de la calle donde vivía Laura. Era la una menos cuarto. No era buena idea llegar pronto, así que se detuvo junto a la acera para dejar pasar unos minutos.

El tiempo fue transcurriendo lentamente y no pudo evitar pensar en lo que había pasado cuando había llamado a Erica la noche anterior para contarle sus planes para el fin de semana.

Ryan sacudió la cabeza al recordar su reacción. Laura había tenido razón. Quizá no conocía a las mujeres tan bien como creía. A Erica no solo no le había gustado la idea, sino que se había puesto muy celosa.

Aquel ataque de celos había sacado lo peor de Ryan. Cuando Erica empezó a acusarlo de que aquello era tan solo una estrategia para acostarse con Laura, Ryan le había dicho que, si eso era lo que pensaba, entonces había llegado el momento de continuar caminos separados. Después de eso había colgado.

El hecho de que Erica le hubiera estado mandando mensajes subidos de tono al teléfono durante la siguiente hora, solo había servido para confirmarle que había hecho lo correcto al cortar con ella. Pero todo aquel asunto lo había incomodado. Al final había apagado el teléfono, pero sospechaba que había seguido mandando mensajes. Desconocía cuál sería su contenido, aunque ya le había dedicado todos los insultos del diccionario, desde «indecente» a «libertino».

No estaba seguro del significado de «libertino», así que lo había buscado en el diccionario y había descu-

bierto que un libertino era un hombre lascivo que hacía
lo que quería. Era un poco duro, pero no del todo desen-
caminado. Le gustaba hacer lo que quería y lo que quería
era poner fin a una relación con una mujer que era tan hipócrita como malhablada. Por otra parte, le agradaba hacerse pasar por el novio de Laura y hacer feliz a una anciana.

El reloj marcaba las doce y cincuenta y tres. Era hora
de ponerse en marcha.

La casa que estaba en la dirección que Laura le había
dado resultó ser una sorpresa, pero no porque fuera
grande. Era una casa de estilo eduardiano, bien conser-
vada, que debía de costar una fortuna por su excelente
ubicación en una colina sobre Manly Beach. No pudo
evitar preguntarse si sería suya o la habría alquilado.

Mientras se bajaba del coche y se dirigía hacia la puerta
por el camino de acceso, decidió que aquella casa no la
había alquilado. El jardín estaba bien cuidado y la pin-
tura verde de alrededor de las ventanas era reciente.

Llegó al porche y tocó el timbre. Estaba seguro de
que Laura era la dueña de aquella casa.

A punto estaba de tocar el timbre otra vez cuando la
puerta se abrió y Laura apareció más guapa que de costumbre. En lugar de su habitual traje de chaqueta negro,
llevaba unos vaqueros azules ajustados, unos botines
negros, una camisa blanca con las mangas remangadas
y un collar. El pelo lo tenía recogido en una coleta y se
había pintado los labios. Parecía cinco años más joven
y mucho más a la moda.

Erica estaba equivocada: Laura no le gustaba. Nunca
se habría ofrecido para hacer aquello con una mujer que
le hubiera gustado.

–Llegas pronto –dijo con tono casi acusador.

Algunas cosas no podían cambiar con tanta facilidad
como la apariencia, pensó Ryan. Debería haberse mostrado agradecida y no molesta. A él le gustaba que la
gente fuera puntual.

Excepto a las tres de la tarde de un viernes.

Pero ¿por qué tenía que pensar en eso ahora?

Ryan se encogió de hombros e intentó apartar aquellos pensamientos de la cabeza.

—Pero solo cinco minutos. Estás muy guapa.

—Gracias, tú también.

—Estamos para agradarle —dijo sonriendo.

Ella no le devolvió la sonrisa, pero un brillo especial asomó a sus ojos. No estaba seguro de si seguiría molesta. No iba a ser fácil pretender estar enamorado de ella durante el fin de semana.

—No tardaré mucho —dijo ella dándose la vuelta y enfilando el pasillo—. Ahí está el baño —añadió señalando una puerta a la derecha—. Te lo digo por si quieres usarlo antes de marcharnos.

—Estoy bien.

Tal y como dijo, no tardó en regresar con un maletín en una mano y un portatrajes de plástico.

—Supongo que ahí dentro llevas un vestido —dijo él mientras salían al porche.

—Sí. Toma, sujétame esto mientras cierro la puerta con llave.

Estaba allí parado, con ambas manos ocupadas, cuando un gato apareció junto a su tobillo derecho.

—¿Este gato es tuyo?

—Sí.

—¿Por qué solo tiene un ojo? ¿Alguna pelea?

—No, tuvo un encontronazo con un coche hace un año, ¿verdad, bonito? —dijo con voz melosa, mientras tomaba al gato en brazos—. Me costó una fortuna el veterinario, más de tres mil dólares.

Ryan se quedó mirándola fijamente. ¿Tres mil dólares en un gato?

—Sí, lo sé —continuó ella—. No es lo que esperarías de la insensible Laura.

—Está visto que eres más sentimental de lo que imaginaba.

–Siento decepcionarte.

–No estoy decepcionado. Nunca te disculpes por tener un lado sensible, Laura. Es lo que os distingue a las mujeres.

–Es lo que las ridiculiza –puntualizó–. Especialmente en lo que a hombres se refiere.

–No me imagino a ningún hombre poniéndote en ridículo.

–Ya te dije anoche que no conoces a las mujeres tan bien como crees, Ryan. Lo que me recuerda que no me has contado qué te dijo tu novia cuando le contaste que ibas a hacerte pasar por mi novio este fin de semana. ¿O acaso no se lo has contado?

Al instante, Ryan se dio cuenta de que la verdad complicaría las cosas innecesariamente. Era mejor que no supiera lo mal que se lo había tomado Erica, o que habían dejado de ser pareja.

–Claro que se lo he dicho –mintió–. Y le ha parecido bien.

–Increíble –dijo Laura, agachándose para dejar al gato en el suelo–. Rambo, sé bueno y no salgas a la calle en mi ausencia.

–¿Estará bien solo en casa? –preguntó Ryan mientras iban al coche.

–Es solo por una noche. Le he dejado comida y agua y le he pedido a un vecino que lo cuide.

–¿De qué raza es? –dijo Ryan mientras colocaba el portatrajes en el asiento trasero y la maleta junto a la suya en el maletero del coche.

–Abisinio.

–¿Hace mucho que lo tienes?

Ella lo miró impaciente.

–¿Qué es esto, un interrogatorio?

–Tan solo quiero saber algunas cosas sobre ti. Después de todo, un novio de verdad sabría que tienes gato, ¿no?

Laura suspiró.

–Supongo que sí. Se llama Rambo y tiene casi cinco años. Me hice con él después de que...

Se quedó en silencio repentinamente y apretó los labios.

–¿Después de qué?

–Después de romper con Mario.

–Entiendo.

Ryan no pudo evitar preguntarse qué habría hecho Mario para que Laura odiara tanto a los hombres. ¿Lo habría pillado con otra mujer? ¿O había descubierto que estaba casado? Su comportamiento debía de haber sido muy malo para haber herido de aquella manera a Laura. Muchas mujeres ya lo habrían superado. Según le había dicho, habían pasado cinco años. ¿Quería eso decir que llevaba cinco años sin tener sexo? Ryan no se imaginaba la vida sin practicar sexo de manera regular. Para él, era tan necesario como el comer o respirar. En ese sentido, suponía que las mujeres y los hombres eran diferentes. Al menos, algunas lo eran.

–Ya está bien de preguntas –dijo él, decidido a cambiar de tema de conversación–. Bueno, ¿qué te parece mi coche? ¿Te parece impresionante?

Laura miró el coche y deseó no sentirse tan intimidada en compañía de Ryan. Pero desde el momento en que le había abierto la puerta, se había quedado pasmada.

Pensaba que ya estaba acostumbrada a lo guapo que era. Después de todo, llevaba dos años viéndose con él todos los viernes y nunca le habían temblado las rodillas, hasta unos minutos antes.

Quizá fuera el modo en que iba vestido, todo de negro. Vaqueros, camiseta y cazadora de cuero, todo era negro. Le daba un aspecto muy masculino y estaba irresistible.

Se había tenido que esforzar para no quedarse mirando fijamente, pero no había podido evitar ponerse nerviosa, especialmente después de que le dijera lo guapa que estaba.

Por suerte, no había hecho nada humillante como ponerse roja. Aunque por otro lado, se había puesto a la defensiva y había estado cortante, y no quería ponerse así con él. Si quería convencer a su abuela y al resto de la familia de que Ryan era su novio, tenía que dejar aquel sarcasmo inusual en ella y empezar a ser amable. Podía empezar por alabar su coche, pero tampoco quería excederse.

—Está muy bien —dijo ella—. Me gusta el color azul oscuro.

—Venga, entra —dijo él, rodeando el coche para abrirle la puerta.

Laura se acomodó, suspirando satisfecha al hundirse en los asientos de cuero claro.

—¿Estás cómoda?

—Mucho —contestó y lo miró.

No fue una buena idea. Ryan la estaba mirando y estaba muy guapo cuando sonreía así.

—¿No hay nada mejor que el cuero, verdad?

Al sentir que el estómago le daba un vuelco, apretó los labios, se puso el cinturón de seguridad y fijó la vista al frente. Sin embargo, después de cerrarle la puerta, Ryan pasó por delante del coche, justo por delante de su campo de visión.

Incluso su manera de caminar era sexy. Sus piernas avanzaban dando largos pasos y sus hombros se movían ligeramente de lado a lado. Se movía con seguridad y aplomo.

Laura suspiró cuando lo perdió de vista. Pero su alivio apenas duró unos segundos hasta que Ryan abrió la puerta del conductor y se colocó tras el volante.

—Creo que deberíamos quitar la capota.

El pánico la hizo girarse para mirarlo. Quería decirle que no lo hiciera, pero ya el techo se estaba abriendo. Además, ¿qué podía decir? El día no era frío, no hacía viento y no había ni una nube en el cielo. No había ninguna razón para estar alarmada, pero lo estaba.

–Te gustará –añadió Ryan mirándola a los ojos.

Laura esbozó una sonrisa. No era en él en quien no confiaba, sino en ella misma. ¿De dónde había surgido aquella repentina atracción?

Tenía que admitir que Ryan era un hombre muy atractivo físicamente. A pesar de lo escéptica que era con el sexo masculino, no era ciega aunque no fuera su tipo de hombre. A diferencia de su abuela, siempre había preferido hombres que no fueran mucho más altos que ella. Los hombres grandes, de hombros fuertes y aspecto de macho, siempre le habían incomodado.

Ryan la estaba haciendo sentir muy incómoda en aquel momento, pero de una manera deliciosamente perturbadora. Claro que ella tampoco le gustaba a él. Era una suerte que tuviera novia, ya que si no, se habría sentido tentada a hacer el ridículo ese fin de semana.

Sintió un nudo en el estómago ante aquella situación inesperada. Había pensado que no podría hacerse pasar por su novia y allí estaba, intentando controlar sus deseos de seducir a aquel hombre. ¡Ni que supiera seducir a un hombre! Solo había tenido dos amores en su vida y ninguno de los dos se había esmerado en la seducción. No era una experta en asuntos de dormitorio aunque tampoco le habían interesado últimamente.

Hasta ese momento...

Quizá los años de celibato habían hecho mella en ella. Era la única razón que se le ocurría que justificara la atracción que sentía por el hombre que estaba sentado junto a ella. Aquella vulnerabilidad le provocaba una tensión en su cuerpo que no recordaba haber experimentado antes. Se acomodó en su asiento y entrelazó las manos sobre su regazo.

–Relájate, Laura –le ordenó mientras ponía el coche en marcha–. Todo va a salir bien.

Ella no estaba tan segura. Aunque superara el fin de

semana con su orgullo intacto, tendría que prescindir de Ryan como cliente.

Pero enseguida se olvidó de su orgullo y sucumbió al encanto de montar en un descapotable, con el sol dándole en la cara y el viento alborotándole el pelo. Enseguida se relajó y disfrutó de las miradas de envidia de la gente que los veía pasar. Quizá fuera una tontería sentir placer porque creyeran que Ryan era su novio, pero no pudo evitarlo.

—¿Ves? —dijo Ryan después de un rato—. Te dije que te gustaría. ¿Quieres que ponga música?

—Si tú quieres... —contestó, tratando de que su voz sonara fría y no seductora.

—Dime qué te gusta —dijo él—. Debería conocer tus gustos en música, ¿no te parece? Y viceversa.

Laura se encogió de hombros.

—Me gusta todo lo que tenga melodía, un buen ritmo y una letra interesante. No me gusta el rap ni el heavy, y no tengo ningún artista ni grupo favorito. De adolescente no perdí la cabeza por ningún cantante, a diferencia de Alison que estaba locamente enamorada de Robbie Williams.

—¿Quién es Alison?

—Mi mejor amiga. Fuimos juntas al internado.

—Quizá deberíamos dejar la música para que me contaras más sobre tu vida. No tienes que contarme todo, solo lo que creas que debo saber.

—Desde luego que no te voy a contar todo —replicó ella, pensando en Brad y Mario.

No mencionó aquellas dos humillantes relaciones. Pero sí le contó que su madre se fue de casa para irse a vivir a Sídney y que acabó casándose con su padre, un huido de otra clase. Carmelo Ferrugia había sido abogado, un refugiado, cuya primera mujer e hijos habían sido asesinados por gente muy mala. Carmelo había sido un hombre amable y considerado, veinte años mayor que su madre, y había pasado su vida ayudando a personas con dificultades.

También le contó acerca de la trágica muerte de sus padres en un accidente de avión cuando ella tan solo tenía once años, su vida con sus abuelos en Hunter Valley y su paso por el internado de Sídney.

–Siempre supe que me quedaría en Sídney cuando acabara de estudiar –añadió–. Y que sería abogado como mi padre. De hecho, trabajé como abogado de oficio durante una temporada, como él, pero me aburría.

–Así que te fuiste a trabajar a Harvey, Michaels y Asociados.

–No, antes estuve en otro despacho especializado en derecho penal.

–Eso no podía resultarte aburrido.

–No, me encantaba, pero yo...

–¿Tú qué?

Laura se dio cuenta demasiado tarde de la dirección que estaba tomando aquella conversación. Odiaba hablar de Mario. Brad le había hecho daño, pero Mario la había herido profundamente.

–Tuve una relación con un cliente que acabó muy mal –dijo por fin.

–Entiendo.

–Lo dudo.

–Sí, claro que lo entiendo. Tuve una relación con una clienta una vez. También terminó mal. A punto estuvo de arruinar mi negocio.

Laura se sorprendió.

–¿Qué pasó?

–En pocas palabras, tuve una breve aventura con una clienta. Cuando corté con ella, hizo todo lo que pudo por hacerme daño a mí y a mi compañía. Estuvo a punto de conseguirlo. Desde entonces, soy más prudente y no he vuelto a salir con una clienta. Estoy seguro de que a ti te ha pasado lo mismo.

–Así es.

–Me alegro de que esto no sea una cita real. Aunque no creo que me tenga que preocupar de que llegues a obsesionarte conmigo, Laura.

–Estás a salvo –dijo.

«Siempre y cuando no intentes aprovecharte de la situación», pensó Laura.

–¿Sabes una cosa? Es agradable estar en compañía de una mujer en la que puedo confiar plenamente.

–¿Qué quiere decir eso?

–Que nunca me hubiera ofrecido a hacerme pasar por tu novio si pensara que te gusto. Porque si así fuera, este fin de semana habría complicado nuestra relación laboral.

–No veo cómo. Aunque me gustaras, yo a ti no te gusto.

–No es cierto, cariño. ¿Cómo no iba a gustarme una mujer capaz de gastar tres mil dólares para salvar la vida de un pobre animal?

–Oh –exclamó y a continuación hizo lo impensable: se sonrojó.

Ryan no podía creer que las mejillas de Laura se hubieran sonrojado. Durante un par de segundos, su reacción lo aturdió. Pero enseguida pensó que debía de ser la respuesta natural ante una ocurrencia inesperada de un hombre diciendo algo amable sobre ella.

Ryan sospechaba que en los últimos años, Laura no había recibido piropos de ningún hombre, en especial por su modo de vestir y comportarse. Evidentemente, se había aislado después de aquella desastrosa aventura que había tenido con un cliente. Le hubiera gustado conocer algunos detalles más de esa relación, pero sabía que no era el momento de preguntar.

–Espero no haber dicho nada incorrecto –dijo él.

–Por supuesto que no –dijo Laura guardando la compostura con su habitual brusquedad–. Es solo que me has pillado por sorpresa. Además, no puede seguir cayéndome mal un hombre que está dispuesto a perder su fin de semana para hacerme feliz.

No le quedó más remedio que sonreír.

–Cuidado, no nos excedamos con los halagos.

–No querrás que empiece a mentirte, ¿verdad?

–No hasta que lleguemos a nuestro destino, momento en el que alguna mentira será necesaria, además de alguna que otra muestra de flirteo.

–¡Flirteo!

Ryan estuvo a punto de romper en carcajadas al ver su expresión.

–Por supuesto –dijo él con cara de póquer–. ¿Sabes flirtear, verdad Laura?

–Nunca me ha gustado seducir.

–En ese caso, es hora de que aprendas. ¿O quieres pasar el resto de tu vida como una solterona?

–La manera en que pase el resto de mi vida no es asunto tuyo.

–Cielo santo. Pero ¿qué pasa contigo? De acuerdo, es evidente que un canalla te hizo mucho daño, pero no es el único hombre de la Tierra. No todos somos tan malos. Tienes que superarlo y seguir adelante.

–¡Muchas gracias! –exclamó con ironía.

–Lo conseguirás si haces lo que te digo. Escucha, este fin de semana tendrás la oportunidad perfecta para aprender a flirtear. Puedes practicar conmigo sin tener que preocuparte de las consecuencias.

–¿De veras?

–Deja ya la ironía.

El suspiro de Laura sonó a desesperación.

De repente, Ryan se dio cuenta de que estaba siendo demasiado insistente. Era una mala costumbre que tenía, el tratar de arreglar y controlar las cosas. Era el resultado de su infancia, cuando todo había estado fuera de su control.

–Lo siento. Me estoy poniendo muy insoportable, ¿verdad?

–Mucho.

–Puedes pedirme que me calle si quieres.

–Cállate, Ryan.

Él rio.

–Prometo no ser tan sargento cuando lleguemos a casa de tu familia.

–No cambies demasiado. A mi abuela le gustan los hombres con carácter.

–Pero a ti no, Laura. Voy a hacerme pasar por tu hombre perfecto, no por el de tu abuela.

–¿Y acaso sabes cómo es mi hombre ideal?

–Puedo intentar adivinarlo.

–A ver, dime.

–Para empezar, tiene que ser todo un caballero a la vieja usanza, pero sin ser machista. Te tiene que tratar bien, como a una princesa. Te gustaría que fuera apasionado y tierno a la vez, tierno y protector.

Por su expresión, Ryan supo que había dado en el clavo.

–¿Qué eres? –preguntó sorprendida–. ¿Un adivino?

–No, pero soy muy observador. Por cómo describiste a tu padre, me di cuenta de que era tu hombre ideal. Me atrevería a decir que el hombre que tanto daño te hizo, parecía ser tu hombre ideal. Pero fue solo en apariencia. En el fondo, era todo lo contrario.

El silencio de Laura tocó la fibra sensible de Ryan. Sabía que no siempre era bueno hablar de algunas cosas, ya que removían recuerdos desagradables.

–Parece que era un canalla –continuó–. Alguien a quien es mejor olvidar.

Laura permaneció en silencio.

–Es hora de distraerse –dijo él y puso la radio–. Ahora, ponte cómoda en tu asiento y relaja esa tensión. Y antes de que me vuelvas a pedir que me calle, creo que deberías saber que toda mujer desea en algún momento tener cerca un hombre que lleve la iniciativa, como ahora mismo. Así que trágate ese comentario sarcástico que estoy seguro que estás ideando y haz lo que te digo, ¿de acuerdo?

Se quedó satisfecho al ver que no protestaba. De hecho, Laura hizo exactamente lo que le había sugerido, reclinó el asiento, cerró los ojos y dejó escapar un largo suspiro. No estaba seguro de lo que se le estaría pasando por la cabeza, pero enseguida se la vio más relajada. Incluso le pareció que se había dormido. Quizá no hubiera dormido bien la noche anterior, preocupada por el fin de semana.

Era una suerte que conociera la zona norte hasta el río Hawkesbury. En caso contrario, habría tenido que despertarla para pedirle indicaciones. Si no recordaba mal, el Hawkesbury estaba a media hora de camino de donde estaban. Laura tendría tiempo suficiente de echarse una siesta antes de verse obligado a despertarla.

Cinco minutos más tarde, tomó la autopista y aceleró. El tráfico se aligeró con los tres carriles y el potente coche se comió los kilómetros. El paisaje urbano dio paso enseguida a la vegetación que se extendía a ambos lados de la carretera que atravesaba las colinas rocosas. En algo menos de media hora, Ryan empezó el camino de descenso que daba al río y a la pequeña aldea de Brooklyn.

En una ocasión había alquilado una cabaña de pesca, siguiendo la recomendación de un amigo que le había dicho que era el lugar perfecto para un fin de semana romántico.

Ryan frunció el ceño al intentar recordar el nombre de la mujer con la que había ido. De eso no debía de hacer ni tres años y era incapaz de recordar su nombre o su cara. Lo único que recordaba era el placer de estar al aire libre y el hecho de haber pescado un pez.

Miró a Laura un instante. Aquel fin de semana no podía ser considerado una escapada romántica. Pero sospechaba que no iba a olvidarlo, al igual que nunca olvidaría a Laura Ferrugia.

Ryan sonrió ante aquella última idea. Era imposible olvidar a la mujer más irritante que jamás había conocido.

# Capítulo 5

LAURA se despertó y se sorprendió al descubrir que había estado durmiendo casi hora y media.

–¿Por qué no me has despertado? –preguntó.

–Imaginé que necesitabas descansar –contestó Ryan encogiéndose de hombros.

–¿Dónde estamos? –dijo Laura al darse cuenta de que estaban en una carretera de dos carriles–. Pensé que no sabías el camino.

Enseguida se tranquilizó al comprobar que iban en la dirección correcta.

–Supuse que habría señales, así que cuando vi la indicación hacia los viñedos, la tomé.

–Aun así, deberías haberme despertado.

–¿Quieres dejar de protestar? –dijo él con voz impaciente–. No estamos perdidos.

–Pero podíamos estarlo.

–¿Y qué? No habría sido el fin del mundo, Laura. Los dos tenemos teléfonos móviles. Habríamos llamado para avisar de que llegábamos un poco más tarde.

–Cierto, pero no quiero darle ninguna razón a mi tía Cynthia para que me critique.

–No te criticará estando a mi lado. Verás que pronto la pongo a comer de mi mano.

Laura puso los ojos en blanco. ¡Vaya hombre arrogante!

–Lo creas o no –continuó él–, se me da bien el sexo contrario. La mayoría de las mujeres, especialmente las maduras, me encuentran encantador.

Laura no lo dudaba. Pero no estaba dispuesta a alimentar su ego y se recordó que debía mantener la guardia.

—Por eso te elegí como mi pareja ideal, Ryan, porque tienes todas esas cualidades que gustan a la mayoría de las mujeres. Solo las que como yo están escaldadas, se dan cuenta de que ese encanto tuyo no es más que una tontería.

Él rio sin humor.

—Y yo que creía que empezaba a resultarte simpático.

—En sueños, Ryan. Ahora por favor, concéntrate en la carretera. Estamos llegando a Cessnock. A partir de ahora te indicaré el camino. Es complicado atravesar el pueblo y tomar la carretera correcta.

Siguió sus indicaciones y enseguida cruzaron el viejo pueblo minero y tomaron la carretera que les llevaría a su destino.

—No vayas rápido por aquí —le advirtió Laura—. Después de todo lo que ha llovido últimamente, seguro que habrá muchos baches.

Ryan disminuyó la velocidad considerablemente, lo que le permitió apartar los ojos de la carretera de vez en cuando para observar al paisaje.

—Esta zona es muy bonita, Laura.

Estaba de acuerdo con él en que era bonita, con muchas colinas, árboles y casas bien conservadas. Había varios hoteles que ofrecían recorridos para hacer catas de vinos, además de alojamientos de cinco estrellas. También era un sitio al que se retiraban los jubilados y en el que se habían construido nuevas viviendas para aquellos que querían disfrutar del campo sin tener que dedicarle demasiado esfuerzo.

—Supongo que mi opinión está contaminada al no haber sido feliz aquí.

—Al igual que tu opinión sobre los hombres está contaminada por no haber sido feliz con uno.

Laura apretó los labios.

–Todos tenemos recuerdos contaminados, Ryan –replicó con frialdad–. Seguro que tú también.

«Qué razón tienes, querida», pensó Ryan con una mezcla de sorpresa y admiración.

Debía de ser agotador lanzar tanto dardo envenenado. Estaba deseando llegar para verla comportarse como realmente era. Quizá incluso fuera dulce con él. No pudo evitar preguntarse cómo reaccionaría cuando la abrazara. Quizá incluso la besara, pero solo para guardar las apariencias. Solo de pensarlo, su corazón se aceleró.

–¿Cuánto queda?

–Menos de un kilómetro. Toma el siguiente desvío a la derecha.

Era una carretera más ancha, que parecía haber sido arreglada recientemente y en la que no había baches, circunstancia que Ryan comentó.

–Se ha invertido mucho en esta carretera –explicó Laura–. Se han construido varias bodegas y un nuevo hotel de golf en unos terrenos que el tío Bill vendió. Precisamente lo estamos dejando ahora mismo a la derecha.

–Vaya –exclamó Ryan–. Tremendo campo de golf.

–No es solo un campo de golf, es una urbanización. Si te compras una casa, automáticamente eres miembro del club de golf. Pero te costará al menos un millón. El viejo y astuto tío Bill se aseguró al vender los terrenos de que lo hicieran miembro del club de por vida. Le encanta el golf. Supongo que a ti también, como a todos los hombres aficionados a los deportes.

–No me apasiona, pero me gusta. Para serte sincero, es necesario jugar al golf cuando trabajas en el mundo de los deportes. No sabes la cantidad de acuerdos que he cerrado jugando al golf, especialmente en el hoyo diecinueve.

Laura frunció el ceño.

–Pensé que solo había dieciocho hoyos.

Ryan sonrió.

–Ya veo que no juegas al golf. El hoyo diecinueve es el club.

–Qué tonta. Vete despacio, la entrada está por aquí –dijo Laura señalando–. Entre estos dos árboles. No hace falta que pares, las puertas están siempre abiertas.

–No veo ninguna casa –dijo Ryan, mirando a su alrededor mientras tomaba el camino de entrada.

–Eso es porque no estás mirando hacia el sitio correcto. Está allí, encima de aquella colina.

Sus ojos siguieron la dirección que señalaba y vio una casa de dos plantas, majestuosamente ubicada en la cresta de una colina distante. Era rectangular y de estilo colonial, con un pronunciado tejado inclinado y con un porche a su alrededor, tanto arriba como abajo. Varias chimeneas acompañaban la elegante arquitectura del edificio.

–Pensé que me habías dicho que tu familia no era muy rica –comentó Ryan.

–No lo son.

–Creo que no coincidimos en la definición de lo que es ser rico.

A menos que aquella propiedad estuviera hipotecada, el dueño de aquel lugar debía de ser muy rico en opinión de Ryan. Las vallas alrededor de los corrales estaban en perfecto estado y el ganado que pastaba en los prados tenía buen aspecto. A pesar de que sus conocimientos sobre la vida en el campo se limitaban a lo que había visto en algún documental en la televisión, Ryan percibía que allí había mucho dinero.

–Supongo que todo el terreno alrededor de la casa es de tu abuela, ¿no? –preguntó mientras avanzaban por el camino de grava.

–No. Lo cierto es que toda la finca es de mi tío Bill. Mi abuelo dejó todo a su hijo en vez de a su esposa.

Ryan frunció el entrecejo.

–¿Por qué lo hizo?

Al mirarla, adivinó una expresión de disgusto en su rostro.

–Porque era de la vieja escuela, de los que creían que los hombres debían gobernar el mundo y ser los dueños de la tierra.

Quizá el odio de Laura por los hombres había surgido antes de acostarse con aquel cliente. Aun así, Ryan se daba cuenta de que a una mujer tan inteligente como Laura le debió de ser difícil aceptar el machismo de su abuelo.

–¿Le molestó mucho a tu abuela?

–Se sintió desilusionada –dijo Laura–, pero no montó ningún lío, aunque debería haberlo hecho. Yo sí lo hice cuando tío Bill le asignó una mensualidad miserable después de todo el dinero que había heredado.

–¿Qué hiciste?

–Amenacé al muy canalla con convencer a mi abuela para que impugnara el testamento si no le daba una cantidad decente anual, cosa que hizo.

–Supongo que durante una temporada no fuiste muy apreciada.

–Nunca he sido apreciada por los hombres de mi familia –replicó.

Ryan rio.

–Me pregunto por qué.

–¿Por qué debería preocuparme por el sexo opuesto? Soy tan buena como ellos.

–Sí, tan solo recuerda durante los dos próximos días que vas a simular ser una mujer enamorada.

–Sabía que esta no era una buena idea. No sé cómo se me ocurrió hacer esto.

–Te has dejado llevar por el orgullo.

–Sí, tienes razón. ¡El orgullo! Uno de los siete pecados capitales.

Parecía tan abatida que de repente Ryan sintió lástima por ella.

–No solo por el orgullo, Laura. También por el cariño, no lo olvidemos. Estamos aquí para hacer feliz a tu abuela. ¿Qué más da que tengas que fingir durante un par de días? Ni que fuera para siempre. Deja que hable yo, tú limítate a sonreír y a asentir a todo lo que diga. Sé que te resultará muy difícil, pero es por una buena causa.

Laura permaneció en silencio unos segundos antes de decir que sí con las cabeza.

—Haré lo que pueda.

—Bien.

Laura se sentía incómoda cada vez que lo miraba. Sentía deseos de golpearlo solo por encontrarlo tan irresistiblemente atractivo.

No era orgullo lo que en aquel momento sentía. Era otro de los siete pecados capitales, uno que la aterrorizaba.

Laura no estaba familiarizada con la lujuria. Tanto Brad como Mario la habían seducido para llevarla a la cama y había perdido el interés de ser amada, así como la necesidad de practicar sexo con ellos.

Pero deseaba acostarse con Ryan y ese pensamiento la aturdía. Suspiró y se arrepintió de que se le hubiera ocurrido aquella farsa. También se arrepentía de haber seguido la sugerencia de Ryan y haberse comprado aquel vestido rojo tan sexy.

Alison lo había elegido por ella. Era el tipo de vestido capaz de alterar las hormonas de un octogenario. Ryan era mucho más joven y eso le preocupaba. ¿Qué pasaría si esa noche intentaba besarla?

—Venga, Laura —dijo Ryan con una nota de desesperación en la voz—. Cualquiera pensaría que vas camino a tu ejecución.

«Preferiría una ejecución que acabar contigo en la cama», pensó Laura, manteniendo la mirada fija en la carretera.

Trató de repetirse lo que le acababa de decir, que todo aquello era por una buena causa, pero no consiguió relajar la tensión de su estómago. El miedo a que aquel fin de semana terminase en un desastre, fue haciéndose mayor según se acercaban a la casa. La imagen de su tía Cynthia esperándolos en el porche, le hizo recordar otro temor, el de que los hicieran pasar la noche en la misma habitación.

Con tan solo mirar a la tía Cynthia, Ryan adivinó por qué Laura estaba tan tensa.

La mujer tenía un aspecto imponente. Era alta y fuerte, con pinta de sargento mayor. Estaba esperando junto a los escalones, con los brazos cruzados y las piernas, de tobillos anchos, ligeramente separadas. La falda y el jersey que llevaba eran de color gris. Debía de rondar los sesenta años y tenía el pelo rubio y rizado, probablemente resultado de tinte y permanente. Los rasgos de su rostro eran duros y tenía una ligera sombra de bigote. Tenía los ojos pequeños y juntos, y al observar a Ryan detener el coche, se abrieron como platos.

—No te atrevas a salir del coche —murmuró Ryan entre dientes al ver que Laura se disponía a abrir la puerta—. Sígueme la corriente y sonríe por el amor de Dios.

Cuando se giró para mirarlo, Ryan esbozó una sonrisa, antes de inclinarse y besarla en la mejilla.

Aunque no le devolvió la sonrisa, sí le obedeció y se quedó en el coche. Él salió, rodeó el vehículo y le abrió la puerta. Ryan evitó mirar a la tía Cynthia hasta que Laura salió, tomándolo de la mano.

Entonces se sintió satisfecho de ver la cara de sorpresa en la mujer, junto con una sonrisa de bienvenida. Al llegar al porche, incluso había descruzado los brazos. Por suerte, lo estaba observando a él y no a su sobrina.

—Usted debe de ser la tía Cynthia —dijo mostrando una amplia sonrisa—. Tiene una casa magnífica.

Al estirarse para darle la mano, Ryan comprobó que sus ojos azules centellearon.

—Eso nos gusta pensar. Es un placer conocerlo por fin, señor Armstrong.

Ryan estrechó su mano derecha, a la vez que mantenía la izquierda entrelazada con la de Laura.

–Llámeme Ryan, por favor –insistió–. Quizá me permitas tutearte y llamarte Cynthia. Después de todo, eres demasiado joven para ser mi tía.

–Adelante –contestó, ruborizándose a la vez que se mesaba el pelo.

Laura no podía creer que su tía se hubiese puesto roja. Aquel hombre era un peligro público. Pero para eso lo había llevado hasta allí con ella, ¿no? Quería ver esa clase de reacción en su familia, especialmente en su tía Cynthia. Merecía la pena ponerse en ridículo con él para experimentar aquel momento de satisfacción en público.

Cuando su tía se giró hacia ella, Laura sonrió.

–Es muy guapo, ¿verdad?

Ryan se quedó sorprendido unos instantes, no solo por el comentario de Laura, sino por la voz sensual que empleó.

A cualquier hombre le gustaría que le hablara en aquel tono de voz. Sabía que era fingido, pero resultaba muy convincente. Parecía que no iba a tener que preocuparse de que cometiera algún error en aquella farsa.

–Gracias, cariño –dijo apretándole la mano–. Eres muy amable.

Laura estuvo a punto de romper a reír al ver la expresión de su tía. ¡Aquello no tenía precio!

–¿Cómo está la abuela? –preguntó Laura mientras su tía seguía embelesada.

–¿Qué? Ah... eh... No va mal.

–¿Podemos ir a verla ahora?

–Quizá deberíamos ocuparnos de nuestras cosas antes. Me gustaría ir a refrescarme.

–Sí, claro –dijo Cynthia, manteniendo la compostura para mostrarse como la perfecta anfitriona.

Mientras, Ryan sacó el equipaje del coche y dejó que Laura se ocupara de los portatrajes. Se alegraba de haber llevado un traje para la cena. Se trataba de un traje de chaqueta gris, que le sentaba bien y resultaba apropiado en cualquier ocasión.

Ryan advirtió que la casa era tan espléndida como parecía desde el exterior. Tenía un amplio vestíbulo de baldosas blancas y negras, con un aparador que debía de ser una pieza de anticuario y una impresionante escalera curva de madera.

–Es de cedro –le informó Cynthia al preguntar por ella–. Hay mucho cedro en esta casa –continuó mientras le acompañaba escaleras arriba–. La casa fue construida en los años treinta, antes de que la guerra hiciera que todo el mundo se arruinara, incluido el negocio de las carreras. ¿Te ha contado Laura que este fue uno de los criaderos de caballos más importantes de Australia? No, seguro que no te lo ha contado –dijo la mujer antes de que Ryan pudiera replicar–. A Laura no le interesa este lugar ni sus tradiciones. Por cierto, Laura, no te he puesto en tu habitación de siempre –añadió mirando a su sobrina por encima del hombro–. Es demasiado pequeña para dos personas. Shane y Lisa no van a pasar la noche aquí, así que os he preparado el dormitorio de invitados.

Cynthia abrió una puerta a la derecha.

Ryan escuchó un extraño sonido de Laura que por suerte su tía no pareció oír. Quizá estuviera demasiado ocupada relatando la gente que había dormido en aquella habitación presidida por una enorme cama con dosel. Se refirió a un primer ministro, a un gobernador, a un matrimonio de aristócratas y a una actriz de Hollywood junto con su novio millonario.

–Esta casa tiene muchas historias –concluyó.

–Es una casa muy bonita –dijo Ryan y dejó las maletas en el suelo antes de atravesar la estancia hasta las puertas de cristal que daban al porche–. Al igual que la habitación.

Se giró y vio a Laura, que se había quedado inmóvil observando la cama.

–No sé si a la abuela le gustará que durmamos en la misma habitación.

Cynthia agitó la mano en el aire.

–No hace falta que Jane lo sepa. Ya no puede subir la escalera sola.

–Entonces, ¿dónde duerme? –preguntó Laura entrando en la habitación y dejando las fundas de los trajes en el respaldo de una silla.

–Hemos arreglado las antiguas habitaciones del servicio para ella.

–¡Las habitaciones de servicio! –exclamó Laura consternada.

–Antes de que montes un número, señorita, Jane está contenta con la solución. Así que no armes un escándalo y la enfades.

–Laura nunca haría o diría nada que pudiera enfadar a su abuela –dijo Ryan defendiéndola y rodeándola con su brazo.

–Sí, lo sé, Ryan –dijo Cynthia apretando los labios–. Pero Laura tiene la mala costumbre de hablar antes de pensar.

–Puede ser un poco impulsiva, pero siempre piensa en el bien de los demás, especialmente en el de su abuela.

–Supongo que sí. Pero como he dicho, Jane no se enterará a menos que se lo digáis. Claro que, si preferís habitaciones separadas...

–Claro que no –la interrumpió Ryan–. Estaba deseando pasar un fin de semana romántico con Laura. Y sinceramente, esa cama invita al romanticismo.

Laura hubiera disfrutado de la expresión de envidia del rostro de su tía si no hubiera estado sumida en un estado de pánico. Su peor temor se había hecho realidad, el tener que compartir la cama con Ryan. Bastante duro le estaba resultando permanecer allí de pie con su brazo rodeándola por los hombros, pero al menos estaban vestidos y había alguien más en la habitación con ellos. ¿Cómo iba a ser capaz de tumbarse a su lado, ligera de ropa y con nadie más en la habitación para evitar que...? ¿Para evitar qué?

Laura sabía muy bien que Ryan nunca la obligaría a hacer nada que no quisiera. Así que, ¿de qué tenía miedo?

Probablemente de ella misma. En su interior, no dejaba de temblar.

–Y ahora, queridos, tengo que bajar y decirle a Jane que habéis llegado –dijo su tía–. Dado que hace un día espléndido, pensé que podíamos tomar el té en el porche trasero. ¿Nos vemos allí en quince minutos?

–Por supuesto –contestó Ryan al ver que Laura permanecía en silencio–. Enseguida nos vemos.

En cuanto Cynthia cerró la puerta al salir, Laura se soltó de su brazo.

–¡Esa mujer es insoportable! –exclamó–. Se atreve a pensar que queremos compartir habitación.

–Es perfectamente lógico que queramos –dijo Ryan–. Ya no somos adolescentes, Laura. Somos una pareja adulta y tenemos una relación. Es normal que durmamos juntos.

–Pero no quiero, maldita sea. Y ahora, vamos a tener que hacerlo. Quiero decir, mira a tu alrededor. No hay más sitio donde dormir que en el suelo.

–Conmigo no cuentes para eso –dijo Ryan tomando su maleta para dejarla sobre la colcha de la cama–. No voy a dormir en el suelo de madera. Mira, la cama es grande y, si quieres, puedes poner almohadas en medio. Eso evitará que accidentalmente roce tu cuerpo y me aproveche de ti. Porque eso es lo que estás pensando, ¿verdad? Que no voy a poder controlarme.

Laura se quedó mirándolo fijamente, antes de bajar la mirada y sacudir la cabeza.

–Eso no es lo que estaba pensando.

–¿De veras? Entonces, ¿qué estabas pensando? Y no me digas que nada.

Laura se dio la vuelta y recogió su maleta. Luego, la puso sobre la cama, al otro lado de la de él.

–No tengo que contarte lo que estoy pensando. Y no tengo que dormir en la misma cama que tú. Si es necesario, dormiré en el suelo.

Ryan sonrió. Era una mujer irritante.

–Como quieras, pero hazlo en silencio. No quiero que me mantengas despierto con tus protestas y quejidos.

–No suelo protestar ni quejarme.

Ryan la miró divertido.

–Eso me lo creo.

–Muy gracioso.

–De hecho, nada de esto me parece divertido. Para ser sincero, desearía no haber hecho este ridículo ofrecimiento. Debí de estar loco si creía poder pretender que era tu hombre perfecto.

Nada más decir aquellas palabras, Ryan se arrepintió. Aunque se merecía aquellas críticas por no estarle facilitando las cosas, odiaba ver aquella expresión de su cara. Se arrepentía de haberla herido.

–Lo siento –añadió de inmediato–. No tenía que haber dicho eso.

–No –dijo ella sacudiendo la cabeza con tristeza–. Tienes todo el derecho a decir lo que has dicho. El modo en que me estoy comportando... Es estúpido, sencillamente estúpido.

–Entonces, ¿no vas a dormir en el suelo?

–No –respondió Laura, levantando desafiante la barbilla.

–Muy bien. Ahora tengo que hacerte una pregunta muy importante antes de que bajemos abajo para tomar el té.

–¿De qué se trata? –preguntó preocupada.

–¿Dónde está el baño?

# Capítulo 6

LAURA le indicó la puerta que daba a un enorme cuarto de baño. Había una bañera antigua al fondo de la estancia de azulejos blancos y negros, una ducha en el rincón de la derecha, un inodoro detrás de una puerta y una gran encimera de mármol con un espejo de iguales dimensiones.

–Vaya –dijo Ryan–. Creo que nunca había visto un cuarto de baño así.

–Es bastante antiguo.

–Quizá, pero me gusta.

–Esa otra puerta –dijo Laura señalándola–, da al pasillo, así que no olvides echar el pestillo si no quieres tener una visita inesperada.

Aunque en la casa no iba a dormir arriba nadie más que su tío Bill y su tía Cynthia, y el dormitorio principal que estaba al otro lado del pasillo, tenía su propio cuarto de baño.

–De acuerdo –dijo Ryan.

Al cerrar la puerta, Laura sintió alivio por quedarse sola en la habitación. Le sentaría bien alejarse de su perturbadora presencia, aunque tan solo fuera por unos minutos. Tendría la oportunidad de calmar el gusanillo que sentía en el estómago y recuperar la compostura.

No le ayudó deshacer la maleta, sobre todo al ver el camisón rosa que había llevado. Aunque no era muy provocativo, era demasiado corto y los tirantes muy finos. Al menos, había tenido la precaución de llevar también una bata a juego.

Sintió un nudo en el estómago al pensar en cómo se

iba a sentir al tener a Ryan durmiendo a su lado. De lo que estaba segura era de que no dormiría demasiado.

Ryan volvió del baño y ella aprovechó para escapar.

—No tardaré demasiado —dijo tomando su neceser y pasando junto a él.

Ryan sacudió la cabeza y se preguntó qué podría hacer o decir para calmarla. Más que té, lo que Laura necesitaba era un buen trago o...

Ryan sonrió. Sería muy difícil relajar a Laura con sexo, teniendo en cuenta que la idea de compartir cama con él parecía aterrorizarla.

El hecho de que no confiara en que podía mantener las manos apartadas de ella, lo molestaba. ¿Qué era lo que le había hecho? Sí, era cierto que tenía fama de mujeriego en Sídney, pero no era un canalla ni un caradura.

Y si después de cortar con Erica surgía algo con Laura, tampoco sería un mentiroso. Pero eso no importaba. Aunque le gustara Laura, cosa que no era así, de ninguna manera empezaría con ella algo que podía acarrearle problemas en el futuro. Laura era una pieza muy valiosa para sus negocios. Además, se había dado cuenta de que era muy vulnerable.

Iba contra sus propias normas seducirla, ni siquiera por compasión. Claro que Laura tampoco se dejaría seducir. Para eso debía sentirse atraída por él, algo que evidentemente no pasaba. Pero entonces, ¿por qué estaba pensando en esas cosas?

La puerta del baño se abrió y Laura salió. Parecía algo más tranquila, pero daba igual. Estaba empezando a perder la paciencia con ella.

—No olvides lo que te he dicho sobre sonreír —le advirtió Ryan mientras bajaban la escalera diez minutos más tarde—. Venga, enséñame tus bonitos dientes blancos —añadió deteniéndose para mirarla.

Laura se esforzó en sonreír.

—¿No puedes hacerlo mejor?

—Lo siento. Supongo que estoy nerviosa.

–No sé por qué teniéndome a tu lado.

–¿Eres siempre tan egocéntrico?

Ryan se encogió de hombros.

–Supongo que sí. Supongo que es consecuencia de haber sido un buen portero de fútbol. Tienes que estar completamente seguro de lo que haces o estás perdido porque estás solo ahí fuera. No puedes tener un solo pensamiento negativo o todo se echa a perder. Pero hoy no estás sola, Laura. Me tienes a mí para ayudarte. Pero tienes que hacer algo por ti, así que sonríe y procura que sea convincente.

Laura sonrió, pero seguía sin parecer una mujer enamorada.

–Un poco mejor –dijo Ryan, sintiéndose completamente desesperado–. Anda, dame la mano.

Al ver que dudaba, le tomó ambas manos y la atrajo hacia él.

–El problema contigo es que llevas mucho tiempo apartada de los hombres y de los besos.

No pretendía hacerlo, pero de repente, perdió el control y unió sus labios a los de ella.

Durante un segundo, Laura se quedó de piedra. Aquello era lo que tanto había temido, que Ryan tratara de aprovecharse de ella. Incluso le había llevado las manos hacia atrás, obligando a que sus senos tocaran su pecho.

Laura sabía que, si quería, podía escapar de su abrazo. Lo único que tenía que hacer era llevar la rodilla a su entrepierna y la soltaría. Pero no lo hizo. En vez de eso, permaneció inmóvil permitiéndole hacer lo que estaba haciendo sin oponer resistencia ni decir nada.

Pero en cuanto la obligó a separar los labios y metió la lengua en su boca, dejó escapar un sonido. Fue un suave jadeo de sumisión.

Ryan también jadeó y, durante unos segundos más, continuó besándola apasionadamente, antes de separar bruscamente los labios y quedarse mirándola sorprendido. El pecho le subía y bajaba al ritmo de su agitada respiración.

¿Cómo podía haberle gustado lo que Ryan había hecho? Lo cierto era que le había encantado. Incluso seguía sintiendo su calor. Trató de sentirse avergonzada, incluso enfadada, por lo que había permitido que ocurriera. Pero no pudo.

De repente esbozó una cálida y tierna sonrisa que la confundió aún más.

–Creo que te caigo mejor de lo que crees –dijo Ryan dando un paso adelante para tomar su rostro entre las manos.

Antes de que Laura pudiera decir algo en su defensa, volvió a besarla. Esta vez el beso fue más cálido, pero igual de intenso y sensual que la primera vez. Sin saber cómo, se encontró rodeándolo por la cintura, estrechándose contra él.

–¡Oh! –exclamó una voz femenina.

–No te muevas –susurró Ryan antes de que se apartara.

Con una gran maestría, dejó caer las manos a su cintura y la hizo girarse. Laura trató de mostrarse relajada, pero no pudo evitar sentir que las mejillas le ardían. Por suerte, su tía parecía más preocupada en disimular su azoramiento.

–Lo siento. Tan solo he venido para ver qué os estaba entreteniendo. No pretendía...

–Está bien, Cynthia –dijo Ryan–. Deberíamos ser nosotros los que nos excusáramos por haceros esperar.

Laura no dijo nada. Se le había secado la garganta y sus pensamientos eran confusos.

–Entiendo perfectamente –dijo Cynthia–. Pero como podrás imaginarte, Jane está deseando conocerte.

–Y yo conocerla –replicó Ryan–. Por favor, indícanos el camino.

Durante el breve recorrido desde el vestíbulo hasta el porche trasero de la casa, Laura trató de recuperar la compostura mientras Ryan le daba la mano con firmeza.

Pero le resultó difícil. Su cabeza no dejaba de dar vueltas.

Al ver a su abuela sentada en una silla de ruedas en el porche, toda preocupación por lo que acababa de pasar desapareció. Laura sintió que el corazón se le encogía al ver su aspecto frágil.

—Hola, abuela —dijo soltando al mano de Ryan para inclinarse a besar a su abuela—. ¿Cómo estás?

—Bien, cariño, bien. Me alegro de que estéis aquí. ¿Así que este es el joven del que me has hablado?

Laura no pudo evitar sentirse orgullosa al ver los ojos grises de su abuela reparar en todos los detalles del rostro y cuerpo de Ryan.

—Esta vez lo has hecho muy bien, querida nieta —dijo sonriendo complacida—. ¿Cómo está, señor Armstrong? —añadió, ofreciéndole su mano.

—Muy bien, señora —dijo tomando su mano entre las suyas—. Prefiero que me llame Ryan.

—Por supuesto, Ryan —dijo sonriendo—. Pero solo si prometes llamarme Jane. Ahora, siéntate a mi lado y háblame de ti.

Ryan sonrió y obedeció.

—Entonces, pasaremos el resto de la tarde tomando té —dijo él.

—Quiero averiguar si tu carácter tiene algo que ver con lo guapo que eres.

—¡Abuela! —exclamó Laura, incómoda por lo sincera que estaba siendo su abuela.

—Está bien, querida —dijo Ryan sonriendo—. No tengo nada que ocultar. Además, conociéndote, seguro que le has contado a tu abuela todo sobre mí.

—Sí, supongo que sí.

—Entonces, no hay nada de qué preocuparse.

«Excepto que me has besado dos veces. Será mejor que pienses en la razón por la que estás haciendo esto.

Piensa en hacer feliz a la abuela, aunque solo sea por un fin de semana», se dijo Laura.

Escuchar las respuestas de Ryan a las muchas preguntas de su abuela resultó muy interesante. Enseguida se dio cuenta de que aunque conocía los éxitos de Ryan en los negocios y en los deportes, apenas sabía nada de su familia, excepto que había sido criado por su abuela. Resultó ser hijo único, nacido y criado en los suburbios del oeste de Sídney. Su padre se había largado antes de nacer y su madre había muerto de cáncer a los treinta y cuatro años, dejándolo a cargo de la abuela, una mujer viuda y que vivía de una pensión.

—Tenía muy poco, pero me daba todo lo que podía —dijo con una nota sentimental en su voz—. Fue una mujer maravillosa a la que quise mucho.

—Presumo que ya ha fallecido, ¿no?

—Hace muchos años, antes de que empezara a ganar mucho dinero. No pudo verme jugar en ningún equipo europeo, pero sí me vio ganar importantes partidos con mi equipo local cuando era un adolescente. Aunque realmente nunca los vio —comentó riendo con amargura—. Se ponía tan nerviosa que prefería estar paseando por el campo a sentarse a ver el partido. Entonces, cuando oía los gritos de alegría, se giraba para mirar si mi equipo era el que había metido el gol.

—Solía ponerme nerviosa viendo a Shane jugar al fútbol —comentó Cynthia mientras le ofrecía un plato de pastas a Ryan—. Shane es mi hijo. ¿Te ha dicho Laura que esta noche viene a cenar para conocerte? Te admira mucho.

Ryan sonrió y tomó una pasta.

—Sí, me lo dijo.

—Espero que no te importe.

—En absoluto.

Y así continuó la tarde, con Ryan mostrándose encantador y Laura sentada al sol de la tarde, sin poder evitar observarlo todo el tiempo. Estaba muy guapo y sexy.

No tardó mucho en empezar a hacer suposiciones. Si Ryan fuera su hombre ideal, si sus besos significaran algo para él, si no estuviera tratando de aprovecharse de la situación para acostarse con ella a la vez que tenía novia...

Alison había estado en lo cierto, admitió Laura en su corazón. Pero incluso al admitirlo, le costaba ignorar el hecho de que no solo había disfrutado de los besos sino que quería más. Quería más de todo lo que un hombre como Ryan tenía que ofrecer.

Debía de ser un buen amante, como evidenciaban sus besos. Salvajemente apasionado, pero tierno y cariñoso a la vez. Brad había sido un amante egoísta e ignorante, despreocupado por su placer.

Mario no había sido mucho mejor. Ninguno de los dos la había besado de la manera en que la había besado Ryan, como si fuera un hombre muriéndose de sed en medio del desierto y ella fuera el manantial que iba a devolverle la vida. Al mismo tiempo, ella había reaccionado de una manera como nunca antes lo había hecho.

Laura sabía que, si compartían cama esa noche y trataba de seducirla, acabaría siendo suya.

Aquel pensamiento la impactó. Tenía una novia, ¿no?

Pero eso no cambiaba nada. Por eso la lujuria era uno de los siete pecados capitales. Sacaba el lado más oscuro de la persona, borrando la conciencia en la búsqueda egoísta de los placeres carnales.

En aquel momento, al mirarlo, empezó a quitarle la ropa en su cabeza, imaginándoselo desnudo en la cama. Su entrepierna sería grande, poderosa y fuerte. Gritaría cuando la penetrara y gemiría cuando empezara a moverse. Ya podía sentirlo dentro, llenándola y llevándola a sitios en los que nunca antes había estado.

Laura nunca había tenido un orgasmo, pero con Ryan lo tendría. De eso estaba segura.

Aquel pensamiento la dejó sin respiración. ¿Qué le estaba ocurriendo?

Gracias a Dios que no estaba enamorada de él, porque si así fuera, estaría perdida.

De repente se dio cuenta de que su abuela le estaba hablando.

—¿Qué has dicho, abuela? —dijo y se llevó la taza a los labios.

—Sugiero que lleves a Ryan a dar un paseo por la finca antes de que se haga tarde. La cala se pone muy bonita con la puesta de sol.

—De acuerdo.

—Ven a verme cuando volváis —continuó su abuela—. Quiero hablar contigo a solas, si a Ryan no le importa.

—En absoluto.

—Bill no tardará en llegar a casa —dijo Cynthia—. Todos los sábados por la tarde va a jugar al golf y hoy me ha prometido volver a casa después de jugar. Llegará poco antes de las cinco, al menos eso fue lo que me dijo. Quizá quieras echar una partida de billar después de cenar, Ryan, si es que juegas al billar.

—Por supuesto que juego.

Jane sonrió.

—Y apuesto a que muy bien también.

Ryan sonrió.

—Se me dan muy bien casi todos los deportes y juegos.

¿Sería el sexo un deporte para él? ¿O sería un juego?

—Venga, cariño —dijo Ryan poniéndose de pie—. Vamos a dar un paseo antes de que caiga el sol.

De repente, Laura no quería estar a solas con él y menos aún en la cala, un lugar aislado, apartado de la vista de cualquiera. En cualquier caso, tenía pocas opciones, salvo ponerse de pie y hacer lo que le habían sugerido. Negarse resultaría extraño.

Ryan la tomó de la mano, como sabía que haría, y no protestó. Sin duda alguna, daban la imagen de pareja enamorada, bajando colina abajo de la mano. Pero el amor no tenía nada que ver con lo que Laura sentía en aquel momento. Trató de decir algo, lo que fuera, pero no pudo. Ryan tampoco dijo nada. Al llegar a la línea de árboles que rodeaban la cala, Ryan soltó su mano y se giró para mirarla.

–Dime lo que estás pensando.

Respiró hondo y a continuación soltó el aire lentamente, mientras ordenaba sus pensamientos. De ninguna manera iba a decirle lo que de veras estaba pensando. Pero tenía que poner alguna excusa por la manera en que había reaccionado a sus besos.

–Estaba pensando que hace mucho tiempo que no salgo con hombres.

Él frunció el ceño.

–¿Me estás diciendo que es por eso por lo que te ha gustado tanto el beso que te he dado? ¿Porque te sientes sexualmente frustrada?

Ella mantuvo la mirada fría.

–Parece una explicación lógica, ¿no te parece?

–Cierto, pero no puedo decir lo mismo. Yo no he pasado cinco años sin estar con una mujer y te aseguro que me ha gustado mucho besarte, Laura. Quizá Erica tenía razón después de todo. Y tú también.

–¿Sobre qué?

–Dijiste que no conocía a las mujeres tan bien como pensaba. Erica se enfadó mucho cuando le comenté lo que iba a hacer este fin de semana. Me dijo que me gustabas.

–¿De verdad?

–Sí. Me enfadé tanto que corté con ella al instante.

–¿Eso hiciste?

No debía alegrarse por ello, pero no pudo evitarlo.

–Sí. No quise contártelo antes porque pensé que te incomodaría. Pero tenía razón, ¿verdad? Me atraes.

–¿De verdad?

Estaba más contenta por momentos, hasta que recordó que gustarle a Ryan no tenía importancia.

–Sí, de verdad. Pero no es una buena idea que me atraigas, Laura.

–¿Por qué? –preguntó sintiéndose decepcionada.

–Trabajamos juntos y no me gusta salir con compañeras de trabajo.

–Entiendo –dijo sin sonar muy contenta.

–De todas formas, no te gustaría salir con un hombre como yo. No soy lo que buscas ni lo que necesitas.

Laura sacudió la cabeza.

–Ya no estoy segura de lo que busco o de lo que necesito.

–Entonces, déjame que te lo recuerde. Quieres un hombre que te ame, que se case contigo y que te dé hijos. Ese hombre nunca seré yo porque yo no buscó eso.

Laura frunció el ceño. ¿Qué le habría pasado a Ryan en el pasado para no querer arriesgarse a sentir algo por alguien? Algo tenía que haberle pasado porque no era natural rechazar el amor. Todo el mundo buscaba amar y ser amado.

–¿Y a qué se debe eso? –preguntó sin poder resistirse–. ¿Qué tienes en contra del amor, del matrimonio y de los niños?

–Absolutamente nada, pero no son para mí. Está bien que tengamos esta conversación. Odiaría hacer algo de lo que ambos nos arrepintiéramos. Teniendo en cuenta las circunstancias, será mejor que le pidas a Cynthia que me prepare otra habitación.

Laura contuvo la respiración.

–¡Pero no puedo hacer eso!

–¿Por qué no?

–Porque no puedo.

Ryan la miró entrecerrando los ojos.

–¿Acaso es tu orgullo el que habla? No me digas que te has sentido atraída por mí todo este tiempo.

–No seas ridículo. Nadie se ha sorprendido más que yo por la manera en que he reaccionado cuando me besaste.

–Yo no diría eso –dijo Ryan–. Yo mismo me quedé muy sorprendido. De acuerdo, entonces es un asunto de orgullo. En ese caso, no pediré una habitación separada, pero creo que dormiré en el suelo. Si compartimos cama, no creo que pueda apartar las manos de ti. Demonios, deja de mirarme así.

–¿Cómo te estoy mirando? –preguntó, tratando de parecer inocente.

No quería que durmiera en el suelo y menos aún que apartara las manos de ella.

–No intentes jugar conmigo, Laura. No juegas en mi misma liga. Erica solía decir que era un libertino.

–No creo que seas un libertino –dijo Laura, sintiéndose enfadada con Erica por decir algo tan desagradable–. Un libertino no se preocupa por los sentimientos de los demás. Es evidente que tú te preocupas por los míos al advertirme. Un libertino se aprovecharía de lo que quisiera sin pararse a pensar.

–¿Crees que se aprovecharía de esta situación?

Por un instante, su mirada se volvió tan fría que Laura se estremeció. Pero enseguida apartó la vista y se acercó al borde del acantilado. Ella se quedó mirándolo, sin saber qué decir o hacer, a la espera. Al cabo de unos minutos, el sol desapareció y empezó a refrescar. Él se giró y se acercó a ella.

–Volvamos –dijo él y, una vez más, la tomó de la mano.

Pero no había ningún afecto en su gesto. Se daba cuenta de que estaba enfadado, pero no sabía si con ella o con él mismo.

–Te prometo que no volveré a mirarte así –dijo mientras subían la colina.

–Muy bien. Y yo prometo no volver a besarte.

ES MUY guapo –fue lo primero que le dijo su abuela–. No sabes cuánto me alegro por ti.

Estaban en las antiguas habitaciones del servicio, Jane en la cama y Laura sentada en una butaca a su lado. Cynthia había hecho un buen trabajo en aquella habitación, con todo lo que su abuela pudiera necesitar. Las paredes estaban pintadas en un agradable color crema. Sobre una cómoda a los pies de la cama había una pantalla plana de televisión. El suelo de madera había sido pulido y barnizado.

–Es una persona muy especial –dijo Laura, tratando de olvidarse de la decisión de Ryan de no aprovecharse del deseo que sentía por él.

En el fondo deseaba que lo hiciera. No podía creer lo mucho que deseaba que le hiciera el amor.

–Espero que no pienses que soy grosera por preguntarte esto –dijo su abuela–. ¿Te has acostado ya con él?

Laura se aferró a los reposabrazos de la butaca. Por un instante, no supo qué decir, pero enseguida decidió contarle la verdad.

–No, abuela.

–Chica lista. Hacerse la dura es la mejor manera de atrapar a un hombre de mundo como tu Ryan. Aunque creo que no es tan duro como aparenta.

–¿Qué quieres decir?

–Sospecho que bajo esa fachada de hombre duro, tu Ryan es un hombre muy sensible. Leyendo entre líneas, no creo que su infancia haya sido un camino de rosas. Ha debido de ser difícil para él no tener padre y perder a su madre siendo un niño. A los que han tenido una infancia difícil, les cuesta confiar y ser felices. En ese aspecto, tenéis algo en común.

–Yo no he tenido una infancia difícil, abuela –dijo Laura poniéndose a la defensiva.

–¿Ah, no? Yo diría que una mujer tan atractiva como tú que sigue soltera a tu edad es porque algo no va bien, por una razón o por otra.

–Abuela, esa manera de pensar es muy antigua. Hoy en día, las mujeres no tienen que casarse para ser felices.

–Tonterías. Toda mujer quiere un compromiso y tener niños. ¿Acaso no quieres tener niños, Laura?

–Por supuesto, pero en su momento. Por favor, abuela, no empieces a hablar de matrimonio e hijos durante la cena. A los hombres como Ryan les gusta marcar los tiempos. Ya me propondrá matrimonio cuando esté preparado.

–Tiene casi cuarenta años, Laura. ¿A qué ha estado esperando todos estos años?

–Supongo que a conocer a la mujer perfecta –dijo Laura no muy convencida.

–No encontrará mejor mujer que tú.

Laura sintió que el corazón le daba un vuelco al oír aquel comentario. Su abuela siempre la había querido, hiciera lo que hiciese. Había sido una adolescente problemática después de la trágica pérdida de sus padres. Por no mencionar el hecho de que había vivido en una casa que no le gustaba. Sin el cariño de su abuela, habría sido más desgraciada. ¿Cómo iba a seguir viviendo cuando le faltara? Iba a tener que aprender a hacerlo y sería pronto. Había un extraño color en la piel de su abuela que no le gustaba.

Su abuela dejó escapar un suspiro.

–Me gustaría verte casada antes de morir.

–Y me verás, abuela –dijo Laura con los ojos llenos de lágrimas.

–Tienes que darte prisa, pequeña. No me queda mucho tiempo.

–Tonterías. Llegarás a cumplir los cien.

Su abuela sonrió.

–Me conformo con ochenta, por lo que tienes poco más de un mes para que don Perfecto te haga la proposición. Creo que ahora debería descansar un rato antes de cenar. Estos días estoy muy cansada. Vete a ponerte guapa para tu novio. Te sienta bien estar enamorada.

Laura trató de no parecer culpable. Quería decirle a su abuela que el color de sus mejillas y el brillo de sus ojos eran de puro deseo. Para ella, era una experiencia nueva, lo cual podía ser el motivo por el que no supiera cómo llevarla. Si hubiera tenido muchos novios, tal vez no estaría tan confundida ni tan insegura respecto al sexo. Una mujer con más experiencia que ella, aprovecharía para seducir a Ryan esa noche en el dormitorio. No permitiría que durmiera en el suelo y lo metería en la cama para disfrutar durante toda la noche de su espléndido cuerpo.

¿Se atrevería a hacerlo? ¿Sería capaz? Seguramente no. No sabría por dónde empezar.

Laura contuvo un suspiro y se levantó de la butaca para darle un beso a su abuela.

–Te veré en la cena, abuela.

–Espero que te pongas algo bonito –dijo Jane.

Laura se acordó del vestido rojo que se había comprado y de los zapatos.

Sus latidos se aceleraron al pensar que quizá no tuviera que hacer nada. Tal vez fuera su atuendo el que consiguiera seducirlo.

–He traído un vestido rojo espectacular. Alison me ayudó a elegirlo esta mañana.

–Ah, Alison. Ha sido una buena amiga tuya durante todos estos años, ¿verdad?

–Desde luego.

–Es una buena chica. Y tú también.

«¿De veras lo soy?», se preguntó Laura al cerrar la puerta.

Una buena chica, ¿querría lo que ella quería? ¿Qué había pasado con aquello de que tenía que estar enamorada antes de acostarse con un hombre? ¿Por qué de repente lo único que quería de Ryan era su cuerpo?

Sacudió la cabeza y enfiló el pasillo que daba a la escalera.

El sonido de carcajadas de hombres llegó hasta sus oídos al pasar junto a la sala de billar. Su tío Bill había vuelto y Ryan había seguido la sugerencia de Cynthia de echar una partida de billar. Parecían estar pasándoselo bien. Era fácil suponer que Ryan se llevaría bien con su tío Bill. Sin duda alguna, Ryan sabría cómo comportarse en compañía de su tío. En ese sentido era muy listo. Era más social que ella, probablemente como resultado de dirigir una compañía de deportes. Ella solía meter la pata, mientras que Ryan parecía saber exactamente qué decir para agradar a todo el mundo.

Excepto a ella. Durante el paseo por el acantilado, no le había dicho lo que quería oír. Tampoco había hecho lo que quería que hiciera. ¿Cómo se había atrevido a besarla para luego rechazarla?

Probablemente estaba pensando que estaba siendo cruel por ser considerado y no compartir cama con ella esa noche. Era evidente que pensaba que era una mujer demasiado vulnerable para tener una aventura con alguien como él. A eso había que añadirle su negativa a acostarse con mujeres con las que trabajaba. Ambas razones mostraban a Ryan como un hombre de carácter sorpresivo, pero ¿no se daba cuenta de que había ido muy lejos? Nada iba a volver a ser lo mismo. Sintiendo lo que sentía, le iba a ser imposible seguir yendo a su oficina los viernes. Así que lo mejor que podía hacer era seducirlo esa noche y afrontar las consecuencias.

–Laura, por el amor de Dios –dijo Ryan, golpeando la puerta del baño–. ¿Por qué estás tardando tanto?

Había vuelto a la habitación a las seis y media y se había encontrado a Laura sentada en mitad de la cama, hablando con alguien por teléfono. Había asumido que era una amiga, una tal Alison, por la manera de hablar. Nada le perturbaba más que las mujeres hablando por teléfono. Si las mujeres fueran tan directas como los hombres, entonces el mundo sería un lugar mucho más sencillo en el que vivir y la vida no sería tan complicada.

Laura había interrumpido su conversación para decirle que usara el baño primero y así lo había hecho, algo molesto por su falta de atención en él. Debería haberse alegrado de que dejara de mirarlo como si fuera un postre.

Se había duchado y afeitado de mal humor. Incluso se había cortado con la cuchilla, algo que hacía años que no le ocurría. También se había olvidado de llevarse la ropa, lo que le había obligado a salir del baño con la toalla alrededor de la cintura. Ryan sabía que tenía un buen cuerpo, pero ¿qué había hecho Laura? Nada, no se había dignado a mirar en su dirección. En vez de eso, había tomado su ropa y se había cruzado con él de camino al baño, sin detenerse a mirar su pecho desnudo.

El ego masculino de Ryan se había visto tan afectado que casi había decidido abandonar su resolución de mantener las manos lejos de ella. Llevaba más de diez minutos imaginando lo que le haría cuando saliera del baño. Primero, la besaría hasta hacerla gemir. Luego, cuando se hubiera entregado a él, la tomaría en sus brazos y la llevaría hasta la cama.

Por desgracia, el paso del tiempo echaba a perder las mejores fantasías a la vez que aumentaba su impaciencia. Por ese motivo, después de que Laura llevara cuarenta minutos encerrada, Ryan había empezado a llamar a la puerta.

—Cynthia nos pidió que bajáramos a las siete y media para tomar el aperitivo —dijo Ryan.

—Me está costando arreglarme el pelo. ¿Por qué no bajas y me disculpas? Bajaré en cuanto pueda.

–De acuerdo –dijo Ryan, convencido de que una copa relajaría su temperamento.

Laura suspiró aliviada al oír la puerta del dormitorio cerrarse. No había tenido ningún problema arreglándose el pelo ni el maquillaje. Llevaba ya un rato lista, pero no había tenido el coraje de salir del baño y enfrentarse a Ryan con su vestido nuevo y sus zapatos.

Lo cual era una locura. Era lo que quería, ¿no? Quería ver cómo se le oscurecía la mirada de deseo por ella, quería estar sexy para él.

Y lo estaba.

Alison le había dado instrucciones por teléfono sobre cómo comportarse si quería tener sexo esa noche. Tenía que dejarse el pelo suelto, maquillarse los ojos y pintarse de rojo los labios. Y nada de ocultar el escote.

Laura había seguido todas las sugerencias y el resultado era espectacular. No podía creer que era ella la que estaba al otro lado del espejo. Tampoco podía creer que Alison la hubiera animado a acostarse con un hombre como Ryan.

Cuando Laura le había contado lo que había pasado hasta el momento, Alison se había sorprendido. Pero no porque Ryan la hubiera besado, sino por haber dado un paso atrás.

–¡No lo entiendo! –había exclamado–. No tiene sentido y menos aún si ya ha cortado con su novia.

Laura le había explicado que tenía por norma no acostarse con mujeres con las que trabajaba. No le había contado a Alison la aventura que Ryan había tenido con una cliente, puesto que había sido una confidencia que le había hecho.

–Pero no quieres salir con él, lo único que quieres es pasar una noche con él –le había dicho Alison con una nota de desesperación en su voz–. ¿No es así?

–Sí, claro.

–En ese caso, esto es lo que tienes que hacer...

A partir de ese momento, Alison le había dado un

listado de instrucciones sobre cómo debía arreglarse y comportarse, sobre todo cuando volvieran a la habitación al final de la noche.

Laura se había estado riendo ante sus sugerencias cuando Ryan había vuelto a la habitación. Entonces se había dado cuenta de que una cosa era hablar de técnicas de seducción por teléfono y otra ponerlas en práctica. Pero sabía que solo tendría esa oportunidad. Así que en cuanto él había salido del baño, se había metido para poner distancia entre el objeto de su deseo y ella. Más tarde, después de que él saliera cubierto con tan solo una toalla, había mantenido la mirada desviada de aquel estupendo cuerpo masculino y había seguido el consejo de Alison de actuar con frialdad e indiferencia ante sus encantos.

–Tu abuela tiene razón –le había dicho Alison antes–. Hacerte la dura es lo mejor. En cuanto te vea con ese vestido y esos zapatos, no tendrás mucho más que hacer. Pero si se resiste, tendrás que tener un plan B.

El plan B implicaba hacer un striptease.

Laura tragó saliva al imaginarse ese último consejo de su amiga. No estaba segura de poder hacerlo. Con un poco de suerte, no haría falta.

En ese momento, ni siquiera se atrevía a bajar. Todo el mundo se sorprendería al verla, no solo Ryan. No estaban acostumbrados a verla vestida de aquella manera. Ella tampoco. Hacía años que no enseñaba el escote, años desde que había pasado la noche en brazos de un hombre.

Laura frunció el ceño y reconoció que nunca se había sentido como se sentía en aquel momento. El pensar con lógica se había vuelto difícil desde que Ryan la besara esa tarde. Su mente se había concentrado en un propósito: conseguir que le hiciera el amor esa noche.

¿De veras quería que le «hiciera el amor»? Eso conllevaba una vinculación emocional con un hombre. Solo una estúpida se enamoraría de Ryan Armstrong.

«Así que dilo de otra manera, Laura Ferrugia. Lo que quieres es tener sexo con él. Eso es todo. Y una vez que termine el fin de semana, no querrás volver a verlo».

–Ryan, ve a ver qué es lo que está entreteniendo a esa chica –dijo Bill cuando dieron las ocho menos diez sin que Laura hubiera bajado.

Ryan llevaba veinte minutos en el elegante salón, hablando con el primo de Laura y su atractiva esposa rubia y bebiendo una copa de whisky. La abuela de Laura no los acompañaba, pero se uniría a ellos para la cena según le habían dicho. Se le había pasado el enfado con la ausencia de Laura, pero parecía que su respiro iba a terminarse.

–Probablemente siga arreglándose el pelo –dijo, repitiendo la excusa que ella había puesto para no bajar con él a las siete y media.

–Sí, bueno, Cynthia anunció que la cena iba a ser servida a las ocho –dijo Bill–. Y cuando Cynthia dice a las ocho, es a las ocho.

Ryan sabía que Laura no quería ofender a su tía ni a nadie de su familia. Se suponía que ese fin de semana iba a impresionarlos.

–Iré a buscarla –dijo y cruzó la doble puerta que daba al pasillo.

Estaba llegando a la escalera cuando Laura apareció arriba. No pudo evitar quedarse mirándola. Luego maldijo entre dientes.

–Será mejor que bajes enseguida. Tu familia se está impacientando.

«Y yo también», pensó mientras la veía bajar la escalera.

Nadie la hubiera reconocido como la misma persona que aparecía cada viernes en su oficina. Al recogerla esa tarde, había pensado que estaba muy guapa, pero aquello era diferente.

Estaba impresionantemente guapa con aquel vestido corto rojo y aquellos increíbles zapatos. No sabía en qué fijarse, si en su escote o en sus bonitas piernas. No queriendo incomodarla, la miró a la cara. Parecía una artista de los años cuarenta o cincuenta con el pelo ondulado cayéndole sobre su nuca desnuda.

Había habido momentos en la vida de Ryan en que se había arrepentido de lo que había hecho. Suponía que todo el mundo tenía cosas de las que se arrepentía. En aquel momento, él se estaba arrepintiendo de haberle dicho a Laura que esa noche dormiría en el suelo.

—Creo que cometí un error pidiéndote que te compraras un vestido rojo —dijo cuando Laura terminó de bajar la escalera.

—¿No te gusta?

—Sabes muy bien que sí. Estás espectacular.

—Gracias —dijo Laura—. Tú también estás muy guapo.

—¿Con esto?

No era la primera vez que Laura lo veía con chaqueta y corbata. Normalmente llevaba un traje negro, con camisa blanca y corbata gris o azul. Esa noche combinaba una chaqueta gris con una camisa de seda en color burdeos y una corbata de rayas burdeos y plateadas. Parecía el hombre más irresistible de la tierra.

De repente, Laura se preguntó cuántos amantes habría tenido. Probablemente cientos. Ella apenas dos.

Pero no iba a humillarse por conseguir que fueran tres. Al menos, eso esperaba.

¿Estaba segura de que no la rechazaría? Podía ver el deseo en sus ojos. Lo único que tenía que hacer era convencerlo de que no era tan frágil como él suponía.

—Ryan —dijo bruscamente cuando él se detuvo para abrir la puerta.

—¿Qué? —replicó él impaciente.

Laura tragó el nudo que se le había hecho en la garganta.

–Yo... no quiero que duermas en el suelo esta noche –dijo e intentó no sonrojarse, aunque no lo consiguió.

Ryan entrecerró los ojos mientras la recorría con la mirada una vez más.

–Entiendo.

Laura se preguntó qué sería lo que entendía.

–¿Así que lo de ahí arriba ha sido una farsa? –continuó Ryan.

–Sí –admitió y volvió a ruborizarse.

–No tienes por qué avergonzarte. Me siento halagado de que te importe tanto como para molestarte en hacer esos números. Sé que no es tu estilo. Aunque sinceramente, preferiría que fueras directa conmigo. Odio el engaño y la hipocresía. No hay nada malo con querer tener sexo, Laura, siempre y cuando no hagas un mundo de ello. ¿Estás segura de que es algo que quieras hacer? Piénsalo durante la cena y hablaremos más tarde, ¿de acuerdo?

Evidentemente, no esperaba una respuesta. Ryan abrió la puerta, la tomó del codo y entró con ella en el comedor.

La cena fue un éxito. Todo el mundo pensó que estaba fantástica, incluso la tía Cynthia. La comida estaba muy buena, el vino fue excelente y la conversación entretenida. Aunque Laura no habló demasiado, nadie pareció reparar en ello. Una vez dejaron de felicitarla por su aspecto, la atención recayó en Ryan. Shane y Bill lo bombardearon con preguntas sobre su carrera como futbolista. Jane parecía contenta solo de estar allí sentada contemplando a la pareja frente a ella.

Laura no estaba menos contenta. No pudo dejar de pensar en lo que Ryan le había dicho. ¿Y si finalmente la rechazaba? ¿Y si dormía en el suelo, dejándola en aquella enorme cama sola? Apenas podía soportar seguir sentada en aquella mesa, escuchando las tonterías que decían y alargando la cena. ¿No se daban cuenta de que quería terminar cuanto antes? Tenía que saber qué era lo que iba a pasar. La incertidumbre la estaba matando.

Poco antes de las diez terminaron de tomar el postre y se fueron al salón, en donde Cynthia sirvió el café en unas tazas ridículamente diminutas que debía de pensar que eran elegantes. Quizá lo fueran. Al principio no quiso tomar café hasta que recordó que la ayudaría a mantenerse despierta. Después, se tomó tres tazas. Cuando su abuela anunció que estaba cansada y que se iba a la cama, pidió que Laura la llevara. Evidentemente, no podía negarse. Al levantarse del sofá, Bill también se puso de pie y sugirió a los demás hombres ir a la sala de billar mientras las mujeres se ocupaban de recoger. En el pasado, Laura habría hecho algún comentario sobre aquel gesto machista, pero esta vez decidió morderse la lengua. De todas formas miró a Ryan, que sonrió a modo de aprobación ante su silencio.

–Gracias, querida –dijo Jane una vez en su cama–. No dejes que Ryan se olvide de darme un paseo en su coche antes de que os vayáis mañana.

Laura se quedó mirando a su abuela.

–¿Qué paseo?

–Estuviste distraída durante la cena, ¿verdad?

–Un poco.

–Pensando en ese hombre al que amas, ¿me equivoco?

–No –contestó Laura.

No había dejado de pensar en Ryan, pero no con pensamientos de amor.

Jane suspiró.

–No creo que debas esperar a que te proponga matrimonio, querida.

–¿Cómo?

–Para acostarte con él.

–Sí, claro. Puede que tengas razón.

Si esperaba que le propusiera matrimonio. Nunca se acostaría con él.

–Tengo razón. Ahora, vete. Es hora de que me duerma.

Laura dio un beso a su abuela y salió de la habitación.

Las habitaciones de servicio estaban al otro lado de la cocina, en donde encontró a Cynthia y a Lisa ocupadas lavando los platos. No dejaba de molestarle que su tío y su primo pensaran que las tareas de la casa eran exclusivamente de las mujeres, pero a Cynthia no parecía importarle. Lo cierto era que a su tía le gustaba llevar el control de la casa. Y seguramente a Lisa también.

–¿Sabes, tía Cynthia? –dijo Laura, tomando un paño para ayudar a Lisa a secar los platos–. Deberías comprarte un lavavajillas.

–¿Para qué? –preguntó Cynthia–. No te ahorran tiempo. Tienes que quitar la comida de los platos y pasarlos por agua antes de llenar esa máquina. Luego tienes que vaciarla y guardar los platos.

–Supongo que tienes razón –dijo Laura, decidida a no discutir con su tía esa noche–. Por cierto, la cena ha sido magnífica. Muchas gracias por las molestias.

Su tía se giró hacia ella, sorprendida.

–Conocer a ese maravilloso hombre te ha sentado muy bien, Laura. No solo estás más guapa, sino que tienes mejores modales.

Laura sacudió la cabeza, mientras Lisa sonreía a espaldas de su suegra. Estaba a punto de decir algo en serio, cuando Ryan apareció.

–¿Qué tal les va a estas damas? –preguntó sonriendo, mientras atravesaba la cocina hasta donde ellas estaban–. ¿Necesitan una mano?

–Cielos, no –contestó Cynthia–. Esto es asunto de mujeres. Además ya estamos terminando.

–En ese caso, ¿os importa si os robo a Laura? –dijo tomándola de la cintura–. Siempre me cansa conducir y no quiero irme solo a la cama.

Laura se alegró de no tener que decir nada. En aquel momento, le habría resultado difícil hablar.

–Podéis iros –dijo Cynthia–. Ya terminamos nosotras. Casi hemos acabado.

–Claro que sí –intervino Lisa–. Ha sido un placer conocerte, Ryan. Shane y yo tenemos cosas que hacer mañana, así que no nos veremos. Pero estoy segura de que volveremos a vernos pronto.

–Estoy seguro de ello –dijo Ryan–. *Au revoir*. Hasta mañana, Cynthia.

Y antes de que Cynthia pudiera decir nada más, como la hora del desayuno, Ryan tiró de Laura. A Cynthia le gustaba llevar la casa como a un sargento, poniendo horas para todo.

Pero los horarios rígidos de Cynthia eran la menor de las preocupaciones de Laura en aquel momento. Estaba atravesando a toda prisa el pasillo en dirección a la escalera, empujada por Ryan, que clavaba los dedos en su cadera derecha.

–¿Algo va mal? –preguntó Laura al llegar al pie de la escalera.

–Todo –contestó, empujándola escalera arriba.

–Pero...

Se sentía confusa ante su actitud agresiva. Hacía unos instantes en la cocina estaba encantador.

–Nada de peros. Y nada de hablar. Ya he hablado suficiente por un día. Ya sabía que esto no era una buena idea. Sé que ninguno de los dos estará contento por la mañana. Pero sé que esta noche sí lo estaré. ¡Y tú también! O lo estarás si te callas y me dejas hacer lo que tan bien se me da. Sé que suena arrogante, pero la falsa modestia no tiene sentido. Fui un buen portero y soy un gran amante.

En aquel momento, a Laura le daba igual que fuera arrogante. Quizá tuviera una buena razón para serlo. No había dudado ni por un segundo que no fuera bueno en el sexo y estaba a punto de descubrirlo.

Un escalofrío recorrió su columna, haciéndola estremecerse.

Ryan se detuvo al llegar arriba de la escalera y la atrajo hacia él.

–No finjas ser fría. Para mí eres muy ardiente.

Tenía razón.

–Pensé que habías dicho que nada de hablar –dijo ella con voz sensual y se estrechó contra él.

Ryan rio, pero luego se quedó en silencio y la besó.

Era un beso que contaba una historia de total frustración, tanto sexual como intelectual. Ninguno de los dos podía comprender la atracción que sentía uno por el otro ese fin de semana. Para ambos era un misterio. Pero habían alcanzado el punto de no retorno, en donde no cabía la lógica y lo único que existía para ellos era el deseo.

Cuando las voces que venían de abajo amenazaron con interrumpir aquel momento, Ryan tomó a Laura en brazos y la llevó al dormitorio. Después de cerrar la puerta con el pie, atravesó la habitación y cayó con ella en medio de la cama. Siguieron besándose hasta que Ryan levantó la cabeza y tomó aire.

–Parecemos adolescentes –dijo él–. Todos son prisas.

Bruscamente se apartó de ella y se levantó de la cama.

Laura no pudo evitar que un quejido escapara de sus labios. Inmediatamente, Ryan se sentó en la cama y tomó su rostro entre las manos.

–Yo tampoco quería acabar –le aseguró–. Pero deja que sea yo quien decida lo que es mejor en esta situación. Quizá me equivoque, pero tengo la impresión de que no has disfrutado del sexo en el pasado. En caso contrario, no habrías estado cinco años sin practicarlo.

Laura parpadeó, sorprendida ante su intuición y su habilidad de controlar la salvaje pasión que los había consumido hasta unos segundos antes. A ella le habría resultado imposible detenerse, pero él sí había podido hacerlo. Por eso era un hombre de mundo, al contrario que ella que era... ¿una estúpida inocente? No, no era una estúpida, tan solo una inexperta en asuntos sexuales.

Quizá no tan inexperta después de esa noche, pensó excitada.

—¿Qué quieres que haga? —preguntó con la respiración agitada.

—Esa es una pregunta importante. Pregúntamelo luego. De momento, lo único que quiero es que te quedes tumbada y te relajes.

—¿Relajarme?

Ryan sonrió travieso.

—Tienes razón, no quiero que te relajes. Pero tengo que ocuparme de algo antes de seguir —dijo y se puso de pie.

—¿Qué?

—Voy a encender la chimenea. Empieza a hacer fresco aquí.

—No me había dado cuenta.

—Lo notarás en cuanto te quedes desnuda.

Desnuda... Laura no pudo evitar estremecerse ante la idea.

—En cuanto acabe de encender la chimenea, quiero que te quites la ropa.

Laura tragó saliva. De repente, se le había quedado la boca seca.

—Y deja de pensar. Es demasiado tarde para arrepentirse o para preocuparse. Quieres que te haga el amor y yo quiero hacértelo. Quizá nos arrepintamos por la mañana, pero ¿quién sabe? Quizá no. Tal vez cuando recordemos esta noche, pensaremos en ella como en una increíble experiencia que a ninguno de los dos nos hubiera gustado perdernos.

# Capítulo 8

LAURA se levantó de la cama y se fue al baño, deseando tener un momento para recuperarse. Se quedó absorta mirándose al espejo. Se le había olvidado lo diferente que estaba esa noche. Por unos instantes le molestó que el intenso deseo de Ryan por ella no fuera más que una reacción a su aspecto sexy. Pero enseguida apartó aquel pensamiento. Por supuesto era por eso por lo que la deseaba. Así era la naturaleza masculina; sus hormonas reaccionaban enseguida a la belleza física. Tenía que admitir que incluso el sexo femenino podía caer víctima de esas atracciones superficiales. Si Ryan no hubiera sido tan guapo, ni hubiera tenido aquel cuerpo, no querría acostarse con él.

Al volver dos minutos más tarde, el fuego estaba crepitando. Ryan estaba de pie, apoyado en la repisa de la chimenea y con la mirada fija en las llamas. Se había quitado la chaqueta y la corbata y se había abierto los dos primeros botones. Parecía pensativo y estaba tan guapo, que Laura apenas podía pensar.

Se giró y la miró. Su expresión era indescriptible al mirarla de arriba abajo. Había desaparecido el ansia de sus ojos.

–¿Te he dicho ya lo guapa que estás esta noche? No, no contestes. Y no te acerques más. He cambiado de idea. No quiero quitarte la ropa. Quiero que lo hagas tú.

Laura abrió los ojos como platos.

–No seas tímida –continuó–. No hay nada de lo que tengas que avergonzarte. No, no te quites los zapatos, déjatelos puestos. El cinturón primero y luego el vestido. Pero no te lo quites por la cabeza. Bájate la cremallera y deslízatelo por los hombros.

Con manos temblorosas hizo lo que le pedía. El corazón le latía acelerado. Para cuando se bajó el vestido por los hombros, todo su cuerpo temblaba. La idea de quedarse ante él con tan solo un tanga de raso y unos zapatos de tacón, le resultaba tremendamente excitante. Al llevarse las manos al escote, sus pezones se endurecieron.

El vestido rojo de seda cayó a sus pies. Irguió los hombros al encontrarse con su mirada y, durante unos segundos eternos, ninguno de los dos se movió ni dijo nada.

—No sé si una sola noche va a ser suficiente —murmuró Ryan—. Ven aquí.

¿De dónde sacaba el coraje para caminar hacia él desnuda?

Probablemente el coraje no era un problema cuando estaba tan excitada. Nada le importaba más que tener sus ojos clavados en sus pechos desnudos.

—Detente —le ordenó Ryan cuando la tuvo a su alcance.

Ella se detuvo y contuvo la respiración hasta que alargó el brazo para tocarla. Al hacerlo, el reverso de su mano rozó sus pezones erectos y una sacudida estremeció su cuerpo, haciéndola gemir.

—Date la vuelta —le dijo a continuación.

Laura se tambaleó sobre sus tacones al hacerlo.

—Quieta —dijo tomándola de los hombros desde atrás—. Ahora, separa un poco las piernas.

Aquel pequeño e insignificante movimiento le provocó extrañas sensaciones. Nunca se había sentido tan pícara y lasciva.

Su cabeza daba vueltas. ¿Eran esas las cosas que les hacía a todas las mujeres? ¿Las hacía desnudarse no solo de ropa sino también de conciencia y orgullo? No, su orgullo no estaba en peligro. No se sentía humillada por las cosas que le había pedido que hiciera. Había visto un brillo de admiración en sus ojos al observar su cuerpo casi desnudo. Laura se había sentido orgullosa en aquel momento, quizá porque suponía que habría visto cuerpos más bonitos que el suyo. Pero aun así, parecía encontrarla muy deseable.

Le había dicho que no estaba seguro de que una noche fuera suficiente.

Para ella tampoco iba a ser suficiente, si aquella era su idea de los juegos preliminares. No pudo evitar preguntarse qué pasaría a continuación, mientras un escalofrío recorría su espalda.

De repente, Ryan se estrechó contra su cuerpo y deslizó su mano izquierda por el hombro hasta agarrar su pecho, mientras con la derecha le apartaba el pelo de la cara. Ella ladeó la cabeza y él acercó tanto su boca a su oreja, que su aliento la hizo estremecerse.

–Creo que ha llegado el momento de meternos en la cama –murmuró Ryan–. ¿Qué te parece, preciosa?

–No puedo pensar –respondió.

–Me encanta verte así –dijo haciéndola girar la cabeza hasta que sus ojos se encontraron.

–¿Cómo?

–Tan excitada –dijo pasando la palma de la mano una y otra vez por su pezón.

Ella dejó escapar un gemido de sus labios.

–Eres un libertino.

–No, pero esta noche podría convertirme en uno.

Ryan trató de mantener el control al tomarla en brazos y llevarla hasta la cama. Deseaba empujarla sobre la cama, arrancarle las bragas y penetrarla.

El sexo duro no era algo que a Ryan le gustase. Se enorgullecía de ser un amante imaginativo y tierno. Nunca se había dejado llevar por algo que pudiera resultar violento. La idea de hacer llorar a una mujer de dolor no era algo que le atrajera.

A algunas mujeres les gustaba el sexo violento, se

recordó mientras la tumbaba en la cama, pero no se imaginaba que Laura fuera una de ellas. Era evidente que, hasta ese momento, siempre había creído que tenía que estar enamorada para disfrutar del sexo. Lo cual era una falacia. El sexo era una necesidad básica de todo ser humano, como comer o dormir. No hacía falta estar enamorado para disfrutar. Ryan no había estado enamorado en su vida y había disfrutado mucho del sexo.

A pesar de que sabía que estaba cometiendo un gran error por irse a la cama con una mujer con la que trabajaba, Ryan se dijo que podía hacerle un gran favor a Laura enseñándole que el sexo y el amor no tenían que ir unidos. Después de todo, no era bueno que siguiera viviendo sin un hombre en su vida. Sus reacciones ya le habían demostrado que no era tan fría como se había mostrado con él en los últimos dos años.

Cuando se sentó a su lado en la cama y le acarició un pie, Ryan estaba casi convencido de que lo que estaba a punto de hacer tenía un lado noble.

Laura apretó los dientes mientras Ryan le desabrochaba la tira del zapato y se lo quitaba. ¿Dónde había aprendido a tratar a una mujer con tanto cuidado y esmero? Se había imaginado que las manos de un portero de fútbol serían duras. Pero no, tenían la sensibilidad y destreza de un cirujano. Cada vez que sus dedos rozaban su carne, una sacudida eléctrica recorría sus piernas.

—Siempre me han gustado tus pies con sus finos tobillos —dijo dejando el zapato sobre la alfombra y buscando el otro pie—. Y aunque me gustan estos zapatos, no puedo arriesgarme a dejártelos puestos. La idea de sentir esos tacones en mi espalda no me agrada.

Cuando la imagen de cómo podía clavarle los tacones en la espalda se formó en su cabeza, Laura sintió que el corazón se le desbocaba. Cuando le quitó el segundo zapato y empezó a deslizar sus manos por la pierna, volvió a contener la respiración. Para cuando

llegó a sus muslos, tuvo que tomar aire para no aho-
garse.

Su gemido atrajo la atención de Ryan a su cara.

–Esto también tengo que quitártelo, Laura –le dijo,
deslizando los dedos por el borde de las bragas.

Luego, tiró de ellas hacia abajo sin dejar de mirarla
a los ojos.

Al final, bajó la mirada a su entrepierna.

Laura no podía hablar. Estaba deseando que la acariciara. Sabía que estaba húmeda. Podía sentirlo.

–Ryan –dijo cuando los dedos de Ryan empezaron
a acercarse.

Pero ya era demasiado tarde y la sensación era increíble.

Sus gemidos volvieron a atraer su mirada.

–¿Tienes algún problema? –le preguntó.

Estaba usando un solo dedo, pero sabía muy bien
cómo hacerlo y qué tocar exactamente. Era un arma
erótica de total seducción.

Laura esbozó una mueca que dejaba adivinar su di-
lema. Iba a correrse. Y aunque estaba deseando hacerlo,
no era lo que quería. Quería hacerlo con él dentro.

–Yo, yo... ¡Tienes que parar!

Ryan se detuvo justo a tiempo y Laura se estremeció
de alivio.

Ryan ladeó la cabeza y la miró frunciendo el ceño.

–¿Te importaría decirme por qué tengo que pa-
rarme? Creo que te estaba gustando lo que te estaba haciendo.

Laura se mordió el labio y apartó la mirada.

–No sé lo que quieres si no me lo dices –dijo él.

Así que se lo dijo. Su voz tembló y su rostro se sonrojó avergonzado.

–¿Eso es todo? –dijo él–. Entonces dame un par de
minutos.

Se desnudó a toda prisa lanzando la ropa a una silla
y se quedó en calzoncillos. Después, echó otro leño en

la chimenea y a continuación buscó algo en los bolsillos de su chaqueta hasta que sacó un paquete de preservativos.

Laura se dio cuenta de que no había pensado en la protección y se alegró de que Ryan lo hubiera hecho. Claro que era de esperar, siendo un hombre con tanta experiencia.

Laura trató de recuperar la cordura, pero le resultó imposible al ver a Ryan quitarse los calzoncillos. Sabía que estaría bien dotado. Era impresionante. Su cuerpo era de los que se veían en los anuncios. Podía haber sido un modelo. Esa noche, iba a ser todo suyo.

Ese último pensamiento la excitó, pero también la asustó. A pesar de que sabía que no iba a cambiar de opinión en aquel momento. Se daba cuenta de que irse a la cama con Ryan iba a cambiar su vida. Quizá se habría detenido a valorar las consecuencias de sus impulsivos actos de esa noche si Ryan no se hubiera metido desnudo en la cama junto a ella.

–Me temo que solo me quedan dos de estos –dijo dejando los preservativos en la mesilla–. Pero serán suficientes de momento.

Cuando la hizo girarse y se colocó sobre ella, Laura gimió al sentir el peso de su cuerpo. Pero en cuanto se apoyó en los codos a ambos lados de ella, la sensación de presión desapareció.

–Abre las piernas, Laura –le ordenó–. Y levanta las rodillas. Así, cariño. Esto puede llevarnos unos segundos.

Sin usar las manos, se preparó para penetrarla. Pero no lo hizo. Empezó a moverse adelante y atrás para frotarse con ella hasta llevarla al límite. Laura sentía cada vez más tensión. Estaba desesperada por sentirlo dentro.

–Por favor –le rogó.

Entonces la penetró, pero no del todo.

–Levanta las piernas y abrázame por la cintura. Sí, así.

Laura siguió sus instrucciones hasta que se hundió del todo en ella. Entonces, Ryan empezó a moverse, alejándose unos centímetros antes de volver a embestirla. Cada vez estaba más excitada y le clavó las uñas en la espalda y los talones en las nalgas. Él respondió embistiéndola con más fuerza hasta que la hizo alcanzar el orgasmo. Laura echó hacia atrás la cabeza y su cuerpo se agitó contra el de él. Nunca antes había experimentado nada como aquello. ¡Era increíble!

—Sí —gritó.

Y mientras su cabeza seguía dando vueltas con aquella maravillosa sensación, Ryan alcanzó el éxtasis y todo su cuerpo se estremeció. Él también jadeó, emitiendo un sonido casi animal.

Aquel era sexo en su manera más primitiva, pensó Laura mientras se aferraba a su cuerpo. No podía pretender que hubiera sentimientos en aquel encuentro. No estaban enamorados. Apenas se soportaban.

No, eso ya no era verdad. Al menos en lo que a ella se refería. Le gustaba Ryan de una manera peculiar. Pero no estaba enamorada, a pesar de haberse entregado a él.

Aquel pensamiento le produjo un gran alivio. Quizá después de todo fuera capaz de soportar la idea de haber tenido una aventura sexual con él. No haría algo tan estúpido como enamorarse de él. Ya se había equivocado dos veces en su vida. Una tercera sería fatal, tanto para su estado mental como para su alma. Porque entre los planes de Ryan no estaría enamorarse de ella. Aunque no se lo había dicho tan claramente, se lo había dado a entender. En sus planes no figuraba el amor, ni el matrimonio, ni las relaciones duraderas. Para él, el sexo era un placer físico del que disfrutar de vez en cuando, de la misma manera que comía o dormía. No podía olvidarlo.

Por fin Ryan levantó la cabeza del hombro izquierdo de Laura.

–Increíble –dijo con una expresión de sorpresa en la cara–. ¿Te ha parecido tan bueno como a mí?

¿Qué podía decir? A aquellas alturas, no podía mostrarse tímida con él.

–Ha sido maravilloso.

Él sonrió.

–¿Cansada? –preguntó y Laura negó con la cabeza–. Estupendo –dijo levantándose–. Tengo que ir al baño. No te muevas.

Mientras esperaba a que volviera, Laura no pudo evitar pensar en cómo se sentiría por la mañana. No estaría avergonzada, ya que no había hecho nada para sentirse así. Después de todo, Ryan había cortado con Erica. No había nada de lo que avergonzarse en el sexo consentido de dos adultos libres.

Tiró de las sábanas para cubrirse y que no la viera desnuda cuando volviera. Le pareció algo hipócrita, ya que en el fondo le gustaba estar desnuda ante él.

El sonido del agua corriendo en el baño la hizo fruncir el ceño. Quizá fuera a darse otra ducha. Con un poco de suerte, sería una ducha rápida. No quería seguir allí sola por mucho tiempo para no empezar a arrepentirse.

Por desgracia, el tiempo empezó a pasar y el agua seguía corriendo.

Su preocupación fue en aumento. No le preocupaba cómo se sentiría al día siguiente, sino cómo se sentiría en el futuro. ¿Y si Ryan quería que su aventura durara más que el fin de semana? ¿Acaso no le había dicho que una noche no era suficiente? A pesar de que se había sentido halagada por sus palabras, no estaba segura de que seguir acostándose con él fuera lo más prudente. Quizá no estuviera enamorada de él en aquel momento, pero ¿cuánto tiempo pasaría antes de que sus sentimientos se vieran alterados? No era una de esas mujeres que se contentaran solamente con el cuerpo de un hombre.

Al menos, eso pensó hasta que la puerta del baño se

abrió y aquel impresionante cuerpo masculino volvió al dormitorio.

–¿Por qué te cubres con la sábana? –preguntó Ryan acercándose a la cama–. Pensé que eso ya lo habíamos superado.

Tiró de la sábana y se la apartó. Después se inclinó y la tomó en sus brazos.

La sensación de que la abrazara desnuda era deliciosa y muy excitante. Estaba deseando que le volviera a hacer el amor.

–Nos vamos a dar un baño –dijo él–. No te molestes en decir que no. Es demasiado tarde para que te muestres tímida.

No dijo que no ni al baño ni a lo que le hizo una vez dentro de la bañera. Laura se rindió a sus deseos y dejó que la enjabonara, la acariciara y la colocara como quiso para tener mejor acceso a todas sus zonas erógenas. Le permitió que se tomara todas las libertades que quiso con su cuerpo y, aunque estaba deseando alcanzar el orgasmo, no pudo ya que Ryan parecía saber en qué momento detenerse para impedirlo. Además, le pidió que esperara a tenerlo dentro de nuevo para que su placer se viera multiplicado.

Así que aguantó, sintiendo una sensación de desesperación desconocida para ella. Las continuas caricias habían convertido sus pezones en dolorosos picos que ante cualquier roce la hacían gemir. Tenía el vientre duro como una piedra por la tensión, le dolían los muslos y su vagina deseaba ser penetrada. Cada vez que sus dedos la rozaban, sus músculos se contraían mientras su clítoris hinchado vibraba de deseo.

–Ryan, por favor. ¡No puedo soportarlo más! –exclamó cuando no pudo más.

Estaba sentada a horcajadas sobre sus muslos mientras él le enjabonaba los pechos. Su pene erecto asomaba como un misil.

De pronto Laura se dio cuenta de que podía hacerle mucho daño si quería. La había hecho desearlo y estaba dispuesta a hacer lo que él quisiera. En ese momento comprendió por qué aquella clienta se había obsesionado con él. Ryan era la clase de hombre que podía obsesionar fácilmente a una mujer.

Laura se sintió aliviada cuando Ryan dejó a un lado el jabón y la hizo salir de la bañera. Se sentía tan agradecida que unas lágrimas asomaron a sus ojos. El temor de que dejara de hacerle el amor la mantenía en vilo, y tuvo que contenerse cuando empezó a secarla con delicadeza y esmero. Porque en aquel momento no quería que fuera dulce y tierno con ella. Lo único que quería era que la llevara a la cama y se aprovechara de ella.

–Qué lástima –dijo secándole las puntas del pelo–. Solo nos queda un preservativo. ¿Te gusta el sexo oral? –preguntó, manteniéndole la mirada.

Laura tragó saliva.

–No exactamente.

A Brad le gustaba el sexo sin preámbulos. Por su parte, Mario era más maduro y experimentado, o al menos eso le había parecido entonces. Le gustaban las felaciones. Ella le había hecho todo lo que había querido porque lo había amado y había creído que él también la amaba. Pero nunca le había gustado hacérselas.

–¿Cómo es eso? A la mayoría de las mujeres les encanta.

–¿De verdad?

–Al menos con las que he estado. ¿Quieres que te haga cambiar de opinión?

De repente se dio cuenta de que se estaba refiriendo a que iba a practicarle sexo oral a ella y no al revés. Aquello era territorio desconocido para ella. Brad nunca se lo había propuesto y Mario tampoco. En una ocasión cuando había sacado el tema, Mario le había dicho que era humillante para un hombre. Se lo había creído porque a ella tampoco le resultaba agradable. Pero ahora, tenía delante a un hombre que estaba afirmando que le gustaba.

–Veo que he despertado tu curiosidad –dijo Ryan sonriendo con satisfacción–. Venga, pongámonos a ello.

A los pocos segundos la había hecho tumbarse en la cama y con sus labios le estaba causando estragos a la velocidad de la luz, desde la boca pasando por los pechos y el ombligo hasta su sexo. Se aferraba a las sábanas con ambas manos mientras él se acercaba poco a poco a aquel punto que reclamaba atención. Entonces llegó allí y empezó a lamerle aquel bulto de carne. Al instante, Laura arqueó la espalda mientras su cuerpo se dirigía hacia el abismo.

De pronto Ryan se detuvo y levantó la cabeza para mirarla a los ojos. Parecía tranquilo, a diferencia de ella.

–No tan rápido, Laura. Será mejor que esperes un poco.

–¡Pero no quiero esperar! –gritó desesperada.

Él sonrió.

–Pues voy a hacerte esperar, cariño.

–No soy tu cariño –replicó molesta.

–Pensé que me dijiste que no te gustaba el sexo oral –continuó él.

A continuación se levantó y le acarició los pechos con sus manos expertas.

–Me refería a las felaciones –dijo tratando de no jadear.

–Ah, entonces eso es un asunto completamente diferente. Pensé que una mujer tan lista como tú disfrutaría la sensación de poder que una felación te da. ¿No te gustaría verme estremecer al igual que yo te estoy haciendo estremecer? ¿No te gustaría hacerme perder el control? Tómatelo como si fuera un reto. Porque te prometo que no suelo estar tan tranquilo como en este momento. En esos escasos momentos de locura, seré completamente tuyo. ¿No te resulta una idea sugerente?

Laura se quedó mirándolo fijamente.

–¿Es por eso por lo que accediste a dormir conmigo esta noche? –preguntó–. ¿Era un reto para ti?

Los dedos de Ryan se quedaron inmóviles sobre su pecho y su mirada se tornó reflexiva.

–Tengo que reconocer que acostarme contigo me ha gustado mucho. Ha sido un placer, pero ¿un reto? No, no puedo decir que esa fuera mi idea, aunque he de reconocer que eres un desafío para un hombre de sangre caliente. Desde el momento en que me dijiste lo que querías, mi principal objetivo ha sido darte la clase de placer sexual que evidentemente nunca has tenido. Está claro que el hombre que tanto daño te hizo era un incompetente en la cama. Supongo que sería un jovencito inexperto.

–No –contestó–. Mario no era ningún jovencito. Aunque Brad sí.

–¿Quién demonios es Brad?

–Mi primer amante. Era un compañero de la Facultad de Derecho que simuló estar enamorado de mí para tener una habitación gratis. Descubrí la verdad un día que me lo encontré en la cama con otra.

–¡Qué encantador! ¿Y ese Mario? ¿Por qué fingió estar enamorado de ti?

–¿Cómo sabes que fue así?

–No hace falta ser un genio para darse cuenta. Solo quiero saber por qué lo hizo. No, no me lo digas. Deja que lo adivine. Era un cliente, ¿verdad? Tenía un juicio complicado y quería que su abogada le sacara las castañas del fuego. ¿Quién mejor que una mujer enamorada de él?

Laura sacudió la cabeza.

–Creo que eres un genio.

Él sonrió.

–Si tú lo dices... ¿Por qué iba a ser juzgado?

–Por evasión de impuestos. Si hubiera perdido, le habría costado millones.

–Pero no perdió, ¿verdad? Ganaste su caso.

Laura suspiró.

–Sí.

–Y entonces, te dejó.

–Así fue.

Al recordarlo, se dio cuenta de que Mario había sido un sádico. Había disfrutado al decirle que la había utilizado. Le había gustado herirla y humillarla. Al menos, Brad no había sido tan retorcido. Se había sentido muy culpable al ser descubierto en la cama con otra. Mario era incapaz de sentirse culpable porque no tenía conciencia. No había sentido lástima al enterarse de que hacía un año que Mario había terminado en la cárcel. De Brad, había oído que se había quedado sin trabajo al ser despedido por conducta inapropiada.

–No me extraña que hayas estado hibernando sexualmente –dijo Ryan–. Pero me alegro. Tengo que reconocer que hacía años que no me divertía tanto con una mujer.

–¡Divertirte! –exclamó.

No sabía si sentirse halagada. Decir que el sexo con ella era divertido no era romántico. Claro que tampoco quería que se pusiera romántico con ella, ¿no? Aunque tampoco le gustaba que se refiriera a lo que estaba haciendo como diversión. Era humillante.

–El sexo para ti es solo un juego, ¿verdad?

–Mira, Laura, no te pongas arrogante conmigo. Acabo de demostrarte que el buen sexo no tiene por qué ir vinculado al amor. Aunque el haber estado enamorada en el pasado no ha sido garantía de buen sexo –señaló–. El sexo por el sexo, sin las complicaciones que la parte emocional conlleva, puede ser un placer. Me gusta tomarme el sexo como un juego, en el que el placer va en aumento con el tiempo y la práctica. A lo largo de los años, he dedicado mucho tiempo y práctica a perfeccionar mis habilidades en la cama. Créeme cuando te digo que hay muchas cosas que puedo hacer contigo. Como ya te dije, una noche no va a ser suficiente. Si estás de acuerdo, continuaremos nuestra aventura cuando volvamos a Sídney. Después de todo, ya hemos cruzado la línea. Lo mejor que podemos hacer es aprovechar y disfrutar.

Laura se quedó mirándolo fijamente. Seducía con las palabras tan bien como con su cuerpo. Ese pensamiento le hizo acordarse de Brad y Mario. Ambos tenían picos de oro. Ahora se daba cuenta de que la habían seducido más por lo que habían dicho que por lo que habían hecho. Se había enamorado de sus mentiras sobre lo mucho que la querían porque deseaba ser amada. Ni siquiera habían sido buenos amantes, sino buenos mentirosos.

Al menos, Ryan era un buen amante y no un mentiroso.

–¿Estás de acuerdo, querida Laura? –preguntó él, hablándole junto al oído.

¿Qué otra cosa podía hacer más que asentir?

–En ese caso –continuó Ryan mientras tomaba el último preservativo–, creo que ya hemos esperado suficiente.

Laura pensó que había sido increíble la primera vez que le había hecho el amor. La segunda vez hubo más magia. Una vez la penetró, se tomó su tiempo, llevando un ritmo lento y sensual con las caderas. En ningún momento temió no alcanzar el orgasmo porque sabía que lo haría. Y cuando lo alcanzó, él también lo hizo en perfecta armonía con ella.

Laura se sentía aturdida. Sexualmente, parecían hechos el uno para el otro, pero emocionalmente eran muy diferentes. En aquel momento, lo único que quería de Ryan era sexo. Pero sospechaba que, si mantenía aquel grado de intimidad física, acabaría enamorándose de él.

La vida era muy cruel, decidió Laura, siempre sintiendo atracción por hombres que no le daban lo que quería.

Pero al menos esta vez estaba preparada. Ryan no pretendía engañarla. Todo lo que le ofrecía era una relación estrictamente sexual, sin ningún compromiso. Y aunque no entendía por qué se oponía tanto al amor y al matrimonio, no tenía más remedio que aceptarlo. No tenía sentido enfadarse por eso. Si quería seguir disfrutando de lo que había disfrutado, tendría que aceptar sus condiciones sin esperanza de nada más.

Claro que eso suponía poner en riesgo de nuevo su corazón y su felicidad. Pero le era imposible rechazar lo que Ryan le estaba ofreciendo. Ya era adicta a la excitación que le provocaba, a los placeres que le daba, además de a aquellos interminables orgasmos. Su cuerpo seguía temblando, al igual que el de él.

—Enseguida vuelvo, Laura —dijo antes de soltarse de su abrazo.

Ella gruñó, mientras su cuerpo languidecía. Su mente también. No quería volver a dormirse ni que aquella noche terminara. Pero tan pronto como Ryan dejó la cama, Laura se tumbó de lado y se quedó dormida.

Ryan volvió a la cama y encontró a Laura dormida. Se habían acabado sus planes eróticos para el resto de la noche.

Tal vez fuera lo mejor. Estaba aturdido. Había sido un día muy largo, un día extraño. ¿Quién habría adivinado que acabaría acostándose con Laura y que disfrutaría tanto? La cubrió con las sábanas con mucho cuidado para no despertarla antes de meterse en la cama. Quería pensar, algo que no había podido hacer por la excitación.

No tardó mucho en darse cuenta de que había cometido una terrible equivocación esa noche. Laura no era solo una colega del trabajo, sino que no era la mujer fría y profesional por la que siempre la había tenido. Si lo fuera, no estaría preocupado por continuar la relación con ella. Bajo la fachada de mujer dura, había una criatura muy dulce y tremendamente sexy.

Y ese era el problema. El atractivo de Laura era diferente a lo que Ryan solía buscar. Le gustaban las mujeres pícaras y atrevidas, y muy experimentadas, que supieran cómo hacer disfrutar a un hombre. Nunca le habían atraído las mujeres tímidas a las que había que seducir. Y nunca se había llevado a una virgen a la cama.

Aunque Laura no era virgen, por lo que había visto esa noche, lo parecía. En el fondo, le gustaba que fuera tan inexperta. Sus reacciones a las cosas que le había hecho eran frescas, llenas de sorpresa y agradecidas, por no mencionar apasionadas. Sus orgasmos habían sido muy intensos.

Le molestaba que Laura hubiera estado enamorada de dos canallas. Pero así era el amor. Nada tenía sentido. Era irracional y a veces autodestructivo, sobre todo en lo que a las mujeres concernía.

Lo que le llevó al principal problema que se le planteaba con Laura. ¿Y si se enamoraba de él?

No podía pretender que eso no pasaría. Las mujeres acababan enamorándose muchas veces de hombres que al principio no les caían bien.

Ryan no quería hacerle daño. Se había pasado toda su vida evitando hacer daño a las mujeres, aunque no siempre lo había conseguido. Pero nunca las había herido deliberadamente.

¿Acabaría haciendo daño a Laura si seguía acostándose con ella? Esa era la pregunta que tenía que contestar antes de que se hiciera de día, o más bien, antes de que el cansancio hiciera que se quedara dormido. Frunció el ceño. Quizá la hiciera más daño si se detenía. Era evidente que le había gustado el sexo de esa noche. Si ponía fin a aquella historia por la mañana, pensaría que algo iba mal o que se había aburrido de ella. Se lo tomaría como un rechazo personal. Las mujeres solían culparse cuando un hombre las rechazaba. Hacerlo después de una noche juntos sería cruel.

Además, no había ninguna garantía de que Laura quisiera tener una relación sentimental con él. Tenía treinta años y era abogada. No era una joven inocente y ya sabía que él no buscaba una relación seria.

Si seguía acostándose con él, entonces el riesgo sería de Laura, ¿no? Su felicidad futura no era responsabilidad de él. Era una mujer adulta que podía decidir por sí misma lo que quería hacer. No la obligaría a seguir con aquella aventura. Era ella la que tenía que tomar esa decisión. Pero por la mañana, le preguntaría si eso era lo que quería. Así le daría la oportunidad de cambiar de idea.

Sintiéndose mejor, Ryan se estiró y cerró los ojos. Pero enseguida volvió a abrirlos. Si Laura decidía continuar con aquella relación, algo que seguramente haría, tendría que buscarse un nuevo abogado. Eso lo dejaría bien claro.

No mezclar el trabajo con el placer era una norma que Ryan no pretendía saltarse.

RYAN se despertó antes que Laura. Sin pensárselo, se acurrucó contra ella, abrazándola por la espalda. Al instante tuvo una erección, haciendo desaparecer cualquier idea de darle la posibilidad de cambiar de opinión acerca de seguir con su relación sexual. Enseguida empezó a acariciarle los pechos, sacándola de su sueño, y se regodeó con la manera en que empezó a jadear.

Entonces se acordó de que no le quedaban más preservativos.

Maldijo enfadado y se levantó de la cama. Se fue al cuarto de baño y se dio una ducha, quedándose bajo el agua hasta que fue capaz de controlarse. Cuando salió envuelto en una toalla, Laura ya estaba completamente despierta y sentada en la cama, con una sábana cubriéndole los pechos.

–Siento lo de antes –murmuró él, dirigiéndose al armario para sacar algo de ropa–. Se me había olvidado que nos habíamos quedado sin protección.

Laura también sentía que hubiese parado.

–El baño es todo tuyo, aunque tendré que entrar para afeitarme –añadió Ryan–. En otras circunstancias, prescindiría de ello, pero creo que a Cynthia no le parecerá bien. Y a tu abuela tampoco.

–Seguramente tienes razón respecto a tía Cynthia, pero a mi abuela no le importará. Le gustan los hombres con aspecto muy masculino.

«Como a mí», pensó Laura mientras se deleitaba contemplando la espalda de Ryan.

Le gustaban sus anchos hombros y la estrechez de su cintura y caderas, los músculos de su espalda y de sus brazos, y la fuerza de sus piernas.

—En ese caso, no me molestaré.

Se quedó a ver cómo se vestía. Se puso los vaqueros negros del día anterior y una camiseta blanca debajo de otra negra de manga larga. ¿Por qué los hombres estaban tan sexys vestidos de negro?

De pronto se giro, mirándola pensativo.

—Antes de que se me olvide, tengo que preguntarte algo.

El corazón de Laura se encogió.

—¿De qué se trata?

—¿Estás segura de que quieres seguir acostándote conmigo? Si prefieres dejar que sea una aventura de una noche, lo comprenderé.

Aquello pilló por sorpresa a Laura, que se quedó consternada. ¿Era su manera de poner fin a aquello?

—No te entiendo, Ryan. Pensé que esta mañana seguías deseándome.

—Así es.

—Entonces, ¿cuál es el problema?

—No hay ningún problema por mi parte. Tan solo quería darte la oportunidad de cambiar de opinión. A veces las cosas se ven diferentes por la mañana. Las ideas son más claras.

—Muchas gracias, pero tengo las ideas muy claras —dijo Laura.

Odiaba que los hombres se comportaran como si las mujeres fueran criaturas estúpidas.

—Espero que te des cuenta de que convertirte en mi amante no será algo perpetuo. Además, eso supondrá el final de nuestra relación profesional.

Laura estaba empezando a impacientarse.

—Está bien. Tengo mis normas acerca de tener relaciones con los clientes.

Ryan arqueó las cejas.

–Ah, sí. Se me olvidaba que ya lo habías hecho antes. Claro que estabas enamorada de aquel cliente en particular. ¿Por eso terminó tan mal?

–Ya entiendo. Tienes miedo de que acabe enamorándome de ti.

–Algo así.

–Eres el hombre más arrogante que he conocido.

–Me agrada saber que no soy el más libertino.

–Eso es discutible.

Él sonrió.

–Me gusta cuando te pones insolente.

–¡Eso es porque te sientes más seguro!

Ryan rio.

–En este momento, nada tuyo me hace sentir a salvo, Laura. Es por eso que quiero que lleves ese bonito cuerpo al cuarto de baño en donde no pueda ponerle las manos encima.

Laura intentó seguir enfadada con él. Pero ¿cómo hacerlo después de haber halagado su cuerpo, por no mencionar aquel deseo incontrolable por ella?

–Entonces, tendrás que darte la vuelta –dijo fingiendo altivez–. No quisiera que perdieras el control al ver mi bonito cuerpo desnudo.

–¿Tienes que recordármelo? –dijo girándose para darle la espalda–. Venga, arréglate. ¡Y vístete de una vez!

–No puedo. Tengo la ropa ahí, donde estás.

–En ese caso, métete en el baño tal y como estás. Pero no estaré aquí cuando salgas. Estaré abajo, hablando en alguna parte con Cynthia.

Ryan respiró aliviado una vez Laura se hubo ido al baño. No se había equivocado con su comentario de que podía perder el control ante su desnudez. Había hecho todo lo posible para mostrarse tranquilo y razonable al darle la oportunidad de cambiar de opinión y al recordarle que una relación con él no sería duradera. Pero debajo de su fría fachada, había estado intentando ignorar las señales que su cuerpo le había enviado.

No estaba seguro de lo que habría hecho si le hubiera dicho que no, que no quería volver a acostarse con él. Tenía la sospecha de que su actitud quizá no hubiese sido muy noble. Solo la idea de saber que se la llevaría a la cama esa noche y muchas otras noches venideras, había puesto algo de cordura en su cabeza y control en su cuerpo.

Ryan sacudió la cabeza al sentarse para ponerse los calcetines y los zapatos. Hacía mucho que no sentía algo por una mujer tan fuerte como lo que sentía por Laura. De hecho, no recordaba que le hubiera pasado alguna vez.

Cualquier otro hombre habría pensado que se estaba enamorando, pero Ryan no. No era capaz de sentir amor desde que viera de cerca lo que el amor le había hecho a su madre. Por aquel entonces, Ryan tan solo tenía doce años y se había prometido no enamorarse ni casarse ni tener hijos. Y no había ocurrido nada desde entonces que le hubiera hecho cambiar de opinión en ese aspecto.

Así que no, no estaba enamorado de Laura. Era deseo lo que sentía en aquel momento, un deseo que se había hecho más intenso al comprobar su falta de experiencia sexual. Estaba deseando que la noche llegara cuanto antes.

–Gracias a Dios que me has llamado –fueron las primeras palabras de Alison–. Llevo toda la mañana muriéndome de curiosidad.

–Son solo las diez y media –le dijo Laura a su amiga–. No he podido llamarte antes. No he tenido un minuto.

Era una mentirijilla. Había pasado un buen rato a solas antes del desayuno, pero se había dedicado a poner orden a su cabeza. Tan pronto como Ryan había salido de la habitación, Laura había sentido dudas sobre lo que había accedido a hacer.

Estaba enfadada consigo misma, no por acostarse con él la noche anterior, sino por acceder a acostarse con él sin que le ofreciera nada a cambio. No le había dicho nada de convertirse en su novia, o de salir juntos. Tan solo se había referido al sexo. Además, le había anunciado que dejaría de ser su cliente. ¿Qué excusa podría haber puesto ella? Aquel hombre estaba dispuesto a salirse con la suya.

El problema estaba en que lo deseaba incluso con sus condiciones. La sorpresa y la vergüenza de admitir aquello eran casi imposibles de soportar.

Había tenido que obligarse a bajar la escalera y había evitado mirar a Ryan durante el desayuno. Se había encontrado a toda la familia en la cocina, disfrutando de un desayuno típico inglés de los que preparaba su tía Cynthia. A Laura nunca le había gustado comer demasiado por la mañana, pero esta vez se sirvió beicon, huevos, alubias y tomates fritos, además de tostadas. De esa manera, no tendría que hablar demasiado.

Después de desayunar, ayudó a su tía a recoger mientras Ryan cumplía su promesa de sacar de paseo a Jane en su descapotable. Media hora más tarde, seguían sin regresar, lo que permitió a Laura llamar a su amiga.

—Pareces nerviosa —dijo Alison—. Por favor, no me digas que no pasó nada anoche entre vosotros.

—Sí, pasó algo.

—Venga, cuéntamelo.

Laura le contó todo, aunque no con detalle. Algunas cosas eran demasiado íntimas para mencionarlas. Le habló de lo que Ryan le había dicho al despertarse, además de su decisión de continuar su relación con él a pesar de que sabía que no conduciría a ninguna parte.

—Por favor, no me digas que soy una estúpida —concluyó.

—Por supuesto que no. Si estuviera en tu lugar, yo haría lo mismo.

—¿De verdad?

–Claro que sí. Después de todo, Laura, ¿qué otra alternativa tienes? ¿Volverte más amargada y frustrada, y seguir odiando a los hombres?

–¿Y si me enamoro de él? –preguntó, diciendo en voz alta sus peores temores–. No puedo volver a enamorarme del hombre equivocado.

–Pero este hombre es diferente a los otros dos. ¿No te das cuenta? Los otros te hicieron creer que te querían. Lo único que Ryan quiere de ti es tu cuerpo.

–Eso suena muy mal.

–A mí no. A mí me parece increíblemente sexy. Aprovecha. Y si te enamoras de él, ¿qué más da? Quizá estés un poco triste cuando se acabe, pero no te sentirás amargada y traicionada. Tendrás unos recuerdos maravillosos de un gran amante que te hará ver lo guapa y atractiva que eres. ¿Y quién sabe? Tal vez acabes siendo la elegida.

–¿Cómo?

–La elegida para hacerle cambiar de opinión acerca del amor y del matrimonio.

Laura rio.

–No conoces a Ryan.

–No, pero me gustaría. ¿Por qué no vienes con él el próximo fin de semana y hacemos una barbacoa?

–No creo que quiera esa clase de relación.

–¿Quieres decir que solo quiere sexo y nada más? –preguntó Alison sorprendida–. ¿Nada de citas?

–Eso creo.

–Eso sí que me parece vulgar. No habrás aceptado eso, ¿verdad, Laura?

–Me temo que sí. He aceptado cualquier cosa con él.

–Oh, querida...

–¿Qué quieres decir?

Alison se calló antes de decirle a su amiga que parecía haberse enamorado ya de él. No adelantaba nada con decírselo. Tenía la sensación de que aquella aventura no iba a terminar bien para Laura, pero tampoco estaba dispuesta a decírselo.

–No me gusta la idea de que accedas a todo. No pierdas tu orgullo por un hombre por muy bueno que sea en la cama.

–Hace un minuto te parecía muy bien que solo tuviera sexo con él.

–Y así es, pero ten cuidado.

De pronto, Alison se arrepintió de haber animado a Laura a acostarse con él.

–Tengo que colgar, Alison. Oigo llegar el coche de Ryan.

–Llámame esta noche.

–Mejor mañana. Puede que esta noche esté ocupada.

«Claro, el dueño y señor del dormitorio querrá otra sesión como la que tuvo anoche», pensó Alison.

De repente se dio cuenta de que Ryan iba tras la inocencia de Laura. Ella no era como las bellezas con las que los playboys solían irse a la cama. Era una mujer encantadora y sincera con un gran corazón y que no solía acostarse con cualquiera. Era demasiado vulnerable para alguien como Ryan Armstrong.

Alison deseó poder retirar todos los estúpidos consejos que le había dado a Laura. Tenía que haberse dado cuenta de que su amiga no estaba preparada para una aventura estrictamente sexual. Iban a volver a hacerle daño y ella iba a ser responsable en parte. Pero ya era demasiado tarde. Lo único que podía hacer era estar a su lado cuando todo terminara, algo que no quería que ocurriera.

# Capítulo 10

TU FAMILIA no está tan mal –fue lo primero que le dijo Ryan mientras se alejaban de la casa.

Laura suspiró.

–Han sido muy agradables este fin de semana –admitió–, pero todo se debe a tu presencia. Has tenido a mi abuela comiendo de tu mano. ¿Qué demonios le dijiste durante el paseo? Parecía mucho más contenta que ayer.

–Apenas dije una palabra. Ella fue la que habló durante casi todo el tiempo. Me dijo por dónde ir y seguí sus indicaciones. Me enseñó el pueblo y la iglesia, la que está junto a los jardines de Hunter Valley. Por cierto, me pidió que te dijera que es allí donde quiere que se celebre su funeral.

–Vaya por Dios.

–No se puso sentimental, tan solo estaba siendo práctica.

–Pero ya no se va a morir. Tardará años en hacerlo. ¿Qué más te dijo? ¿Te preguntó cuándo íbamos a comprometernos?

–No directamente, pero sí me dijo que en esa iglesia se celebraban muchas bodas.

–¿Y qué dijiste?

–Nada, que lo recordaría.

–Debiste de decirle algo para que estuviera tan contenta contigo.

–Le prometí venir a la fiesta por su ochenta cumpleaños en noviembre.

–Oh, no. ¿Crees que ha sido una buena idea?

–No veo por qué no.

–Quiero decir que quizá no duremos tanto.

La conversación con Alison le había hecho darse cuenta de que no debía hacerse ilusiones.

–Mis novias suelen durarme algo más de dos meses.

Laura trató de mantenerse fría, pero le resultó difícil puesto que su corazón latía feliz.

–¿Quieres decir que pretendes que nuestra relación sea pública?

–¡Por supuesto! ¿Qué habías imaginado, que te mantendría en secreto?

Laura no podía decirle la verdad, que había estado imaginándose precisamente eso.

–Supongo que sí. No soy una mujer guapa y glamurosa como con las que sueles salir.

–Dios mío, Laura, ¿te miraste al espejo anoche? Estabas tan guapa y glamurosa como cualquiera de mis novias.

–Pero sabes muy bien que no suelo vestirme así.

–No hay razón para que no lo hagas. Lo único que tienes que hacer es ir a comprar ropa nueva y maquillarte de vez en cuando.

–La gente del trabajo se preguntará qué me ha pasado.

–¿De verdad te preocupa lo que piensen?

–Sí –admitió ella.

El resultado de aquel cambio radical iba a traer consecuencias. No quería que sus colegas se rieran de ella a sus espaldas. No quería quedar como una estúpida cuando les dijera que Ryan había dejado de ser su cliente porque estaba saliendo con él. Todos sabían cómo era. Las mujeres habían comentado en muchas ocasiones que era un rompecorazones.

–No, Ryan –dijo Laura al cabo de unos segundos y se sorprendió a sí misma.

–¿No qué? –preguntó sorprendido.

–No quiero comprar un vestuario nuevo y no, no quiero ser tu novia.

De pronto, se hizo un silencio tenso en el coche. Laura vio que los nudillos de Ryan blanqueaban mientras se aferraba al volante.

—No hablas en serio —dijo por fin, con una nota de incredulidad.

—Claro que sí.

—¿No quieres volver a dormir conmigo?

—No he dicho eso.

Ryan se quedó sorprendido, aunque no tanto como ella al oír en voz alta sus pensamientos. Era ella la que quería mantener su relación en secreto y no al contrario.

—No puedes estar diciendo lo que creo que estás diciendo —dijo él, no muy contento al verse relegado al papel de amante secreto.

Una vez asumido el shock de su sugerencia, Laura descubrió que la idea le gustaba. ¿Qué mejor manera de protegerse del dolor y la humillación que manteniendo su aventura estrictamente sexual y en secreto, además de breve? Decidió que una o dos semanas sería suficiente para saciar el deseo que seguía ardiendo en ella. Sería tiempo suficiente para satisfacer la curiosidad que sentía por las cosas eróticas que Ryan quería enseñarle.

—Será la mejor solución —dijo, sintiéndose exultante por haber tomado el control de su destino—. Eres un gran amante, Ryan, probablemente el mejor que tenga en mi vida. Por eso quiero disfrutar un poco más de tu increíble talento en la cama. Pero ambos sabemos que no puedes darme lo que quiero, un marido y una familia. A eso hay que añadir que ya soy mayorcita. Sinceramente, ser tu novia, aunque sea tan solo por unos meses, es malgastar el tiempo. Lo cierto es que quiero disfrutar del sexo contigo, pero no por mucho más tiempo. Un par de semanas más estaría bien. Me doy cuenta de que mi propuesta puede herir tu ego, pero piensa en el lado positivo: no tendrás que llevarme a ningún sitio ni invitarme a cenar a restaurantes caros.

No tendrás que conocer a mis amigos. Lo único que tendrás que hacer será...

—¡Ni se te ocurra usar esa palabra! —exclamó Ryan.

—Solo iba a decir «echar un polvo».

Lo cierto era que iba a decir «hacerme el amor».

—Esa expresión también la odio.

—¿Te estás poniendo susceptible? Lo dice un hombre que no tuvo reparos en decirme que lo único que le interesaba era el sexo. ¿Cómo prefieres llamarlo?

—Preferiría que te convirtieras de verdad en mi novia.

Laura apretó los labios para evitar caer en la tentación de decir que sí.

—Lo siento, no puedo hacerlo.

—¿Lo sientes? No creo que lo sientas.

—Y yo creo que no deberías apartar los ojos de la carretera —dijo Laura cuando el coche dio un bandazo.

Ryan soltó una maldición y no se molestó en disculparse. En vez de eso, se quedó en silencio, mientras el coche avanzaba como solo un deportivo podía hacerlo. Laura también permaneció callada, decidida a no flaquear en su decisión de llevar el control de su vida y de aquella aventura. Habían cruzado el puente del río Hawkesbury y estaban llegando a las afueras de Sídney.

—De acuerdo, ahora que me he calmado, te diré cómo veo la situación. Siento si te he dado la impresión de que lo único que quería era sexo. Me gustas, Laura. Me gusta tu compañía y tu conversación y me gustaría llevarte a sitios e invitarte a cenar. Y lo que de verdad me agradaría sería que dejaras a un lado esa máscara tras la que te ocultas y te conviertas en la mujer cálida, guapa, sexy y sofisticada que sé que puedes ser. Y no creo que pasar tiempo conmigo sea malgastarlo. La vida es para vivirla no por el futuro, sino por el aquí y ahora.

Ryan hizo una larga pausa, quizá esperando que su argumento funcionara. Pero Laura no parecía muy convencida. Ella no creía en aquellas tonterías de vivir el presente. Para ella, a menos que el destino interviniera con un accidente o una enfermedad, el futuro siempre llegaba y había que aceptar lo que se había hecho en el pasado. Para él no había inconveniente, él no se enamoraba. ¡Pero ella sí! Y no iba a hacerlo esta vez.

–Entiendo –continuó Ryan, mirando de soslayo su rostro imperturbable–. Evidentemente, lo que a mí me parezca es irrelevante. Mira, no es mi intención hacer cambiar de opinión a una mujer, pero tampoco estoy de acuerdo contigo en esa estúpida situación. A la vez, te sigo deseando, Laura, con una intensidad irracional. Así que me quedaré contigo esta noche para darte lo único que quieres de mí. Pero cuando llegue mañana por la mañana, todo se acabará. Esa es mi propuesta. Si no estás de acuerdo, me temo que todo terminará esta noche cuando lleguemos a tu casa.

Laura respiró hondo. Sus sentimientos eran confusos.

Se sentía furiosa porque la hubiera acusado de usarlo, a la vez que tenía miedo ante la posibilidad de no volver a estar con él. Lo que sería el caso si no aceptaba su propuesta. Pero ¿cómo aceptar? La había hecho parecer una loca del sexo dispuesta a perder la oportunidad de tener una verdadera relación con él a cambio de dos semanas de buen sexo. Acceder a una sola noche de lo mismo parecía mucho peor.

No estaba tan desesperada, ¿no?

–Siento que pienses tan mal de mí –dijo con voz calmada, a pesar del temblor de su interior–. Estaba siendo sincera con mi propuesta y no hipócrita. Creo que no puedes culparme por sugerir una relación estrictamente sexual cuando me dijiste que no podías ofrecerme otro tipo de compromiso. Pero ahora me doy cuenta de que ese acuerdo no me gustaría, ni siquiera por una noche. Es mejor que lo demos por terminado hoy y así podrás seguir con tu vida y yo con la mía. Espero que la pró-

xima vez que conozca a un hombre, quiera algo más
que una relación esporádica.

Ryan apretó los labios al oírla rechazar su proposición. Había pensado que no se negaría, teniendo en
cuenta que había admitido estar loca por él. Se había
imaginado que sería él el que controlara la situación y
que ella no dejaría de suplicarle más. Eso era lo que
quería, tener a Laura en sus brazos, desnuda y ansiosa,
pero con sus condiciones, no las de ella. Un hombre tenía su orgullo.

–Muy bien, terminaremos hoy.

Fue como un golpe físico para Laura. Tuvo que esforzarse por no llorar. ¿Qué había hecho? De repente,
le parecía mejor una noche con él que aquel vacío.

–Dejaré que te ocupes de mandarme a otro abogado
con el que reunirme los viernes –dijo él con amargura–.
Me da igual la excusa que pongas.

–De acuerdo.

–Y ahora, si no te importa, no quiero seguir hablando –anunció y encendió la radio, a la vez que apretó
un botón para que el techo se cerrara.

Laura sintió que el corazón se le encogía. El cierre
del techo era el anuncio de que todo se había acabado.

Rápidamente, giró la cabeza hacia la ventanilla para
que Ryan no la viera llorar.


Empezó a llover al poco de abandonar la autopista.
Era un chispeo gris que parecía reflejar los sentimientos
de Laura. Quería decir algo para romper aquel horrible
silencio, pero no encontraba el coraje para hablar.

¿O era el sentido común lo que la hacía permanecer
callada?

Sospechaba que, si abría la boca, sería para disculparse en primer lugar y luego para aceptar lo que Ryan
le proponía para que no la dejara en la puerta de su casa.
La idea de no volver a verlo le resultaba terrible, por lo

que empezó a preguntarse si se habría enamorado de él. No parecía probable, pero ¿por qué si no se sentía tan triste? Era imposible que la lujuria siguiese guiando sus sentimientos.

Mientras seguía especulando con el motivo de su desesperación, sus ojos se fijaron en cómo las manos de Ryan abrazaban el volante. Tenía las manos grandes y los dedos largos y fuertes. Con razón había sido un buen portero de fútbol. Pero nada de eso importaba a Laura. Lo único en lo que podía pensar al mirarlas era en lo cálidas y expertas que habían sido al acariciarla. Todavía podía sentirlas sobre su cuerpo.

Sintió un fuerte deseo y se estremeció. Su vientre se contrajo, al igual que sus pezones.

«Al menos ahora lo sé», se dijo mientras la sangre ardía en sus venas.

Se sonrojó y la piel se le puso de gallina. No era amor, tan solo deseo.

A punto estuvo de morirse de la vergüenza cuando la miró en ese preciso instante. Era imposible ocultar lo que su rostro evidenciaba. No podía hacer nada por disimular que estaba desesperada por él.

Ryan no dijo nada. Se quedó mirándola unos segundos antes de volver la atención a la carretera. Pero Laura reparó en que los nudillos le blanqueaban y se percató de que estaba tenso. Sabía lo que ella quería y él quería lo mismo.

No dijeron ni una palabra cuando detuvo el coche ante su casa. Ambos salieron en silencio y Ryan la ayudó a llevar sus cosas hasta el porche. Laura se sorprendió al no ver a Rambo aparecer. Probablemente estaría durmiendo en la mecedora del vecino, algo que le gustaba hacer cuando ella no estaba. Una vez abrió la puerta, se giró hacia Ryan, tan asustada porque se fuera como porque se quedara.

—Ryan, yo...

—Cállate —dijo él.

Su rostro y sus ojos parecían atormentados al dejar todo lo que llevaba en la barandilla y empujarla hacia el pasillo, cerrando la puerta con el pie.

No tenía sentido negarse ni protestar porque lo que Laura quería que hiciera, era lo que iba a hacer. El temblor ya había empezado en su interior.

«Sí, sí, abrázame contra la pared. Bésame hasta que no pueda pensar. Arráncame la ropa y hazme tuya».

–Cielo santo –gritó cuando por fin la penetró.

Fue un encuentro rápido e intenso más allá de todo sentido común.

Laura no podía dejar de jadear mientras aumentaba en ella la pasión. Él alcanzó el orgasmo y sus espasmos provocaron que ella lo hiciera a continuación. La sensación fue tan intensa que Laura empezó a sollozar y dejó caer los brazos a los lados mientras las piernas empezaban a temblarle. Podía haberse caído al suelo si Ryan no la hubiera estado sujetando.

–Oh, Laura. Lo siento, lo siento mucho.

–Está bien –consiguió decir entre sollozos.

–No –dijo él, tomándola por los hombros–. No está bien. Lo que acabo de hacer no ha estado bien. Ha sido un error –añadió mirándola a los ojos.

La angustia que veía en él la obligó a controlar su llanto para asegurarle que no la había violado, si era eso lo que pensaba. En ningún momento había intentado evitarlo ni había dicho que no.

–Es tan culpa tuya como mía, Ryan –dijo, sin poder controlar su voz.

–No estoy de acuerdo –dijo subiéndose la cremallera de los pantalones, antes de ayudarla a recoger su ropa–. Te he forzado. No he usado protección. ¿Y si te quedas embarazada? Deberían ponerme contra la pared y fusilarme.

–No me has forzado, Ryan. Quería que hicieras lo que has hecho. Lo he disfrutado y lo sabes.

Él se quedó mirándola fijamente.

–Te aseguro que las posibilidades de que me quede embarazada –continuó Laura– son remotas. Mi ciclo menstrual es regular y tendré la regla el miércoles. En ese sentido, estamos seguros. A menos que temas que pille otra cosa que no sea un bebé.

No tenía sentido ignorar que tenía una amplia colección de amantes a sus espaldas. Quizá antes había tenido sexo sin protección con alguien no tan segura como ella.

–Tienes mi palabra de que tu salud no está en peligro conmigo. Nunca antes había practicado sexo sin protección. Es la primera vez, créeme.

–¿De verdad? –preguntó Laura sin poder evitarlo.

Al ver que asentía, sonrió. Le resultaba halagador hacer sido la primera mujer con la que perdía el control de esa manera.

–Sí, ya me doy cuenta –dijo Ryan ladeando la cabeza–. Ya sé que no te importa si me quedo a pasar la noche.

–Yo... eh... Lo cierto es que confiaba en que fuera más de una noche –afirmó, consciente de que era incapaz de despedirlo.

La aparición de Rambo caminando por el pasillo hacia ella fue una agradable distracción.

–Hola, bonito. ¿Me has echado de menos?

El gato maulló y luego se frotó contra los tobillos de Ryan. Cuando Ryan lo tomó en brazos, Rambo empezó a ronronear.

–Le gustas –dijo Laura, tratando de no sentirse celosa.

–Es un gato muy bonito, a pesar de tener tan solo un año. Y su pelo es muy suave.

–Está muy mimado.

–Supongo.

–¿Duerme en tu cama contigo?

–No, por la noche le gusta pasear. He intentado encerrarlo, pero entonces se pasa la noche mirando por la ventaba y maullando. Es mejor dejar que haga lo que quiera.

–Un gato muy listo. Te tiene bien entrenada.

–Le quiero mucho –dijo poniéndose a la defensiva–. Cuando quieres a tu mascota, no soportas verla sufrir.

–Por eso la valla de tres mil dólares –dijo Ryan.

–¡Me hubiera gastado diez mil! Ahora, si no te importa, tengo que darle de comer o luego no habrá quién lo soporte. Y eso no nos gustaría, ¿verdad que no? –comentó mirando al animal.

–Me alegra ver que algunas cosas no cambian. Toma –dijo Ryan dándole el gato–. Todo tuyo. Por cierto, después de que le des de comer, ¿hay alguna posibilidad de poder tomar un café? Ayer me enseñaste la cocina.

Laura no podía creer que tan solo hubiera pasado un día. Habían cambiado muchas cosas. La Laura del día anterior, con su timidez, se habría preocupado mucho de hacia dónde estaba yendo su aventura con Ryan. La Laura de esa mañana seguía algo preocupada.

Pero la Laura que acababa de tener un fantástico y salvaje encuentro sexual contra la pared veía las cosas de un modo diferente. Ya no iba a preocuparse de enamorarse de Ryan y volver a acabar con el corazón roto. Estaba decidida a disfrutar del momento. El futuro a largo plazo podía esperar. El único futuro que le preocupaba era el inmediato, es decir, aquella misma noche.

Sus latidos se aceleraron al caer en la cuenta de que pronto volvería a estar en la cama con Ryan. De vuelta en sus brazos, disfrutando del placer más increíble. Estaba deseando volver a estar desnuda a su lado, a sentir sus caricias por todas partes. Su cabeza empezó a dar vueltas a la idea de volver a acariciar su pene. Y no por una estúpida idea de amor sacrificado. Quería sentir toda la fuerza que le había descrito la noche anterior y hacerle perder el control.

Un maullido de Rambo la sacó de sus pensamientos.

–No lo entenderías, Rambo –murmuró–. A ti te esterilizaron. Venga, come. Luego, quiero que seas un buen chico y no me molestes el resto de la noche.

–Espero que no estéis hablando de mí –dijo Ryan al entrar en la cocina, mirándola con sus divertidos ojos azules–. Porque no pretendo ser bueno. Y pienso molestarte, pero todavía no he tomado café. Te aconsejo que tú también lo tomes. No quiero que te quedes dormida. Por cierto –añadió mirando a su alrededor–. Me gusta tu cocina. Es agradable la madera.

–Es roble –dijo Laura tirando una lata vacía a la basura–. Roble de verdad.

–Es clásica –dijo sentándose en uno de los taburetes que había junto a la barra del desayuno–. Como tú.

Laura no supo qué decir ante aquel cumplido.

–Gracias –contestó y se dio la vuelta para preparar el café–. Me temo que solo tengo instantáneo.

–No importa. Lo quiero solo.

–No sé cómo te gusta sin leche y azúcar.

–Aprendí a que me gustara así cuando no tenía ni leche ni azúcar.

Ella le miró frunciendo el ceño.

–¿De veras fuiste tan pobre?

–No tienes ni idea.

–No, supongo que no. Puede que no fuera feliz de adolescente, pero nunca fuimos pobres. Desde luego que nunca pasé hambre. Debió de ser terrible.

Ryan se encogió de hombros, como si ya nunca pensara en ello.

–Me hizo valorar las cosas una vez pude empezar a permitírmelas. Y eso me hizo trabajar mucho para poder tenerlas. Pero ya está bien de hablar. Nunca me ha gustado hablar demasiado. Es una pérdida de tiempo.

–Pero gracias al pasado hoy eres como eres –dijo Laura, sintiendo curiosidad por saber más de él.

El día anterior había contado algunos detalles de su vida a su familia. Incluso su abuela se había dado cuenta de que su infancia no había sido fácil.

–Sí, ahora lo sé, Laura –replicó un poco impaciente–. Pero no me gustan los análisis de ninguna clase. Creo que no hace bien a nadie el anclarse en el pasado. Solo sirve para revivir antiguos problemas. Es mejor dejar las cosas a un lado y seguir hacia adelante.

Laura estuvo a punto de decirle que eso era más fácil decirlo que hacerlo, pero decidió no hacerlo. No quería decir o hacer algo que pudiera estropear el resto de la velada.

–Hablando de seguir hacia delante –dijo él–. Ven conmigo. La cama nos espera.

# Capítulo 11

LAURA se quedó dormida después del largo maratón sexual en el que habían hecho el amor una y otra vez, en todas las posiciones que Ryan conocía, incluyendo contra la pared y bajo la ducha.

Por su parte, a pesar de que se sentía cansado, Ryan no pudo dormirse. Su mente no le dejaba descansar, dando vueltas al comentario de Laura de que el pasado influía en el presente de una persona. Como ya le había dicho a Laura, eso lo sabía. Sabía muy bien por qué evitaba el amor y el matrimonio, por qué había evitado una relación sentimental con el sexo contrario.

Siempre había creído que nada haría cambiar aquello, que no existía mujer capaz de derribar la barrera que había levantado en su corazón el día en que había llegado a casa del colegio y se había encontrado a su madre muerta y a su padre sollozando en un rincón, diciendo que no había pretendido hacerlo.

Habían pasado exactamente veinticinco años desde entonces. En todo ese tiempo, ninguna mujer le había llegado al corazón y mucho menos al alma.

Hasta ahora...

¿Sería amor lo que estaba sintiendo? No dejaba de dar vueltas a aquella pregunta mientras observada a Laura dormir.

No estaba seguro, puesto que no sabía lo que era el amor verdadero. Lo que sí sabía era que el sexo con Laura era muy diferente a todo lo que había conocido antes. No parecía saciarse. Normalmente su deseo disminuía después de un par de veces. Pero eso no le pasaba con Laura. Estaba deseando volver a sentir aquella sensación tan especial que experimentaba cada vez que la penetraba y que crecía en intensidad, culminando en sacudidas de éxtasis. Nunca antes había sentido nada así. ¿Llegaría a estar satisfecho alguna vez?

«Esto no puede ser amor», decidió y fijó la mirada en sus nalgas.

El amor verdadero debía de ser menos sexual. Aquello tenía que ser atracción sexual, quizá algo más obsesiva de lo habitual. Con el tiempo, aquel deseo se desvanecería.

Pero todavía no, se dijo estirando el brazo para acariciarla.

Laura se despertó con la deliciosa sensación de las caricias de Ryan en su espalda. Estaba tumbada boca bajo, en la cama, con los brazos hacia arriba y las manos bajo la almohada.

–Umm –murmuró adormilada.

Enseguida se espabiló al sentir que su mano abandonaba su espalda y empezaba a prestar atención a una zona más íntima. Estaba muy excitada. No tenía sentido sentirse avergonzada. Ryan no tenía ninguna vergüenza en lo que a sexo se refería. Para él, todo era natural y sexy, cada parte del cuerpo de una mujer estaba ahí para su placer y el de ella.

Después de un rato, Laura no quiso seguir allí tumbada mientras él la acariciaba. Quería hacerle cosas a él para variar. Dejó escapar un gemido y se incorporó repentinamente. Se apartó el pelo de los ojos, se sentó y lo miró.

–Puedes hacer eso más tarde –dijo respirando entrecortadamente–. Es mi turno ahora.

–¿Tu turno para qué? –preguntó él arqueando las cejas.

–¿Quieres dejar de hablar? –dijo y al empujarlo para

hacerle caer sobre su espalda, se dio cuenta de lo excitado que estaba. ¿Cuánto tiempo he estado durmiendo?

Después de todo, habían hecho el amor varias veces antes de caer rendida, incluyendo una vez en la ducha.

–Lo suficiente.

–Es evidente –dijo sin poder evitar acariciarlo.

Él respiró hondo y contuvo el aire sin dejar de mirarla. Era lo único que hasta entonces Laura no había hecho. Hasta el momento, era él el que le había estado haciendo cosas a ella.

–¿Te gusta que las mujeres te hagan felaciones? –le preguntó excitada.

–Sí, si a ellas les gusta. Me dijiste que a ti no te gustaba...

–Cierto, pero eso era antes y esto es ahora. Creo que contigo me gusta.

Ryan jadeó al verla agachar la cabeza y volvió a hacerlo al sentir sus labios alrededor de él. No solo le gustaba, pensó Laura mientras se metía su pene en la boca. Le encantaba. Le gustaba la sensación, no de poder, sino de saber que él lo estaba disfrutando. Le había dado mucho placer y ahora era su turno de devolvérselo. Por los gemidos que soltaba, debía de ser un placer muy intenso. Le daba igual si se corría en su boca. Quería que se corriera, que dejara de controlarse y se dejara llevar. Decidida, mantuvo el ritmo y subió y bajó la cabeza al compás del bombeo de la sangre en su cabeza.

Cuando creía que estaba a punto de correrse, Ryan tiró de ella y la hizo colocarse sobre sus caderas.

–Quiero que te corras conmigo. Toma, ponme esto –dijo dándole un preservativo–. Deprisa –añadió al verla dudar.

Le costó ponérselo, pero lo consiguió. Nada más sentirlo dentro, sus músculos internos se contrajeron como si estuviera aprisionándolo.

–¡Qué tortura!

–¿Te estoy haciendo daño?

Era la primera vez en su vida que estaba encima. Ni Mario ni Brad eran de la clase de hombres que permitirían a una mujer tomar las riendas durante el sexo.

–Lo siento. Es que hace mucho tiempo que no lo he hecho de esta manera.

–¿Nunca antes habías estado encima?

–No, nunca. Lo siento.

–No tienes por qué disculparte.

–Pero te estoy haciendo daño.

–La línea que separa el placer del dolor es muy fina, Laura. Te prometo que lo que siento es más placer que dolor. Mira, se hace así –dijo tomándola de las nalgas con sus fuertes manos y moviéndola.

Ella jadeó. Era una sensación celestial. Enseguida no necesitó de su ayuda y empezó a moverse cada vez más rápido. Ryan levantó las caderas, hundiéndose más en ella. Laura empezó a gemir y se inclinó hacia delante, dejando que sus pechos saltaran libremente. El placer se incrementó con cada cambio de ángulo. Cada embestida era como si una corriente eléctrica recorriera su cuerpo. Su orgasmo fue tan intenso que no pudo evitar gritar. Ryan también gritó, su cuerpo sacudiéndose con los espasmos. Laura se dejó caer sobre él y apoyó la cabeza sobre su corazón desbocado.

Fue entonces cuando ella empezó a llorar. Su cuerpo se estaba rindiendo a una tormenta de sentimientos que todavía no lograba entender.

–Tranquila, cariño, no tienes por qué llorar.

–Lo sé. Me estoy poniendo... tonta.

–De tonta nada –murmuró Ryan–. Es solo que estás cansada. Es hora de que descanses y de que yo me vaya.

–¡Pero prometiste quedarte toda la noche!

–He cambiado de opinión.

–No quiero que te vayas.

–No te preocupes. Volveré –dijo haciéndola a un lado de la cama antes de levantarse.

Laura se contuvo para no aferrarse a él e impedir que se fuera.

–¿Cuándo? ¿Mañana por la noche?

Él suspiró.

– Sé que no debería, pero sí, prometo volver mañana por la noche. A menos que hayas cambiado de opinión en lo de ser mi novia de verdad –añadió, mirándola por encima del hombro–. Si es así, te recogeré en tu oficina, te llevaré a cenar y a tomar algo y luego nos iremos a mi casa para disfrutar de una agradable velada.

Su oferta resultaba tentadora, así que ¿por qué no aceptarla?

Las razones por las que se había negado en un principio, seguían ahí: no la amaba. Nunca la amaría. Al darse cuenta de eso, su decisión de mantener su aventura con Ryan lo más breve posible, se afianzó. Se estaba enamorando de él y eso la preocupaba. Sería muy fácil sucumbir a sus emociones y aceptar lo que él quería.

«No lo hagas, Laura. Sé fuerte», le decía una voz en su interior.

–No he cambiado de opinión –dijo con más firmeza que la que sentía.

–De acuerdo –dijo él y recogió su ropa–. Pero no pienses que acabarás saliéndote con la tuya, Laura. No me gusta este acuerdo. No me gusta en absoluto.

–¿De verdad? Pensé que era lo que te gustaba, mucha diversión y ninguna responsabilidad.

Le dirigió una mirada capaz de congelar el mercurio. Laura se habría asustado si hubiera durado, pero enseguida vio aparecer en el rostro de Ryan una sonrisa irónica.

–Creo que habrías sido una gran abogada criminalista. Estás perdiendo el tiempo dedicándote al derecho empresarial. Lo que me recuerda que debes decir en tu trabajo que ya no soy tu cliente y que me manden a otro abogado.

–¿Y qué excusa quieres que ponga? –dijo sintiendo un nudo en el estómago.

Su sonrisa se volvió cruel.

–Ese es tu problema, Laura.

–¡No! –exclamó Alison por enésima vez.

Laura contuvo un suspiro. Solo Dios sabría cómo habría reaccionado Alison si le hubiera contado toda la verdad acerca de su aventura con Ryan. Había considerado la posibilidad de mentir a su amiga nada más llamarla aquella mañana, a los cinco minutos de llegar al trabajo. Pero al final había decidido contarle una versión sesgada de la verdad para mantener su orgullo, a la vez que para satisfacer la curiosidad de Alison.

Así que le había confesado que se había acostado con Ryan una vez más al volver a Sídney, y que había sido idea suya que se fuera a su casa en vez de invitarle a pasar la noche. Pero cuando le había contado su negativa a convertirse en su novia de verdad prefiriendo mantener una breve aventura sexual, la reacción de su amiga había sido negativa.

–¿Y crees sinceramente que puedes mantener una aventura estrictamente sexual? –preguntó Alison ya más calmada–. Esas cosas no van contigo, Laura.

Laura no quería que su amiga culpara a Ryan.

–No olvides Alison que he consentido esto. Quiero tener sexo con Ryan tanto como él lo quiere tener conmigo.

–Debe de ser muy bueno en la cama para tenerte en este estado. Nunca antes te había importado tanto el sexo, ni siquiera cuando estabas locamente enamorada. Claro que él tiene mucha experiencia.

–Sí –convino Laura, preguntándose si Alison estaría celosa.

Su amiga siempre estaba diciendo que la vida sexual se acababa cuando llegaban los hijos.

Alison suspiró.

–¿Sabes una cosa? Te envidio –dijo confirmando lo que Laura había supuesto.

–No tanto como yo te envidio a ti. Daría lo que fuera por tener un marido cariñoso como Peter y unos hijos tan buenos. Tienes una familia estupenda, Alison.

–Cierto. Es solo que... Bueno, da igual. No me hagas mucho caso, tengo el síndrome premenstrual, ya sabes cómo me pongo.

–Sí –dijo Laura frunciendo el ceño al caer en la cuenta de que todavía no tenía síntomas.

Asustada, revisó mentalmente las fechas y llegó a la misma conclusión. La regla tenía que venirle el miércoles. Quizá cuando se tenía una vida sexual tan fantástica, el síndrome premenstrual desaparecía. Quizá su cuerpo estaba más relajado. El estrés podía provocar cosas terribles en la salud, al menos eso era lo que había leído.

–Lo que tienes que hacer –le dijo a Alison– es practicar más sexo.

–¿Y cuándo saco tiempo para el sexo? Esos preciosos hijos míos me dejan agotada.

–Saca tiempo, Alison. Cuidaré a tus hijos el próximo fin de semana para que puedas irte con Peter.

–¿De veras lo harías?

–Ya los he cuidado otras veces.

–Pero no durante todo un fin de semana. Me parece una buena idea y te lo agradezco, pero no este fin de semana. Voy a tener la regla.

–Yo también –dijo Laura–. Bueno, tengo que colgar, Alison. Tengo trabajo que hacer.

No era del todo cierto, pero tenía que dar con una buena razón que justificara que no iba a seguir siendo la abogada de Ryan. Iba a ser lo primero que le preguntara esa noche cuando se vieran.

Por desgracia, Laura no dio con una excusa que le gustara. Estaba demasiado alterada por lo que iba a pasar por la noche. Alterada y excitada.

No pudo dejar de pensar en el sexo en todo el día y cuando Ryan llamó a su puerta poco después de las siete, se le había olvidado el asunto de buscar a otro abogado. Lo único en lo que podía pensar era en estar con él. Nada más mirarlo a los ojos, supo que él se sentía de la misma manera.

Se fueron al dormitorio, pero no a la cama. Ryan estuvo a punto de olvidarse de nuevo de ponerse un preservativo. Fue ella la que se lo recordó justo a tiempo. Aquella interrupción les dio la oportunidad de recuperar el aliento y pasar del suelo de madera a la cama. Incluso fueron capaces de quitarse la ropa antes de que una pasión incontrolable los poseyera.

Laura se corrió nada más ser penetrada por Ryan, que alcanzó el orgasmo enseguida. Después de que su cuerpo terminara de estremecerse, se dejó caer sobre ella.

—No puedo seguir así.

—¿Seguir cómo?

—Deseando todo el día estar contigo. He estado a punto de volverme loco esta tarde.

—Oh...

—¿Es eso todo lo que tienes que decir?

—No sé qué quieres que diga.

—Dime que sientes lo mismo, que pondrás fin a esta tontería y accederás a ser mi novia. Podremos comer juntos y tener citas. Los fines de semana nos iremos de viaje.

De nuevo, se sintió tentada de decir que sí. Pero seguía queriéndola solo por sexo. En ningún momento le propondría matrimonio. Así que decidió decir lo único que sabía que lo detendría.

—Si me convierto en tu novia, estoy segura de que voy a enamorarme de ti.

Ryan no daba crédito a las locas ideas que se le cruzaron por la cabeza. Le daba igual que Laura se enamorase si con ello podía pasar más tiempo con ella.

Ryan se apartó y se quedó mirando el techo y preguntándose qué demonios podía hacer. No le gustaba lo posesivo que se estaba volviendo. Eso le preocupaba.

Laura no podía creer lo vacía que se sentía después de que saliera de su cuerpo. Vacía y sola. Aunque estaba tumbado a su lado, parecía estar lejos. Odiaba aquella sensación.

—Lo siento —dijo ella de pronto, sin saber my bien por qué se estaba disculpando.

Ryan giró la cabeza para mirarla.

—¿Por qué? ¿Por ser sincera? Me gusta la gente sincera. Y me gustas tú, y mucho.

—Tú también me gustas —dijo ahogando las palabras, al darse cuenta de que eran toda una declaración.

Porque no solo le gustaba, sino que lo amaba. No era solo la idea de no volver a acostarse con él lo que la asustaba, sino el hecho de no volver a verlo.

Fue una sensación escalofriante. Laura giró rápidamente la cabeza para evitar que su rostro revelara la verdad.

—Dudo mucho que te enamoraras de mí —dijo él en aquel irónico momento—. Por cierto, ¿cómo le explicaste a tu jefe que no ibas a seguir siendo mi abogada?

Laura carraspeó.

—Todavía no se lo he dicho.

—Entonces, no se lo digas.

Laura lo miró.

—¿Por qué no?

—No quiero otro abogado. Te quiero a ti.

—¿Y qué pasa con tu norma de no acostarte con gente del trabajo?

Él se encogió de hombros.

—Las normas están para saltárselas.

Su indiferencia la preocupó, sobre todo después del lío que había montado.

—Puedes saltarte tu norma, pero no tengo intención

de saltarme la mía. Eres mi cliente y no tengo relaciones con mis clientes.

Ryan posó su fría mirada azul en ella.

–Pero no tienes una relación conmigo, Laura. Solo tienes sexo conmigo. Por cierto, entiendo que esta noche tampoco quieres poner fin a lo nuestro, ¿verdad? Seguro que quieres que vuelva mañana por la noche, ¿no?

Laura apretó los labios. Estaba intentando provocarla y no estaba dispuesta a que lo consiguiera.

–Como tú quieras, Ryan. No puedo obligarte a venir.

–Pero quieres que lo haga.

Desafiante, Laura alzó la barbilla.

–Sí.

–En ese caso, volveré mañana por la noche. Pero después, sugiero que nos tomemos una semana de descanso. Eso evitará que acabemos encariñándonos.

Laura deseó odiarlo en aquel momento.

–¿Y nuestra reunión de los viernes?

–Los contratos pueden esperar una semana más. Las cosas van lentas en este momento. Y ahora, tengo que ir al baño. Por ahora, te agradecería que sacaras esa botella de vino blanco que he visto en tu nevera. Me vendría bien una copa.

–Iba a abrirla en la cena.

–Cielo santo –dijo en tono burlón, mientras atravesaba la habitación–. ¡También va a darme de comer! Qué tipo tan afortunado soy.

En aquel momento lo odió. Pero no tanto como Ryan se odió a sí mismo. Se quedó mirándose al espejo. ¿Qué derecho tenía a decirle cosas tan desagradables como aquella?

«Si no estás de acuerdo con la relación estrictamente sexual que Laura quiere, entonces sal de su vida. Sé sincero y no un hipócrita. Todo es cuestión de orgullo. Lo que de verdad quieres es quedarte».

Cuando Ryan terminó de lavarse las manos, había decidido dejar de ser un estúpido y darle a Laura lo que quería. Pero lo cierto era que quería hacerle el amor.

Ryan sacudió la cabeza a su imagen del espejo. Daba igual que hubiera propuesto separarse unos días. Ya sentía algo. También había cambiado de idea respecto a que continuara siendo su abogada. Al día siguiente se lo diría.

# Capítulo 12

LA REGLA no le bajó a Laura el miércoles. Al llegar el jueves por la mañana sin señales de su regla, sus niveles de estrés se dispararon. Se sintió aliviada de que Ryan y ella hubieran dejado de verse durante una semana. Nada de llamadas ni de mensajes ni de correos electrónicos. No tendrían ningún contacto hasta el martes siguiente cuando fuera a buscarla después del trabajo a eso de las siete.

La última vez que se habían visto, Ryan había dicho que necesitaban tiempo para pensar, lo cual era cierto. Estaba más enamorada de él que nunca, tanto, que estaba reconsiderando aceptar su oferta de ser su novia sin reparar en las consecuencias. Había estado a punto de decírselo antes de que se fuera y lo habría hecho si no le hubiera dicho que había cambiado de opinión respecto a mantenerla como su abogada.

–No te preocupes por encontrar una sustituta inmediatamente –había añadido–. Eso puede esperar.

Había sido un buen recordatorio de que nada había cambiado en Ryan. Cualquier ilusión sobre que sus sentimientos se hubieran intensificado, se desvaneció. Así que le había venido bien aquel tiempo para pensar acerca de lo que iba a hacer cuando lo viera el martes siguiente.

El viernes, Laura seguía sin tener la regla. Era un gran alivio no tener contacto con Ryan porque podía haberle preguntado sobre ello. De esa manera, no tenía que explicar nada. Solo Dios sabía cómo se lo tomaría. Quizá pensara que le había mentido y que su intención era atraparlo con un embarazo. ¡Como si fuera capaz de eso!

Pero tampoco podía negar su alegría si, por las vueltas de la vida, había concebido un hijo de Ryan. Pero la alegría le duró poco al caer en la cuenta de que eso supondría el final de su relación con Ryan. Porque si no le interesaba el amor ni el matrimonio, mucho menos le interesaría la paternidad.

Aquella noche incluso rezó para que le viniera la regla. Pero sus plegarias no fueron escuchadas. El martes por la mañana no pudo dejar de llorar. Estaba tan nerviosa, que llamó al trabajo para decir que no iría. Varias veces descolgó el teléfono para llamar a Ryan y decirle que no quería que fuese esa noche. Todas las veces acabó colgando de nuevo. Desesperada, acabó aceptando que el amor debilitaba. Y ella que había pensado que había dejado de ser una víctima...

Laura paró toda la tarde pensando qué le diría a Ryan, decidida a no dejarle pasar. Incluso empezó a pensar en que quizá después de todo él no fuera. Pero apareció, muy guapo con traje y corbata. Su determinación se quebró cuando le sonrió.

—Te he echado mucho de menos —dijo atrayéndola hacia sus brazos.

No rechazó su beso, diciéndose que aquel era un beso de despedida. Pero por dentro estaba derritiéndose.

—Lo siento, Ryan —dijo cuando por fin la soltó—. Tienes que parar. Tengo la regla.

—¿Todavía?

Lo miró a los ojos y vio sorpresa en lugar de escepticismo.

—No, me ha bajado hoy.

—Pero dijiste...

—Sé lo que dije —dijo rápidamente, adivinando sus pensamientos—. No sé qué pasó. Estaba tan preocupada por el retraso que ayer fui al médico y me dijo que a veces la ovulación se retrasa por estrés. Me preguntó si había pasado algo en mi vida y le conté el accidente de mi abuela. Me dijo que ese podía ser el motivo. De todas formas, me dijo que era muy pronto para hacerme una prueba de embarazo y que no era imposible que hubiera concebido. ¡Imagínate cómo me sentí en aquel momento!

–No lo sé. ¿Cómo te sentiste?

Aquello la hizo enfadar más que la expresión fría de sus ojos. Volvió a sentir el nerviosismo de la semana anterior.

–¿Cómo crees que me sentí? No pensarás que quería un bebé, ¿verdad? Tendría que estar loca para querer eso. Ya tengo suficiente con tener una aventura con un hombre que lo único que me ofrece es su cuerpo como para acabar embarazada. ¡Creo que me habría tirado por el puente del puerto!

–No hablas en serio.

–Claro que sí –replicó sin poder evitar perder los estribos–. ¿Qué mujer decente querría un hijo tuyo? Serías un padre desastroso. ¡Eres el hombre más egoísta y egocéntrico que conozco! ¡Incluso Mario era mejor hombre que tú. ¡Y ya es decir!

Ryan se quedó mirándola durante largos segundos antes de asentir lentamente.

–Ni yo mismo podía haberlo dicho mejor.

Laura reparó en lo que acababa de decir y se avergonzó. No tenía derecho a hacerle daño de aquella manera. Como le había dicho a Alison, había consentido en mantener aquella relación. Además, el hecho de que Ryan no quiera casarse ni tener una familia, no lo convertía en una mala persona. Tenía todo el derecho a vivir su vida como quisiera y había sido muy sincero con ella en ese aspecto.

Pero ya era demasiado tarde. Ya había dicho aquellas palabras y no podía retirarlas. Quería lanzarse en sus brazos y suplicarle que le perdonara. En vez de eso, cerró los puños.

–Discúlpame si no me he portado bien –dijo él–. Nunca he pretendido hacerte daño. Creo que eres una mujer increíble y algún día encontrarás a tu hombre ideal. Por favor, dile a tu familia que siento que las cosas no hayan funcionado entre nosotros y que les deseo lo mejor, especialmente a tu abuela.

Al oír que mencionaba a su abuela, Laura sintió que sus emociones entraban en un terreno peligroso.

–Ryan, yo...

–No, Laura –dijo cortándola–. Ya has dicho suficiente. Dejémoslo estar. Adiós, Rambo –añadió al ver aparecer al gato–. Cuida a tu dueña por mí.

Y dándose media vuelta, se fue.

Laura se quedó en el umbral de la puerta, con la mirada clavada en el camino. Esta vez dejó que sus lágrimas corrieran por sus mejillas.

El sonido de su teléfono sonando la obligó a volver a la cocina. Seguramente sería una llamada de publicidad, pensó. Suspiró y se sonó la nariz antes de contestar.

–¿Dígame?

–Oh, Laura. Oh, querida...

Al instante adivinó lo que había pasado. Hasta hacía unos segundos había pensado que no podía ocurrir nada peor.

Pero no había pensado en eso.

La vida era cruel, pensó desesperada.

–¿Qué ha pasado? –preguntó–. Supongo que un ataque al corazón.

–Sí, eso creemos. Jane se había ido a dormir después de comer como de costumbre. Fui a despertarla a las cinco y estaba inconsciente. Llamamos a la ambulancia, pero no pudimos hacer nada. Ya había fallecido cuando llegaron. No sufrió, Laura. Se la veía tan tranquila. Parecía incluso feliz.

–Eso está bien –consiguió decir Laura.

–Nunca pensé que su marcha me afectaría tanto, pero no puedo dejar de llorar –dijo su tía sollozando.

Laura sabía cómo se sentía.

—Luego te llamo, tía Cynthia. No puedo seguir hablando ahora.

Después de colgar, se sentó en el suelo, se llevó las manos a la cabeza y empezó a llorar.

Ryan no recordaba el camino de vuelta a la ciudad. Estaba muy confundido. Había sido un milagro llegar a su apartamento sin sufrir ningún incidente. Le había costado concentrarse en la carretera, incapaz de dejar de pensar que no volvería a ver a Laura. Nunca volvería a tenerla en sus brazos ni a hacerle el amor. Tenía un nudo en el estómago y sentía tanta presión en el pecho que pensaba que iba a tener un infarto en cualquier momento.

Nada más cerrar la puerta, Ryan se fue al armario en el que guardaba las botellas y se sirvió un whisky. En seguida dio cuenta de él y se sirvió el siguiente. Enseguida empezó a sentir el efecto calmante del alcohol.

A la mañana siguiente llamó a su secretaria y le dijo que no iría a trabajar el resto de la semana. Luego, apagó el teléfono para que nadie lo molestara. Durante los tres días siguientes, estuvo viendo películas, comiendo pizzas y bebiendo hasta quedarse dormido en el salón. Lo mismo hizo el sábado.

El domingo por la mañana era incapaz de soportar su compañía o su aspecto.

Una ducha y un afeitado lo animaron, junto a un zumo de naranja y una aspirina para la resaca. Después se fue a dar un paseo y estuvo pensando en el pasado, algo que nunca le había gustado demasiado. Para él, era equiparable a los análisis psicológicos o a las terapias en grupo. Había sobrevivido hasta entonces sin la ayuda de antidepresivos ni de asesores, consciente de que la gente de hoy en día lo consideraría un dinosaurio por su actitud respecto a la salud mental.

Ryan no tenía ninguna duda de que, si iba a un médico y le confiaba la verdad acerca de su infancia, se sorprendería de que hubiera llagado tan lejos sin desmoronarse. Su abuela lo había llevado a un psiquiatra después de la muerte de su madre, pero no le había contado todos los detalles vergonzosos de la vida y la muerte de su madre.

Había sido entonces cuando había decidido que lo superaría a su manera. Desde luego que, si no hubiera sido por el apoyo y el cariño de su abuela, no lo habría superado. También se daba cuenta de que al poco de la muerte de su madre, había estado a punto de perder el control. Pero endureciendo su corazón y negándose a tener vínculos sentimentales de ninguna clase, había conseguido seguir viviendo.

Mientras caminaba sin parar por el parque, se obligó a asumir el hecho de que Laura había hecho desaparecer sus defensas y había derretido su gélido corazón. El fingir que era solo atracción lo que había sentido por ella era una estupidez. Había sido amor sencillamente. Ninguna otra cosa podía explicar lo devastado que se sentía desde que el martes le hablara despiadadamente.

Enamorarse de Laura había sido una ironía porque ella no lo amaba. Cualquiera podía darse cuenta de eso. Había sido evidente su malestar ante la idea de tener un hijo suyo. Aunque sorprendido, en el fondo no le había desagradado esa posibilidad. Si al menos se hubiera dado cuenta en el momento...

Pero se daba cuenta ahora.

De vuelta a su apartamento, tomó una serie de decisiones y consiguió animarse. Seguramente no tenía muchas posibilidades de convencer a Laura de que había cambiado, pero estaba dispuesto a intentarlo.

El lunes por la mañana, Ryan seguía sin estar seguro de qué hacer. Podía llamar a Laura y decirle que la amaba, pero no funcionaría. Necesitaba más tiempo para pensar. También tenía que volver al trabajo. Por desgracia, tres días fuera de la oficina significaba que tendría muchas llamadas que devolver, una de ellas al jefe de Laura.

—Soy Ryan Armstrong —dijo cuando Greg Harvey estuvo al otro lado de la línea.

—Hola, Ryan, me alegro de que hayas llamado. Creo que necesitarás otro abogado ahora que Laura nos ha dejado.

—¿Cómo? ¿Que Laura se ha ido?

—¿No lo sabías? Pensé que te lo diría. Se despidió la semana pasada por razones personales.

—¿Qué razones personales?

—Creo que no hay motivo para que no lo sepas. Su abuela murió. Al parecer estaban muy unidas.

Ryan contuvo una exclamación de consternación.

—Le dijimos que se tomara un tiempo, pero dijo que necesitaba cortar. Sentimos perder una abogada como ella, pero la vida tiene que continuar, ¿no? Escucha, tenemos un nuevo empleado. Es brillante. ¿Qué te parece si te lo mando para que lo conozcas? Se llama Cory Sanderlan.

—Me parece bien, Greg, pero ahora mismo no. Tengo que salir y no volveré en todo el día. Esta semana llamaré a Cory.

—De acuerdo.

—Tengo que colgar, Greg.

No se fue de la oficina enseguida. Primero intentó llamar a Laura al móvil, pero lo tenía apagado. Después de dar varias vueltas, salió en busca de su secretaria.

—Judith, quiero que llames a la secretaria de Laura Ferrugia y que consigas el número de teléfono de su mejor amiga. Lo único que sé es que se llama Alison. Sé que lo que te pido es extraño, pero hazlo por mí, ¿de acuerdo?

—Claro.

Cinco minutos más tarde le entregó a Ryan un papel con un número de teléfono anotado.

—No quería dármelo. No me dijiste que Laura ya no

trabajaba allí. Tuve que decirle que era una emergencia.

–Es una emergencia.

–¿Te importa contarme algo más?

–Ahora mismo, no.

–No importa, no soy curiosa –dijo y volvió a su mesa.

Con el pulso acelerado marcó el teléfono y esperó que contestara. Al poco, oyó la voz de una mujer al otro lado de la línea.

–¿Hola?

–¿Es usted Alison?

–Sí, ¿quién es?

–Soy Ryan Armstrong.

–¿Qué demonios hace llamándome?

–Me acabo de enterar de lo de la abuela de Laura –contestó–. He estado llamando a Laura, pero su teléfono está apagado. Quisiera que me dijera si ya han enterrado a su abuela. Me gustaría ir al funeral.

–No creo que Laura quiera verlo allí.

–Aun así quiero ir.

–¿Por qué no la deja en paz? Aléjese de ella. No quiere tener nada con usted.

Ryan se dio cuenta de que, si quería conseguir a Laura, antes tendría que ganarse a su amiga.

–No quiere nada con el hombre que era antes –dijo Ryan–. Pero puede que quiera tener algo que ver con el hombre que soy ahora.

–¿Y qué es?

–Un hombre enamorado. Amo a Laura, Alison, y quiero casarme con ella. Tengo que saber cuándo será el funeral.

–Es hoy, dentro de un par de horas.

–¿Y no está con ella?

–Lo estaría si mi hijo pequeño no hubiera enfermado. Es asmático y tiene fiebre. No puedo dejarlo solo.

–Entiendo. ¿Dónde va a celebrarse, en la capilla de los jardines de Hunter Valley?

–Sí, ¿cómo lo sabe?

–Eso no importa. Si quiero llegar a tiempo, tengo que colgar.

–Sí, vaya. Y una cosa más, Ryan.

–¿El qué?

–Creo que Laura lo ama.

Una intensa felicidad inundó el corazón de Ryan.

–¿Por qué piensa eso?

–Me di cuenta al día siguiente de que se acostara con usted. Laura solo se acuesta con hombres a los que quiere. Es de esa clase de chicas.

Ryan sonrió. Esa era una de las razones por las que la quería.

–Tengo que colgar, Alison.

–Deprisa, Ryan. Laura lo necesita.

Tomó su chaqueta y enfiló hacia la puerta. Él también la necesitaba. Eran dos personas solitarias que habían sufrido en la vida, pero que no estaban dispuestas a darse por vencidas.

Laura estaba sentada en el primer banco de la capilla, tratando de no mirar el féretro de su abuela ni a la gran cantidad de flores amarillas que lo cubrían. Cada vez que miraba las rosas sentía ganas de llorar. Siempre habían sido las flores favoritas de Jane. Cuando Laura se fue a la universidad, su abuela le había comprado varios rosales para que los plantara en el jardín y así se acordase de ella.

«Como si necesitara algún recordatorio», pensó Laura con los ojos llenos de lágrimas.

Había llegado su turno para hablar y sintió miedo. Sus tíos Bill y Cynthia ya lo habían hecho. Era la última manera de expresarle su gratitud por todo lo que había hecho por ella. Llevaba una nota con lo que quería decir para no olvidarse de nada. En aquel momento se quedó mirando el papel arrugado y las palabras le parecieron inadecuadas.

Su tía Cynthia le dio un codazo y se levantó para dirigirse al estrado. Se las arregló para narrar la historia de su abuela, desde su nacimiento hasta que fue a la escuela. Habló del cariño de Jane por la vida en el campo y la jardinería. Luego hizo referencia a su matrimonio, destacando su papel como una esposa amante y leal, y madre devota.

Pero cuando llegó el momento de decir lo maravillosa que había sido como abuela, se le hizo un nudo en la garganta. Miró hacia abajo e intentó estirar el papel, pero lo veía todo borroso. Muerta de vergüenza, se quedó mirando el pasillo de la pequeña iglesia y de repente vio al último hombre de la Tierra al que esperaba ver en aquel momento, acercándose. ¿Qué estaba haciendo Ryan allí?

Sin dudarlo, subió al altar y le pasó el brazo por la cintura.

—Siento haber llegado tarde —dijo abrazándola—. Sin las precisas indicaciones de Jane, me he perdido —añadió, bajo la atenta mirada de Laura—. Como pueden ver, Laura está abrumada por la situación, algo comprensible teniendo en cuenta lo mucho que quería a su abuela. Así que voy a concluir por ella. Para aquellos que no me conozcan, me llamo Ryan Armstrong y soy el novio de Laura.

Ryan confiaba en que no le hubiera contado nada a su familia sobre su ruptura. Estaba seguro de que todavía no lo habría hecho, teniendo en cuenta lo orgullosa que era. Al mirarla a los ojos, se dio cuenta de que estaba en lo cierto. Además, el hecho de que consintiera que la rodeara con su brazo, se lo confirmaba.

—Apenas conocía a Jane —continuó—. Solo nos vimos una vez durante un corto fin de semana. Pero fue suficiente para darme cuenta de que era una de esas abuelas que hacían que el mundo fuera un lugar mejor para vivir, especialmente para sus nietos. Sé algo sobre esa clase de abuelas. Yo también tuve una así. Sé cómo se siente Laura y, en su nombre, quiero agradecerle a Jane, además de a todas esas increíbles abuelas, por su amor incondicional y su maravillosa sabiduría. Estoy seguro de que si Jane pudiera hablarnos ahora, nos diría que no la recordáramos con tristeza. Sé que estaba muy orgullosa de Laura y de toda su familia: de Bill, de Cynthia, de Shane y de Lisa. Os quería a todos mucho. También estaba muy orgullosa del sitio en el que vivía. Me enseñó los jardines de Hunter Valley y me dijo que era aquí donde quería que se celebrase su funeral. Tanto Laura como yo esperábamos que eso fuera dentro de unos años, pero no ha sido así. Ha sido un privilegio conocer a Jane. Adiós, querida abuela. Descansa en paz.

Ryan la abrazó con fuerza y la acompañó a su asiento, adivinando que estaba sentada junto a sus tíos en el primer asiento.

–Bien dicho, Ryan –dijo Bill, conteniendo las lágrimas.

Con el rostro escondido en un pañuelo, Cynthia era incapaz de decir nada.

Ryan también se sentía afectado. También sentía remordimientos por no haber vuelto a Australia para el funeral de su abuela. Si pudiera volver atrás en el tiempo... Todavía recordaba lo solo que se había sentido en aquel momento, al darse cuenta de que la única persona con quien siempre había podido contar, se había ido. Seguramente, Laura se sentía así.

Tenía que hacerle ver que podía contar con él, que no era el estúpido irresponsable que ella imaginaba que era. Al salir de la iglesia, Laura seguía sollozando.

Bill le explicó que su madre siempre había querido que la incineraran y que sus cenizas fueran esparcidas por sus rosales. Parecía un mejor final que acabar enterrado, pensó Ryan, aliviado por no tener que ir a un triste cementerio.

–¿Dónde será el refrigerio? –le preguntó a Bill.

–En casa. Supongo que Laura volverá en tu coche, ¿verdad?

–Sí, claro.

–Entonces, ahora nos vemos.

Laura fue con él hasta donde tenía el coche aparcado y no dijo anda hasta que se pusieron en marcha.

–Todavía no sé cómo te has enterado del funeral de mi abuela. Ni tampoco por qué has venido.

Ryan podía haberse inventado algo como que había visto la esquela en el periódico. Pero no quería hacer eso. Quería ser franco con Laura. Era la única forma de conseguir que confiara en él.

–Greg Harvey me dijo esta mañana que tu abuela había fallecido cuando me llamó para ofrecerme otro abogado. Te llamé de inmediato, pero tenías el teléfono apagado. Así que llamé a Alison y me contó dónde y cuándo sería el funeral.

–¿Alison? Pero no tienes su teléfono.

–Lo conseguí.

–Pero ¿por qué? –preguntó confundida.

–Porque te quiero, Laura –dijo mirándola a los ojos.

Laura se quedó boquiabierta a la vez que sus ojos se abrían como platos.

–Te quiero y quiero casarme contigo –añadió.

Pero sabía que una declaración de amor no era suficiente. ¿Cuántos hombres habían usado esas palabras para llevarse a una mujer a la cama? Él nunca había usado esa táctica, pero Mario y Brad sí.

–¿Quieres casarte conmigo? –repitió Laura, sorprendida ante su proposición.

–Sí, y también hijos. Lo quiero todo. Llevo días pensando en ello. Espero que tú también quieras.

Laura no podía creer lo que estaba escuchando. Era incapaz de contener la alegría que la embargaba. Su instinto le decía que Ryan no mentiría sobre algo tan serio como el matrimonio y los hijos.

De repente se dio cuenta de que debía de haberse dado cuenta de que se había enamorado de él. Se lo debía de haber dicho Alison. Su querida y romántica Alison era incapaz de resistirse a un final feliz, por muy extraña que fuera la pareja.

—¿Te ha dicho Alison que te quiero?

—Me dijo que creía que sí —admitió—. Pero hubiera venido de todas formas aunque no me lo hubiera dicho.

Por alguna razón, el que supiera que lo amaba, además de felicidad le producía dudas. Necesitaba comprender aquel cambio antes de aceptar a ciegas su increíble proposición. Necesitaba saber.

—Pero me dijiste que nunca te enamorarías, ni que te casarías ni tendrías hijos.

—Eso era antes de conocerte, Laura.

—No, lo dijiste después de conocerme. Lo dijiste más de una vez, advirtiéndome.

—Entonces no sabía que acabaría enamorándome de ti. No sabía lo que era enamorarse ni pensaba que fuera capaz de amar.

—¿Pero por qué pensabas eso? Todo el mundo es capaz de amar.

—Ahora lo sé, pero antes me negaba a que el amor entrara en mi vida.

—Tienes que decirme por qué, Ryan. Tienes que hacerme entender. Te amo más de lo que nunca pensé que sería posible. No puedo casarme contigo a menos que sepa por qué pensabas eso.

Él suspiró antes de sacudir la cabeza.

—Tienes razón, pero es que me cuesta mucho hablar de ello.

—Ryan, si de verdad me quieres, tienes que hablarme de tu pasado. Te prometo que nunca se lo contaré a nadie, ni siquiera a Alison.

Laura se dio cuenta de que le resultaba difícil sincerarse con ella. ¿Qué terrible trauma habría sufrido en su infancia para contener los sentimientos de aquella manera? Odiaba pensar que pudiera haber sufrido alguna clase de abuso, pero ¿qué otra cosa podía ser?

–Te quiero –repitió–, y siempre te querré a pesar de lo que me cuentes.

Al ver que seguía sin hablar, Laura se limitó a acomodarse en el asiento y no dijo nada más. La larga fila de coches avanzaba lentamente de camino a la casa, lo que le daba tiempo a Ryan de decidir si estaba dispuesto a confiar en ella o no.

–Mi madre no murió de cáncer. La asesinaron.

Laura contuvo una exclamación de sorpresa. No esperaba oír algo así.

–Y no fue ningún desconocido –continuó–. Fue mi padre, su marido. Era el hombre al que amaba y el que decía amarla.

–Oh, Ryan...

–Fui yo el que la encontró al volver del colegio. Estaba tumbada junto a la mesa de la cocina, en mitad de un gran charco de sangre.

–Dios mío...

–Me había preparado un bizcocho. Estaba sobre la mesa. Ese día cumplía doce años.

Laura cerró los ojos. Ningún niño debería pasar por aquello. Bastante tragedia le había parecido perder a sus padres a la vez. Pero había sido un accidente. Ellos no habían muerto asesinados.

–Él estaba sentado en el suelo, junto a ella, llorando. Yo... yo...

Cuando fue evidente que no pudo continuar, Laura puso su mano sobre la de él. Estaba aferrado al volante como si fuera su tabla de salvación.

–No hace falta que sigas contándome nada más. Ahora veo que tenías buenas razones para rechazar el amor, el matrimonio y la paternidad. Ya seguiremos hablando más tarde.

Ryan sacudió la cabeza.

–No, quiero contártelo ahora. Las palizas llevaban

años ocurriendo. A mí no me pegaba, salvo cuando intentaba defender a mi madre, aunque lo cierto es que solo intentaba apartarme. Era muy celoso. No la dejaba trabajar, ni salir de casa ni quería tener más bebés. Cuando yo tenía siete años se quedó embarazada y la acusó de tener una aventura, luego le dio puñetazos en el estómago hasta que lo perdió.

—Dios mío, eso es terrible, Ryan. Pero ¿nadie sabía lo que estaba pasando? ¿Algún vecino, tus abuelos?

—La violencia doméstica era algo muy común donde vivíamos. Muchos hombres estaban desempleados. Mi padre trabajaba de vez en cuando, pero no se podía confiar en él. Era un borracho. Vivíamos de la caridad. Y respecto a la familia, mi padre se negó a mantener relaciones con ellos, especialmente los de mi madre. Mamá me enseñó el nombre y la dirección de mi abuela e incluso escondió un dinero que ella llamaba «el dinero para huir». Pensé muchas veces en usarlo para escapar, pero era incapaz de dejarla sola con él. Le pedí que viniera conmigo, pero no estaba dispuesta.

—No creo que lo amase, Ryan, simplemente le tenía miedo.

—Se me pasó por la cabeza matarlo. Me habría gustado haberlo hecho.

—Imagino. ¿Qué le pasó? ¿Lo detuvieron por asesinato?

—Fue declarado culpable y condenado a veinte años. Pero unos meses más tarde, le dieron una paliza hasta matarlo. Parece que los otros prisioneros no eran muy amables con los asesinos de mujeres.

—Ahora te entiendo, Ryan. Te agradezco que hayas confiado en mí. Pero ahora preferiría que dejáramos el pasado y habláramos del futuro.

—La mujer que me ha robado el corazón. Ya es tuyo, amor mío.

—Todavía tengo que hacerme a la idea.

—No eres la única. Cuando me di cuenta de que te

quería, no supe qué hacer porque pensé que tú no me querías. ¿Cómo ibas a enamorarte de un hombre tan egoísta y egocéntrico como yo?

Laura gruñó.

–Me odié por decir eso porque no es lo que pienso. Creo que eres un hombre estupendo, decente y amable, con un corazón tierno. Fíjate en cómo hablaste de las abuelas en el funeral. Dijiste unas palabras muy bonitas.

–Entonces ¿tengo que suponer que vas a casarte conmigo?

–Cuando y donde quieras.

–¿Qué tal el día de Año Nuevo, aquí en la capilla favorita de Jane?

Laura sonrió.

–Me parece una buena idea.

# Epílogo

RECIBE el nombre de Marisa Jane Alison Armstrong –dijo el mismo sacerdote que había casado a Ryan y Laura once meses antes en la misma iglesia.

–Se ha portado muy bien –dijo Alison a Laura después de la ceremonia–. No ha llorado ni cuando el agua bendita le ha mojado la frente.

–Le encanta el agua –dijo Ryan orgulloso–. Ya la he apuntado a clases de natación para cuando tenga seis meses.

Alison y Laura se miraron.

–¿Y cuándo empezará las clases de fútbol? –preguntó el marido de Alison, guiñando un ojo.

–Nunca es demasiado pronto, Pete –respondió Ryan–. Cuatro o cinco años es una buena edad.

Laura todavía se sorprendía de lo buen padre que era Ryan. Nada más enterarse de que estaba embarazada, había insistido en que dejara de buscar trabajo y se relajara en casa, algo que no le había importado puesto que sus prioridades habían cambiado. Pero por su parte, ella lo había convencido para que la dejara seguir siendo su abogada. Le encantaba ir a su oficina los viernes a las tres.

–Todo el mundo a casa a tomar algo –dijo Cynthia.

Eran pocos los invitados al bautizo: Alison y Peter, Lisa y Shane y Bill y Cynthia. Habían decidido que, al contrario que su boda, la ceremonia fuera íntima. Ryan y Peter habían congeniado muy bien y se habían hecho grandes amigos en el último año.

–Sígueme –le dijo Ryan a Peter mientras se dirigían hacia donde tenían los coches aparcados–. No es fácil encontrar la casa de Bill y Cynthia. Iré despacio para que puedas seguirme.

Ryan se tomó su tiempo para acomodar a su familia en su nuevo coche, un Lexus de cuatro puertas que había comprado unos meses antes, cambiando su preciado BMW.

–Son una pareja encantadora –dijo Ryan de camino–, pero malcrían a sus hijos. ¿Has visto cuántos juguetes tienen? Me aseguraré de que Marisa aprenderá el valor del dinero y del trabajo.

–¿No vas a ser un padre controlador, verdad?

–Odio a esa clase de gente. Pero te sugiero una cosa para que no malcriemos a nuestra princesa.

–¿De qué se trata?

–Tengamos otro hijo.

–¿Tan pronto?

–¿Para qué esperar? La vida es corta, Laura.

–Tienes razón –dijo Laura, acordándose de su abuela–. Es una buena idea.

–Todas mis ideas son buenas.

–Oh, Ryan, eres incorregible. Pero no importa, te quiero igual.

–Por eso te quiero tanto, querida.

–¿Por?

–Porque tu amor es incondicional.

BIANCA.™

CHANTELLE SHAW

# UNA AVENTURA EN EL PARAÍSO

HARLEQUIN™

BELLE Andersen sacó el teléfono móvil del bolso y leyó el mensaje de texto que había recibido de Larissa Christakis, que le explicaba cómo llegar a la isla griega propiedad de su hermano Loukas.

*Como voy a casarme en Aura, sería estupendo que pudieses venir a la isla a trabajar en el diseño de mi vestido, para que pudieses hacerte a la idea del entorno. Puedes tomar el ferry en el puerto de Lavrion en Atenas hasta la isla de Kea. Dime a qué hora tienes planeado llegar y me aseguraré de que te esté esperando un barco para traerte a Aura.*

Hacía diez minutos que había llegado el ferry y ya estaban desembarcando los últimos pasajeros. En el muelle había varias barcas de pesca, que se balanceaban suavemente sobre el mar color cobalto que reflejaba el cielo azul. El pequeño puerto de Korissia era un lugar pintoresco. Ante él se alineaban las casas blancas y cuadradas, con tejados color terracota, y detrás de estas se levantaban las montañas, bañadas con los alegres colores de las flores silvestres.

Belle apreció la belleza de aquel lugar, aunque, después del vuelo de cuatro horas a Atenas y otra hora más en ferry, estaba deseando llegar a su destino. Tal vez alguna de aquellas barcas de pesca estuviese allí para recogerla. Se hizo sombra con la mano y vio a un grupo de pescadores charlando, ajenos a ella. Los demás pasajeros del ferry se fueron hacia la ciudad. Belle suspiró, tomó sus maletas y echó a andar hacia los pescadores.

El cálido sol de mayo era una delicia, en comparación con el frío que había dejado atrás en Londres. Hizo una mueca al recordar la reacción de su hermano Dan cuando le había contado que iba a pasar una semana en Grecia, mientras él se quedaba en la vieja casa flotante que tenían en el Támesis.

—Al menos, piensa en mí mientras estés codeándote con algún multimillonario griego en ese paraíso —había bromeado—. Mientras tú te pones crema solar, yo estaré poniéndole parches al barco, otra vez, antes de irme a Gales a una sesión de fotos.

—Voy a trabajar, no a tomar el sol —le había respondido ella—. Y no creo que tenga la oportunidad de estar con Loukas Christakis. Larissa me dijo que su hermano pasa mucho tiempo en las oficinas centrales de la empresa, en Atenas, o visitando proyectos por todo el mundo. Hasta decidieron la fecha de la boda de acuerdo con la agenda de Loukas. Al parecer, solo tenía libre la última semana de junio.

Belle frunció el ceño mientras seguía andando por

el muelle. Larissa le había mencionado en múltiples ocasiones a su hermano, y era evidente que lo adoraba, pero ella tenía la impresión de que Loukas Christakis era un hombre acostumbrado a salirse siempre con la suya, y que Larissa se sentía intimidada por él.

Incluso el hecho de que ella tuviese que diseñar y hacer el vestido de novia de Larissa, así como los de sus dos testigos, en cinco semanas en vez de en los seis meses que solía necesitar era, en parte, culpa de Loukas. Aunque él no tenía la culpa de que el primer diseñador al que había acudido su hermana la hubiese dejado tirada. Larissa no le había dado detalles al respecto, pero la insistencia de Loukas de que la boda siguiese celebrándose a finales de junio debía de haberla presionado mucho. De hecho, había estado a punto de ponerse a llorar cuando había ido a verla al estudio, y se había sentido muy aliviada cuando Belle le había asegurado que podría tener el vestido a tiempo.

Frunció el ceño todavía más al recordar cómo le había temblado la voz al pedirle que fuese a Aura a empezar el diseño. Belle todavía no conocía a Loukas Christakis, pero ya le caía mal.

Se dijo que no era justo que su relación con John Townsend, el hombre dominante que había creído que era su padre, influyese en su manera de ver a otros hombres. Seguro que el hermano de Larissa era encantador. Al menos, así se lo parecía a muchas mujeres, a juzgar por lo que decían de él en la prensa del corazón.

Una lancha motora que surcaba el mar captó su

atención. La vio aminorar la marcha y acercarse al muelle. Era un barco que llamaba la atención, pero lo que hizo que a Belle se le acelerase el corazón no fue la lancha, sino el hombre que la conducía.

Cuando Larissa le había dicho que alguien iría a recogerla para llevarla a Aura, a Belle ni se le había pasado por la cabeza que pudiese tratarse de Loukas Christakis en persona. Las fotografías que había visto de él en periódicos y revistas no le hacían justicia. Tenía el mismo pelo moreno y grueso, el mismo rostro cincelado, los mismos labios sensuales, pero una fotografía no podía captar su aura de poder, el magnetismo que irradiaba, que hacía imposible apartar la vista de él.

–¿Es Belle Andersen? –le preguntó con voz profunda y grave.

Ella sintió calor.

–Sí –balbució con el corazón latiéndole a toda velocidad mientras él amarraba la motora al muelle.

–Soy Loukas Christakis –se presentó él, acercándose con paso seguro.

Era muy alto, tenía las piernas largas, enfundadas en unos vaqueros desgastados. La camiseta negra marcaba un abdomen fuerte y musculoso y el cuello en V revelaba un torso moreno y cubierto de bello oscuro.

¡Era impresionante! Belle tragó saliva. Era la primera vez en su vida que se sentía así delante de un hombre. Tenía el corazón acelerado y le sudaban las palmas de las manos. Quería hablar, hacer algún comentario banal acerca del tiempo para romper la ten-

sión, pero tenía la boca seca y, al parecer, su cerebro
había dejado de funcionar. Deseó que él no llevase
gafas de sol. Tal vez, si pudiese verle los ojos, le im-
pondría menos respeto.

La profesionalidad llegó por fin al rescate y Belle
le tendió la mano.

—Encantada de conocerlo, señor Christakis —murmuró—. Larissa me habló de usted cuando estuvo en
mi estudio de Londres.

Belle tuvo la sensación de que él dudaba un instante antes de darle la mano. Lo hizo con firmeza, y
ella volvió a ser consciente de su poder y de su fuerza.

Luego le soltó la mano, pero en vez de apartarse,
la agarró del brazo.

—Es un placer, señorita Andersen —respondió él
con cierta impaciencia—. Necesito hablar con usted.
¿Le importa si buscamos algún sitio donde podamos
sentarnos?

Sin esperar su respuesta, tomó la mayor de sus
maletas, se la metió debajo del brazo y echó a andar
por la carretera, hacia un bar que tenía terraza. Belle
intentó seguir su paso a pesar de los tacones.

Cuando llegaron a la terraza, Loukas le ofreció
una silla y luego se sentó enfrente de ella, pero Belle
había ido a Grecia a trabajar, no a disfrutar del sol, y
estaba deseando empezar.

—Señor Christakis...

—¿Qué desean? —preguntó un camarero.

Loukas le habló en griego y la única palabra que
entendió Belle fue *«retsina»*, que sabía que era «vino».

—Yo quiero un zumo, por favor —dijo enseguida.

El camarero miró a Loukas, casi como si le estuviese pidiendo permiso para llevarle el zumo a Belle. Esta se miró el reloj y vio que hacía ocho horas que había salido de casa. Tenía calor, estaba cansada y no estaba de humor para complacer a un hombre con un ego descomunal.

–Señor Christakis, la verdad es que no quiero tomar nada –le dijo en tono seco–. Me gustaría ir directamente a Aura. Su hermana me ha encargado el diseño de su vestido de novia y, dado que solo tengo un mes de plazo, necesito ponerme a trabajar de inmediato.

–Sí... –dijo él, quitándose las gafas de sol y mirando a Bella con frialdad–. De eso es de lo que quiero hablarle.

Tenía los ojos de color piedra, la mirada dura e intransigente. Belle se sintió decepcionada al darse cuenta de que no había calor en ella. ¿Cómo había podido pensar que la atracción que sentía por él podía ser recíproca? Y todavía era más ridículo que hubiese deseado que lo fuera. Intentó apartar aquella idea de su mente y se obligó a mirarlo a los ojos, consciente de la rapidez con la que le latía el corazón al estudiar sus cejas oscuras, su nariz prominente y sus generosos labios. La barba de dos días hacía que fuese todavía más atractivo.

Belle se preguntó cómo serían sus besos. Y le sorprendió podérselos imaginar con tanta claridad.

Loukas frunció el ceño y la miró de manera especulativa. ¿Le habría leído el pensamiento? Avergonzada, Belle se ruborizó. Todo en él rebosaba arrogancia. Sin duda, estaba acostumbrado a tener aquel efecto en las mujeres. «Tierra, trágame», pensó ella.

La vida estaba resultando ser sorprendentemente difícil. Loukas frunció el ceño, irritado, al observar a la mujer que tenía delante y ver cómo se ruborizaba. Tenía que haberle resultado sencillo informar a Belle Andersen de que había habido un cambio de planes y ya no requerían sus servicios. Después, le habría firmado un cheque para compensarla por los gastos del viaje y la habría mandado de vuelta a Atenas. En su lugar, se quedó hipnotizado con sus ojos azules, bordeados por unas largas pestañas de color castaño y de una vulnerabilidad inquietante.

No había esperado que fuese tan guapa. Y lo que todavía le sorprendía más era cómo había reaccionado al verla. Se pasaba la vida rodeado de mujeres bellas. Salía con modelos y glamurosas mujeres de la alta sociedad, y las prefería altas, esbeltas y sofisticadas. Belle era menuda, como una muñeca, pero desde que la había visto en el muelle, no había logrado apartar los ojos de su exquisito rostro.

Sus rasgos eran perfectos: los ojos azules y brillantes, la nariz pequeña, los pómulos marcados y unos suaves labios rosados muy tentadores. Llevaba el pelo escondido debajo del sombrero de ala ancha, pero teniendo en cuenta que tenía la tez clara, debía de ser rubia. El sombrero color crema con el ribete negro era el complemento perfecto para el traje de chaqueta y falda que llevaba puesto. Unos tacones negros y un bolso del mismo color completaban el conjunto.

Loukas se preguntó si iría vestida con una de sus creaciones. Si era así, tal vez no mereciese la pena preocuparse por el vestido de novia de Larissa. Apartó aquella idea de su mente, Belle Andersen era una desconocida. La noche anterior, después de que su hermana le hubiese anunciado que había escogido a otra diseñadora para su vestido de novia, Loukas había hecho una búsqueda en Internet y se había enterado de que la empresa de esta, Wedding Belle, casi no había obtenido beneficios el año anterior y contaba con escaso capital.

Loukas sabía que, en parte, era responsable de que su hermana no tuviese vestido a cinco semanas de la boda. Tenía que haberse informado y haber sabido que Toula Demakis, la diseñadora griega a la que le había encargado el vestido, estaba al borde de la quiebra, pero había estado de viaje cuando su hermana había ido a ver a Toula y le había pagado el importe completo del vestido por adelantado.

¿Era culpa suya que su hermana fuese tan ingenua, tan idealista? En cualquier caso, Larissa lo era todo para él. Había hecho el papel de padre con ella durante casi toda su vida y tal vez la protegiese en exceso. Con la inminente boda, había decidido hacerse cargo de la situación y le había pedido a su amiga e internacionalmente conocida diseñadora de moda, Jacqueline Jameson, que le hiciese el vestido de novia, sin saber, hasta la noche anterior, que su hermana ya se había puesto en contacto con otra diseñadora.

Tal vez fuese injusto sospechar de la señorita Andersen solo porque Toula Demakis les hubiese salido rana, pero él, al contrario que su hermana, nunca confiaba en nadie. Era una lección que había aprendido por las malas, y que le había sido de gran utilidad tanto en su vida privada como en los negocios. Tal vez se pudiese confiar en aquella diseñadora inglesa, pero quedaba muy poco tiempo para la boda y no podía arriesgarse.

Se inclinó hacia delante y estudió los delicados rasgos de Belle. Era muy atractiva, pero él solo debía pensar en su hermana. Aquella inesperada atracción era intrascendente y estaba seguro de que se olvidaría de ella un par de minutos después de que hubiese vuelto a subirse al ferry. No obstante, era una pena. En otras circunstancias no habría perdido ni un momento en intentar seducirla...

Belle deseó que Loukas Christakis dejase de mirarla así. Cada vez se sentía más acalorada y, en cuanto les hubieron llevado las bebidas, se tomó su zumo de un trago.

–Veo que al final sí que tenía sed –comentó él en tono seco.

Ella se ruborizó.

–Llevo todo el día viajando –comentó.

–Se lo agradezco... Y sé que lo último que quiere oír ahora es que el viaje era innecesario, pero me temo que debo informarle de que mi hermana ha escogido a otra diseñadora para que le haga el vestido de novia y ya no requiere sus servicios.

Durante unos segundos, Belle lo miró fijamente, en silencio.

–Pero...

–Espero que esto sea suficiente para compensar el dinero y el tiempo gastados –continuó Loukas, abriendo la cartera y tendiéndole un trozo de papel.

Aturdida, Belle tomó el cheque. La cifra escrita en tinta negra cubría los gastos del viaje cien veces, pero no pudo aliviar su decepción.

–No lo entiendo –admitió despacio–. Ayer mismo recibí un mensaje de texto de Larissa en el que me decía lo emocionada que estaba porque yo fuese a diseñarle el vestido, y que estaba deseando que llegase. ¿Me está diciendo que ha cambiado de opinión?

Vio dudar a Loukas, pero su respuesta fue:

–Me temo que sí.

Belle no supo qué decir. Sintió que le faltaba el aire, como si alguien le hubiese dado un puñetazo en el estómago. Miró fijamente el cheque y notó que se le nublaban los ojos.

No podía llorar, pero iba a hacerlo. La boda de Larissa era el mayor acontecimiento social del año.

Loukas Christakis era uno de los hombres más ricos de Grecia y mucha gente importante iba a asistir a la boda de su única hermana.

–En realidad, no conozco ni a la mitad de los invitados –le había confesado Larissa a Belle–. Si te soy sincera, habría preferido algo más íntimo, pero sé que Loukas está decidido a convertir mi boda en el día más memorable de mi vida, así que no puedo quejarme.

Aquel encargo habría dado mucha publicidad a Wedding Belle, le habría granjeado otros pedidos y la habría ayudado a devolver el préstamo al banco.

Pero Belle se dio cuenta de que no solo estaba decepcionada porque había perdido una oportunidad de negocio, sino porque Larissa le había caído bien desde el principio y pensaba que la sensación había sido mutua. Por eso no entendía que hubiese cambiado de opinión. No tenía sentido.

Frunció el ceño al recordar algo que Larissa le había dicho cuando había estado en su estudio:

—Loukas quiere que sea Jacqueline Jameson quien me haga el vestido.

Belle conocía a Jacqueline Jameson y sabía que era una de las diseñadoras favoritas de las actrices de Hollywood.

Miró con desconfianza al arrogante hombre que tenía sentado delante y se preguntó si Loukas se habría salido con la suya. ¿Habría presionado a su hermana para que se decidiese por la diseñadora que le gustaba a él?

Solo había una manera de averiguarlo, y era preguntándoselo a Larissa. Así que Belle sacó el bolso y tomó su teléfono.

Se dio cuenta de que, al otro lado de la mesa, Loukas ya no parecía tan relajado y que la observaba atentamente.

—¿Tiene que hacer una llamada ahora? —inquirió, frunciendo el ceño.

–Tenía un acuerdo con su hermana –le informó ella–. Solo me gustaría comprobar que Larissa está decidida a encargar su vestido de novia a otro diseñador. Eso, si es que ha sido ella la que ha tomado la decisión.

# Capítulo 2

**N**O ES necesario implicar a mi hermana en esto.

Belle dio un grito ahogado cuando Loukas se inclinó por encima de la mesa y le quitó el teléfono de la mano. Intentó sujetarlo, pero no pudo.

–¿Cómo se atreve? Devuélvamelo. ¿Qué quiere decir con eso de que no es necesario implicar a su hermana? Al fin y al cabo, se trata de su boda, ¿o es que se le ha olvidado?

Loukas entrecerró los ojos ante aquel tono de voz. Muchos años atrás había sido un inmigrante pobre, que había vivido en una de las peores zonas de Nueva York, pero en esos momentos era un multimillonario y estaba acostumbrado a que todo el mundo lo tratase con cierta deferencia.

–Sé lo que es mejor para mi hermana. Y, con el debido respeto, señorita Andersen, estoy casi seguro de que no es usted.

Belle parpadeó, sorprendida por aquella arrogante afirmación. No obstante, había pasado muchos años con un hombre parecido, al que tenía la suerte de no tener que seguir llamando «padre», y se negaba a dejarse intimidar por ningún otro.

–Larissa no ha cambiado de opinión, ¿verdad? –lo retó–. Usted ha decidido que Jacqueline Jameson le haga el vestido. ¿Por qué? ¿Acaso ha visto alguno de mis vestidos? ¿Por qué está tan seguro de que no puedo hacerle a Larissa el vestido de novia perfecto?

Loukas apretó la mandíbula, pero tuvo que reconocer que, en cierto modo, aquella mujer tenía razón.

–No, no he visto nada de su trabajo –admitió.

A pesar de su enfado, Bella no pudo evitar posar la mirada en sus anchos hombros. Debía de hacer mucho deporte. Tenía la piel bronceada y los antebrazos cubiertos por un fino bello oscuro. ¿Cómo serían sus abrazos?

De repente, se dio cuenta de que Loukas le estaba hablando otra vez y tuvo que obligarse a dejar de pensar en su sensual cuerpo.

–Pero tiene razón, preferiría que fuese Jacqueline quien le diseñase el vestido a Larissa. Es mi amiga, además de ser una diseñadora aclamada internacionalmente. De usted no he oído hablar –le dijo sin más–. Solo sé que Wedding Belle existe desde hace tres años. Si le soy sincero, no sé si tiene la experiencia necesaria para diseñar el vestido de novia de mi hermana en el plazo de tiempo del que disponemos. Jacqueline lleva en el negocio veinte años, y sé que puedo confiar en ella.

–Puedo hacerlo, si me da la oportunidad –replicó ella, inclinándose hacia delante, con los ojos clavados en Loukas–. Estoy preparada para trabajar noche y día en el vestido con el que Larissa sueña. Ella me escogió a mí. Supongo que eso tendrá que contar

algo, ¿no? Es una mujer adulta que debe tener libertad para tomar sus propias decisiones. ¿Qué derecho
tiene usted a organizar toda su vida?

–A mi hermana ya la ha defraudado la primera diseñadora que escogió. He sido yo quien ha pasado
días consolándola, así que creo que tengo derecho a
asegurarme de que no se repita –replicó Loukas–.
Imagino que usted tendría la esperanza de que este
encargo aumentase su negocio, pero le he pagado una
cantidad importante para recompensarla por el tiempo
perdido hoy.

Belle bajó la vista al papel que tenía entre las manos.

–¿Así que este cheque es, en realidad, un so-
borno? –preguntó consternada, entendiendo por fin
el motivo de aquella generosa cantidad–. Espera que
acepte el dinero y me vuelva a Inglaterra. Así, Larissa no tendrá elección y tendrá que acceder a que
Jacqueline Jameson le haga el vestido y usted se habrá salido con la suya. ¡Dios mío! ¿Qué es? ¿Un fanático del control?

Loukas golpeó la mesa con tanta fuerza que Belle
se sobresaltó.

–Me niego a disculparme por querer proteger a mi
hermana –rugió–. Confió en Toula Demakis, pero
esta se marchó con su dinero. Solo faltan cinco semanas para la boda y no pienso arriesgarme a que
vuelvan a engañar a Larissa.

–Es cierto que Wedding Belle no está funcionando
tan bien como esperaba cuando empecé –admitió ella
con toda sinceridad–, pero ahora mismo hay muchos

negocios con dificultades debido a la recesión económica.

Era evidente que Loukas quería proteger a su hermana, pero a Belle le parecía que, como John Townsend, también tenía la necesidad de que las cosas se hiciesen siempre a su manera. No merecía la pena intentar convencerlo de que la escuchase, pero tenía que hacerlo.

–No puedo negar que una boda así ayudaría mucho a mi negocio, pero no es por eso por lo que quiero hacer el vestido de Larissa –empezó–. Me gusta lo que hago. Los vestidos de novia no son solo un trabajo, son mi pasión, y aunque la boda de Larissa fuese íntima y no despertase ningún interés en los medios de comunicación, me haría la misma ilusión que me hubiese escogido a mí como diseñadora.

Rompió el cheque por la mitad y se lo tendió por encima de la mesa.

–No me interesa su dinero. Quiero diseñar el vestido de Larissa porque me cae bien. Conectamos de inmediato cuando vino al estudio y estoy deseando enseñarle mis ideas.

Lo miró fijamente a los ojos con la determinación de convencerlo.

–Deme una oportunidad, señor Christakis, le prometo que no defraudaré a su hermana.

Loukas se fijó en que tenía los ojos del mismo azul que el cielo en un día de verano. No podía apartar la vista de su rostro. Estaba tan fascinado con su manera de expresarse, con cómo movía las manos al hablar... Le recordaba a una bella y frágil mariposa, y estaba seguro de que, si intentaba atraparla, se le escaparía.

¿Por qué estaba disfrutando con semejante tontería? Se sentía cautivado por Belle Andersen. Se la imaginó tumbada en su cama, desnuda, con las mejillas sonrojadas y aquellos increíbles ojos azules oscurecidos por el deseo.

Tenía la piel suave como la porcelana y sus labios rosados eran una tentación difícil de resistir. Había tensión sexual entre ambos y las voces de los demás clientes del bar se fueron apagando a su alrededor.

–¿Está casada, señorita Andersen? –le preguntó, acercándose más.

Ella cerró los ojos un instante, tomó aire.

–No... no. No estoy casada –balbució–. ¿Por qué me lo pregunta?

–Me preguntaba si su pasión... –dijo él, bajando la vista a sus labios un instante– por el diseño de trajes de novia se debía a su propia experiencia como novia.

Belle negó con firmeza.

–Lo que me apasiona es el arte y la creatividad. Me inspiro en la historia. En estos momentos estoy especialmente influenciada por la suntuosa extravagancia del palacio de Versalles en la época de Luis XIV, una de las más extraordinarias muestras del arte francés del siglo XVIII. Lo he visitado en varias ocasiones y he sacado ideas que he incorporado a mis diseños. Aspiro a transformar las imágenes de mi cabeza y realizar vestidos increíblemente bellos, pero que una pueda ponerse. Pienso que una novia necesita estar cómoda en su gran día y segura de que el vestido también va a ser práctico...

Se interrumpió y sonrió al darse cuenta de que había hablado sin parar.

–Ya ve –añadió, incómoda–. Me temo que tiendo a dejarme llevar por la pasión.

En el silencio que siguió, Belle fue consciente de la tensión que había entre ambos.

Loukas pensó que la pasión de Belle por el diseño era indiscutible, y que a él le era imposible apartar la vista de su rostro. ¿Y si lo mejor era confiar en Larissa?

–¿Cómo la conoció mi hermana? –preguntó con brusquedad.

–Vio algunos de mis vestidos en la revista de moda *Style Icon*.

Loukas arqueó las cejas sorprendido.

–Debe de ser más conocida de lo que pensaba, para llamar la atención de esa revista.

–Bueno, en realidad, fue en parte cuestión de suerte –le explicó Belle con sinceridad–. Mi hermano estaba trabajando en un reportaje fotográfico para la revista. No sé si habrá oído hablar de él, es Dan Townsend. Últimamente se está haciendo muy conocido como fotógrafo de moda. Cuando uno de los diseñadores no se presentó, Dan convenció al director de la revista de que utilizase algunos de los vestidos de mi colección.

Muy a su pesar, Loukas se sintió cada vez más intrigado por aquella mujer.

–¿Por qué utilizan su hermano y usted apellidos diferentes?

Belle dudó. Aunque la verdad no tenía por qué avergonzarla. El hecho de ser hija ilegítima no era culpa suya.

—Porque somos de padres distintos.

Aquella era una de las cosas que la habían entristecido al enterarse de que John no era su padre biológico, aunque Dan había insistido en que no importaba.

—Sigues siendo mi hermana, aunque en realidad seamos hermanastros —le había dicho cariñosamente—. Y, míralo por el lado bueno, al menos no tienes nada que ver con el hombre más desagradable del mundo. Yo tendré que seguir viviendo sabiendo que, cuando mamá decidió seguir casada con mi padre, tú perdiste la oportunidad de conocer al tuyo.

Y ya nunca lo haría, puesto que su madre se había llevado aquel secreto a la tumba.

No obstante, no podía enfadarse con su madre. Gudrun se había visto obligada a tomar una decisión muy dura, ya que John la había amenazado con llevarse a Dan si rompía su matrimonio.

Y ella había antepuesto el amor que sentía por su hijo a su felicidad personal. No obstante, eso había hecho que Belle sufriese mucho de niña, al no entender por qué el hombre que creía que era su padre, parecía despreciarla.

Y todo porque su madre se había casado con el hombre equivocado.

Ella jamás cometería el mismo error. Le encantaba diseñar vestidos de novia, pero la idea de abandonar su independencia por un hombre no le gustaba lo más mínimo. «En especial, por un hombre como Loukas Christakis», pensó.

Estaba perdiendo el tiempo. Se terminó el zumo que le quedaba, dejó el vaso en la mesa y tomó su bolso.

–De acuerdo, señor Christakis. Usted gana. Tomaré el siguiente ferry de vuelta a Atenas y, con un poco de suerte, allí podré tomar un vuelo de vuelta a Londres esta misma noche –le dijo–. ¿Le importa si inventamos una excusa para Larissa? ¿Le puede decir que me ha surgido una emergencia familiar o algo así? No quiero que piense que le he fallado sin más.

Loukas no respondió inmediatamente, y en el silencio que siguió, no dio ninguna pista a Belle acerca del recorrido de sus pensamientos.

–¿Le importa lo que piense Larissa? –preguntó por fin.

–Por supuesto –contestó esta–. Su hermana es una persona encantadora y odiaría que pensase que la he dejado tirada, como la primera diseñadora. Sé que no es asunto mío, pero me parece que se equivoca al interferir así en su vida, aunque lo haga con la mejor intención. La frontera entre querer protegerla y controlarla es muy delgada, y verá como, al final, Larissa se enfadará si no le permite que tome sus propias decisiones.

–Tiene razón, mi relación con mi hermana no es asunto suyo –rugió él, molesto.

No quería controlar a Larissa, aquello era ridículo. Solo quería que todo saliese lo mejor posible y cuidar de ella.

No pudo evitar pensar en lo que le había dicho su padre en el lecho de muerte: que tenía que ser un hombre y cuidar de su madre y de su hermana. Por aquel entonces, había tenido solo dieciséis años y se había sentido aterrado con aquella responsabilidad.

Dos años más tarde, su madre había fallecido de un cáncer y también le había encargado que cuidase de Larissa.

¿Cómo se atrevía Belle Andersen a criticarlo?, se preguntó furioso. No tenía ni idea de cómo se había sentido con dieciocho años, sabiendo que era responsable de su hermana de seis. La vida había sido dura y había pasado muchas noches en vela, asustado, pensando que no iba a ser lo suficientemente fuerte como para aguantar.

Era normal que protegiese a Larissa en exceso. Había aprendido lo peligroso que podía ser el mundo al presenciar el asesinato de su padre, pero no pudo evitar darle vueltas a la idea de que Larissa pudiese enfadarse con él por ese motivo. Recordó lo emocionada que había visto a su hermana al contarle que Belle iba a ir a Aura a diseñar su vestido de novia.

Juró en silencio. Tal vez Belle tuviese razón al decir que Larissa debía tomar sus propias decisiones. Tal vez había llegado el momento de que él aprendiese a dar un paso atrás y aceptase que su hermana ya no era una niña. Además, ¿qué podía salir mal? Belle estaría en Aura, bajo su atenta mirada. Le había dicho que estaba dispuesta a trabajar día y noche para terminar el vestido de Larissa, y él se aseguraría de que cumpliese su promesa.

Una vez más, bajó la mirada a su boca y notó cómo su cuerpo se tensaba de deseo. No podía negar la atracción que sentía por ella y, además, sabía que esta era mutua.

Belle se levantó de la mesa y le tendió la mano.

–Devuélvame mi teléfono, por favor –le pidió airadamente–. Necesito llamar al aeropuerto para ver si puedo cambiar el vuelo de vuelta.

Él se puso las gafas de sol y se levantó antes de devolvérselo. Sus dedos solo le rozaron la palma de la mano un par de segundos, pero Belle notó un cosquilleo por todo el brazo y apartó la mano tan deprisa que estuvo a punto de dejar caer el teléfono. Tenía calor por todo el cuerpo y no podía sentir más atracción. Se obligó a tranquilizarse.

Era tan alto, tan fuerte, tan masculino. Tal vez volver a casa fuese lo mejor, ya que parecía que era incapaz de controlar la respuesta de su cuerpo ante Loukas. Tenía los pezones tan duros que estaba segura de que se le marcaban a través de la fina chaqueta.

Con el rostro colorado, cruzó los brazos y empezó a buscar el número del aeropuerto en la memoria del teléfono.

–Deje de perder el tiempo y venga conmigo ahora si quiere que la lleve a Aura.

Ella levantó la cabeza y vio que Loukas ya tenía en la mano la mayor de sus maletas y estaba tomando la otra.

–Espere... –dijo, echando a correr detrás de él, que ya había salido de la terraza–. No lo entiendo.

Por fin llegó a su lado.

–¿Quiere decir que puedo hacer el vestido de Larissa? –le preguntó, confundida–. ¿No le preocupa que deje tirada a su hermana, como la tal Toula, y se quede sin vestido de novia?

–No, no me preocupa nada de eso.

Habían llegado al muelle y Loukas dejó las maletas en la motora antes de girarse hacia ella.

–Tengo plena confianza en que diseñará el vestido de novia con el que mi hermana sueña y la hará muy feliz. Porque, si no... –le advirtió, dedicándole una dura sonrisa– tendrá que responder ante mí.

Belle estuvo a punto de perder los nervios en ese momento. Loukas Christakis no era solo ofensivo y arrogante, también era un matón al que le gustaba mangonear a la gente, pero a ella ya la había tratado así John Townsend durante toda su niñez y no iba a volver a permitirlo.

–¿Me está amenazando, señor Christakis? –inquirió, poniéndose en jarras y deseando fervientemente ser más alta y no tener que levantar la cabeza para mirarlo a los ojos.

–Solo le estoy haciendo una advertencia –le dijo él en tono suave–. Decepcióneme y, sobre todo, decepcione a Larissa y le prometo que no volverá a conseguir ningún tipo de apoyo económico para Wedding Belle.

Ella supo que hablaba en serio y que, con su riqueza y su poder, podría acabar con su pequeña empresa con la misma facilidad con la que aplastaba una hormiga con el zapato.

–¿Qué? ¿Viene? No tengo todo el día.

Belle deseó decirle algo muy feo, pero lo cierto era que necesitaba aquel trabajo para devolverle el préstamo al banco.

Con los tacones y la falda de tubo, no podía subir al barco sin su ayuda. A regañadientes, se inclinó hacia delante para tomar su mano y dio un grito cuando Loukas, sin paciencia, la agarró por la cintura y la levantó del suelo.

Belle notó humedad entre los muslos al estar pegada a su musculoso torso y a sus fuertes muslos. Y tuvo que respirar hondo cuando la dejó en el barco.

–Gracias –le dijo con frialdad–, habría podido hacerlo sola, señor Christakis...

–Tonterías –la interrumpió él–. Eso es imposible con esos ridículos zapatos. Y será mejor que empieces a llamarme Loukas. Mi hermana estaba emocionada con la idea de tenerte en Aura, y querrá ver que nos llevamos bien... Belle.

Ella se estremeció al oír cómo decía su nombre y su sonrisa le cortó la respiración e hizo que le temblasen las rodillas.

–Agarra bien el sombrero antes de que se lo lleve el viento –le advirtió Loukas, quitándoselo de la cabeza y dejando al descubierto una cascada de pelo rubio que le llegaba casi a la cintura.

La brisa le puso un par de mechones en la cara y él no pudo contenerse, levantó la mano y se los apartó de la mejilla. El tiempo se detuvo. A Belle dejó de latirle el corazón mientras se perdía en sus ojos grises oscuros, que ya no eran tan fríos y duros como el acero, sino que brillaban con un calor que delataba el deseo de Loukas de tomarla entre sus brazos y devorarla con salvaje pasión.

¿Cómo podía sentirse atraída por él, si era todo lo que odiaba? Se dijo que era solo algo físico, una reacción química que no podía controlar, aunque tendría que ignorar la atracción que sentía por Loukas si no quería pasarse la siguiente semana como una adolescente enamorada.

El motor del barco empezó a rugir y ella se agarró a su asiento mientras se alejaban del muelle e iban en dirección a Aura. De repente sintió pánico y tuvo la sensación de que su vida jamás volvería a ser la misma cuando entrase en los dominios de Loukas Christakis.

# Capítulo 3

**E**STA PARTE de Aura está, en su mayoría, cubierta de bosques –le explicó Loukas al acercarse a la isla.

No había playa. Los acantilados rocosos formaban un puerto natural en el que habían construido un embarcadero de madera. El mar parecía de un azul turquesa brillante desde la distancia, pero al amarrar el barco, Belle se dio cuenta de que el agua era tan cristalina que podían verse los peces nadando en el fondo. Fascinada por ellos, se inclinó hacia delante y metió la mano en el agua.

–Son preciosos –murmuró, apartándose la melena para que no se le mojase.

Loukas contuvo el impulso de enterrar los dedos en ella y se concentró en amarrar bien el barco.

–Soy hijo de pescador, así que, para mí, son solo un par de platos de comida.

–Ah, yo no me los comería. Son demasiado bonitos –rio Belle, olvidando el resentimiento y disfrutando del cielo azul, del mar y de los acantilados–. Es un paraíso –añadió.

Loukas no podía apartar la vista de ella. Cualquier hombre habría podido perderse en la profundidad de sus ojos azules. ¡Y su sonrisa! Iluminaba aquel rostro de niña y transformaba sus facciones clásicas en algo muy bello, arrebatador.

Resopló con impaciencia. Había sabido desde el principio que Belle Andersen solo le causaría problemas. Tenía que haberla mandado de vuelta a Atenas. Aura era su refugio, un lugar tranquilo en el que podía relajarse y olvidarse de las tensiones del trabajo.

Y en esos momentos no estaba nada relajado. Tomó la mano de Belle para ayudarla a subir al muelle e inhaló su suave olor a flores. Se había excitado al ayudarla a subir al barco en Kea y, en esos momentos, viendo cómo se balanceaba su trasero al andar por el muelle, notó cómo crecía su erección.

–*Theos* –juró entre dientes. Lo que le faltaba era sentirse atraído por una bella rubia con cara de ángel y lengua afilada.

Del muelle salía un camino bastante empinado que desaparecía detrás de una roca.

–Son solo cinco minutos andando hasta casa –le explicó Loukas mientras tomaban ambas maletas–, pero es irregular en algunos lugares. ¿Crees que te las arreglarás? Tal vez sea mejor que te cambies esos zapatos por otros más sensatos.

¡Sensatos! Belle odiaba aquella palabra. Le recordó a las innumerables discusiones que había tenido con John de adolescente acerca de los zapatos, la ropa, el maquillaje. «No permitiré que ninguna hija mía vaya por ahí como una fulana», había sido su frase favorita, con el rostro amoratado por la ira. Le había prohibido los tacones, las minifaldas y los va-

queros ajustados, todas las cosas modernas que llevaban sus amigas, tal vez porque Belle le había re-
cordado constantemente la infidelidad de su madre.
«Y harás lo que diga porque yo soy el adulto y tú,
una niña».

Ella había sentido ganas de rebelarse siempre, y
en esos momentos, la expresión de Loukas le evocó
la misma sensación.

—Siempre llevo tacones y puedo andar perfectamente con ellos – contestó en tono frío–. Seguro que
estaré bien.

Y con la cabeza levantada se dio la media vuelta,
pero el tacón se le clavó en el césped que había al
borde del camino y tropezó. No cayó al suelo porque
Loukas reaccionó a tiempo y soltó las maletas para
agarrarla a ella.

—Sí, ya veo que eres como una cabra montesa –comentó–. Vamos a intentarlo otra vez. Con cuidado.
Y ponte esto –le dijo, colocándole sin ningún cuidado el sombrero en la cabeza–. A esta hora de la
tarde es cuando más calienta el sol y tienes la piel tan
clara que se te va a poner roja como una langosta en
un momento.

Y sin esperar su respuesta, tomó de nuevo las maletas y echó a andar delante de ella por el camino, sin
girarse a comprobar si lo seguía.

«Arrogante, testarudo...». Belle tomó aire y echó
a andar detrás de él, con la vista clavada en el suelo
para no tropezar. Por una parte, Loukas la hacía sentir como una niña de cinco años, aunque la reacción
de su cuerpo hacia él no era en absoluto infantil.

Suspiró. Aquella inesperada atracción era otra complicación más a la hora de intentar tener terminado el vestido de Larissa en un plazo de tiempo tan corto. Solo esperaba que esta le hubiese dicho la verdad al comentar que su hermano pasaba mucho tiempo en Atenas, porque esperaba verlo lo menos posible.

El camino llegaba a lo alto del acantilado y Belle se detuvo allí a admirar el paisaje. A un lado estaba la inmensidad del mar azul, salpicado de islas, la más cercana, Kea. Al otro, rocas grises, vegetación, altos cipreses y densos olivares, bajo los que se extendía una alfombra de amapolas rojas.

–¿Vive mucha gente en la isla? –le preguntó a Loukas, que había aminorado el paso para que ella lo alcanzase–. Veo que hay un pueblo en el valle.

–Hace unos años vivía aquí una pequeña comunidad, sobre todo de pescadores. Mi padre nació en Aura, pero Kea tiene un puerto más grande y, poco a poco, todo el mundo se fue trasladando allí, dejando la isla deshabitada, hasta que yo la compré hace tres años.

–Entonces, ¿no vive nadie en esas casas?

–Sí, mi personal y sus familias. Muchas casas estaban en mal estado, pero tengo un equipo que las está reformando poco a poco. También hay una iglesia, que es donde va a casarse Larissa.

–Espero que sea grande –comentó Belle–. Ya que Larissa me ha contado que vendrán cientos de invitados a la boda.

Loukas hizo una mueca.

–Sí, su prometido tiene mucha familia, a la que,

en su mayoría, Lissa no conoce. La iglesia es pequeña y la mayoría de los invitados se sentarán fuera para la ceremonia. La recepción tendrá lugar en la casa, donde hay mucho más espacio.

Bella lo miró sorprendida, preguntándose cómo de grande sería.

—¿La casa tiene espacio suficiente para que se alojen todos los invitados?

—¡*Theos*, no! —exclamó Loukas horrorizado.

Y a Belle la expresión de su rostro le resultó casi cómica e hizo que lo viese más humano.

—La mayor parte de los invitados se quedarán en Atenas o en Kea. He contratado una flota de helicópteros para traerlos a Aura, y algunas personas llegarán también en barco.

—Suena a pesadilla logística. ¿No habría sido más sencillo celebrar la boda en Atenas?

Loukas se encogió de hombros.

—Es probable, pero Larissa quería casarse aquí, y yo removería cielo y tierra para darle la boda que quiere.

Belle lo miró fijamente, sorprendida por la repentina ronquera de su voz. Era evidente que Loukas adoraba a su hermana. Su mirada emocionada le hizo preguntarse si no lo habría juzgado mal. Tal vez no fuese tan autoritario como le había parecido al principio. Al parecer, era muy importante para él que la boda de Larissa fuese perfecta.

Caminaron en silencio. El camino era más ancho y podían ir el uno al lado del otro. Las vistas desde lo alto del acantilado eran impresionantes y a Belle no le sorprendió que Larissa quisiese casarse en un lugar tan bonito. No obstante, quien ocupaba en esos momentos sus pensamientos no era ella, sino su hermano.

–Me has dicho que tu padre nació en Aura, pero supongo que tú no, ¿verdad?

–No, la isla estaba abandonada desde mucho antes de que yo naciese. Nací y crecí en Kea. Larissa también, pero no se acuerda de su estancia allí porque nos mudamos a vivir a Estados Unidos cuando era muy pequeña.

–¿Por qué se marchó tu familia de Grecia?

–Para ganarse la vida –respondió Loukas apretando los labios–. Mi padre había perdido su barco en una tormenta y no podía comprar uno nuevo, pero sin barco tampoco podía pescar ni ganar dinero para alimentar a su familia. Un primo lejano tenía una tienda en Nueva York. Xenos lo organizó todo para que mis padres llevasen la tienda y, cuando falleció, se la dejó en herencia.

–Debió de ser un gran cambio, ir de un pueblo pequeño a una gran ciudad. Yo viví en muchos lugares diferentes de niña porque mi padrastro era militar, y me habría costado todavía más adaptarme si hubiese tenido que irme a otro país –comentó, mirando hacia el mar color turquesa–. ¿No echabas de menos esto?

–Todos los días. Pero era joven y me adapté. Fue a mi padre a quien se le rompió el corazón al dejar Grecia.

–Debió de gustarle mucho que comprases Aura, la isla en la que había nacido.

Loukas dudó un momento. Luego, se encogió de hombros. Cualquiera que hiciese una búsqueda en Internet podría averiguarlo todo acerca de su familia.

–Mi padre falleció dieciocho meses después de que nos hubiésemos trasladado a los Estados Unidos, y mi madre, dos años más tarde.

Su voz estaban tan exenta de emoción que Belle lo miró sorprendida. Le entristeció saber que el padre de Loukas jamás había regresado a casa y no había vuelto a ver aquel precioso lugar.

–Lo siento. No lo sabía... –se interrumpió de repente.

No tenía por qué conocer la tragedia que había roto a la familia de Loukas. Hacía menos de una hora que lo conocía, eran dos extraños, ¿por qué estaba sufriendo por él? ¿Y por qué estaba tan segura de que él le estaba ocultando su dolor detrás de aquellos ojos grises? Tal vez porque Belle también había aprendido a esconder el suyo después de la muerte de su madre.

–Larissa no debía de ser muy mayor cuando vuestros padres fallecieron. ¿Quién la cuidó?

Loukas echó a andar de nuevo y Belle lo siguió.

–Yo. No había nadie más. Casi no se acuerda de nuestro padre y yo he intentado ser una figura paterna para ella, pero ha echado de menos tener una madre. Todavía lo echa de menos ahora, sobre todo, con los preparativos de la boda –admitió Loukas suspirando–. Ya sabes cómo es eso, siempre hay un vínculo especial entre madres e hijas.

Había metido el dedo en la llaga. A Belle se le

hizo un nudo en la garganta y, por un instante, no pudo hablar.

–Sí –murmuró por fin–. Ya sé.

Miró hacia el horizonte y la fina línea que separaba el cielo del mar se nubló cuando las lágrimas llenaron sus ojos. Había tenido un vínculo muy especial con su madre, o eso había pensado, porque Gudrun nunca le había contado la verdad acerca de su padre y no podía evitar sentirse traicionada.

–Belle... ¿Te ocurre algo?

Loukas se dio cuenta de repente de que la diseñadora se había quedado atrás y tenía la mirada perdida en el mar. Tenía medio rostro oculto debajo del sombrero, pero podía sentir su vulnerabilidad.

Se preguntó a sí mismo qué le estaba pasando y se miró el reloj. Se le había hecho tarde para hacer una llamada importante y tenía que empezar a centrarse en sus negocios, como siempre, y no permitir que Belle lo distrajera.

–Solo estaba admirando las vistas –respondió esta parpadeando con fuerza e intentando apartar aquello de su mente.

Continuaron andando por el camino unos metros más y luego giraron y vieron unos escalones tallados en el acantilado. Hacia un lado llevaban a una playa de arena blanca y, hacia el otro, a unas puertas de hierro forjado instaladas en un muro de piedra. Loukas apretó un botón para que se abriesen e hizo entrar a Belle.

–Bienvenida a Villa Elena.

–Vaya... –dijo ella, olvidándose de los dolorosos recuerdos–. Es... espectacular.

La arquitectura de aquella casa blanca era ultra-moderna, y tenía muchas ventanas que debían de tener vistas al mar.

Loukas asintió.

—Es mi casa —comentó sin más.

Belle no podía tener ni idea de lo que aquello significaba para él. Durante los muchos años que había vivido en un lúgubre piso de un barrio difícil de Nueva York, se había aferrado a sus recuerdos y había soñado con tener algún día una casa con vistas a las aguas color zafiro del mar Egeo.

Gracias a su inteligencia, determinación y a años de duro trabajo, había levantado una empresa y había hecho realidad su sueño. Aura era su refugio, el lugar en el que estaba su casa y la de Larissa.

Podía haber sido su hogar durante la niñez. Tenía que haberlo sido. La amargura inundó su corazón. Había comprado la isla cuando Sadie le había dicho que estaba embarazada, y le había encargado a un arquitecto que diseñase una casa lujosa para la mujer a la que amaba y su futuro bebé.

Pero Sadie no había llegado a ir allí, y no había habido bebé, de eso se había encargado ella. Loukas apretó la mandíbula y se le hizo un nudo en el estómago al recordar semejante traición. Sadie había sabido lo mucho que deseaba tener un hijo, pero no había permitido que nada se interpusiese en su ascenso a la fama.

Larissa había sido la única persona que había confiado en él y le había pedido que dejase de anestesiar sus emociones con whisky. Loukas jamás olvidaría cómo lo había cuidado su hermana pequeña. Lissa había estado allí en sus peores días, cuando el dolor y la ira lo habían desgarrado por dentro, pero no tardaría en marcharse a la casa que le había comprado en Atenas, con Georgios. Exhaló con fuerza. Su hermana pequeña había crecido y había llegado el momento de dejarla marchar, pero no había imaginado que sería tan duro.

Miró un instante a Belle.

–Vamos –la invitó–. Mi mayordomo nos servirá algo de beber en la terraza.

«Cómo no», pensó ella mientras atravesaban el patio. «Tiene mayordomo». Loukas era multimillonario y seguro que tenía muchos sirvientes.

Se dio cuenta de que había entrado a la finca por una puerta lateral. La casa estaba a su derecha, mientras que a la izquierda había un enorme jacuzzi circular y una piscina que parecía perderse en el acantilado que había detrás. Aquello era un paraíso.

Llegaron a la terraza, donde había un toldo blanco que se ondulaba suavemente con la brisa, y un hombre salió de la casa a recibirlos.

–Este es Chip –dijo Loukas, presentándole al hombre.

Era bajo y fornido, pelirrojo e iba vestido con unas bermudas. No se parecía en nada al mayordomo que se había imaginado Belle. Y, a juzgar por su amplia sonrisa, debía de saber lo que estaba pensando.

–¿Cómo está? –la saludó.

–Como habrás visto, Chip tiene una gran afición por las bermudas de colores chillones –comentó Loukas–. Por eso llevo yo siempre gafas de sol. No obstante, lleva tantos años trabajando para mí, que tengo que perdonarle que tenga tan mal gusto para la ropa.

El mayordomo rio. Era evidente que ambos hombres tenían mucho más que una relación laboral, eran amigos. Como si le hubiese leído la mente a Belle, Loukas continuó:

–Chip y yo compartimos adolescencia en el Bronx. Por aquel entonces había mucha violencia y nosotros solíamos guardarnos las espaldas.

No le contó nada más, pero Belle imaginó que habían pasado muchos momentos difíciles juntos.

–Me alegro de conocerte, Chip –murmuró, sonriéndole–. Y me gustan tus bermudas.

–Gracias, señorita Andersen. Me alegra conocer a alguien con tan buen gusto –respondió él, guiñándole el ojo–. Larissa me ha dicho que le gusta beber té. Espero que le parezca bien un Earl Grey.

–Ah, sí... Estupendo –dijo ella, aceptando la taza que Chip le ofrecía y dándole un sorbo–. Delicioso.

–Beber té es una costumbre inglesa que jamás entenderé –comentó Loukas haciendo una mueca y tomando el vaso de cerveza que le ofrecía su mayordomo–. ¿Puedes llevar el equipaje de Belle a su habitación, Chip?

Cuando este hubo desaparecido dentro de la casa, Belle volvió a sentirse intensamente atraída por su anfitrión. Se terminó el té, dejó la taza encima de su plato con mano algo temblorosa y dijo:

–Estoy deseando ver a Larissa.

–Lamento que tendrás que esperar a mañana –le

anunció Loukas, terminándose la cerveza y dejando el vaso en la bandeja–. Lissa ha volado a Atenas en mi helicóptero hace un par de horas. El padre de su prometido ha sido hospitalizado, y quería estar con Georgios mientras les comunicaban cuál es el estado de Constantine.

–Cómo lo siento –le contestó ella–. ¿Está muy enfermo el padre de Georgios?

–Tiene un problema cardiaco y van a operarlo al mes que viene. Larissa quería dejar la boda para después de la intervención, pero yo insistí en que no lo hiciera –admitió Loukas–, ya que es muy arriesgada y, si las cosas fuesen mal... Bueno, digamos que me pareció más prudente celebrar la boda antes de la operación de Constantine. Aunque mi hermana no sabe que me preocupa la enfermedad de su suegro. Lo quiere mucho y tanto Georgios como ella se quedarían destrozados si no pudiese asistir a la boda.

Belle se dijo que, entonces, la fecha de la boda no tenía nada que ver con sus negocios, sino con la salud del padre del novio.

Entonces le vino otra idea a la mente y frunció el ceño.

–Si sabías que Larissa no estaba aquí, ¿por qué no me lo has dicho cuando estábamos en Kea? ¿Por qué me has traído a Aura?

No sabía por qué le incomodaba tanto saber que estaba sola con Loukas en aquella isla. Bueno, no estaban del todo solos. Estaba Chip, y seguro que había más servicio. No había ningún motivo para que se le acelerase el corazón, pero Loukas se había quitado las gafas y le estaba mirando los labios. Ella se los humedeció instintivamente y lo vio ponerse tenso.

–Podría haberme alojado en Kea hasta que Larissa volviese a Aura –le dijo con cierta desesperación.

Él se encogió de hombros.

–Supuse que querrías ver dónde iba a tener lugar la boda. Larissa me dijo que tenías en cuenta el entorno a la hora de diseñar el vestido. Volverá mañana por la mañana, así que podrás deshacer las maletas e instalarle antes de que llegue.

–Me lo tenías que haber dicho –insistió Belle–. Prefiero tomar yo mis propias decisiones.

–No importa, ¿no?

Loukas se preguntó por qué lo miraba con tanta cautela. ¿No pensaría que le iba a saltar encima como un joven con exceso de testosterona? Al fin y al cabo, él no era el único que estaba sintiendo aquella atracción.

–Pareces preocupada por algo, Belle –añadió en tono suave, tendiendo las manos hacia ella y viendo con satisfacción cómo retrocedía.

–No –lo contradijo esta enseguida, evitando su mirada–. ¿Qué iba a preocuparme?

«Que esté deseando tenerte entre mis brazos y devorar esos labios suaves, rosados y húmedos», pensó Loukas. La tenía tan cerca que podía ver su reflejo en las pupilas oscuras de sus ojos. Los vio dilatarse y oyó cómo se le aceleraba la respiración. Era evidente que estaba nerviosa. Belle se puso un largo mechón de pelo detrás de la oreja y a Loukas le sorprendió que pareciese tan joven. Eso volvió a hacerle llegar a la misma conclusión: que era una complicación que no necesitaba.

–Nada –le dijo de repente, alejándose de ella–. En Aura no te pasará nada. No hay delincuencia... ni siquiera coches que causen accidentes –empezó a divagar Loukas, cosa que no hacía nunca y que le molestó–. Ven y te enseñaré tu habitación. Yo trabajaré en el despacho que tengo aquí durante el resto del día, pero si necesitas algo puedes avisar a Maria. Es mi cocinera y ama de llaves, y la esposa de Chip –le explicó al ver que Belle lo miraba con curiosidad–. Tengo otros trabajadores que vienen a la isla todos los días para ayudar con el mantenimiento de la casa, pero para mí es muy importante la intimidad y por eso ninguno vive en Villa Elena.

Entró en la casa y Belle se obligó a seguirlo a pesar de que le temblaban las piernas. Aquella había sido la segunda vez de la tarde que pensaba que Loukas iba a besarla. Había estado tan segura de que iba a hacerlo, que había esperado el beso y había deseado sentir la presión de sus labios.

¿Qué le estaba pasando? Había ido a Aura a trabajar en lo que iba a ser, probablemente, el encargo más importante de toda su carrera y no podía distraerse con una atracción sexual. Ella no era así. Era una mujer tranquila y contenida, y no entendía que aquel hombre la afectase tanto.

La planta baja de Villa Elena era de plano abierto y los muebles estaban agrupados: sofás y sillones de piel clara, una mesa de comedor con sillas de cristal, una esquina dominada por una televisión de plasma de última generación. Todo era luminoso y moderno, minimalista y elegante, pero le faltaba comodidad y calor, cosa que solo podían aportar los mejores y más caros diseñadores de interior.

Su habitación estaba al final de un largo pasillo en el primer piso. El corazón le dio un vuelco cuando Loukas abrió la puerta para enseñarle una habitación con mucho encanto y con vistas a los limoneros, y al mar.

—Mandaré a una de las chicas para que te ayude a deshacer las maletas, porque, a juzgar por su tamaño, has debido de traer ropa para un año —comentó Loukas, mirando el equipaje.

—En la maleta grande están las muestras de tela y algunas ideas de diseño —le dijo Belle, abriéndola para dejarle ver los retales de seda y satén de color blanco, marfil y rosa pastel—. Creo que a Larissa le encantará esta organza de seda —comentó, tocando el material con cuidado—. Aunque tal vez prefiera algo más pesado, como el satén, adornado quizás con perlas o cristales. Supongo que tendré que tener paciencia y esperar a que vuelva —murmuró, al ver que Loukas la miraba como si estuviese hablando en chino.

Él tomó la carpeta que había en la maleta y pasó las páginas, pero no hizo ningún comentario y su gesto tampoco reveló a Belle la opinión que le merecía su trabajo.

Loukas pensó que el entusiasmo de aquella muchacha era innegable. No era un experto, pero era evidente que también tenía talento. Las fotografías de los vestidos eran muy buenas y entendió que su hermana quisiera que fuese Belle quien diseñase su vestido de novia.

La miró en contra de su voluntad y notó que se le encogía el estómago al ver que se colocaba un mechón de pelo detrás del hombro. Utilizaba todo su cuerpo al hablar, inclinaba la cabeza y movía los brazos y las manos con la gracia de una bailarina.

Se puso tenso solo de pensarlo e intentó no acordarse de otra mujer que también se había movido con la gracia de una bailarina. No iba a desperdiciar ni un segundo de su vida pensando en Sadie.

De repente, sintió claustrofobia y fue hacia la puerta.

—Tengo que volver al trabajo. Por favor, siéntete como en casa, Belle —le dijo en tono frío—. ¿Quieres que Maria te traiga más té?

Desesperada por dejar de fijarse en el modo en que los vaqueros se le ceñían a los muslos, Belle se acercó a la ventana.

—La verdad es que creo que voy a ir a dar un paseo hasta la iglesia.

Se giró y vio que Loukas tenía el ceño fruncido.

—No me parece una idea sensata. Ya te he explicado que es la hora del día en la que aprieta más el sol —le dijo él con impaciencia—. Te sugiero que te relajes durante el resto de la tarde. Puedes darte un baño en la piscina si quieres —añadió, saliendo al pasillo y cerrando la puerta, sin darle la oportunidad de responder.

Aquello la molestó. Sobre todo, su manera de utilizar el adjetivo «sensato». Sabía que no estaba acostumbrada al calor, pero solo había pensado dar un paseo corto, no pretendía correr un maratón.

No pudo evitar volver a oír a John en su cabeza, gritándole: «No discutas conmigo. Haz lo que te digo. Ya va siendo hora de que aprendas a obedecer mis órdenes, mi niña».

El sargento mayor John Townsend había tratado a su familia del mismo modo que a sus soldados y había esperado que lo obedeciesen en todo momento, sobre todo, Belle, pero ella nunca había sido su niña, y cuando se había enterado de la verdad, había decidido evitar que nadie la pisotease. Era la invitada de Loukas Christakis en aquella isla, pero no iba a permitir que este la mangoneara.

Loukas...
...que lo...

# Capítulo 4

LOUKAS juró entre dientes y se obligó a clavar la vista en la pantalla del ordenador y no mirar a Belle, que estaba tomando el sol con un minúsculo biquini dorado y verde. El trato con los japoneses estaba casi cerrado, solo tenía que ultimar los detalles, pero, por desgracia, no lograba concentrarse.

Por el rabillo del ojo podía ver la piscina, que lo invitaba a salir al exterior. Normalmente aquellas vistas lo relajaban, pero en esos momentos estaba muy tenso y no podía concentrarse. Leyó la página que tenía delante y se dio cuenta de que no había retenido nada de información.

En el exterior, Belle se sentó y se pasó los dedos por el pelo. Loukas decidió dejar de trabajar y observó cómo se ponía en pie y se acercaba al borde de la piscina. Era menuda, pero de proporciones perfectas. Tenía los muslos esbeltos, la cintura estrecha y los pechos sorprendentemente generosos.

Sintió que el deseo crecía en su interior y se asombró de su ferocidad. ¿Qué tenía Belle Andersen que lo excitaba tanto? Era bella, pero no más que muchas otras mujeres. No entendía por qué se sentía tan atraído por ella, pero la química sexual desafiaba a la razón. Loukas se levantó del sillón y salió de su despacho.

El calor del sol en su espalda era soporífero. Belle movió los hombros y suspiró contenta. Estaba en el paraíso. Al llegar a la piscina se había sentido culpable, porque había ido allí a trabajar, pero después se había dicho que no podría empezar hasta que no llegase Larissa, y que no tenía sentido quedarse el resto del día encerrada en la habitación.

Por suerte, no se había encontrado con Loukas en ningún momento y esperaba que pasase lo que quedaba de tarde encerrado en su despacho. Notó calor entre los muslos solo de pensar en él. Si hubiese sabido que el hermano de Larissa era tan sexy, tal vez se lo hubiese pensado mejor antes de ir a Aura.

Se relajó y dejó que el sueño la fuese invadiendo poco a poco.

—¿Es que no tienes sentido común? —le preguntó con impaciencia una voz profunda.

Ella abrió los ojos, sobresaltada, y vio a Loukas a su lado, con el ceño fruncido.

—Te vas a quemar como sigas ahí mucho rato más —añadió este—. Tenías que haberte puesto crema antes de dormirte.

—Lo he hecho —se defendió ella, casi sin aliento.

Loukas le estaba poniendo crema en los hombros con movimientos bruscos y ella se preguntó por qué le estaba gustando tanto.

—Sí, pero luego te has metido en la piscina. Tenías

que haberte puesto más crema al salir –le dijo, cada vez más excitado.

Belle pensó que era un mandón y estuvo a punto de decirle que no se metiese donde no lo llamaban y que no necesitaba su ayuda, pero estaba tan relajada allí tumbada, sintiendo sus manos en la espalda... Notó que le ponía más crema y deseó que continuase bajando las manos por su cuerpo. Por suerte, estaba tumbada boca abajo y Loukas no podía darse cuenta de lo duros que tenía los pezones.

«¿Qué me está pasando?», se dijo, con el rostro colorado por la vergüenza.

Una mezcla de alivió y decepción la invadió al ver que Loukas se ponía de pie.

–Así deberías estar bien –rugió, apartándose de ella.

Belle levantó la vista para mirarlo y vio que la estaba devorando con sus ojos grises. No pudo respirar hasta que Loukas no se giró y se metió en la piscina.

Ella se sentó, tomó el pareo que hacía juego con su biquini y se lo puso. Su anfitrión estaba nadando con rapidez. Belle sintió ganas de meterse corriendo en la casa y desaparecer antes de hacer una locura, pero tal vez se habría notado demasiado que quería huir de él. Mientras decidía en silencio lo que debía hacer, Loukas salió de la piscina, con el agua corriendo por todo su cuerpo, e hizo que se quedase clavada allí.

Vestido era muy guapo, pero con un bañador negro ajustado, era impresionante. La piel le brillaba como si fuese de bronce pulido y las gotas de agua relucían en el bello moreno que le cubría el pecho y bajaba en forma de flecha hacia su abdomen. Belle descendió la vista todavía más y el bulto que había entre sus piernas hizo que volviese a levantarla, y que se ruborizase.

Tenía el corazón acelerado cuando Loukas tomó una hamaca y se sentó a su lado, mirándola de frente.

–Bueno, Belle, háblame de ti –le pidió, aunque sonó más a orden que a petición–. Larissa me ha contado que trabajas sobre todo en un estudio que tienes en la parte oeste de Londres.

–Sí, Wedding Belle está en Putney. Mi estudio es un viejo almacén situado al lado del Támesis. Está cerca de donde vivo.

–¿Tienes una casa en el río?

–¡Ojalá! Las casas que bordean el río son muy caras –le dijo Belle–. Dan y yo tenemos alquilada una vieja casa flotante.

–Dan Townsend, tu hermano, el fotógrafo, ¿no? –le dijo Loukas–. ¿Vivís los dos solos?

Belle asintió.

–No hay espacio ni para un gato.

Loukas no supo por qué, pero le alegró oír que Belle no vivía con su novio. En realidad, no le debía importar dónde ni con quién viviese, pero no pudo evitar mirarla y preguntarse cómo se sentiría si le daba un beso. Era evidente que diez largos en la piscina no habían sido suficientes para calmar su libido.

–¿Por qué decidiste ser diseñadora de moda? –le preguntó, por seguir con la conversación.

–El arte era lo único que se me daba bien en el colegio –admitió ella–. Me pasaba el día soñando despierta, pero me encantaba dibujar, y desde pequeña empecé a hacer vestidos a mis muñecas. Solo podía tener éxito como diseñadora.

Se mordió el labio al recordar cómo había luchado por aprobar Matemáticas. Y cómo la había regañado John por sus notas, mientras su madre la animaba a seguir y a estudiar Arte.

–Cuando terminé de estudiar, estuve trabajando un tiempo para una importante empresa de vestidos de novia, me di cuenta de que el trabajo me encantaba, pero muchas de mis ideas parecían ser demasiado originales para la empresa, así que decidí establecerme por mi cuenta.

Guardó silencio, miró a Loukas y se le encogió el corazón al darse cuenta de que la estaba observando con intensidad. Tenía los ojos clavados en su boca. Si la besaba, no lo haría con ternura. La idea hizo que Belle se estremeciese. Inconscientemente, se inclinó hacia él y se humedeció el labio inferior con la punta de la lengua.

–Muy inoportuna, ¿no? –comentó él en voz baja.

Al oírlo, Belle entró en razón y se echó hacia atrás.

–¿El qué?

–La atracción sexual que hay entre nosotros –le explicó él con toda tranquilidad.

–No... no hay nada entre nosotros –balbució ella–. Yo no...

Él la interrumpió apoyando un dedo en sus labios y mirándola a los ojos.

–La hay, y tú la sientes igual que yo. Desde que nos hemos visto.

Loukas no podía seguir negando el deseo que sentía por Belle. Ya no intentaba racionalizarlo. Había cosas imposibles de explicar o de razonar. Algunas cosas eran instintivas. Y su instinto le estaba pidiendo en esos momentos que probase sus labios suaves, húmedos.

Belle supo que, en esa ocasión, iba a besarla. Lo leyó en sus ojos y dejó de latirle el corazón mientras lo veía inclinarse hacia ella y bajar lentamente la cabeza.

Aquello era una locura. Solo hacía un par de horas que lo conocía. Había ido a trabajar para su hermana y Loukas se había opuesto a que lo hiciera. Tal vez estuviese jugando con ella, o intentando distraerla para después poder acusarla de no estar centrada en el trabajo que la había llevado a Aura.

La parte más sensata de Belle le dijo que se apartase, pero podía sentir el calor que emanaba de su cuerpo, el olor de su colonia, y no pudo evitar desear que la besase. Lo vio acercarse más y notó su aliento en los labios.

El ruido de un helicóptero sobre sus cabezas rompió el silencio e hizo entrar a Loukas en razón.

–Debe de ser Larissa –dijo con voz tensa.

«Justo a tiempo», pensó. Belle estaba en Aura para diseñar el vestido de novia de su hermana, no para que él la sedujese.

–Ha llamado hace un rato para decirme que volvía esta tarde –añadió.

Belle respiró hondo, horrorizada por lo mucho que había deseado que aquel hombre la besase.

—Espero que no haya adelantado su vuelta por mí —murmuró, poniéndose en pie a la vez que él y sobresaltándose cuando sus cuerpos se rozaron.

Se apartó de su lado como si se hubiese quemado. El ambiente estaba cargado de tensión. Aquello era una locura. ¿Cómo podía sentirse tan atraída por un hombre al que casi no conocía? ¿Cómo podía desear que la tumbase en la hamaca y le quitase el biquini? Ella no hacía ese tipo de cosas. El único encuentro sexual que había tenido había sido con un compañero de universidad con el que había salido una temporada. La experiencia había sido poco satisfactoria, un día en el que ambos habían bebido demasiado, y Belle no había vuelto a desear repetirla con nadie... hasta ese momento.

Se aclaró la garganta y se obligó a hablar.

—¿Sabes cómo está el padre de su prometido?

—Tengo entendido que Constantine está estable. Lissa se habría quedado en el hospital con Georgios si no hubiese sido así.

Loukas necesitaba alejarse de Belle y aclararse las ideas. Perdía el control cuando estaba cerca de ella y odiaba la sensación. Era evidente que estar todo un mes sin sexo era demasiado. Pensó en las mujeres a las que podía llamar, pero ninguna lo excitaba tanto como aquella rubia menuda que lo miraba con expresión de deseo.

—Ve a vestirte —le sugirió mientras echaba a andar

hacia la casa–. Estoy seguro de que Larissa estará deseando escuchar tus ideas acerca de su vestido.

Cinco minutos después de que Belle hubiese vuelto a su habitación llamaron a la puerta y Larissa Christakis irrumpió en ella.

–¡Belle! Siento mucho no haber estado aquí para recibirte. He tenido un día horrible, con el ingreso del padre de Giorgios en el hospital. Por suerte, Loukas se ofreció a ir a recogerte a Kea. Espero que te haya tratado bien.

Por suerte, Belle no tuvo que responder a aquello, ya que Larissa vio la maleta llena de retales encima de la cama.

–Como ves, ya estoy lista para empezar a diseñar tu vestido –murmuró.

–Lo estoy deseando –dijo Larissa, sin poder ocultar su emoción.

Era alta y delgada, tenía la piel morena y una melena de rizos oscuros, así que estaría guapa con cualquier vestido blanco.

–Pero Loukas me ha dicho que estarías cansada y que es mejor que no empecemos a trabajar hasta mañana –añadió Larissa.

Pero no era Loukas quién tenía que hacer tres vestidos en cinco semanas.

–¿Siempre hay que hacer lo que dice Loukas? –le preguntó Belle molesta.

–Sí –respondió Larissa tan contenta–. Loukas se ocupa de todo. No sé qué haría sin él. Ha sido genial organizando la boda. Y es la mejor persona del mundo, además de Georgios, por supuesto. Nuestros padres fallecieron cuando yo era niña y Loukas me crió. Tuvo que hacer muchos sacrificios para poder ocuparse de mí. Y yo me alegro de que, hace un par de años, cuando me necesitó, pudiese ayudarlo yo a él.

–¿Por qué? ¿Qué ocurrió? –preguntó Belle con curiosidad–. ¿Estuvo enfermo?

No podía imaginar a Loukas necesitando que nadie lo cuidase.

Larissa la miró incómoda, como si se arrepintiese de lo que había dicho.

–Una mujer le rompió el corazón. Tardó mucho tiempo en recuperarse y, durante una época, bebió para ahogar el dolor que le había causado.

Aquello sorprendió mucho a Belle. No era posible que le hubiesen roto el corazón a un hombre tan arrogante y seguro de sí mismo.

–¿La amaba? –preguntó, incapaz de disimular su curiosidad.

Larissa asintió muy seria.

–Sí, quería casarse con ella, pero de eso hace mucho tiempo. La cena es a las ocho –añadió, cambiando de tema–. El padre de Georgios está estable, así que tanto este como sus hermanas, Cassia y Acantha, que son mis damas de honor, han venido a Aura a conocerte.

–Estupendo –contestó Belle, obligándose a concentrarse en su trabajo–. Estoy deseando contarte mis ideas y enseñarte los tejidos.

–Bueno, si estás segura de que quieres empezar

ahora, hay una habitación vacía en el piso de arriba que Loukas me ha dicho que podemos utilizar.

–Qué vistas tan fantásticas –comentó Belle diez minutos después, mirando por la ventana con vistas al mar de la habitación a la que la había llevado Larissa.

–Es precioso desde aquí arriba, ¿verdad? Pues las vistas desde la terraza son todavía mejores –le contó Larissa–. Se llega por la escalera de caracol por la que hemos pasado. Loukas dice que, por la noche, es como si pudieses tocar las estrellas.

Larissa abrió la maleta con las telas y sacó un tul de seda color marfil.

–Oh, qué bonito. Tengo que ir a buscar a Cassia y a Acantha, que están casi tan emocionadas como yo.

Durante las siguientes horas, Belle habló con la novia y sus damas de honor acerca del material de los vestidos, y empezó a dibujar algunas de sus ideas.

–Socorro. La cena es dentro de veinte minutos –anunció Larissa de repente, mirándose el reloj–. Será mejor que vaya a cambiarme. Loukas odia que nos presentemos en vaqueros.

Belle había estado tan absorta en los vestidos que casi se había olvidado de él, pero en esos momentos pudo ver la imagen de su guapo rostro, recordó que habían estado a punto de besarse junto a la piscina, y le molestó ver que se le aceleraba el corazón solo con la idea de volver a verlo.

Una vez en su habitación, se puso un vestido de seda plateado con cuello halter, que era uno de sus diseños y se aseguró a sí misma que solo se lo ponía para demostrarle a Loukas que era una diseñadora con talento, y no porque supiese que le sentaba muy bien. Estaba orgullosa de su trabajo, y de aquel vestido en particular.

Como no le daba tiempo a hacerse nada en el pelo, se lo dejó suelto, se puso unos pequeños pendientes de diamantes y una cadena de plata alrededor del cuello, se perfumó y respiró hondo antes de salir de la habitación.

# Capítulo 5

**M**E ENCANTA tu vestido –le dijo Larissa con admiración cuando Belle atravesó el enorme salón para llegar a la zona del comedor. La mesa de cristal había sido decorada con rosas blancas y velas que parpadeaban con la suave brisa que entraba por las puertas de cristal de la terraza, que estaban abiertas.

El entorno era maravilloso y relajante, pero Belle no había podido evitar darse cuenta de que Loukas la miraba de manera enigmática mientras se acercaba.

–¿Es una de tus creaciones? –preguntó Larissa, distrayéndola de la atracción que sentía por él.

Belle asintió y la novia sonrió triunfante.

–¿No te había dicho que era una diseñadora genial? –le preguntó a su hermano.

–Por supuesto –respondió este.

Era una pena que su hermana no le hubiese advertido también de la belleza de Belle. Estaba deslumbrante con aquel vestido gris, pero lo habría estado también con cualquier otra cosa, o incluso desnuda, le dijo una vocecilla en su interior. El deseo volvió a crecer y Loukas agradeció a su hermana que se pusiese a hablar alegremente mientras él intentaba controlar a sus hormonas.

–Belle, este es Georgios.

Esta sonrió al joven que había al lado de Larissa.

–Encantada. Siento que tu padre esté enfermo.

–Gracias. El médico nos ha dicho que habría que adelantar la fecha de la operación, pero mi padre insiste en que continuemos con nuestros planes.

Ocuparon sus sitios en la mesa y Belle se sentó lo más lejos posible de Loukas. Chip, muy elegante con un traje oscuro, le guiñó el ojo mientras servía el primer plato.

–He pensado que sería mejor que me quitase las bermudas, dado que mi jefe tiene invitados a cenar –comentó en un susurro

Y Belle se dio cuenta de que apreciaba mucho a su jefe. Miró hacia el otro lado de la mesa y se puso tensa cuando su mirada se cruzó con la de Loukas. Algo en ella hizo que se le acelerase el corazón. Notó que se ruborizada y deseó apartar la vista de él, pero estaba hipnotizada por el brillo de sus ojos grises, que ya no eran fríos y duros, sino sensuales y calientes.

Se sintió incapaz de respirar y abrió mucho los ojos, porque sentía pánico y atracción al mismo tiempo. Volvió a recordar los momentos en los que le había puesto crema. Belle le había dicho que no se sentía atraída por él, pero había mentido y, a juzgar por la expresión de Lukas, él lo sabía también.

Aquello era una locura. Por fin consiguió apartar la mirada y bajarla a la ensalada de queso de cabra que tenía delante. Nunca se había sentido tan atraída por un hombre.

Después de haber vivido el infeliz matrimonio de su madre y John Townsend, siempre había dudado de las relaciones y no había querido cometer un error como el de Gudrun. Nunca había sentido una atracción como la que estaba sintiendo por Loukas, y, por lo tanto, su instinto tampoco le había dicho nunca que la combatiese.

—¿Y cómo es que decidiste especializarte en vestidos de novia, Belle? —le preguntó Georgios—. ¿Eres una romántica?

Belle estuvo a punto de negarlo, pero al ver cómo se miraban Larissa y su prometido, no fue capaz.

—Pienso que es maravilloso que dos personas se enamoren y estén seguras de que están hechas la una para la otra y de que quieren pasar el resto de su vida juntas —dijo despacio—. Las bodas son momentos felices y me encanta poder contribuir a que ese día sea especial diseñando el vestido de la novia.

Aunque en el fondo pensaba que era imposible estar seguro de que uno iba a ser feliz con otra persona durante el resto de su vida. Con respecto al hecho de tener hijos, le parecía un concepto demasiado vasto. Sabía por experiencia propia que cuando una relación fracasaba, eran los niños quienes sufrían las consecuencias.

De repente, se dio cuenta de que todo el mundo estaba esperando a que continuase.

—Sinceramente, no puedo permitirme el lujo de pasarme el día soñando, teniendo mi propia empresa

–les explicó–. Estoy decidida a que Wedding Belle tenga éxito, así que mis vestidos son románticos, pero yo tengo que ser práctica.

–Entonces, ¿te definirías a ti misma como una mujer centrada en su carrera?

A Belle le sorprendió el tono en el que Loukas le había hecho la pregunta y también su sonrisa un tanto burlona. Era cierto que le había rogado que permitiese que le diseñase el vestido de novia a su hermana, pero si pensaba que podía pisotearla, estaba muy equivocado.

–Sí –le respondió en tono frío–. Como tú también eres un hombre de negocios, supongo que entenderás que me dedique en cuerpo y alma a mi empresa.

Él arqueó las cejas con curiosidad.

–¿Si tu carrera es tan importante para ti, quiere eso decir que no tienes pensado diseñar tu propio vestido de novia a corto plazo?

–No tengo planes en ese aspecto –le informó ella airadamente.

Y se sintió aliviada cuando Cassia retomó el debate en torno al color de los vestidos de las damas de honor.

–¿Cuánto crees que tardarás en tener el diseño del vestido de Larissa? –le preguntó Loukas a Belle al final de la cena.

Ella saboreó la última cucharada de mousse de chocolate antes de mirarlo, y el corazón volvió a darle un vuelco. Se preguntó si Loukas se ponía siempre tan elegante para cenar. Estaba muy sexy con aquel esmoquin negro y la camisa de seda blanca. La intensidad de su mirada diezmó su frágil compostura.

Belle se obligó a sonreír.

–Hemos empezado antes de la cena. Creo que podré tener los bocetos a finales de semana, y en cuanto Larissa haya decidido qué materiales quiere, los pediré a mis proveedores. Luego volveré al estudio para hacer los vestidos.

Loukas frunció el ceño.

–¿Significa eso que Larissa y sus damas de honor tendrán que ir a Londres a hacerse las pruebas?

–Sí, pero solo harán falta dos o, como mucho, tres.

–Va a ser difícil que hagan tres viajes a Inglaterra, teniendo la boda tan cerca y tantas cosas que hacer, ¿no crees, Lissa? –preguntó Loukas a su hermana–. Además, estoy seguro de que preferirías quedarte en Grecia ahora que Constantine está hospitalizado.

Larissa asintió despacio.

–Por supuesto que sería más sencillo no tener que viajar a Londres –admitió.

Y luego formuló la misma pregunta que Belle se estaba haciendo.

–¿Se te ocurre algo, Loukas? Belle no puede trasladar su estudio a Grecia.

–¿Por qué no?

En esa ocasión, fue Belle quien frunció el ceño.

–Sería imposible. Tengo todo mi equipo en el estudio.

–Pero si yo pudiese proporcionarte todo lo que necesitas, ¿podrías quedarte aquí en Aura a hacer los vestidos? –le preguntó Loukas–. La habitación en la que habéis estado hoy tiene un tamaño adecuado para instalar un taller, ¿no?

–Bueno... sí, pero... Habría que alquilar o comprar todo lo necesario, y serían muchos gastos. Una buena máquina de coser cuesta varios miles de libras. Además, tengo dos costureras a mi cargo, y no creo que Doreen y Joan puedan venir a Grecia y dejar en Londres a sus familias.

Loukas se encogió de hombros.

–El coste es lo de menos. Y, si es necesario, yo podría encontrar costureras en Atenas para que te ayudasen. Lo único que me importa es que todo esté preparado para el día de la boda, con las menos tensiones posibles para Larissa, y un modo de conseguirlo es que tú le hagas el vestido aquí en Aura.

Donde el podría, además, controlar sus progresos, pensó Belle furiosa. Loukas no lo había dicho, pero ella sabía que lo estaba pensando y eso la enfadaba. Quería controlarlo todo.

–Pareces olvidarte de que tengo que dirigir un negocio en Londres –murmuró, intentando controlar el tono de voz para que Larissa no se sintiese mal.

–¿Tienes otros encargos en estos momentos? –inquirió Loukas, sonriendo–. ¿No podrías dejar a una de las costureras a cargo de la empresa mientras estás aquí? Por supuesto, serás recompensada económicamente por el esfuerzo. Y no olvidemos que Wedding Bella recibirá mucha publicidad con esta boda.

Belle supo que estaba vencida, y sus temores se confirmaron cuando Larissa comentó emocionada:

–Oh, Belle, sería maravilloso que te quedases. Yo podría implicarme en todas las fases de creación de mi vestido. Y tú serías una invitada de honor en mi boda.

¿Cómo iba a decepcionar a Larissa, que ya había sido engañada por la primera diseñadora a la que había encargado el vestido?

–Supongo que es factible –admitió lentamente.

–Excelente. Entonces, ya está decidido –sentenció Loukas sonriendo–. Hazme una lista de las cosas que vas a necesitar para el taller y yo haré que las tengas lo antes posible.

Verlo tan satisfecho enfadó a Belle. Era evidente que era el rey de la isla y estaba acostumbrado a salirse siempre con la suya. Lo fulminó con la mirada y él respondió con una sonrisa burlona, pero fue el brillo de sus ojos, que le recordó la atracción sexual que había entre ambos, lo que hizo que Belle se estremeciese. Había pensado quedarse en Aura cinco días, no hasta la boda. Eso significaba que tendría que pasarse cinco semanas luchando contra la atracción que sentía por aquel hombre. Era normal que le temblase la mano al tomar la copa de champán que tenía delante para darle un buen trago.

El resto de la noche fue una tortura para Belle, que intentó que no se le notase el intenso interés que sentía por Loukas. Trató de relajarse y charlar con Larissa, Georgios y sus hermanas, pero no pudo evitar sentir las miradas de Loukas clavadas en ella, ni tampoco mirarlo constantemente. Se ruborizó cada vez que sus ojos se cruzaron y su cuerpo era consciente de que lo tenía cerca.

No supo qué hacer, cómo comportarse. La atracción que sentía por él era aterradora y emocionante al mismo tiempo. Nunca se había sentido tan viva, pero su instinto le advertía que aquello era peligroso. Loukas era demasiado poderoso, demasiado tenaz, y estaba completamente fuera de su alcance. Se preguntó si debía rechazar el encargo y volverse a casa.

Miró hacia el otro lado de la habitación, donde Larissa reía al lado de Georgios. Parecía tan contenta, tan emocionada con su boda, que no podía decepcionarla. Además, aquel iba a ser el encargo más importante de su carrera, y no podía rechazarlo solo porque se sentía atraída por el hermano de la novia. Solo tendría que evitarlo durante las siguientes semanas para que todo fuese bien.

Larissa se alejó de su prometido y se acercó a Belle.

—Esta noche vuelvo a Atenas con Georgios, que está mucho más preocupado por su padre de lo que parece, pero regresaré mañana por la mañana —le dijo, un tanto nerviosa—. Siento tener que dejarte sola en Aura, aunque, bueno, en realidad no estarás sola, sino con Loukas. Si necesitas cualquier cosa, o tienes algún problema, estará encantado de ayudarte.

—Estaré bien —murmuró Belle, conteniéndose para no contestar que Loukas era su problema.

Después de dar las buenas noches a todo el mundo, volvió a su habitación, y unos minutos después, oyó cómo despegaba un helicóptero. Tenía la sensación de que hacía días, y no horas, que había salido de Inglaterra. Era casi media noche, pero estaba demasiado nerviosa para meterse en la cama, ya que no podía dejar de pensar en cómo la había manipulado Loukas para que se quedase en Aura hasta la boda.

Era tan dominante y contundente como su padrastro. Aunque no eran iguales. Era evidente que Loukas adoraba a su hermana y quería asegurarse de que tendría una boda perfecta. John Townsend había sido un matón, mientras que Loukas tenía una parte sensible. La vida lo había hecho duro e inflexible, pero quería proteger a su hermana y, seguro que debajo de aquel exterior tan áspero había un corazón. Un corazón que, según Larissa, le habían roto en una ocasión.

Como supo que no iba a poder dormirse y estaba acostumbrada a trabajar por la noche, momento del día en que estaba más creativa, salió de su habitación y se dirigió al piso de arriba, a la habitación que iba a utilizar de taller. De camino, pasó por delante de las escaleras que Larissa le había dicho que llevaban a la terraza, y después de dudarlo un instante, decidió subirlas.

En lo alto, una puerta con arco daba a un amplio jardín cubierto, iluminado suavemente por la luz de la luna. Era cierto, parecía posible levantar la mano y tocar las estrellas, y el único ruido que había era el de una fuente. En un extremo de la terraza había una mesa de comedor y sillas, y en vez de sofás y sillones, unos enormes cojines apilados en el suelo, debajo de un dosel, cuyo efecto recordaba a un campamento beduino.

Belle respiró hondo y empezó a relajarse, pero una voz a sus espaldas la hizo girarse. Dio un grito ahogado al ver a Loukas en la puerta.

–Veo que has descubierto mi escondite –comentó este.

Ella se quedó mirándolo y volvió a ponerse tensa. Él, por su parte, parecía cómodo.

–Sé cuál es el verdadero motivo por el que quieres que me quede en Aura –le dijo Belle, retándolo mientras intentaba controlar la reacción de su cuerpo al verlo sin chaqueta y con los primeros botones de la camisa desabrochados.

–¿De verdad? ¿Te importaría explicármelo?

–Sigues pensando que no tengo la experiencia suficiente para diseñar el vestido de novia de Larissa. Por eso quieres tenerme aquí, controlada. Ya te he dicho que estoy preparada para trabajar veinticuatro horas al día si es necesario. ¿Por qué no confías en mí?

–La confianza es algo que hay que ganarse –respondió él con brusquedad, acercándose a ella.

Había confiado en Sadie, pensó muy serio, y no volvería a confiar en ninguna otra mujer.

Belle se puso tensa al ver que se detenía muy cerca de ella. Lo miró a los ojos y le sorprendió ver una repentina desolación en ellos. Parecía casi... vulnerable, y Belle sintió ganas de abrazarlo.

La expresión de Loukas cambió y el momento pasó.

Belle se dijo que era una locura, pensar que aquel hombre necesitaba a alguien. Se apartó un mechón de pelo de la cara.

–Quiero que sepas que el único motivo por el que he accedido a quedarme y a hacer el vestido de Larissa aquí en Aura es que eso le facilitará las cosas a ella. Queda muy poco tiempo para la boda y sé que está preocupada por el padre de Georgios.

Intentó pasar por delante de él, pero Loukas la agarró del brazo y la hizo mirarlo.

—Te debo una disculpa.

Ella abrió mucho los ojos al oír aquello y deseó pedirle que la soltara, pero en su lugar le preguntó:

—¿Qué quieres decir?

La luna hacía que su pelo pareciese un río de plata y su vestido gris brillaba, dándole una apariencia etérea. Loukas notó una punzada en el corazón, como cuando veía amanecer y se imaginaba a su padre pescando.

Por algún motivo que no llegaba a comprender, Belle le había calado más hondo que ninguna otra mujer desde Sadie. Era menuda, luchadora y no tenía miedo a enfrentarse a él, un cambio refrescante, acostumbrado a la falsedad de tantas de sus anteriores amantes.

—Siento haber pagado contigo el enfado que tenía con la primera diseñadora del vestido de Larissa —admitió—. Protejo mucho a mi hermana y no quería que volviesen a hacerle daño. Por lo que he podido ver de tu trabajo, sé que tienes talento. Tu entusiasmo es evidente, así como tu buena relación con Lissa, y me alegro de que seas tú quien vaya a hacerle el vestido.

—Ah —fue lo único que consiguió contestar Belle.

Había pensado que era tan dominante como su padrastro, pero lo cierto era que jamás había oído a John disculparse por nada.

Estudió el rostro de Loukas y se le hizo un nudo en el estómago al posar la mirada en la curva de sus labios. Se dio cuenta de que había querido pensar mal de él porque estaba asustada por cómo la hacía sentir y por lo mucho que lo deseaba.

–Sin duda, será de gran ayuda para Larissa que le hagas el vestido aquí –dijo él–, pero existe otro motivo por el que he querido que te quedes.

A Belle se le aceleró el corazón y vio, paralizada, cómo Loukas bajaba muy despacio la cabeza. Ella se humedeció los labios con la punta de la lengua.

–¿Qué... otro motivo? –susurró.

–Este...

La besó despacio, con suavidad y una increíble sensualidad. El placer explotó dentro de Belle con fuerza volcánica. Tembló de deseo y no pudo evitar gemir. Había deseado que Loukas la besase desde que lo había visto llegar a Kea. Llevaba todo el día intentando negar la atracción que sentía por él, pero no podía seguir resistiéndose más.

Loukas profundizó el beso con firmeza, exigiéndole una respuesta, y Belle no pudo negarle algo que ella también quería. Apretó su cuerpo contra el de él y se le cortó la respiración al ver que la abrazaba.

Estaba muy excitado. Belle sintió su erección contra el vientre, pero en vez de entrar en razón, notó humedad entre las piernas. Una voz en su interior le advirtió que aquello estaba yendo demasiado lejos, pero su cuerpo se negó a escucharla. Siempre había sido sensata y obediente. Tal vez aquello estuviese mal, pero no podía desearlo más y todo su cuerpo estaba temblando. ¿Cómo podía estar mal si ella se sentía tan bien?

Loukas se dijo que tenía que parar antes de perder el control. Levantó la cabeza y miró a Belle. Y supo que era demasiado tarde. Había perdido el control en el momento en que la había visto en Kea.

Ninguna mujer lo había excitado tanto desde Sadie. Apretó la mandíbula. Aquello era distinto. Aunque odiase admitirlo, a Sadie la había querido, y su deseo por ella había sido mucho más que una atracción física. Lo que sentía por la mujer que tenía en ese momento entre los brazos era solo deseo. Y la entusiasta respuesta de ella le demostraba que era mutuo.

Aturdida, Belle pensó que aquello era una locura. Todo su cuerpo parecía ser una zona erógena y se sentía embriagada solo por el olor exótico de la colonia de Loukas. Su cerebro le estaba diciendo que parase, pero ya no tenía claros los motivos. El instinto estaba ganándole terreno a la razón.

—Quiero verte —le dijo Loukas con voz ronca.

Ella tembló mientras él levantaba la mano y le desabrochaba el vestido para ir bajándoselo muy despacio, dejando al descubierto la curva de sus pechos poco a poco. Belle no necesitaba bajar la vista para saber que tenía los pezones duros como piedras. Loukas le bajó el vestido hasta la cintura y dejó escapar un sonido gutural al ver sus pechos, erguidos provocadoramente hacia él, casi rogándole que los acariciara.

—*Theos*, eres deliciosa.

Bella contuvo la respiración mientras Loukas la acariciaba y las piernas empezaron a temblarle todavía más cuando lo vio inclinar la cabeza y notó cómo pasaba la lengua primero por un pezón y luego por el otro, una y otra vez, hasta hacerla gemir de placer y doblar las rodillas. Loukas la sujetó contra su cuerpo y la tomó en brazos.

Unos segundos después estaba tumbada en los enormes cojines. Loukas se arrodilló a su lado y a pesar de que una voz en su interior le decía que era solo un extraño, Belle no le hizo caso. Desde que lo había visto, se había sentido atraída por él.

Tenía los labios doloridos de los besos, pero en esos momentos Loukas estaban dedicándole toda su atención a sus pechos. Belle dio un grito ahogado al notar que le chupaba con fuerza uno de los pezones. Deseó que aquel placer no terminase nunca y enterró los dedos en su pelo para sujetarle la cabeza. La realidad se desdibujó. Belle miró hacia el cielo y se sintió perdida en el universo. Se había liberado de su padrastro, que le había estropeado toda la niñez. Podía hacer lo que quisiera, tomar sus propias decisiones y vivir la vida que escogiese. La idea la emocionó.

Loukas se había arrodillado encima de ella y Belle le acarició el pecho y sintió su calor. Belle quería más, quería tocar su cuerpo desnudo con las puntas de los dedos, así que le desabrochó los botones de su camisa y se la quitó para explorar con ansias los definidos músculos de su pecho y su abdomen. Se dejó llevar por el instinto y le acarició el bulto que tenía entre las piernas, haciéndolo gemir.

Él se dio cuenta de que estaba al borde del orgasmo. No recordaba la última vez que había estado tan excitado. Tuvo que hacer un enorme esfuerzo para no levantarle el vestido, apartarle las braguitas y penetrarla sin más.

Entonces la miró. Era preciosa, con la melena rubia extendida sobre los cojines y los cremosos pechos al descubierto. Era una bruja que lo tenía hechizado y que hacía que solo pudiese pensar en poseerla. Quería verla entera, acariciar todo su cuerpo.

Belle dudó un instante al ver que Loukas llevaba las manos a sus braguitas. Lo había conocido ese mismo día, aunque ya sabía muchas cosas de él. Sabía que era un buen hermano y un amigo leal, que a pesar de su duro exterior, se preocupaba por las personas a las que quería. Lo miró a los ojos y se le aceleró el corazón al ver la intensidad de su mirada.

–Quieres esto tanto como yo –le dijo él con voz profunda y aterciopelada.

Ella no podía contradecirlo, ni quería discutirlo. Lo deseaba y era un deseo tan fuerte, tan intenso, que nada más importaba. Permitió que le separase las piernas y metiese la mano, y vio su gesto de satisfacción al darse cuenta de que estaba muy húmeda.

Belle no pudo evitar dar un grito de sorpresa y arquear la espalda cuando Loukas encontró su clítoris y se lo acarició con cuidado. Sintió que se deshacía cuando le metió un dedo e, instintivamente, echó las caderas hacia arriba, para sentirlo todavía más dentro. Ya estaba empezando a sentir unos pequeños espasmos en el vientre, pero quería más... quería tenerlo en su interior.

Movida por un deseo que jamás antes había experimentado, se aferró a sus hombros e intentó hacer que la penetrase, pero Loukas se echó a reír y se resistió. Belle protestó al notar que se alejaba, pero luego se dio cuenta de que se estaba quitando los pantalones y los calzoncillos. Unos segundos después volvía a estar allí, empujándole con la erección en la pelvis. Notó que le ponía la punta de la erección a la entrada del sexo y dio un grito ahogado al notar lo grande que era. Tuvo dudas a pesar del aturdimiento y recordó, demasiado tarde, su inexperiencia. No obstante, Loukas estaba empezando a penetrarla lentamente, como si se hubiese dado cuenta de su repentino temor. La agarró por el trasero, empujó más y acalló su gemido de placer con un beso.

Loukas no podía seguir controlándose. Empezó a moverse, despacio al principio, para que Belle se acostumbrase a él. Tenía la sensación de que era algo que no hacía con frecuencia, así que intentó aguantar lo máximo posible para no llegar al clímax antes que ella. Belle empezó a moverse siguiendo su ritmo, con las caderas arqueadas hacia él y la cabeza apoyada hacia atrás en los cojines, los ojos medio cerrados.

Nada la había preparado para la intensidad del placer que le estaba dando Loukas con cada empellón. La llenaba, la completaba, sus dos cuerpos se movían como si se tratase solo de uno, hacia un lugar mágico que cada vez estaba más cerca. Belle vio las estrellas brillando en el cielo antes de que la cabeza de Loukas se las tapase y él le diese un beso que le llegó al alma. Belle se aferró a sus hombros mientras la tormenta crecía cada vez más en su interior y dio un grito al notar que su cuerpo empezaba a sacudirse y tenía un orgasmo increíble.

Él llegó al clímax casi a la vez. La agarró por las caderas mientras la empujaba por última vez y gimió salvajemente antes de desplomarse sobre su cuerpo e intentar respirar de nuevo. Belle notó cómo le latía el corazón, al mismo ritmo que el de ella, y sintió ternura al pensar que aquel hombre tan fuerte y poderoso se había deshecho entre sus brazos. Le dio un beso en la mejilla y se reconoció a sí misma que nunca se había sentido tan cerca de otro ser humano. Deseó poder quedarse así para siempre. Fue su último pensamiento antes de quedarse dormida.

NO ESTABA en su habitación. Belle se sentó despacio y miró a su alrededor. Su cerebro volvió a ponerse en marcha y se le revolvió el estómago al recordar. ¿Qué había hecho?

Solo unos segundos antes, sumida todavía en un delicioso aletargamiento, se había sorprendido por lo que había dado por hecho que era un sueño muy erótico. Pero no había estado soñando. Había pasado la noche con Loukas. La amplitud de la habitación y el tamaño de la cama, con sábanas de seda color burdeos, le indicaron que estaba en la habitación principal. Loukas debía de haberla llevado allí después de haberse acostado con ella en la terraza del tejado.

Sintió vergüenza y empezó a hacerse recriminaciones. No solo se había acostado con un hombre al que había conocido menos de veinticuatro horas antes, sino que, además, no se trataba de un hombre cualquiera, sino de Loukas Christakis, uno de los hombres de negocios más poderosos del mundo, que podría aplastar su pequeña empresa como si de una mosca se tratase.

Era un hombre cruel y cínico, que había desconfiado de ella y se había opuesto desde el principio a que una diseñadora desconocida diseñase el vestido de novia de su hermana. Aunque luego le había dado una oportunidad y la había llevado a Aura, donde ella se había puesto nerviosa y había caído rendida a sus pies.

Recordó su cuerpo desnudo, su boca devorándole los pechos y sus dedos acariciándole el sexo. Avergonzada, se llevó las manos a las mejillas, que le ardían. Lo había estropeado todo, pensó. Seguro que, en esos momentos, Loukas estaba ya organizando su viaje de vuelta a Londres.

–Ah, estás despierta. Había empezado a pensar que ibas a quedarte ahí todo el día –comentó Loukas, entrando a la habitación desde una puerta que debía de ser la del cuarto de baño.

Iba vestido con un traje gris oscuro, camisa blanca y corbata azul marino.

Belle se dio cuenta al instante de que ella estaba desnuda y agarró la sábana con fuerza, intentando averiguar de qué humor estaba. ¿Tendría ataques de ira, como John? ¿O su enfado sería frío y sarcástico?

Loukas se acercó a la cama y, a pesar de tener el pulso acelerado, Belle se dio cuenta de que estaba recién afeitado. Era tan guapo que era normal que hubiese sucumbido a sus encantos, pero eso no era una excusa.

–Sé lo que debes de estar pensando –le dijo, vacilante, deseando que no se hubiese sentado en el borde de la cama para que no le llegase el olor de su aftershave–. Solo quiero que sepas que nunca hago... lo que hice anoche.

Loukas frunció el ceño.

–¿Quieres decir que eras virgen?

Ella lo miró sorprendida.

–No, claro que no. Tuve una relación con un compañero de universidad. Bueno, en realidad no fue una relación, éramos amigos y una noche nos acostamos –balbució, ruborizándose–. No resultó ser buena idea. En cualquier caso, lo que quería decir es que yo nunca... me acuesto... con alguien a quien apenas conozco.

Loukas se preguntó si Belle sería consciente de lo vulnerable que parecía. Deseó abrazarla y darle un beso en los temblorosos labios. La noche anterior, bajo la luz de la luna, había creído que no podía estar más guapa, pero esa mañana, con el pelo enmarañado sobre los hombros desnudos y la boca ligeramente hinchada de sus besos, estaba mucho más sexy, y él se estaba excitando solo de pensar en volver a hacerle el amor.

No sabía por qué, pero le había gustado que admitiese que solo había tenido un amante antes que él. En realidad, su pasado no le interesaba, ni tampoco su futuro, ya que en unas semanas sus vidas volverían a separarse. Únicamente le interesaba el presente.

–¿Qué importa que solo nos conociésemos desde hacía horas y no días? –le preguntó en tono frío–. Iba a ocurrir antes o después. Ha habido química entre nosotros desde la primera vez que nos hemos visto.

Belle separó los labios para negarlo.

–¿Por qué esperar, si era algo que ambos deseábamos?

–¡Porque no nos conocemos! –respondió ella temblorosa.

Loukas se encogió de hombros.

–Sabemos varias cosas el uno del otro, y anoche nos enteramos de que, sexualmente, somos muy compatibles. ¿Qué más necesitamos saber? De todos modos, no estamos hablando de pasar el resto de nuestras vidas juntos –añadió en tono socarrón.

Aquellas palabras dolieron a Belle. De repente, recordó los momentos posteriores a haber hecho el amor, cuando se habían abrazado mientras sus respiraciones se calmaban, y que ella se había sentido segura por primera vez en la vida. Como si Loukas fuera la persona con la que tenía que estar. Una sensación ridícula.

Lo miró con timidez y se le hizo un nudo en el estómago al darse cuenta de que la estaba devorando con los ojos. Recordó su cuerpo desnudo acercándosele, recordó su erección penetrándola lentamente, y notó humedad entre las piernas. Tenía que recuperar el control de la situación. No parecía que Loukas quisiera despedirla y, en adelante, iba a centrarse en su trabajo.

–En cualquier caso, no volverá a ocurrir –le dijo.

–Por supuesto que sí –la contradijo él con toda naturalidad, acercándose más.

Belle se apretó contra el cabecero de la cama, con el corazón acelerado. Loukas colocó ambas manos a los lados de su cabeza y acercó mucho los labios para susurrarle:

–Una noche no es suficiente para ninguno de los

dos, aunque estoy seguro que, de aquí a la boda de Larissa, ambos estaremos saciados y podremos continuar con nuestras vidas.

La sorpresa y el deseo se enfrentaron dentro de la cabeza de Belle.

–¿Me estás proponiendo que tengamos una aventura durante mi estancia en Aura? –inquirió.

–¿Se te ocurre algún motivo por el que no debiésemos hacerlo? –replicó Loukas–. Somos adultos y libres para hacer lo que queramos. Yo no tengo ninguna relación en estos momentos, y supongo que tú tampoco.

Parecía tan sencillo. Y tal vez Loukas tuviese razón, le dijo una vocecilla a Belle en su interior. Tal vez ella estuviese buscando complicaciones que no existían. ¿Por qué no tener una aventura? El sexo de la noche anterior había sido indescriptiblemente maravilloso. Era cierto que no tenía mucha experiencia, pero sabía que él había disfrutado tanto como ella.

Y no corría peligro de enamorarse. Tal vez no fuese como su padrastro, pero seguía siendo demasiado dominante. Los pocos hombres con los que había salido en el pasado habían sido amables, bohemios, sensibles y poco exigentes. Tal vez un poco aburridos, pero, de todos modos, ella tampoco había tenido tiempo para grandes pasiones, teniendo que establecer su negocio.

Se mordisqueó el labio inferior.

–Necesito concentrarme en los vestidos. ¿Y qué pensaría Larissa?

Loukas se encogió de hombros.

–Supongo que no le importaría. El único problema sería que mi hermana pudiese vernos como una pareja de enamorados. Le preocupa dejarme solo cuando se case con Georgios y se marche a vivir a Atenas, y le gustaría que me enamorase –le explicó él en tono irónico–, pero no tiene por qué enterarse. Lissa ha llamado hace un rato para decir que habían operado a Constantine de urgencia esta misma mañana. Al parecer, todo ha ido bien, aunque tendrá que quedarse en la unidad de cuidados intensivos varios días. Larissa ha decidido quedarse con Georgios en Atenas, pero vendrá a Aura cuando tenga que probarse el vestido.

Eso significaría que Belle estaría a solas con Loukas en Villa Elena todas las noches. Contuvo la respiración al notar que le trazaba la curva del cuello con un dedo y seguía descendiendo hacia el valle que había entre sus pechos.

–¿De verdad quieres dormir sola noche tras noche, atormentada por fantasías en las que mis manos te acarician? –murmuró Loukas.

Estiró de las sábanas y sus ojos brillaron de deseo al ver sus pechos desnudos y sus pezones erguidos.

–¿Cuántas noches crees que resistirías el hambre carnal que nos está consumiendo a ambos? –añadió.

Belle lo miró aturdida, pero, al parecer, Loukas no necesitaba que le diese una respuesta. Tal vez porque sabía que era incapaz de resistírsele, pensó ella, avergonzada por su debilidad. La verdad era que no podía oponer resistencia. Estaba deseando que la besase, que le acariciase los pezones como había hecho la noche anterior y que volviese a hacerle sentir esas exquisitas sensaciones que solo había conocido con él. Se quedó decepcionada al ver que se levantaba de la cama e iba hacia las enormes ventanas con vistas al mar.

–Hay una cosa de la que tenemos que hablar.

Ya no había calor ni sensualidad en su voz, parecía tenso, su lenguaje corporal había dejado de ser relajado.

–Anoche no utilicé preservativo, así que, a no ser que estés tomando la píldora, tuvimos sexo sin ninguna protección.

Aquello lo ponía furioso. Estaba furioso consigo mismo, por haber sido tan descuidado. Loukas se preguntó por enésima vez desde que se había dado cuenta cómo había sido posible mientras intentaba respirar hondo.

Se había despertado al amanecer y se había encontrado con que Belle se había apartado del lado de la cama en la que la había dejado al bajarla a su habitación y se había pegado a él. Su cuerpo estaba suave y caliente y su maravilloso pelo cubría la almohada. Loukas se había excitado al instante, pero al recordar la pasión que habían compartido unas horas antes, se había dado cuenta también de que se le había olvidado la anticoncepción.

Y se había odiado a sí mismo. Porque después de que Sadie hubiese terminado con su embarazo, se había jurado que tomaría todas las precauciones posibles para evitar dejar embarazaba a ninguna otra mujer. No había pretendido hacerle el amor a Belle en la terraza del tejado, pero, como los pescadores en los cuentos de mitología griega que su padre le había contado de niño, se había sentido atraído por una sirena y hechizado con su belleza. Al tener a Belle entre sus brazos, se había olvidado de todo salvo de cuánto la deseaba y lo cierto era que, por mucho que se lamentase, podía haberla dejado embarazada.

Se giró a mirarla y, al ver la expresión de horror en su rostro, supo que no se estaba tomando la píldora.

–¡Oh, Dios mío! No pensé...

Belle no era capaz ni tan siquiera de contemplar la posibilidad de estar embarazada. ¿Qué haría? ¿Cómo iba a dedicar todo su tiempo a Wedding Belle si tenía un hijo?

–Sería un desastre –añadió instintivamente al imaginárselo.

No se dio cuenta de que Loukas apretaba la mandíbula.

–Veo que la idea de la maternidad no te interesa –dijo él, en tono enfadado.

Aunque Belle estaba demasiado preocupada por las posibles consecuencias de lo que había hecho como para darse cuenta.

–En este momento de mi vida, es evidente que no –admitió–. Quiero centrarme en mi carrera, al menos, durante un par de años más.

Sabía que tardaría años en tener éxito como diseñadora, así que, en realidad, dudaba que algún día tuviese hijos. Estaba convencida de que todos los niños se merecían ser criados por sus padres, preferiblemente, casados, pero ella no quería casarse y arriesgarse a ser tan infeliz como había sido su madre con John. Tenía veinticinco años, así que todavía le quedaba tiempo antes de que su reloj biológico la obligase a plantearse en serio si quería ser madre o no, pero, debido a su comportamiento irresponsable de la noche anterior, tal vez la decisión ya estuviese tomada.

–¿Cuándo sabrás si estás embarazada? –le preguntó Loukas.

Ella hizo un rápido cálculo mental y expiró.

–En un par de días... pero seguro que no lo estoy. No es el mejor momento del mes para quedarme embarazada.

La expresión de Loukas era indescifrable.

–Eso espero.

Regresó al lado de la cama y la miró a los ojos con intensidad, casi como si estuviese intentando meterse en su cabeza.

–Quiero saberlo. Si estás embarazada, será por mi culpa y aceptaré toda la responsabilidad.

Belle se estremeció al oír aquello y se preguntó cómo reaccionaría Loukas si resultaba que estaba embarazada. ¿Y qué quería decir con lo de que aceptaría toda la responsabilidad?

–Seguro que no –repitió, desesperada por convencerse a sí misma.

Era demasiado duro pensar en la alternativa.

Loukas se sentó en la cama y ella tragó saliva al ver que la agarraba por la barbilla y le hacía inclinar la cabeza.

–Quiero que me des tu palabra de que me lo contarás si, dentro de un par de días, las cosas no salen como ambos esperamos que salgan.

Ella se preguntó si estaba preocupado o si, una vez más, solo quería controlarlo todo. Le costaba trabajo pensar teniéndolo tan cerca y sintió vergüenza al darse cuenta de que, incluso con la posibilidad de estar embarazada, estaba deseando que la besase. Se humedeció el labio inferior con la punta de la lengua, un gesto muy tentador.

–Te lo contaré –le aseguró.

–Bien.

Loukas relajó un poco los hombros, pero sintió una tensión distinta al bajar la vista a los labios de Belle. Se dijo que tenía que marcharse. Tenía una reunión importante. Pero no podía concentrarse en los negocios, solo podía pensar en apartar la sábana que cubría el cuerpo de Belle y devorárselo. Y no precisamente con los ojos. ¿Qué tenía aquella mujer que hacía que desease hacer caso omiso de su ética profesional y que la noche anterior había hecho que olvidase sus principios acerca del sexo sin protección?

Entró en razón al oír a lo lejos el ruido de un helicóptero acercándose a Aura. Tendría cinco semanas para satisfacer el inoportuno deseo que sentía por Belle, y obligándose a esperar hasta la noche para hacerle el amor solo aumentaría después su satisfacción. Inclinó la cabeza para darle un beso rápido y ella respondió con entusiasmo. Loukas tuvo que hacer un esfuerzo sobrehumano para apartarse, y sonrió al ver decepción en los ojos de ella.

–Tendrás que tener paciencia hasta esta noche, belleza. Tengo trabajo, y tú también. Larissa está llegando.

La vio ruborizarse y sintió todavía más curiosidad por ella. Teniendo en cuenta que se describía a sí misma como una mujer centrada en sus negocios, le resultaba demasiado idealista. Tenía una potente mezcla de inocencia y sensualidad de la que él pretendía disfrutar durante las siguientes semanas y hasta la boda de su hermana.

De alguna manera, Belle consiguió actuar con naturalidad delante de Larissa, aunque no pudo dejar de pensar en los acontecimientos de la noche anterior. A la luz del día, casi podía convencerse a sí misma de que la salvaje pasión que había compartido con Loukas en la terraza había sido solo un sueño, aunque el placentero dolor que sentía en ciertos músculos que solía utilizar muy poco, le decía lo contrario.

Se ruborizó al recordar cómo la había excitado Loukas con sus manos y con su boca. Era un experto, un maestro en el arte de hacer el amor, era normal, tenía mucha práctica. Tenía fama de playboy y solía salir en las revistas acompañado por sus amantes.

Belle no sabía qué había visto en ella ya que, aunque era consciente de que era atractiva, no podía compararse con las impresionantes supermodelos que le gustaban a Loukas. No obstante, este la deseaba y le había dejado claro que quería que fuesen amantes durante su estancia en Aura.

El sentido común le decía que se negase. Había cientos de motivos por los que no debía tener una aventura con Loukas. Pero nunca le había apetecido menos ser sensata, reconoció en silencio, mientras se inclinaba sobre el bloc de dibujo en el que estaba plasmando sus ideas para el vestido de Larissa.

Se aseguró a sí misma de que no corría el riesgo de enamorarse de él. No necesitaba a un hombre en su vida, ya que solo le importaba su carrera, ¿qué podía tener de malo disfrutar de unas semanas de increíble sexo con un griego impresionante?

–Ah, así es exactamente como quiero que sea mi vestido –comentó Larissa emocionada mientras miraba por encima del hombro de Belle y estudiaba el boceto–. Me encanta el corpiño drapeado y la cola.

–Estaba pensando que la cola debería ser de encaje de chantilly, y tal vez el velo también –le explicó Belle, obligándose a concentrarse en el diseño–. Mira, una muestra –añadió, acercándose al montón de retales que había al otro lado de la mesa y tendiéndole el de encaje a Larissa.

–Es perfecto –admitió esta, levantándose y estirándose–. Yo creo que ya hemos hecho suficiente por hoy. Son las cuatro de la tarde. No me había dado cuenta de la hora.

Puso gesto de sorpresa al oír un helicóptero y miró por la ventana.

–Me pregunto por qué vuelve tan pronto mi hermano. No obstante, me alegro, porque así me puedo marchar ya a Atenas. El padre de Georgios sigue en la unidad de cuidados intensivos, pero podré pasar a verlo unos minutos esta noche –dijo, dirigiéndose hacia la puerta–. Hasta mañana, Belle.

Abajo, en la entrada de Villa Elena, Chip no pudo ocultar su sorpresa al ver entrar a Loukas en casa.

–Llegas muy pronto, jefe. ¿Va todo bien?

–¿Por qué todo el mundo espera que me pase la vida en el trabajo? –gruñó Loukas, a pesar de saber que, normalmente, trabajaba hasta las ocho o las nueve de la noche.

Su asistente personal también se había quedado de piedra cuando le había anunciado que había terminado su jornada y que no le pasase ninguna llamada a no ser que fuese algo de vital importancia.

–Tengo vida fuera del trabajo, ¿sabes? –le dijo Loukas a Chip–. ¿Dónde está mi hermana?

–Con Belle, llevan todo el día trabajando en el taller... –empezó Chip.

Loukas pasó por su lado y subió las escaleras de dos en dos.

El mayordomo sospechó que tenía que haber un motivo para que su jefe volviese a casa tan temprano, y tal vez tuviese algo que ver con las miradas que se había cruzado con Belle la noche anterior. No podía negar que era muy guapa, pero Loukas nunca había antepuesto su interés por una mujer a Christakis Holdings.

Belle estaba inclinada sobre la mesa, terminando el boceto con el que trabajaría para hacer el vestido de Larissa. Estaba tan concentrada que no se dio cuenta de que ya no estaba sola, y Loukas la observó durante unos minutos, embelesado con su delicada belleza. La melena clara le caía como una cortina de seda por los hombros. Recordó su suavidad al tocarle la piel y se excitó al pensar en la noche anterior.

Se había pasado todo el día pensando en ella. Por primera vez en su vida, se había aburrido en una importante reunión de negocios y se había puesto a pensar en una chica rubia de ojos azules, impaciente por volver a hacerla suya. Ya estaba de vuelta en Aura y pronto se llevaría a Belle a la cama, se dijo, satisfecho, notando cómo su cuerpo se endurecía solo de pensar en hundirse entre sus suaves muslos.

Belle levantó la cabeza y su mirada se cruzó con la de Loukas. Se ruborizó a pesar de haber tomado la decisión de hacerse la fría con él. Volvió a bajar la vista al boceto mientras intentaba recuperar la compostura. Se había creído capaz de comportarse como una amante sofisticada y de disfrutar de una aventura sin importancia, pero la atracción que sentía por él le hacía sentirse como una ingenua adolescente y no como una *femme fatale*.

–¿Cómo vas? –le preguntó Loukas acercándose para estudiar sus dibujos–. Acabo de hablar con Larissa y me ha dicho que casi has terminado el diseño del vestido.

–Sí, hoy hemos avanzado mucho –respondió Belle con el corazón acelerado.

Como no se sentía capaz de mirarlo, se puso a recoger la mesa de trabajo, en la que estaban extendidos algunos retales y hojas de papel con bocetos.

–Mañana empezaremos a pensar en los vestidos de las damas de honor y luego les tomaré las medidas para hacer los patrones de papel...

Dejó de hablar cuando Loukas puso la mano debajo de su barbilla y la obligó a mirarlo, y otra ola de calor le inundó las mejillas al ver el sensual brillo de sus ojos.

–Eh –le dijo Loukas en voz baja–. No tienes que hacerme un informe. Sé que sabes lo que estás haciendo.

No recordaba cuándo había sido la última vez que había visto ruborizarse a una mujer. Después de la explosiva pasión que habían compartido la noche anterior, no había esperado que Belle se comportase con tanta timidez. Estaba acostumbrado a tener amantes que se hacían las coquetas y que empleaban todas sus artes femeninas para mantener su interés, pero Belle había admitido que solo había tenido otro encuentro sexual antes de aquel. En comparación con las mujeres con las que solía salir, parecía muy inocente y su vulnerabilidad le estaba calando hondo.

–Lissa me ha contado que habéis ido a ver la iglesia esta mañana –le dijo, decidido a calmar a sus hormonas, que le pedían que le hiciese el amor inmediatamente.

Belle asintió.

–Sí, es muy pintoresca –murmuró, pensando en la pequeña capilla de color blanco y con bóveda azul que, según la placa que había en ella, había sido construida en el siglo XIII.

Detrás de ella había un increíble acantilado y tanto el entorno como el edificio la habían inspirado a la hora de diseñar el vestido de Larissa.

–Me preguntaba si te gustaría que te enseñase el

resto de Aura. Le pediré a Maria que nos prepare un picnic y nos pararemos en cualquier sitio a comerlo.

Ella lo miró sorprendida y dejó escapar muy despacio el aire que había dejado atrapado en sus pulmones. Nunca antes había tenido una aventura y no tenía ni idea de las normas, pero sí había pensado que Loukas solo querría tener sexo con ella. El corazón le dio un vuelco al darse cuenta de que también quería pasar tiempo en su compañía fuera del dormitorio.

–Eso sería estupendo –le respondió sonriendo–. Me encantará terminar de ver tu isla.

–Bien –dijo Loukas, apartando los ojos del redondeado contorno de sus pechos y resistiendo la tentación de subirla encima de la mesa y devorarla–. Nos veremos abajo en un cuarto de hora.

Luego fue hacia la puerta, en esos quince minutos, aprovecharía para darse una ducha fría.

–¿Nunca has conducido una motocicleta ni has ido de paquete? –le preguntó un rato después, cuando Belle salió de la casa y miró el vehículo con cautela–. No tiene ningún misterio. Pon los brazos alrededor de mi cintura y sujétate fuerte. Veo que voy a tener que enseñarte muchas cosas nuevas –añadió en tono divertido.

Belle volvió a sonrojarse. No había esperado que Loukas tuviese también un lado relajado y divertido. Mientras se subía a la moto detrás de él, reconoció que le sería muy sencillo enamorarse, pero no iba a permitir que su aventura le importase más de la cuenta. Dudó un instante y, al darse cuenta de que no había otra cosa a la que agarrarse, lo abrazó por la cintura y apoyó las manos en sus duros músculos abdominales.

Ir montada en moto, con el aire caliente golpeándole el rostro y haciendo volar su melena, era aterrador y emocionante. Al principio, Belle cerró los ojos, pero luego se dio cuenta de que Loukas controlaba completamente la situación y tuvo el valor de mirar el paisaje. El estrecho camino que era la única carretera de Aura atravesaba olivares y zonas de densa vegetación, y dejaba a un lado pequeñas calas en las que la arena blanca se encontraba con el agua azul turquesa del mar.

–Aquí hubo un antiguo templo griego –le explicó Loukas, deteniéndose delante de unas ruinas de piedra–. Debió de ser construido para honrar a alguna diosa de la mitología griega. Aura era la diosa de la brisa y es probable que el nombre de la isla se deba a ella.

–Me fascina la mitología griega –admitió Belle–. Son historias tan maravillosas.

–Si quieres, te prestaré algunos libros. Tengo muchos. Mi padre sabía muchos cuentos y solía contármelos cuando era niño.

El rostro de Loukas se ensombreció un momento y Belle se dio cuenta de que se había puesto triste.

–Debes de echarlo de menos –le dijo en voz baja. Luego se mordió el labio–. Sé cómo te sientes. Mi madre falleció hace tres años y la echo de menos todos los días.

Él le dedicó una mirada de compasión.

–Lo siento.

La ternura de su voz hizo que a Belle se le llenasen los ojos de lágrimas.

–A mamá le habría encantado esto. Es como si en la isla no pasase el tiempo.

–Los arqueólogos de un museo de Atenas piensan que en Aura hay un asentamiento que lleva aquí desde el tercer milenio después de Cristo.

–Es increíble, pensar que hubo personas aquí hace tanto tiempo –comentó Belle mirando a su alrededor–. Me encanta que Aura sea tan natural, tan virgen. Supongo que ahora vas a decirme que tienes planeado construir un hotel, un campo de golf y un parque de atracciones en ella.

Loukas se echó a reír.

–De eso nada. A mí también me gusta la belleza natural de Aura y pretendo mantenerla –dijo, mirando a Belle con curiosidad–. La mayoría de las mujeres a las que conozco solo querrían venir a Aura si hubiese un hotel de cinco estrellas con balneario, salón de belleza y tiendas.

¿Quería decirle con ello que pensaba que ella no era nada sofisticada? Bella estudió la playa desierta a la que habían llegado por un camino que bajaba desde las ruinas y disfrutó de la belleza salvaje del escenario.

–Supongo que no soy como tus otras mujeres –comentó en tono animado–. Para mí, estar aquí sola es como estar en el cielo.

–No estás completamente sola –le recordó Loukas, con la voz ronca de repente.

Belle sintió un escalofrío y el corazón se le aceleró cuando notó que le acariciaba el pelo.

–¿Quieres bañarte en el mar? –le preguntó él.

–No me he puesto el biquini –respondió ella, lamentándolo.

–No te hace falta. Tal y como has dicho, estamos solos. ¿No has nadado nunca desnuda? –le preguntó en un murmullo, acariciándole la piel con el aliento mientras le quitaba la camiseta por la cabeza y le desabrochaba el sujetador.

Sonrió al verla negar con la cabeza.

–Ya te he dicho que iba a disfrutar enseñándote muchas cosas nuevas, mi preciosa Belle –añadió.

Cuando reía parecía más joven, casi un muchacho, y sus ojos dejaban de parecer fríos y brillaban de diversión. Cuando el sujetador de Belle cayó a la arena, empezaron a mirarla con deseo. Luego bajó las manos a la cremallera de sus pantalones vaqueros.

–El último en entrar al agua es un gallina.

–¡Eh, eso no es justo!

Mientras intentaba quitarse los ajustados vaqueros, Belle pensó que nunca había visto desnudarse a un hombre tan rápido. En realidad, nunca había visto desnudarse a un hombre, y punto. Loukas ya iba en dirección a la playa, completamente desnudo, con la piel brillando como bronce pulido bajo el ardiente sol griego. Su trasero firme y sus poderosos muslos hicieron que Belle se sintiese débil, y después de recorrer la playa con la mirada para asegurarse de que estaban solos, se quitó las braguitas y corrió tras de él.

El agua la refrescó.

–No puedo creer que esté haciendo esto –admitió, dando un grito ahogado cuando Loukas la agarró por la cintura y la apretó contra su cuerpo excitado.

–Es estupendo, ¿no? ¿Sentirse libre y desinhibido? –dijo riendo, acariciándole las mejillas sonrojadas–. No puedo creer que te estés ruborizando otra vez.

Se miraron a los ojos y él dejó de reír para inclinar la cabeza y darle un sensual beso que caló a Belle hasta el alma.

Cuando la llevó en brazos de vuelta a la arena, a la manta que había tendido en ella, tuvo que admitir que le daba miedo pensar lo fácil que sería enamorarse de él. Pero entonces Loukas se arrodilló encima de ella, bloqueando el sol con el cuerpo, y Belle lo abrazó con las piernas por la cintura y dejó de pensar.

# Capítulo 7

YA ESTÁ, el último cristal en su sitio, gracias a Dios –dijo Belle, irguiéndose y moviendo los doloridos hombros–. Pensé que no iba a terminar nunca de coserlos, pero ha merecido la pena tantas horas de trabajo. El corpiño da mucho brillo al vestido, ¿no te parece?

Miró a Larissa para ver cuál era su reacción con el vestido de novia por fin terminado, y le sorprendió ver lágrimas en sus ojos.

–Es indescriptible –comentó la joven–. Oh, Belle, es precioso. Mucho más bonito de lo que había imaginado. Es el vestido de mis sueños, y no sé cómo darte las gracias por haberlo hecho realidad.

–Me alegro de que te guste –le respondió Belle, sintiéndose orgullosa.

Era probablemente el mejor vestido de novia que había creado. El corpiño, sin tirantes, era de tul de seda blanca y la falda, de encaje. Ambos estaban adornados con cientos de minúsculos cristales y pequeñas perlas. Todavía tenía que coser los cristales del velo, y a una semana para la boda, tenía por delante muchas horas de trabajo para poder terminar los vestidos de las damas de honor.

–Ya está Loukas en casa –dijo Larissa al oír un helicóptero–. El piloto va llevarme de vuelta a Atenas porque la madre de Georgios va a dar una cena esta noche para celebrar que le han dado el alta a Constantine. Te mandaré a mi hermano para que vea el vestido, aunque de todos modos, supongo que vendrá derecho al taller. Al parecer, le gusta pasar tiempo contigo.

Belle se inclinó hacia la falda del vestido con la esperanza de que Larissa no se diese cuenta del repentino calor que tenía en las mejillas.

–Le interesa mucho el progreso de los vestidos –balbució.

–Tengo la sensación de que le interesa más la diseñadora que los vestidos –replicó Larissa–. Porque nunca había vuelto del trabajo tan pronto como últimamente.

–Tal vez no tenga mucho que hacer en estos momentos –comentó, sonrojándose todavía más al pensar que las horas que no estaba en su despacho de Atenas, Loukas las pasaba haciéndole el amor a ella.

Habían sido discretos delante de Larissa, pero era evidente que esta tenía sus sospechas.

Cosa que confirmó al añadir:

–No creas que no me he dado cuenta de cómo te mira, ni de cómo lo miras tú a él. Sé que hay algo entre vosotros, y me parece estupendo. Me encantaría tenerte como cuñada, Belle. Tal vez el próximo vestido que diseñes sea el tuyo propio.

Belle sacudió la cabeza con firmeza.

–No, eso no va a ocurrir. No quiero casarme –le

explicó a Larissa, que parecía decepcionada–. Estoy demasiado ocupada con Wedding Belle. Mi carrera es lo más importante.

Dudó un instante antes de continuar:

–Entre tu hermano y yo no hay nada.

En parte, era cierto. Al menos, era mucho más sencillo que intentar explicar que lo suyo con Loukas no era más que una aventura.

Aunque eso tampoco era del todo verdad, pensó Belle después de que Larissa se hubiese marchado y la hubiese dejado sola en el taller. Desde que se habían convertido en amantes, habían compartido mucho más que encuentros sexuales. Habían cenado bajo la luz de las velas y habían pasado horas tumbados junto a la piscina. Habían explorado las ruinas de Aura y Loukas la había llevado a Atenas a ver la Acrópolis y otros lugares famosos después de haberse dado cuenta de que compartían su interés por la historia de la antigua Grecia.

La preocupación de poder haberse quedado embarazada la primera noche que habían hecho el amor en la terraza se había visto disipada un par de días antes, cuando había empezado con el periodo. Desde entonces, había pasado todas las noches con Loukas, y el deseo que sentían el uno por el otro, lejos de haber menguado, parecía haberse intensificado. Solo quedaba una semana para la boda de Larissa, una semana para que se terminase su aventura. Porque, eso era seguro, iba a terminarse. Loukas tenía que viajar a Sudáfrica justo después de la boda de su hermana y Belle debía regresar a Londres, con un poco de suerte, con un aluvión de encargos después de la publicidad que le daría la boda de Larissa.

Suspiró pesadamente y fue hacia la ventana, a admirar la amplia extensión de un mar azul zafiro, que reflejaba el cielo despejado. Echaría de menos la tranquila belleza de Aura. Se mordió el labio. ¿A quién pretendía engañar? Echaría de menos a Loukas. Aunque no quisiese reconocerlo, era la verdad. No se había enamorado de él, por supuesto que no, pero tenía la esperanza de que su última semana en Aura pasase muy despacio.

–Te veo muy pensativa.

Loukas había entrado en el taller en silencio y, al ver a Belle sumida en sus pensamientos, se había quedando unos minutos observándola. Se dijo que estaba todavía más guapa que cuando había llegado a Aura. La larga melena, recogida esa tarde en una coleta, estaba todavía más rubia y hacía que sus ojos pareciesen también más azules. Sintió deseo, pero algo en su postura hizo que se le encogiese el estómago. A veces parecía encerrarse en sí misma, y no era la primera vez que la veía triste y que deseaba abrazarla con fuerza.

Belle se giró al oírlo hablar y le sonrió, pero solo con los labios.

–Estaba pensando en todos los cristales que me quedan por coser al velo de Larissa. Por suerte, el vestido está terminado. ¿Quieres verlo?

Él intentó no pensar en que lo que realmente deseaba era romper todas las barreras detrás de las que se escondía y descubrir a la verdadera Belle Andersen. ¿Por qué sentía tanta curiosidad? No era más que su amante temporal y era probable que, en una semana, lo suyo se terminase para siempre. Frunció el ceño y se preguntó por qué la idea le gustaba tan poco.

–Por supuesto que quiero ver el resultado de tus largas horas de duro trabajo.

Belle solía estar ya en el taller antes de que él se marchase a trabajar por las mañanas y algunas noches tenía que obligarla a salir de él e insistir para que cenase. No era solo trabajadora, sino más bien obsesiva. ¿A quién le recordaba eso?

Volvió a pensar en Sadie, cuando ambos habían tenido dieciocho años y habían vivido en el mismo edificio de apartamentos en Nueva York. Por aquel entonces, él intentaba sobrevivir con la tienda de comestibles y Sadie estaba en la escuela de arte dramático, mucho antes de que le llegase la fama.

–No puedo seguir viéndote, Loukas. Tengo que pasar todo mi tiempo ensayando. Bailar es mi vida y algún día mi nombre aparecerá en las carteleras de Broadway.

Su mente retrocedió doce años. La escena tenía lugar en su lujoso ático de Manhattan. Sadie era ya la novia de Broadway y una estrella internacional, y llevaban un año juntos.

–No puedo tener un hijo, Loukas. Significaría el fin de mi carrera. Actuar es mi vida, no puedo tomarme varios meses libres y arriesgarme a perder la figura.

Él le había entregado su corazón a Sadie y esta se lo había roto. En esos momentos, tenía el corazón de granito y no iba a enamorarse otra vez. Su relación con Belle era otra aventura sin importancia.

Belle quitó la tela que cubría el vestido de Larissa.

–¿Qué te parece? –le preguntó con nerviosismo, al ver que habían pasado varios segundos y Loukas todavía no había dicho nada.

–Que fue una enorme injusticia que dudase de ti como diseñadora –le respondió él en voz baja–. El vestido es exquisito y Lissa me ha contado que está encantada con él. No me cabe la menor duda de que Wedding Belle va a tener un gran futuro.

Belle se ruborizó al oír aquello. Sobre todo, después de que John Townsend hubiese vaticinado todo lo contrario:

–Estás perdiendo el tiempo. No tienes nada de talento –le había dicho su padrastro.

Recordó dolida lo mucho que había disfrutado burlándose de sus sueños. Durante años, Belle se había preguntado por qué no la quería su padre y se había sentido responsable de ello. En esos momentos, sabía que no había sido culpa suya. Jamás sabría quién era su padre, pero tener su propia empresa le daba seguridad. Wedding Belle era para ella más que un negocio: era lo más importante de su vida.

Sonrió a Loukas.

–Espero que tengas razón. Estoy preparada para trabajar duro y para dedicar todo mi tiempo y energía a conseguir que Wedding Belle tenga éxito.

Una expresión curiosa cruzó el rostro de Loukas, pero desapareció antes de que a Belle le diese tiempo a hacerse preguntas.

–En ese caso, será mejor que aprovechemos al máximo el tiempo que te queda en Aura, antes de que te marches a conquistar el mundo de la moda –le dijo en tono sensual, sonriéndole y acariciándole el brazo desnudo–. ¿Te duelen otra vez los hombros?

Ella cerró los ojos y se relajó mientras Loukas le daba un masaje en la base del cuello.

–Umm... qué bien. Estoy un poco tensa.

Él rio y la apoyó contra su cuerpo.

–Yo también, mi preciosa Belle... y más que un poco.

–Sí... ya lo veo –respondió ella sin aliento.

Notó calor y humedad entre los muslos al sentir la erección de Loukas contra su trasero. El deseo corrió por sus venas. La ropa era una frustrante barrera y el corazón se le aceleró cuando Loukas le bajó los tirantes de la camiseta para poder acariciarle los pechos desnudos.

–Loukas, tengo que trabajar... –protestó.

Pero él ignoró la protesta y la hizo gemir apretándole los pezones con las puntas de los dedos.

Belle sintió cómo el placer bajada desde el estómago hasta su pelvis y no opuso resistencia cuando Loukas la giró hacia él.

–Necesitas esto –le aseguró–. Y yo también, Belle *mou*.

La besó apasionadamente, haciendo que se olvidase de todo y que solo fuese consciente del olor de su aftershave y del roce de su mandíbula contra su mejilla. ¿Cómo iba a negar el deseo que sentía por él cuando la consumía y hacía que le temblasen las piernas?

Loukas la tomó en brazos y ella apoyó la cabeza en su hombro mientras la llevaba al dormitorio. «Solo una semana más», pensó, deseando que no pasasen los días ni las horas.

La tumbó en la cama y Belle lo abrazó por el cuello para que se tumbase a su lado.

Loukas dejó escapar una carcajada mientras intentaba contener las ansias que sentía por aquella rubia frágil que se había convertido en una peligrosa adicción. Le encantaba verla impaciente, ver que no contenía la pasión, le encantaba oírla gritar de placer al quitarle la falda y la braguita y agacharse a besarla entre los muslos. Exploró su sexo lentamente con la lengua hasta que Belle arqueó las caderas, suplicándole en silencio que la llevase a aquel lugar mágico que era solo suyo.

Él supo que la echaría de menos. La idea le dio vueltas en la cabeza mientras se desnudaba sin apartar la vista de su cuerpo esbelto, iluminado por los rayos de sol que se filtraban a través de las persianas. Consideró un instante pedirle que se quedase un mes o dos con él, el tiempo necesario para cansarse de ella, cosa que terminaría ocurriendo antes o después, pero desechó la idea. Tendría que estar en Sudáfrica al menos un mes por motivos de trabajo y sabía que Belle estaba impaciente por volver a Londres, ya que tenía la esperanza de que aumentase su producción después de la boda de Larissa.

Así que tenía otra semana para disfrutarla, y pretendía hacerlo. Se puso un preservativo y se colocó encima de ella. Su sonrisa le provocó una sensación extraña en el corazón, pero cuando la penetró, Loukas dejó de pensar y solo fue consciente del placer que sentía teniendo sus músculos calientes y suaves alrededor de la erección. Se retiró y luego volvió a penetrarla otra vez, más deprisa, más profundamente, mientras su respiración entrecortada se fundía con los gemidos de ella y sus cuerpos se movían al mismo ritmo, para llegar a alcanzar juntos el éxtasis.

La boda fue de cuento de hadas. No era posible describirla de otra manera, pensaría Belle después. Larissa había estado impresionante con el vestido de novia y las damas de honor habían llevado unos preciosos vestidos de tafetán rosa claro, a juego con el ramo de la novia y con la flor que lucía en el ojal el novio.

Georgios había estado muy guapo, y un poco nervioso, pero la expresión de su rostro al sonreír a su futura esposa había hecho que Belle sintiese de repente un inexplicable anhelo. No era envidia, porque ella no quería casarse, pero sí deseaba ser amada como amaba Georgios a Larissa, y ser capaz de amar sin tener miedo a que le hiciesen daño o la rechazasen.

Impaciente, saltó de la cama, cerró la maleta y fue hasta la ventana. La luz del atardecer era tenue y dorada, y el limonero que había debajo hacía que subiese hasta allí el olor a limón. Se había enamorado de aquel lugar, pensó, suspirando: de la casa, de la isla... y de Loukas. El corazón se le aceleró. Por supuesto que no se había enamorado de Loukas, era solo que la idea de marcharse de Aura la ponía sentimental.

Él también iba a marcharse a Ciudad del Cabo. Su vuelo saldría de Atenas una hora después de que ella se hubiese montado en el avión que la llevaría a Londres. Solo faltaban unos minutos para que ambos volasen juntos en helicóptero a la capital de Grecia.

Belle volvió a pensar en la boda. Los invitados habían dado un grito ahogado al ver entrar a Larissa en la iglesia, aunque ella había tenido la vista clavada en Loukas, que acompañaba a su hermana hasta el altar. Había sido como un padre para Larissa y había asumido la responsabilidad de criarla después de la muerte de sus padres a pesar de su propia juventud.

La ceremonia había empezado y Belle se había dedicado a observar su duro perfil. Su expresión había sido indescriptible, pero ella había sentido que estaba haciendo un esfuerzo por controlar sus emociones. Sin pensarlo, le había agarrado la mano para intentar comunicarle con actos en vez de con palabras que lo entendía y que sabía cómo se sentía.

Él se había puesto tenso unos segundos, y Belle se había preparado para que la rechazase, pero entonces Loukas le había apretado la mano con fuerza y la había mirado. Sus ojos habían brillado un instante y ella le había sonreído. En respuesta, Loukas había vuelto a apretarle la mano y se la había tenido agarrada durante el resto de la ceremonia.

Belle se obligó a volver al presente, se miró el reloj y vio que había llegado la hora de marcharse. El resto del día había sido frenético, con cuatrocientos

invitados asistiendo a la recepción que se había cele-
brado en los jardines de Villa Elena. Loukas había
estado tan ocupado como anfitrión que casi no habían
podido estar juntos. Y en esos momentos era demasiado tarde. Belle notó cómo la presión que sentía en
el pecho aumentaba al bajar con la maleta al recibidor principal.

–Eh, iba a ir a ayudarte justo ahora –comentó Chip,
vestido con un impecable uniforme de mayordomo–.
El jefe te está esperando en la plataforma.

Tomó la maleta y bajó delante de ella las escaleras
de la casa.

–Espero que vuelvas algún día de visita a Aura,
Belle –continuó–. Tal vez Loukas sea muy reservado
con sus pensamientos, y a veces es difícil llegar a conocerlo, pero es un tipo estupendo. Uno de los mejores. Y sé que se va a sentir muy solo cuando Larissa
y tú os hayáis marchado.

–No creo que un guapo multimillonario esté solo
mucho tiempo –respondió ella en tono frío. Sintiendo
todavía más dolor al imaginárselo haciendo el amor
con otra mujer–. Apuesto a que tendrá cientos de novias.

Chip se encogió de hombros, pero no lo negó.

–A ninguna la ha traído a Aura –comentó–. Salvo
a ti.

Belle se sonrojó. Era normal que Chip estuviese
al tanto de su aventura con Loukas. Debía de haberse dado cuenta de que, durante el último mes, no
había dormido ni un solo día en su propia cama. Pero
¿qué importaba eso? Iba a marcharse y estaba segura

de que Chip sabía tan bien como ella que no volvería a la isla. Las aventuras de Loukas nunca duraban mucho.

Lo vio al lado del helicóptero e intentó grabar aquella imagen en su mente para siempre. Se había quitado el traje que había llevado en la boda y se había puesto unos chinos de color beis y un polo negro, y parecía relajado. Estaba tan guapo que Belle se sintió como si una flecha le hubiese traspasado el corazón.

—¿Ya está todo?

Las gafas de sol le tapaban los ojos. Belle deseó quitárselas para poder verlos por última vez, aunque luego se dijo que tal vez fuese mejor así, porque si la miraba a los ojos, vería las lágrimas que estaba luchando por no derramar.

—Sí, estoy preparada para marcharme —consiguió contestarle casi con alegría—. Larissa y Georgios deben de estar ya de camino a las Maldivas. Qué lugar tan maravilloso para pasar una luna de miel.

Loukas la ayudó a subir al helicóptero y ella se mordió el labio al aspirar el olor de su colonia mezclado con el de su piel. Tenía que seguir hablando si no quería perder la compostura y rogarle que le permitiese quedarse con él.

—Me ha llamado Jenny, mi ayudante —comentó animadamente—. Dice que ya han aparecido fotografías del vestido de Larissa en Internet, y que hemos recibido muchas solicitudes por correo electrónico.

—Bien —respondió Loukas en tono cortante.

Tal y como había imaginado, Belle estaba deseando volver a Londres para ponerse a trabajar. Cuando la había visto acercarse a la plataforma de despegue, vestida con el mismo traje con el que había llegado a Kea, había vuelto a sentirse tentado a pedirle que lo acompañase a Sudáfrica. En esos momentos se alegraba de haber dudado. Habría sido violento para ambos. Seguro que no tardaba en olvidarse de ella, lo haría en cuanto se pusiese a trabajar en su nuevo proyecto en Ciudad del Cabo.

Cuando el helicóptero los dejó en el aeropuerto y se acercaron al mostrador de facturación, el número de vuelo de Belle ya estaba reflejado en la pantalla y era hora de embarcar. Loukas había estado encerrado en sí mismo desde que habían salido de Aura y, a juzgar por las llamadas de teléfono que había hecho, debía de estar ya centrado en sus negocios.

–Bueno... –dijo ella, sonriendo de oreja a oreja y con su orgullo impidiéndole derramar ni una lágrima–. Supongo que ha llegado el momento de despedirse.

¿Qué otra cosa podía decirle? Habían sido amantes durante el último mes y, probablemente, aquella fuese la última vez que se viesen. Iba a echarlo mucho de menos.

–Si pasas alguna vez por el sudoeste de Londres y ves una casa flotante llamada *Saucy Sue*, sube a saludar.

–¿Así se llama tu barco? –preguntó él.

–Le puso el nombre mi hermano –respondió ella, dolida al darse cuenta de que a Loukas le daba igual que no fuesen a volverse a ver–. Adiós, Loukas.

–¿No pensarás que voy a dejarte marchar tan fácilmente, no? –le dijo él dedicándole una sensual sonrisa.

Belle se puso a temblar al ver que le ponía la mano debajo de la barbilla y le levantaba el rostro para que lo mirase. El roce de sus labios la transportó instantáneamente al cielo y separó los labios para que Loukas profundizase el beso, pero él levantó la cabeza. Belle se sintió tan decepcionada que, por un momento, no pudo respirar.

Él le soltó la barbilla y retrocedió. La miró y recordó los buenos momentos que habían pasado juntos. Habían compartido una pasión electrizante, pero habían tenido mucho más que eso. Había disfrutado estando con ella, llevándola en la moto, bañándose en el mar, y habían pasado horas y horas hablando.

No había esperado que el adiós fuese tan duro, pero no tenía alternativa. La vida de Belle estaba en Inglaterra, donde tenía su negocio y, la de él, en Grecia. Una aventura a distancia no tenía sentido y él no quería una relación. Apretó la mandíbula y se obligó a darse la vuelta.

–*Antio*, Belle. Y buena suerte con Wedding Belle.

Y entonces se marchó, andando entre la multitud con su gracia natural, destacando por la altura entre la mayoría. Belle lo vio alejarse, deseó que se girase y le dijese adiós por última vez, pero no lo hizo.

Ella se quedó allí un rato después de que Loukas hubiese desaparecido de su vista. Siempre había sabido que lo suyo era temporal. Y era lo mejor. No podría centrarse en su trabajo si tenía una relación con Loukas. Cuando estaba en su compañía, solo podía pensar en él, y si quería perseguir su sueño de ser una gran diseñadora, no podía permitir que nadie la distrajese.

Tres semanas más tarde, Belle miraba aturdida a su médico de cabecera.

–No puedo estar embarazada –le dijo con voz temblorosa.

–Según la prueba, debiste de concebir hace más o menos ocho semanas –le contestó el doctor–. ¿Recuerdas haber tenido sexo sin protección por entonces?

–Solo una vez –admitió ella, a pesar de saber que era suficiente–, pero tuve el periodo después.

Recordó lo aliviada que se había sentido. Era cierto que le había durado menos de lo normal, pero no le había extrañado, se había quedado tranquila al ver que la irresponsabilidad que había cometido con Loukas no había tenido consecuencias.

Había ido al médico porque su hermano había insistido al verla siempre cansada desde que había vuelto de Grecia. Belle no había pensado que le pasase nada. Era normal que estuviese cansada, con todo lo que estaba trabajando.

–Algunas mujeres sangran durante los primeros meses del embarazo –le explicó el médico–, pero no es un periodo como tal y suele acabarse cuando el embarazo avanza. Y no todas las mujeres ovulan a la mitad del ciclo. Algunas lo hacen antes y otras, como debe de haber sido tu caso, después.

–Se lo tienes que decir a Christakis –le dijo su hermano cuando le contó la noticia–. Es el padre del bebé y tiene la obligación de ayudarte, al menos, económicamente. Además, se lo puede permitir. Tú no puedes criar al niño sola. ¿Cómo vas a trabajar teniendo que ocuparte de él? ¿Y dónde vas a vivir? Me temo que la casa flotante no sobrevivirá otro invierno. Y, en cualquier caso, no es lugar para un bebé.

–No me estás contando nada que no me haya dicho yo ya al menos cien veces –replicó Belle, abrazándose como para protegerse de aquella pesadilla.

Seguía sin creérselo. Estaba esperando un hijo de Loukas. Era una locura, pero tal y como le había confirmado su médico, era real.

–No sé qué hacer –admitió con voz temblorosa.

No tenía ni idea de cómo reaccionaría Loukas cuando le diese la noticia. Parecía haberse sentido aliviado cuando le había informado de que tenía el periodo, así que seguro que se sorprendía tanto como ella.

–No tienes por qué seguir adelante, Belle –le dijo Dan con cautela, evitando su mirada–. Yo te apoyaré tomes la decisión que tomes.

A ella se le hizo un nudo en la garganta. La lealtad de su hermano le importaba mucho, pero tenía que enfrentarse a la realidad. Estaba esperando un bebé. Una vida nueva estaba creciendo en su interior y dependía completamente de ella para sobrevivir.

–Si mamá hubiese terminado con su embarazo no planeado hace veinticinco años, yo no estaría aquí –le contestó–. No puedo hacer pagar al bebé mi error.

–También es el error de Christakis –le recordó Dan.

–¿Y si se lo cuento y acepta la responsabilidad, pero odia al niño, como John me odió a mí? –inquirió Belle.

–Esto es distinto. John no es tu padre biológico y tu presencia le recordaba que mamá le había sido infiel. No fue culpa tuya, pero él lo pagaba contigo –murmuró Dan–, pero tú sí estás embarazada de Christakis.

Ella se preguntó cómo iba a ocultar la existencia del niño a su padre. Ella no sabía quién era su padre y siempre tendría un vacío. ¿Cómo iba a hacerle lo mismo a su bebé?

–Tengo que marcharme –le dijo Dan, interrumpiendo sus pensamientos–. Estaré fuera un par de días.

Se colgó la mochila a los hombros y salió del barco. Luego, se giró a mirarla e insistió:

–Tienes que decírselo a Christakis.

–Lo sé –respondió Belle, sabiendo que su hermano tenía razón.

Por el bien del bebé, tenía la obligación de contarle a Loukas que iba a tener un hijo suyo.

Pero encontrar el valor necesario para informar a Loukas de su embarazo era otra cosa. En varias ocasiones había marcado su número de teléfono móvil, pero no había llegado a realizar la llamada. Sabía que seguía en Sudáfrica, así que decidió esperar a hacerse la primera ecografía para contárselo, de ese modo ya sabría la fecha prevista de parto.

El día que tenía cita en el hospital, tuvo que pelearse para cerrar la cremallera de un vestido que le había quedado perfecto solo unas semanas antes. Le quedaba ajustado en la zona del busto y de las caderas y al mirarse de perfil en el espejo vio que su estómago plano había empezado a redondearse. ¿No era demasiado pronto para que se le notase el embarazo? De repente, sintió pánico y los ojos se le llenaron de lágrimas. No quería que su vida cambiase de manera irrevocable y, sobre todo, no quería sacrificar su sueño de tener éxito con Wedding Belle.

Oyó pasos en el muelle y supo que Dan había llegado de su viaje. Se limpió las lágrimas, se puso un pendiente y juró entre dientes cuando el otro se le cayó debajo de la mesa.

–Supongo que la descripción que un agente inmobiliario haría de una casa flotante sería «acogedora y compacta».

Belle estaba agachada cuando oyó aquella voz que conocía muy bien, pero que no pertenecía a su hermano. Levantó la cabeza y se dio un golpe contra la mesa.

–¡*Theos*! Ten cuidado. ¿Qué estás haciendo ahí abajo?

Unas manos fuertes la agarraron y la levantaron con cuidado.

Belle observó con incredulidad el bello rostro de Loukas y se mareó de tal manera que tuvo que aferrarse a la mesa.

–¿Qué... qué estás haciendo aquí? –preguntó en un susurro–. ¿Te ha llamado Dan?

Loukas frunció el ceño.

–¿Por qué iba a llamarme tu hermano?

–No... no sé –respondió ella, poniéndose las manos en las sienes–. No puedo pensar con claridad. Me sorprende tanto verte. ¿Por qué has venido, Loukas?

# Capítulo 8

AQUELLA era una pregunta que él mismo se había hecho muchas veces. ¿Por qué había terminado con el proyecto de Sudáfrica a una velocidad récord, aunque eso hubiese significado trabajar dieciocho horas diarias? ¿Y por qué había ido directo a Londres en vez de volver a Atenas?

Hasta hacía unos segundos, no había tenido respuesta, y en esos momentos todavía no terminaba de entender qué quería de su relación con Belle, pero una cosa le había quedado clara nada más verla: la deseaba. Su deseo por ella no había menguado durante las semanas que habían estado separados y por fin había aceptado que su mal humor durante la estancia en Ciudad del Cabo se había debido a que la echaba de menos.

Aquella rubia menuda y guapa le había calado muy hondo. En persona todavía le gustaba más que en sus fantasías, y tenía más curvas, pensó mientras posaba los ojos en sus pechos. Aunque era evidente que estaba muy sorprendida con su visita, y la cautela de su mirada hizo que Loukas se resistiese a abrazarla y darle un beso.

–He venido a Londres por negocios –mintió–, y

he decidido darme un paseo por el río. Solo por curiosidad, ¿por qué vives en una casa flotante?

–Tanto Dan como yo necesitábamos vivir en Londres por trabajo, y esto es más barato que alquilar un piso –le explicó Belle, distraída.

Se le estaba pasando el desconcierto, pero le estaban empezando a zumbar los oídos. Había creído que jamás volvería a verlo, pero Loukas estaba allí, tan guapo como siempre, con un traje gris y una camisa azul clara, abierta en el cuello. Le bastó mirarlo para volver a sentirse hechizada. La seducía con tan solo una sonrisa, y Belle clavó los ojos en sus labios y se olvidó de todo lo demás, solo podía pensar en que la besara.

–¿Belle...?

Loukas frunció el ceño y sus ojos brillaron como los de un depredador ante su presa. Le apartó un mechón de pelo de la cara y le acarició la mejilla, y Belle se puso a temblar y notó que le costaba respirar. Instintivamente, separó los labios al verle agachar la cabeza.

–Belle... ¿estás en casa? He vuelto...

La voz de su hermano la hizo entrar en razón y apartarse de Loukas. Dan bajó las escaleras y clavó la mirada en el hombre que estaba al lado de su hermana.

–Debes de ser Christakis –le dijo con voz tensa–. Supongo que tengo que reconocerte el mérito de haber venido en cuanto mi hermana te ha contado lo del bebé.

Después se hizo un silencio cargado de tensión.

Loukas notó cómo se tensaban todos los músculos y no podía ni respirar ni hablar. Muy despacio, giró la cabeza para apartar la vista del hombre de pelo largo desaliñado que lo estaba mirando agresivamente y posarla en Belle, que tenía los ojos desorbitados.

–¡*Thee mou*! ¿Qué bebé? –preguntó con voz ronca.

–¡Vaya!

Loukas volvió a mirar al intruso.

–¿Y tú quién eres?

Belle le había contado que vivía con su hermano, pero no se parecía en nada a aquel hombre. Loukas se sintió furioso al pensar que podía ser su amante.

–Es mi hermano –le dijo ella con voz temblorosa. Luego miró a Dan–. ¿Podrías dejarnos solos unos minutos?

Dan dudó.

–¿Estás segura?

–Sí. Tengo que hablar con Loukas.

En cuanto Dan se hubo marchado, Loukas la fulminó con la mirada, haciéndola estremecerse.

–Iba a contártelo –empezó Belle–. Iba... a llamarte por teléfono, pero estabas en Sudáfrica.

–¿Estás embarazada? –preguntó él sorprendido–. ¿Cómo es posible, si me dijiste que tenías el periodo? ¿Por qué me mentiste? ¿No querías que supiese que ibas a tener un hijo mío?

Loukas sintió que revivía una pesadilla. Tres años antes, Sadie le había ocultado su embarazo, y solo se había enterado cuando se había desmayado en el escenario durante una actuación y habían tenido que llevarla al hospital.

–No te lo he contado porque no quiero tener el bebé –le había dicho Sadie.

¿Le ocurriría lo mismo a Belle?

–No te he mentido –se defendió esta–. Di por hecho que tenía el periodo, pero resulta que no fue así...

Dejó de hablar al ver la expresión irónica de Loukas. Belle había sabido que se enfadaría, pero no podía evitar que le doliese. Ambos habían tenido la culpa al no utilizar protección aquella noche, pero era evidente que Loukas la estaba culpando a ella.

–Tengo que irme –murmuró, al ver la hora que era–. Tengo consulta en el hospital esta mañana. Si quieres, hablaremos cuando vuelva.

Loukas no pudo evitar recordar la traición de Sadie. Se acordó también de la expresión de horror en el rostro de Belle cuando le había dicho, después de haber hecho el amor por primera vez, que podía estar embarazada. Había dejado claro que no quería tener un hijo que se interpusiese en su trabajo.

–¿A qué vas al hospital? –le preguntó.

–Van a hacerme una ecografía –respondió Belle, mordiéndose el labio–. La verdad es que estoy nerviosa. Todavía no me he hecho a la idea de que voy a tener un bebé, y no sé cómo voy a sentirme cuando mi vida cambie para siempre.

Loukas tuvo que admitir que aquella sinceridad era una de las cosas que admiraba de ella. Sadie había actuado a sus espaldas y había abortado sin decírselo. No le había dado la oportunidad de demostrarle que la apoyaría.

En esos momentos, Belle esperaba un hijo suyo.

Una multitud de emociones distintas se apoderaron de él. Tenía otra oportunidad de ser padre. *Theos*, su incredulidad se estaba convirtiendo en emoción y alegría. No le cabía la menor duda de que quería tener aquel hijo, pero ¿y Belle? Era evidente que estaba asustada y tenía miedo del futuro.

Loukas expiró y se acercó más a ella.

–Las vidas de ambos van a cambiar –le dijo en voz baja–. Estamos en esto juntos, Belle. Tal vez no planeásemos tener un hijo, pero estás embarazada y voy a estar a tu lado en cada paso del camino.

Tumbada en la estrecha camilla con el vientre al descubierto, Belle se alegró de que Loukas estuviese allí. Era la primera vez que estaba en un hospital, al menos, como paciente.

Intentó no acordarse de los momentos de espera después del accidente de tráfico de su madre, ni de cuando había visto aparecer al médico, que le había agarrado las manos para darle la noticia de que Gudrun había fallecido. El olor a desinfectante era un doloroso recordatorio de aquel trágico día. De repente, sintió claustrofobia y pánico en aquella pequeña y oscura habitación donde iban a hacerle la ecografía, pero, como si hubiese sentido su tensión, Loukas le tomó la mano y le apretó los dedos con cuidado.

–Intenta relajarte –la tranquilizó.

Y a Belle se le llenaron los ojos de lágrimas sin saber por qué. Deseó ser como las otras parejas con

las que habían estado en la sala de espera, enamora-
das y emocionadas con la idea de tener su primer
hijo. Loukas le había prometido apoyarla durante el
embarazo, pero la cruda realidad era que su aventura
se había terminado varias semanas antes y que aquel
bebé no había sido esperado.

El médico ya había extendido el gel en el vientre
de Belle y estaba moviendo el sensor por él.

–Aquí está –anunció–. Este es su bebé. ¿Ven cómo
le late el corazón?

Belle solo veía un borrón. Era difícil creer que
aquello era una nueva vida, su hijo.

–Entonces, ¿es real? –preguntó en un susurro, sin
darse cuenta.

Tenía miedo. No estaba preparada para tener un
bebé. No sabía cómo se las iba a arreglar con él.

Miró a Loukas y deseó que siguiese agarrándole
la mano, pero este estaba inclinado hacia delante,
con la vista clavada en la pantalla. Su expresión era
indescifrable. ¿Estaba enfadado por estar en aquella
situación? Era un hombre acostumbrado a controlarlo
todo. ¿Le molestaría no poder controlar su destino?

El médico sonrió.

–No se preocupe. Muchas mujeres se quedan sor-
prendidas al ver la primera prueba de su embarazo.
La ecografía lo hace más real –le dijo–. Y tengo que
comunicarles otra cosa que, probablemente, la sor-
prenderá todavía más.

–¿Le ocurre algo al bebé? –preguntó Loukas preocupado, apartando la vista de la pantalla e intentando
controlar sus emociones.

–Todo parece ir bien –respondió el médico–, pero hay dos embriones. Está embarazada de mellizos.

Aquello no podía estar ocurriendo. Belle miró a su alrededor mientras se volvía a vestir y se preguntó si se estaría volviendo loca. No sabía qué había dicho el médico después de la palabra «mellizos», aunque recordaba algo acerca de que los bebés no serían idénticos.

–Los mellizos crecen en dos óvulos separados, fertilizados por dos espermatozoides distintos. Pueden ser del mismo sexo, o niño y niña, aunque esto solo puede saberse haciendo otra ecografía, alrededor de la semana veinte del embarazo.

¿Qué más daba que fuesen niños o niñas?, se preguntó Belle con tristeza. En lo único en lo que podía pensar era en que, en menos de ocho meses tendría que ocuparse de dos bebés. Eso significaba el doble de biberones y de pañales, y el doble de gastos. ¿Cómo iba a criar a dos hijos? ¿Y de dónde iba a sacar el tiempo para seguir trabajando? Iba a ser imposible. Los ojos se le llenaron de lágrimas. Su futuro era aterrador y nunca se había sentido tan sola.

En la sala de espera, Loukas estaba demasiado nervioso para sentarse en las incómodas sillas de plástico, así que fue hasta la ventana, que daba al aparcamiento. Mellizos... Todavía no lo había asumido. Belle estaba embarazada de dos bebés, suyos. Se sintió orgulloso, pero también tuvo miedo. Después de Sadie, siempre había pensado que no volvería a confiar en otra mujer lo suficiente como para querer tener un hijo, pero el destino le había dado otra oportunidad de ser padre.

Pensó en sus padres y deseó, como había hecho en muchas otras ocasiones a lo largo de los años, que siguiesen vivos. Se habrían emocionado mucho al enterarse de que iban a ser abuelos de mellizos. Su paciente padre habría sido un maravilloso *pappous*.

Le dolió la garganta al tragar saliva. Quería ser tan buen padre como lo había sido el suyo. A pesar de la inmensa fortuna que había hecho, en el fondo seguía siendo el hijo de un pescador griego y, como para su padre, la familia era más importante que el dinero. Quería crear su propia familia, su propia dinastía en Aura, pensó sonriendo.

Pero ¿qué querría Belle? Se le encogió el corazón al recordar el momento en que el médico les había anunciado que eran mellizos. La había visto destrozada. ¿Decidiría que no quería seguir adelante con el embarazo?

Sintió miedo, un pánico desconocido hasta entonces, y, sobre todo, la abrumadora necesidad de proteger a su hijo. Tenía que convencer a Belle de que aquel embarazo no sería el desastre que ella pensaba, y asegurarle que la apoyaría económicamente y en todos los demás aspectos.

Tenía que convencerla de que la cuidaría a ella y cuidaría de los bebés, se dijo mientras sacaba el teléfono y empezaba a hacer llamadas. Uno de los bene-

ficios de ser multimillonario era que todo el mundo
estaba dispuesto a ayudarlo por dinero.

—Pensé que íbamos a ir a comer —comentó Belle
aturdida.

Eso era lo que le había dicho Loukas al salir del
hospital. Habían atravesado la ciudad en coche en silencio, ambos sumidos en sus pensamientos y habían
aparcado en los muelles de Santa Catalina, pero ya
habían pasado por delante de dos restaurantes y no habían entrado en ninguno.

—Ya hemos llegado —le dijo él, deteniéndose delante
de un enorme yate y tendiéndole la mano para ayudarla
a subir a bordo—. Es de un amigo mío y nos lo va a dejar para comer, para que podamos tener algo de intimidad. Tenemos muchas cosas de las que hablar.

—Supongo que sí —admitió Belle dubitativa.

No tenía ni idea de hasta dónde querría compro-
meterse Loukas con sus hijos. Le había dicho que la
apoyaría, pero eso había sido antes de que se entera-
sen de que iban a tener mellizos.

Lo siguió escaleras abajo y miró a su alrededor,
cada vez más aturdida. Loukas había aparecido de repente, y luego en el hospital le habían dado la noticia
de los mellizos.

—No puede ser verdad —murmuró.

No se dio cuenta de que Loukas la había oído y se
había puesto tenso. Al menos, ya sabía por qué estaba
siempre tan cansada. Dos nuevas vidas estaban creciendo en su interior y el proceso la estaba dejando
sin energías.

–La tripulación nos servirá la comida en unos minutos. ¿Quieres algo de beber mientras tanto? ¿Una taza de té?

Belle negó con la cabeza.

–El té es una de las cosas que me dan náuseas. Llevo semanas sin poder beberlo –admitió–. Lo cierto era que tenía síntomas del embarazo, pero no fui capaz de verlos.

Loukas fue hacia la nevera y se sirvió un whisky.

–¿De verdad no lo sabías ya en Aura?

–No, no tenía ni idea. Ya te dije que pensé que había tenido el periodo. Cuando el médico me lo dijo me pilló completamente por sorpresa, aunque todavía me ha sorprendido más saber que son gemelos.

Se sentó en un sofá suave y cómodo, apoyó la cabeza en los cojines y cerró los ojos unos minutos. Siempre se sentía cansada a esa hora del día.

Loukas la miró, pensativo. Detuvo la vista en la suave curva de su vientre y se le hizo un nudo en el estómago al pensar en las dos vidas que había dentro. Sabía que no estaba pensando de manera racional, que sus actos eran instintivos y nacidos de la urgencia de llevarse a Belle a un lugar donde tanto ella como los bebés estuviesen a salvo. Ella lo acusaría después de no haber jugado limpio, pero en ese momento se había quedado dormida y, con un poco de suerte, cuando despertase, el yate estaría ya muy lejos de los muelles.

Después de despertarse, Belle estuvo unos segundos desorientada. Luego recordó que Loukas la había llevado a comer al barco de su amigo. Debía de haberse quedado dormida. Miró a su alrededor, estaba en una lujosa cabina. Loukas debía de haberla llevado allí, le había quitado los zapatos y la había tumbado en la cama, y todo sin que ella se despertase. Se miró el reloj y vio sorprendida que había dormido varias horas.

Miró por el ojo de buey y vio agua, giró la cabeza para mirar por el que había al otro lado y vio más agua. Confundida, bajó de la cama y se dio cuenta de que el barco se estaba moviendo. Tenía el vestido arrugado y al mirarse en el espejo se dio cuenta de que estaba despeinada. No veía los zapatos por ninguna parte, así que abrió la puerta de la cabina y fue rápidamente hacia el salón.

—Ah, ya estás despierta —comentó Loukas, que estaba sentado en uno de los sofás.

Dejó el ordenador portátil a un lado y se levantó al verla. A Belle se le aceleró el corazón cuando se acercó a ella y recordó varios fragmentos del sueño que acababa de tener, un sueño erótico en el que Loukas y ella, desnudos en una cama, hacían el amor. Se sonrojó. ¿Cómo podía pensar en esas cosas en un momento como aquel?

—Has dormido mucho rato. ¿Tienes hambre?

—No —respondió ella, aunque su estómago protestó, contradiciéndola—. Loukas, ¿qué está pasando? ¿Por qué no está el barco amarrado? ¿Dónde estamos?

—No puedo darte la localización exacta, pero estamos yendo en dirección a España, de camino a Grecia –le contestó él con toda naturalidad–. Llegaremos a Aura dentro de dos días. El viaje es más largo que en avión, lo sé, pero también más relajante. Y así tendremos la oportunidad de hablar del futuro.

Belle se puso furiosa al oír aquello.

–¿No se te ha ocurrido preguntarme antes? –inquirió–. Podíamos hablar en Londres. No quiero ir a Aura.

Él sonrió, pero su mirada era dura y su tono implacable hizo que Belle sintiese un escalofrío.

–Me temo que no tienes elección.

–No seas ridículo. No puedes secuestrarme –le advirtió–. Mi hermano estará esperándome. Debe de estar muy preocupado.

–Dan sabe dónde estás –le contó Loukas, sentándose de nuevo en el sofá–. Te ha llamado al teléfono móvil cuando estabas dormida y he hablado con él. Le he asegurado que tengo la intención de asumir mi responsabilidad con respecto a los niños. Le ha sorprendido que estés esperando mellizos, y ha estado de acuerdo conmigo en que lo mejor será que vivas en Villa Elena, y no en una casa flotante, sobre todo, cuando el embarazo vaya progresando.

–No te creo –replicó ella–. Dan no puede haber dicho eso. Sabe que tengo que estar en Londres para trabajar.

Como respuesta, Loukas señaló una maleta que había al otro lado del salón.

–Ha traído parte de tu ropa y otras cosas, como tu pasaporte. Y una empresa de mensajería va a recoger el resto de la casa flotante.

Belle se dejó caer pesadamente en el sofá. ¿Cuántas sorpresas más iba a aguantar? Loukas parecía pensar que podía hacerse cargo de su vida.

–¿Y por qué ha hecho Dan eso? –preguntó.

Había pensado que Dan era su aliado.

–Porque quiere lo mejor para ti.

–Llevarme a Grecia en contra de mi voluntad no es lo mejor para mí –espetó–. Insisto en que regresemos a Londres.

–¿Y dónde piensas vivir? La casa flotante, con mellizos, es impensable –le dijo Loukas muy serio.

–Tengo pensado alquilar un piso –le dijo ella, sabiendo que Londres era una ciudad demasiado cara para alquilar una casa con jardín. Suspiró–. No sé todavía lo que voy a hacer. Ni siquiera me había hecho a la idea de tener un bebé, así que dos... No sé cómo me las voy a arreglar.

Parecía tan frágil. Loukas sintió una sensación extraña en el pecho, como si le estuviesen exprimiendo el corazón. Quería esos niños más que nada en su vida, quería ser su padre y quererlos y protegerlos como su padre había hecho con él. Miró a Belle y quiso protegerla a ella también. Le sorprendió desear que no estuviese preocupada y que volviese a sonreír como había hecho durante las mágicas semanas que habían pasado juntos en Aura.

–¿Cómo te hace sentir el embarazo, Belle? –le preguntó en voz baja.

–Sorprendida, incrédula, asustada. No puedo creer que esté ocurriendo...

–¿Me estás diciendo que no quieres tener los bebés?

Ella miró a Loukas y se preguntó si los niños se parecerían a él. Se los imaginó morenos y con los ojos grises y, en ese momento, las dos pequeñas vidas que estaban creciendo en su interior se hicieron reales. El embarazo no era un concepto abstracto, iba a ser madre.

–Por supuesto que los quiero –contestó–. No había pensado tener hijos en este momento de m vida, pero querré a mis hijos.

Tragó saliva cuando una imagen de su madre le inundó la mente. Había deseado que esta le hubiese contado la verdad acerca de su padre, pero no dudaba de que la había querido mucho. El vínculo entre madre e hija había sido especial. En esos momentos, ella iba a ser madre, y les daría a sus hijos el mismo amor incondicional que había recibido de Gudrun.

–Sé que no será fácil, pero haré todo lo que esté en mi mano para ser una buena madre.

Loukas notó que le estaba pasando algo raro, como si su corazón se estuviese liberando de repente. Belle no era como Sadie. Se acercó a ella y se sentó a su lado en el sofá, decidido.

–Me alegro de que compartamos el mismo deseo de ser padres de nuestros hijos.

Sabía lo que tenía que hacer y aceptó que no podía seguir evitando el compromiso.

–Solo hay una opción –continuó, mirándola a los ojos–. Quiero que te cases conmigo.

# Capítulo 9

BELLE miró a Loukas con incredulidad. De todas las sorpresas que se había llevado, aquella era la mayor.

—No puedes estar hablando en serio —le dijo con el corazón acelerado—. No hace falta que tomemos una decisión tan extrema, podemos ser padres sin casarnos.

—¿De verdad piensas que eso sería lo mejor para nuestros hijos, Belle? Pretendo ser un padre de verdad, a tiempo completo.

—Pero un matrimonio sin amor tampoco sería el mejor ambiente para ellos —argumentó Belle—. Y lo sé por experiencia. Vi a mi madre ser infeliz con mi padrastro durante toda mi infancia.

Loukas frunció el ceño. Era la primera vez que Belle le hablaba de su niñez y le sorprendió que lo hiciese con tanta amargura.

—No quiero casarme contigo.

—¿Preferirías que nos peleásemos por los niños? —le preguntó él—. ¿Y si en un futuro nos casamos con otras parejas? Tengo que admitir que no soportaría que a mis hijos los criase un padrastro que no los quisiese tanto como voy a quererlos yo, que podría incluyo llegar a odiarlos.

Como John la había odiado a ella, pensó Belle, palideciendo.

–Eso no ocurrirá. No tengo planeado casarme. Valoro demasiado mi independencia.

–En ese caso, mantenla, pero pagando un precio, porque voy a tener a mis hijos, ya sea a través del matrimonio o de un juez.

Belle dio un grito ahogado.

–¿Estás diciéndome que pedirías la custodia de los mellizos?

–Espero no tener que llegar a eso, que entres en razón y pongas en un segundo lugar lo que queremos para pensar en lo que los niños necesitan más: unos padres comprometidos a criarlos en una unidad familiar estable.

Lo peor de todo era que ella también pensaba que aquello sería lo mejor para los niños.

–Necesito tomar un poco el aire –murmuró, poniéndose en pie y notando que le temblaban las piernas.

–No quiero que subas a cubierta. Llevas horas sin comer y parece que vas a desmayarte –le dijo Loukas, agarrándola del brazo para que no subiese las escaleras.

–¡Déjame en paz! –le gritó Belle–. Siempre tienes que controlarlo todo, ¿verdad? Todo tiene que ser cómo tú quieres.

–¡*Gamoto*! Solo intento cuidarte.

–No necesito que me cuiden –le dijo ella zafándose.

–Eres una testaruda –comentó Loukas, levantando la mano para pasársela por el pelo.

Al ver aquel gesto, Belle retrocedió, como si tuviese miedo de él.

–¿Belle? ¡*Thee mou*! ¿Has pensado que iba a pegarte?

La miró fijamente y vio miedo en sus ojos.

–Jamás he pegado a una mujer. ¿Acaso te han pegado alguna vez? ¿Quién...?

–No importa –lo interrumpió Belle, que no quería hablar del tema.

Había recuerdos de su niñez que prefería mantener enterrados.

Loukas deseó abrazarla y asegurarle que jamás le haría daño, pero no lo hizo porque supo que Belle lo rechazaría.

–Mira... será mejor que comas algo –le dijo en tono amable, para que no lo interpretase como una orden–. Debes de estar muerta de hambre. Los bebés necesitan estar alimentados.

Belle pensó que solo le preocupaban los niños, no ella, pero tenía razón. Tenía hambre. Se acercó a la mesa que había al otro lado del salón, donde ya estaba Loukas, y se sentó en la silla que este le ofrecía. Casi inmediatamente apareció una camarera para servirles el primer plato, gazpacho.

–Dan me ha hablado de su trabajo como fotógrafo de moda –murmuró Loukas cuando la camarera hubo servido el segundo plato, pollo al horno–. Es un tipo interesante. Tengo la impresión de que estáis muy unidos.

Ella supo que estaba intentando hablar de algo que no fuese el embarazo y se lo agradeció.

–Sí –respondió con firmeza. Dan era la única familia que tenía–. Aunque en realidad le apasiona fotografiar la naturaleza. Todos los veranos vamos a algún lugar remoto, donde pasamos horas esperando para poder captar la imagen de algún pájaro o sapo raro.

Dejó de sonreír al pensar que no volvería a acompañarlo.

Un rato después, mientras tomaban el postre, Belle se dijo que casi se le había olvidado lo encantador y carismático que era Loukas. Había conseguido que estuviesen toda la comida charlando de cosas sin importancia y le había contado que Larissa y Georgios habían vuelto de la luna de miel y se habían instalado en su nueva casa de Atenas.

–¿Qué te parece si subimos a cubierta ahora? –le preguntó él sonriendo.

Y Belle tuvo que recordarse a sí misma que la había amenazado con luchar por la custodia de sus hijos, así que no debía fiarse.

Lo siguió escaleras arriba y respiró hondo al salir a cubierta. El sol de la tarde era cálido y la brisa le apartó el pelo de la cara cuando se apoyó en la barandilla que había en la popa. Loukas se acercó a ella y Belle aspiró el olor de su aftershave. No quería mirarlo, pero no pudo evitarlo.

–No será un matrimonio sin amor –le dijo él en voz baja.

Y a Belle se le detuvo el corazón un instante, hasta que Loukas añadió:

–Querremos a nuestros hijos. ¿No te parece suficiente motivo para comprometernos?

–¿Quieres comprometerte, Loukas? –inquirió ella–. La prensa dice de ti que eres un playboy.

Él se encogió de hombros.

–Mi dinero me ha convertido en blanco de los paparazzi, pero la mayoría de las historias que cuentan de mí son falsas o exageradas. Admito que no he sido nunca un santo, pero cumpliré los votos del matrimonio.

Antes de que Belle se diese cuenta, Loukas le había puesto la mano alrededor de la cintura y la estaba abrazando.

–En realidad, no será un sacrificio –añadió, mirándola con deseo–. Te deseé nada más verte, Belle, y tú también sentiste la química que había entre nosotros. Es evidente que, físicamente, somos compatibles.

A Belle su cerebro le dijo que lo apartase, que fuese fuerte y luchase por su independencia, pero su cuerpo la traicionó. Se quedó atrapada en el calor de sus ojos grises y lo vio inclinar la cabeza y no se movió.

Parecía que había pasado una eternidad desde que habían sido amantes en Aura y lo había echado mucho de menos. Separó los labios y permitió que Loukas la besase y que profundizase el beso. No obstante, intentó no responder. La había secuestrado y la había amenazado con pedir la custodia de los niños. Tenía que odiarlo. Aunque el objetivo de Loukas había sido ser el padre de sus hijos. ¿Cómo iba ella a negarles lo que tanto había deseado tener de niña: un padre que la quisiera?

Como si le hubiese leído el pensamiento, Loukas rompió el beso y la miró a los ojos.

–¿Te casarás conmigo, Belle? ¿Permitirás que te proteja a ti y a tus hijos?

Aquellas palabras le llegaron al alma. Estaba segura de que Loukas querría a sus hijos y, aunque no la amase a ella, se comprometería.

–Sí –respondió con voz temblorosa.

Loukas la abrazó con fuerza. Belle sabía que solo le importaban los bebés, pero se sintió bien entre sus brazos, notando cómo le acariciaba el pelo.

Él se relajó un poco y se sintió aliviado por primera vez desde que se había enterado de que Belle estaba embarazada.

La abrazó con fuerza y notó la presión de sus pechos contra el de él, la suavidad de su pelo... y sintió deseo. Se casaría con ella por los niños, pero tenerla como esposa no sería ningún sacrificio.


Belle miró a Loukas, que estaba sentado al otro lado de la mesa del desayuno.

–Necesito volver a Londres –le dijo con frustración–. No puedo dirigir Wedding Belle desde aquí. Llevamos dos semanas en Aura y aunque Jenny está haciendo todo lo que puede, voy a perder el negocio si no vuelvo al trabajo. Accediste a que continuase dirigiendo mi empresa –le recordó.

–Y tú accediste a que Jenny se ocupase de Wedding Belle hasta la boda –respondió Loukas frun-

ciendo el ceño–. Estabas agotada. Necesitabas descansar un par de semanas.

–Ya me encuentro bien –le aseguró Belle–. Y tengo
que buscar un local nuevo para el estudio.

–¿Por qué no consideras otras opciones? No necesitas trabajar. Soy un hombre rico y puedo daros
tanto a ti como a los niños una vida llena de lujos.

–¿Me estás pidiendo que abandone mi negocio?

–No es necesario, pero es evidente que tendrás
que trabajar menos hasta que nazcan los mellizos.

Loukas se levantó de la mesa.

–Tengo que marcharme. Deja de preocuparte, no
es bueno para los bebés. Tienes que relajarte. Lee un
libro o algo así.

Pero después de varias semanas en Aura, lo que
Belle necesitaba era retomar su vida. Necesitaba demostrarle a Loukas que estar embarazada no significaba estar inválida y necesitaba recuperar el control
de su propia vida.

Más tarde, ese mismo día, Belle empezó a desear
no haber pedido que la llevasen a Kea. Una vez allí,
había tomado un autobús que la había llevado al pueblo más grande de la isla, Ioulida.

Era un lugar pintoresco, de calles estrechas, casas
blancas y bonitas tiendas y tabernas. Los coches estaban prohibidos en el centro y Belle se sintió como
si hubiese retrocedido en el tiempo, pero después de
subir tantas escaleras con el calor del medio día, estaba agotada. Se detuvo a tomar un refresco en un bar

y luego esperó el autobús que la llevaría de vuelta al puerto.

–¡Belle! ¡Menos mal!

Sorprendida al oír su nombre, se giró y vio a Chip corriendo hacia ella, casi sin aliento.

–¿Chip... va todo bien?

Él respiró profundamente antes de responder.

–Ahora, sí. Tengo que llamar a Loukas para decirle que te he encontrado.

Aquello la confundió.

–No estoy perdida. Y Loukas no sabe que estoy aquí.

–No, pero se ha vuelto loco al ver que habías desaparecido. Tenemos que volver a Aura.

Quince minutos más tarde estaban en el puerto, subiendo a la lancha motora de Loukas. Chip estaba más callado de lo habitual, y más serio, y cuando se acercaban a Aura, hizo una mueca al ver que un helicóptero los sobrevolaba.

–Ahí está Loukas.

Belle frunció el ceño.

–¿Por qué vuelve a casa tan temprano?

–Estaba preocupado por ti –comentó Chip–. Será mejor que vayamos a casa.

Loukas salió de la casa en el mismo momento en que ellos llegaban a las puertas del jardín. Bordeó la piscina y avanzó hacia Belle. Parecía furioso.

–¿Dónde demonios estabas? –inquirió–. ¿Por qué te has marchado así, sin decirle a nadie adónde ibas? Estaba muy preocupado...

Chip lo había llamado por teléfono y le había dicho que hacía varias horas que no veían a Belle, y que parecía no estar en la isla. El mensaje que le había enviado un rato después, contándole que Stavros la había llevado a Kea, no había menguado su preocupación.

–No quiero que vuelvas a hacerlo. Te prohíbo que salgas de Aura sin haberme informado antes.

–¿Me lo prohíbes? No tienes derecho a prohibirme nada. No eres mi dueño, Loukas. Ni siquiera estamos casados todavía y no vas a controlar mi vida. Si es así como vas a tratarme cuando sea tu esposa, he cambiado de idea y no quiero casarme.

Él la agarró del brazo y la fulminó con la mirada.

–No puedes cambiar de idea. No lo permitiré. No pretendo controlarte, pero, en algunas cosas, tendrás que hacerme caso.

–¿Y si no lo hago? –replicó ella enfadada–. ¿Utilizarás la fuerza para obligarme a obedecer? Como John. Viví toda la niñez asustada y me niego a volver a vivir así.

Se zafó de él y corrió hacia la casa. Loukas la siguió y la obligó a girarse y mirarlo.

–Déjame.

–*Thee mou*, Belle, cálmate.

Tenía el rostro manchado de lágrimas y estaba temblando de miedo.

–Jamás te haría daño –añadió, dolido porque tuviese miedo de él–. Vamos a sentarnos. Tenemos que hablar.

Fueron hacia las hamacas que había al lado de la piscina y Belle se dejó caer en una de ellas.

Loukas se pasó una mano por el pelo.

–¿Quién es John? –le preguntó–. Vamos a casarnos. No puede haber secretos entre nosotros.

–Es mi padrastro, aunque crecí pensando que era mi padre. Es complicado –dijo al ver que Loukas fruncía el ceño–. Mi madre estaba casada con John, pero tuvo una aventura y se quedó embarazada de mí. John la amenazó con quitarle la custodia de Dan si mamá lo dejaba. Así que se quedó con él y yo crecí pensando que era mi padre.

–¿Pero te trató mal?

Ella asintió.

–Sí, pero nunca me pegó delante de mamá ni de Dan, y yo tampoco se lo conté. Creía que lo merecía porque no me portaba bien. Aunque, incluso cuando lo intentaba, nunca estaba contento. Y yo no entendía por qué no me quería. Cuando mi madre falleció, hace tres años, John me contó la verdad, que era hija de otro hombre. No hemos vuelto a tener contacto desde el funeral.

–¿Y tu padre biológico, no tienes relación con él?

–No sé quién es. Mamá nunca me dijo nada. Tal vez tenga una familia por ahí de la que jamás formaré parte.

Apartó la vista de Loukas y miró hacia el mar.

–Por eso accedí a casarme contigo –susurró–. Quiero que mis bebés crezcan con un padre para que se sientan completos y queridos.

–Eso no lo dudes –le aseguró Loukas–. Querré a mis hijos como mis padres me quisieron a mí.

Como habría querido a su primer hijo si le hubiesen dado la oportunidad, pensó.

Observó a Belle y sintió rabia contra su padrastro. Entendió que valorase tanto su independencia y se dio cuenta de que quería que fuese feliz con él.

–No quiero controlarte –le dijo en voz baja–. Solo quiero que tanto los bebés como tú estéis bien.

–Supongo que tenía que haberle dicho a alguien adónde iba –admitió ella–. Solo necesitaba airearme un poco y no pensé que fuese grave marcharme a Kea.

–Nuestra futura boda está ya en todas las revistas y soy un hombre muy rico. Como prometida mía, podrías ser un posible objetivo de bandas de secuestradores –le explicó Loukas–. Por eso quiero que me prometas que, a partir de ahora, no irás a ninguna parte sola.

–¿Por eso eres tan protector con Larissa? –le preguntó Belle.

Él asintió.

–Tal vez sea demasiado protector, pero cuando viví en Nueva York presencié cosas que jamás olvidaré –le contó, emocionándose.

Nunca hablaba de su pasado, pero tenía que intentar explicarle a Belle por qué quería controlar todas las situaciones.

–Mi padre fue asesinado delante de mí. No pude salvarlo ni protegerlo de una banda que, drogada y con armas, entró a robar en la tienda. Cuando mi padre intentó razonar con ellos, le dispararon.

A Belle se le detuvo el corazón al oír aquello.

–Oh, Loukas –exclamó, agarrándole la mano.

–No quiero que pienses en Aura como en una pri-

# Capítulo 10

BELLE terminó de hablar por el teléfono móvil y cerró los ojos un momento, tenía ganas de llorar. Cuando los abrió de nuevo vio a Loukas en la puerta de la habitación.

–He venido a ver si estás preparada. La fiesta empieza a las siete y deberíamos salir ya –le dijo, frunciendo el ceño al ver que tenía los ojos brillantes–. *¡Thee mou!* ¿Qué te pasa?

–Era Jenny, la gerente. Han vendido el almacén en el que está el estudio y tenemos un mes para marcharnos –le dijo con voz entrecortada–. He estado buscando otro posible local para Wedding Belle por Internet, pero todavía no ha encontrado nada que sea adecuado y asequible. Y hay que tener en cuenta tantas cosas. Tendré que volver a hacer tarjetas y sobres con la dirección nueva, además de los costes de la mudanza. Tendré que volver a Londres justo después de la boda.

Loukas se puso tenso.

–Entonces, ¿sigues empeñada en seguir al frente de la empresa?

–Sí, por supuesto. Nada me haría dejar Wedding Belle. No tienes ni idea de lo importante que es para mí –le explicó, al ver que Loukas fruncía el ceño–. Levantar mi negocio es la única cosa de la que estoy orgullosa de mí misma. John estaba convencido de que fracasaría, pero mi madre confiaba en mí. Mamá falleció cuando todavía estaba montando Wedding Belle, pero sé que se habría sentido orgullosa de mí.

Se pasó una mano por las pestañas húmedas y no vio que Loukas la miraba con curiosidad, ni que su disgusto también le afectaba a él.

–Supongo que es una tontería, pero tener mi propio negocio me hace sentirme como si fuese alguien –le confesó–. No sé quién es mi padre, pero Wedding Belle me da una identidad.

–Por supuesto que eres alguien –le aseguró él, poniéndole la mano debajo de la barbilla para que lo mirase–. Eres una joven bella y con talento, que pronto será madre. Mañana estaré orgulloso de ser tu esposo. No me había dado cuenta de lo mucho que significaba Wedding Belle para ti –continuó–. Y estoy seguro de que tu madre se sentiría muy orgullosa.

Dudó antes de continuar.

–¿Has pensando en la posibilidad de establecer la empresa en Grecia? Yo podría ayudarte a encontrar un estudio en Atenas.

–Es una idea –respondió ella despacio–. Me preguntaba cómo haría para trabajar en Londres cuando naciesen los bebés. Pero todavía no hablo griego, y me intimida la idea de montar el negocio en un país extranjero.

–Grecia será tu hogar –le recordó él.

–Supongo que sí. Sé que tienes dudas de que pueda

compaginar la maternidad con mi negocio, pero yo estoy segura de que lo lograré. Te prometo que consideraré la idea de buscar un estudio en Atenas.

La fiesta era para recoger fondos para una organización benéfica y tenía lugar en los elegantes jardines de uno de los hoteles de cinco estrellas más prestigiosos de Atenas. Entre la lista de invitados había ministros del gobierno y muchos personajes famosos.

—Creo que deberías sentarte un rato —murmuró Loukas, sacando a Belle de la pista de baile—. Llevas de pie toda la noche y no quiero que te canses demasiado.

—No estoy cansada —protestó ella, deseando seguir entre sus brazos, con sus cuerpos pegados, balanceándose al ritmo de la música.

Durante un rato, incluso había sido capaz de fingir que eran como una pareja normal que estaba enamorada y deseando casarse.

—No puedo creerme que se me note tanto el embarazo —comentó Belle al ver su reflejo en uno de los espejos del salón de baile.

Loukas siguió la dirección de su mirada.

—Estás preciosa esta noche —le aseguró, notando cómo su cuerpo cobraba vida.

Pero tuvo que mantener la libido a raya al ver que la anfitriona de la fiesta se acercaba a ellos.

—Espero que estéis divirtiéndoos —les dijo Gaea Angelis amablemente—. Loukas, creo que Zeno quiere hablar contigo de un proyecto en la biblioteca.

Él miró a Belle.

–¿Te importa si te dejo sola unos minutos? Siéntate, ¿eh? No deberías estar de pie mucho tiempo.

–Es muy protector, ¿verdad? –comentó Gaea cuando Loukas se hubo alejado–. Y mañana es vuestra boda. ¿Estás nerviosa, Belle?

Estaba más bien preocupada. No dudaba que casarse con Loukas fuese lo mejor para sus bebés, pero sabía que era un matrimonio de conveniencia... para Loukas, que quería a sus hijos. Ese era el único motivo por el que iba a casarse con ella.

Belle se obligó a sonreír.

–Sí, estoy deseando que llegue el momento.

–Me alegra ver a Loukas tan contento. Jamás pensamos que se establecería, después de que terminase su relación con Sadie tan de repente.

Belle se puso tensa y preguntó con naturalidad.

–¿Era Sadie la mujer con la que iba a casarse?

–Sí, Sadie Blaine, supongo que habrás oído hablar de ella. Es una gran estrella de Broadway, y ahora está teniendo también mucho éxito en Hollywood.

A Belle le sorprendió la noticia. Sadie Blaine era una actriz, bailarina y cantante estadounidense, una estrella internacional que, además de tener mucho talento, era muy guapa.

–Loukas se quedó destrozado con la ruptura, pero se negó a hablar del tema –le explicó Gaea–. Aunque ahora va a casarse contigo, y yo estoy segura de que vais a ser muy felices juntos.

Belle se preguntó si serían felices mientras sobrevolaban Atenas en el helicóptero que los llevaba a

Aura. ¿Sería Loukas feliz con ella, o desearía siempre haberse casado con aquella actriz que, según Larissa, había sido el amor de su vida?

Ambos fueron en silencio durante todo el viaje. Loukas parecía perdido en sus pensamientos y Belle se sentía enferma de celos al imaginárselo con la increíble Sadie Blaine. Cuando el helicóptero hubo aterrizaron e iban andando hacia la casa, no pudo evitar hacerle la pregunta que llevaba rondándola desde que había hablado con Gaea Angelis.

–¿Por qué no me has contado que estuviste prometido a Sadie Blaine?

–Supongo que te lo ha cotilleado Gaea –dijo este–. No te lo he contado porque no es importante.

–Pero ¿estuviste enamorado de ella?

Loukas tardó tanto en responder que Belle pensó que no iba a hacerlo.

–Sí –admitió por fin, intentando zanjar el tema con su tono de voz.

Belle se mordió el labio y continuó:

–Yo no me parezco en nada a Sadie. Quiero decir, que es increíblemente bella y una estrella famosa en el mundo entero. La vi en un programa de televisión el año pasado y es impresionante. Es la mujer con la que soñaría cualquier hombre.

Mientras que ella pronto estaría gorda y torpe, pensó con tristeza.

–Estoy de acuerdo en que no te pareces en nada a Sadie –le dijo Loukas–, pero ella forma parte del pasado. Me voy a casar contigo.

Solo porque estaba embarazada. Belle estaba se-

gura de que, de no haber sido por eso, habría terminado casándose con alguna mujer bellísima y de
clase alta.

Lo siguió hasta la casa con la misma sensación de
incompetencia que a menudo había tenido con John
durante la niñez. Este le había hecho sentir como si
no valiese lo suficiente como para merecer su amor,
y en esos momentos estaba segura de que Loukas la
veía como una segunda opción en comparación con
la estrella con la que había querido casarse. ¿Era ese
el motivo por el que no le había hecho el amor la noche anterior? ¿Seguiría deseando a su ex?

—¿Subimos un rato a la terraza? —sugirió él.

Era una costumbre que habían adquirido desde su
vuelta a Aura y de la que Belle había disfrutado hasta
entonces, pero esa noche no tenía ganas de estar a solas con él.

—Me voy a la cama —respondió—. Mañana va a ser
un día muy movido.

Subió las escaleras rápidamente, pero Loukas la
alcanzó en la puerta de su dormitorio.

—¿Qué te pasa, *agape*?

—Nada —murmuró ella—. Que no sé qué va a ser de
Wedding Belle ahora que he perdido el estudio. Y me
asusta la posibilidad de no ser una buena madre, no
sé nada de bebés. Además, esta noche he descubierto
que, probablemente, tú desees casarte con otra.

—Eso no es cierto —le aseguró él—. Quiero casarme
contigo, Belle.

Loukas vio una lágrima en su mejilla y la abrazó
con fuerza, no pudo seguir controlándose. Sabía que

tenían que hablar, pero en esos momentos solo quería perderse en la dulzura de su cuerpo y olvidarse de todo menos de hacerle el amor.

Bajó la cabeza y la besó, y notó que le temblaban los labios, pero después de un momento de inseguridad, Belle le devolvió el beso. Jamás podría cansarse de ella. La tomó en brazos, empujó la puerta del dormitorio y la llevó hasta la cama.

Belle contuvo la respiración mientras Loukas recorría su garganta a besos y bajaba después hacia el escote. Su pasión despejó toda duda acerca de si la encontraba atractiva. Notó cómo le bajaba la cremallera del vestido con torpeza y lo oyó gemir al dejar sus pechos en libertad. Después terminó de bajarle el vestido con prisas. Belle se sintió incómoda e intentó taparse el estómago.

–Mi cuerpo está cambiando –susurró, mordiéndose el labio inferior.

–Por supuesto, y embarazada estás más bella que nunca –le aseguró él, acariciándole los pechos y besándole el vientre.

Después le quitó las braguitas y pasó la boca por el triángulo de rizos rubio que tenía entre las piernas, acariciándola con la lengua y haciendo que se estremeciese de placer. Luego se apartó un momento para desnudarse apresuradamente y volver a tumbarse a su lado.

–Belle *mou* –le susurró antes de pasar la lengua por sus pechos.

No podía desearla más, pero tenía que ir despacio. La acarició entre las piernas hasta hacerla gemir y solo entonces la penetró con cuidado, controlándose hasta ver que a Belle se le oscurecían los ojos y estaba a punto de llegar al clímax, en ese momento se dejó llevar y notó cómo los músculos internos de Belle se contraían al tiempo que él se vaciaba en su interior.

Después la abrazó con fuerza hasta que sus respiraciones se tranquilizaron.

A través de la ventana abierta se oía el suave sonido de las olas, tan rítmico y reconfortante como el latido del corazón de Loukas, y Belle se quedó dormida sintiéndose segura entre sus brazos.

Lo primero que vio Belle nada más abrir los ojos fue una rosa roja sobre la almohada. Sonrió y se sintió feliz. Todo iba a salir bien.

En realidad, no había cambiado nada. Loukas iba a casarse con ella porque estaba embarazada, pero la noche anterior le había demostrado que la deseaba, ya que le había hecho el amor con tanta ternura y tanta pasión, que estaba segura de que podían conseguir que su matrimonio funcionase. Tal vez no la amase, pero la amistad y el respeto eran una base para su relación y, tal vez, con el tiempo, llegase a tenerle cariño.

La boda iba a ser íntima. Solo estarían Larissa y Georgios, y el personal de la casa, porque Dan tenía una sesión de fotos en Nueva Zelanda. No obstante, les había prometido que iría a verlos a Aura en cuanto pudiese.

–*Ise panemorfi*, muy bella –declaró Maria después de ayudar a Belle a ponerse el vestido de novia.

–Espero que Loukas piense igual –murmuró ella.

Llevaba un vestido de seda color marfil. Jamás había imaginado que se haría su propio vestido de novia, ya que no había planeado casarse, y unos minutos antes de la boda, no podía evitar estar nerviosa.

En ese momento sonó su teléfono móvil. Era Jenny, que quería desearle buena suerte.

–¿Adónde vais de luna de miel? –le preguntó.

–A ninguna parte. Quiero volver a Londres lo antes posible para encontrar otro local para Wedding Belle. Porque supongo que los nuevos dueños no te habrán dado un plazo más amplio para hacer la mudanza.

–Me temo que no. La persona con la que he hablado de Poseidon Developments me ha dicho que van a convertir el almacén en un edificio de pisos de lujo.

–Poseidon Developments... ¿Estás segura de que ese es el nombre de la empresa que ha comprado el almacén?

–Sí –contestó Jenny–. ¿No era Poseidón un dios griego?

–Sí.

Belle se despidió de Jenny con una sensación extraña en el estómago. Loukas tenía una filial que también se llamaba así. De hecho, un día charlando con Chip, le había contado que Christakis Holdings tenía varias filiales con nombre de dioses griegos. Pero si Loukas fuese el nuevo dueño del almacén, no le importaría que su estudio siguiese allí, a no ser que quisiese que Wedding Belle cerrase.

–Estás increíble, Belle –la saludó Chip sonriendo y tendiéndole un ramo de rosas rojas–. El jefe me manda traerte esto. No sé si sabes que le das luz a su vida.

Aquellas palabras le llegaron a Belle al corazón. Había creído conocer a Loukas, pero en esos momentos se daba cuenta de que no era así.

–¿Todo listo? –le preguntó Chip, ofreciéndole el brazo–. Será mejor que salgamos hacia la iglesia.

Ella dudó un instante, se mordió el labio inferior.

–Chip, ¿tiene Loukas una empresa llamada Poseidon Developments?

–Sí. ¿Por qué?

–Por nada.

Belle entró en la iglesia agarrando las rosas con fuerza. Su vista tardó unos segundos en acostumbrarse a la oscuridad y, cuando lo hizo, vio a Loukas esperándola en el altar y sintió pánico. ¿Confiaba en él? El hecho de que tuviese una empresa que se llamase igual que la que acababa de comprar el almacén tenía que ser una coincidencia, pero ¿y si no lo era? ¿Y si había intentado deshacerse de Wedding Belle?

No pudo seguir andando. Chip la miró extrañado, pero ella no pudo continuar. No podía casarse con Loukas teniendo tantas preguntas en su mente.

Este se giró a ver por qué tardaba tanto en llegar al altar y Belle lo miró a los ojos y le rogó:

–Dime que Poseidon Developments, la empresa

que ha comprado el almacén de Londres y me ha obligado a que lo deje no es tuya.

Él se puso tenso y se quedó inmóvil.

—¡Oh, no! —susurró Belle con incredulidad—. ¿Por qué lo has hecho?

—Belle... —empezó él, acercándose.

Ella retrocedió y utilizó el ramo de rosas como escudo.

—Querías que cerrase Wedding Belle, ¿verdad? —le preguntó, desesperada—. Te dije que los niños serían lo primero. Pensé que eras diferente a John. Pensé que podía confiar en ti, pero eres igual que él. Quieres salirte con la tuya y te da igual a quién haces daño siempre y cuando lo controles todo.

—No, eso no es verdad —le dijo él, dando un paso hacia ella.

—¡Aléjate de mí! —le gritó Belle—. Y quédate con tus malditas rosas.

Le tiró el ramo con tanta fuerza que los pétalos de rosa cayeron sobre el suelo de la iglesia, como gotas de sangre de su corazón roto. Se hizo un horrible silencio, pero Belle no se quedó a escucharlo, se dio la media vuelta y salió por la puerta corriendo y con los ojos llenos de lágrimas.

Tomó el camino que llevaba a la playa, donde Loukas la alcanzó.

—Belle, por favor, tienes que escucharme —le pidió.

De repente, estaba pálido y demacrado, pero a Belle no le dio pena, estaba demasiado dolida.

—¿Por qué iba a hacerlo? Eres un falso y un mentiroso y no pienso casarme contigo.

–Tienes que hacerlo –le dijo él–. Tienes que casarte conmigo.

Ella levantó la barbilla, decidida a no demostrarle lo mucho que estaba sufriendo con su traición.

–¿Por qué? ¿Por el bien de los bebés? ¿Para que puedas ser su padre? Tal vez estén mejor sin padre que con un padre que quiere controlar a todo el mundo.

–No quiero controlarte –le aseguró él, con los ojos llenos de lágrimas y la voz temblorosa–. Solo quiero cuidar de ti. Y tienes que casarte conmigo, no por los bebés, ni por ningún otro motivo, solo porque... te quiero.

Belle palideció al oír aquello y cerró los ojos como para hacerlo desaparecer.

–¿Cómo puedes decir eso después de lo que has hecho?

–Porque es la verdad. Te quiero y te lo diré una y otra vez hasta que me creas.

–¿Cómo voy a creerte? –le preguntó Belle, limpiándose las lágrimas–. Sabías que, si perdía el estudio, sería difícil encontrar un local nuevo para Wedding Belle.

–Sí, lo sabía. Por eso lo hice –admitió Loukas–. Porque quería tenerte en Aura, donde estarías segura. Si pudiese, te envolvería entre algodones. No quería que te fueses a Londres. No quería que te alejases de mí. Quería que estuvieses siempre a mi lado para poder protegerte. Jamás olvidaré cómo murió mi padre. He visto lo peligroso que puede ser el mundo y no soporto la idea de que pueda pasarte algo. Perdí a mis padres y perdí a mi hijo. Sé que no he hecho bien, pero no podía soportar la idea de perderte a ti también.

Se pasó la mano por el pelo antes de continuar.

–Cuando me di cuenta de lo mucho que te importaba Wedding Belle, di instrucciones a mis abogados para que pusiesen el almacén a tu nombre. Podrás ampliar el estudio y, si decides montar una filial en Atenas, ya tengo un local disponible. Serás tú quien decida dónde basar la empresa, y yo apoyaré tu decisión, sea cual sea.

Belle intentó asimilar todo lo que acababa de oír.

–¿Perdiste a un hijo? –preguntó en voz baja–. ¿Qué ocurrió? ¿Quién...?

–Hace tres años, Sadie se quedó embarazada –le contó Loukas–, pero no quería el bebé y abortó.

Alargó la mano y Belle le dejó que entrelazase los dedos con los suyos y que la llevase hasta la orilla.

–Me enteré de que estaba embarazada porque se desmayó en un escenario y tuvieron que llevarla al hospital. Nada más saberlo, me emocioné con la idea de ser padre. Estaba deseando crear mi propia familia y querer a mi hijo como mis padres me habían querido a mí, pero, sin decirme nada, Sadie fue a una clínica y se deshizo del bebé.

Belle suspiró, no sabía qué decir.

–Lo siento mucho. ¿Por qué lo hizo?

–Por su carrera. No quería ponerla en peligro teniendo un hijo. Tampoco quería venir a vivir a una pequeña isla de Grecia conmigo –respondió Loukas en tono amargo.

Belle empezó a encontrar sentido a muchas cosas

e instintivamente, llevó la mano de Loukas a su estómago.

–Yo pensaba que Wedding Belle era lo único que me importaba, hasta que me quedé embarazada. No tenía ni idea de que me sentiría así.

No era capaz de expresar con palabras el amor y la necesidad de proteger a sus bebés que sentía.

–Sadie me destrozó el corazón, y juré que jamás volvería a enamorarme –le contó Loukas–, pero entonces te conocí. Vi una chica rubia y menuda esperando en el muelle de Kea y el corazón me dio un vuelco.

–¡Pero si intentaste mandarme de vuelta a Inglaterra!

–Por supuesto. Supe que tendría problemas contigo nada más verte, y que sin ti, mi vida en Aura ya no volvería a ser la misma.

Belle tenía el corazón acelerado y tuvo que tomar aire para poder hablar.

–Yo también lo sentí –admitió–. Cuando me subí al barco tuve la extraña sensación de que mi vida había cambiado para siempre. Y así fue. Tuvimos una experiencia sexual increíble, y todo se habría terminado ahí si no me hubiese quedado embarazada.

–¿De verdad piensas eso?

–Te despediste de mí en el aeropuerto y te alejaste sin mirar atrás.

–Tuve que hacer un esfuerzo enorme para no darme la vuelta y volver a abrazarte. Y tardé tres semanas en entrar en razón... y volver a por ti. Cuando fui a Londres a buscarte todavía no sabía que estabas embarazada.

Belle se dio cuenta de que eso era verdad, se le había olvidado.

–Me dijiste que estabas en Londres por trabajo.

–Te mentí. Fui a Londres porque me había dado cuenta de que estaba enamorado de ti.

Ella no respondió, solo lo miró con los ojos muy abiertos y siguió escuchando.

–Iba a pedirte que tuviésemos una relación, para conocernos mejor. Tenía pensado llevarte a cenar y regalarte flores, lo típico. Aunque te parezca cursi, quería hacerte feliz y tenía la esperanza de conseguir que te enamorases de mí.

Belle no podía creer lo que estaba oyendo.

–¿De verdad me quieres? –le preguntó en un susurro.

Él le acarició el pelo con mano temblorosa antes de contestar:

–Con todo mi alma y mi corazón. ¿Tanto te cuesta creerlo, *glikia mou*?

–Es que he deseado tanto que me quisieras –admitió entre lágrimas–. Las semanas que pasamos juntos fueron las más felices de mi vida. Te quiero, Loukas.

–Belle... –dijo él antes de abrazarla–. Te necesito en mi vida, mi preciosa Belle.

La besó con tanto cuidado y tanto respeto que Belle lloró todavía más.

–Pensé que siempre estaría sola –susurró–. Te quiero tanto.

Loukas la miró a los ojos y sintió cómo todo el cuerpo se le llenaba de amor. Luego se arrodilló delante de ella y se metió la mano en el bolsillo.

–Quería haberte dado esto hace tiempo –le dijo, poniéndole un anillo en el dedo–. ¿Vas a volver a la iglesia conmigo para convertirte en mi esposa, en mi amante y en el amor de mi vida?

El zafiro del anillo reflejaba el color del mar y los diamantes que lo rodeaban brillaban tanto como las lágrimas de Belle, que en esa ocasión eran lágrimas de felicidad. Ella se arrodilló también y lo abrazó.

–Claro que sí.

# Epílogo

SIETE meses después nacían por cesárea sus mellizos. Belle se había sentido decepcionada cuando el ginecólogo la había recomendado que no tuviese un parto vaginal debido a que ella era estrecha de caderas y los niños, grandes. De camino al quirófano, Belle le había dicho a Loukas:

–Me siento fracasada.

–Eso no es posible, eres la mujer más increíble del mundo.

Y cuando le habían puesto a su hijo en brazos, seguido de la niña poco después, Belle se había olvidado de su deseo de dar a luz rodeada de velas con un disco de cantos de ballenas de fondo.

–Están bien y eso es lo que importa –le susurró a Loukas, mientras ambos miraban a los bebés, que dormían en sus cunas.

Los habían llamado Petros y Anna, como los padres de Loukas, y los habían llevado a Aura cuando habían cumplido las dos semanas.

–Cuando sea mayor, me llevaré al niño a pescar, como hacía mi padre conmigo –prometió Loukas, acariciándole el brazo al bebé.

–Y a Anna también –le dijo Belle mirando a su hija–. No te olvides de ella.

–Por supuesto que a Anna también. Iremos todos. Somos una familia.

Puso el brazo alrededor de la cintura de Belle y añadió:

–Quiero a nuestros hijos con todo mi corazón, pero tú, señora Christakis, eres el amor de mi vida.

# BIANCA.

### KIM LAWRENCE
## UNA NOCHE BAJO LAS ESTRELLAS

Nell Frost tenía la intención de mostrarse implacable. Tras llegar al castillo de Luis Santoro, estaba decidida a decirle lo que pensaba de que él fuera a casarse con ella. Sin embargo, Nell lo había subestimado...

Luis sabía que Nell se había equivocado de hombre, pero aquella joven podría serle de utilidad. Él necesitaba una amante, aunque con dos condiciones: nada de matrimonio ni de hijos.

### MIRANDA LEE
## UN ENCANTO IRRESISTIBLE

Después de los negocios, lo que más le gustaba al sexy Ryan era salir con mujeres. Por su parte, Laura no quería ser una más en la lista de Ryan. No le gustaba perder el tiempo con hombres arrogantes y menos aún con uno capaz de adivinar los pensamientos de una mujer.

N.º 490

Ryan era el último hombre de la tierra con el que Laura estaba dispuesta a compartir dormitorio, pero ella necesitaba su ayuda. Si Ryan trataba de aprovecharse, Laura temía no ser capaz de resistirse a la tentación.

### CHANTELLE SHAW
## UNA AVENTURA EN EL PARAÍSO

Loukas Christakis había aprendido a no confiar en nadie. La única excepción era su hermana, que iba a casarse. Y por eso permitió que Belle Andersen se instalase en su isla para confeccionar el vestido de novia.

Pero Belle resultó ser una inesperada tentación para Loukas. Lo que se suponía que iba a ser una aventura, tuvo consecuencias para ambos.

## ¡YA EN TU PUNTO DE VENTA!

# BIANCA™

# LYNN RAYE HARRIS

## EXTRAÑOS EN LAS DUNAS

Todos creían que Isabella, la esposa del jeque Adan, había muerto. Pero reapareció cuando él estaba a punto de contraer matrimonio con otra mujer y de convertirse en rey de su país.

Isabella tendría que ser su reina y compartir su trono del desierto y su cama real. Pero ya no era la joven pura y consciente de sus deberes de antaño, sino una mujer desafiante y seductora que excitaba a Adan; una mujer que no recordaba haber sido su esposa.

## CAUTIVA Y PROHIBIDA

La noticia de que Veronica St. Germaine, la popular y frívola diva del mundo del corazón, se había regenerado y estaba dispuesta a convertirse en soberana de un principado del Mediterráneo había revolucionado a todos los medios de comunicación.

N.º 491

El cargo exigía que el guardaespaldas Rajesh Vala la protegiese a toda costa. Pero Veronica no había sido nunca muy amiga de aceptar órdenes de nadie.

Él había decidido llevarla a su casa de la playa para que estuviera más segura, pero ella se sentía prisionera allí. Ambos habían comprendido desde el primer momento que la atracción mutua que había surgido entre ellos podría ser un problema…

## ¡YA EN TU PUNTO DE VENTA!

# BIANCA™

*La confesión al playboy italiano:*
*¡Eres el padre de mis gemelos!*

## EL SECRETO DE SCARLETT

### LYNNE GRAHAM

N.° 3134

A Scarlett Pearson le cambio la vida cuando descubrió que estaba embarazada de gemelos. Consciente de que el amor no formaba parte de los planes del multimillonario Aristide Angelico, decidió terminar la aventura que tenían. Sus hijos merecían mucho más.

Aristide no conseguía olvidar la intensa química que había compartido con Scarlett, ni el hecho de que ella hubiera terminado la relación. Al reunirse con ella dos años después, se sorprendió de que la pasión entre ellos continuará intacta. Decidido a recuperar el control, Aristide invitó a Scarlett a Italia y se quedó helado al descubrir su mayor secreto... ¡Y por el deseo de reclamar a su familia!

# BIANCA™

## BAJO EL EMBRUJO DEL SULTÁN

### CAITLIN CREWS

N.º 3135

Cuando Cleo Churchill se cruzó en el camino de Khaled bin Aziz, sultán de Jhurat, se quedó al instante hipnotizada por su físico de guerrero, su imponente presencia y su intensa mirada. ¿Pero qué podía querer un sultán de una mujer corriente como ella?

Cleo era exactamente lo que Khaled necesitaba: una esposa conveniente y hermosa que le ayudara a sacar a su país de la miseria. Para lograrlo, le ofrecería diamantes y riquezas, pero nada más.

# BIANCA

*Noticia de última hora:*
*¡Embarazada del multimillonario!*

## SEPARADOS POR LAS MENTIRAS

### ANNIE WEST

N.° 3136

La modelo Laura Bettany estaba trabajando cuando se quedó totalmente prendada del atractivo Vassili Thanos. Después de una vida de mentiras, Laura se sintió atraída por su honestidad cuando él le dijo claramente que no le gustaban los compromisos… hasta que se enteró de que él iba a casarse y de que ella estaba embarazada…

Vassili Thanos estaba furioso con su tío porque este se había inventado que Vassili estaba comprometido, y con Laura porque había dejado de responder a sus llamadas. Cuando leyó en la prensa que ella estaba embarazada, Vassili la buscó y comprobó que era cierto. Un matrimonio de conveniencia le aseguraría descendencia, pero le haría falta mucho más que un anillo para conseguir que Laura volviera a confiar en él…

## ¡YA EN TU PUNTO DE VENTA!

# BIANCA.

*La esposa de Ricci volvió...*
*para bien o para mal*

## RENDIDOS A LA PASIÓN EN VENECIA

ROSIE MAXWELL

BIANCA.
HARLEQUIN
ROSIE MAXWELL
RENDIDOS A LA PASIÓN EN VENECIA

N.º 3137

Cuando la esposa que lo había abandonado volvió para el funeral de un familiar, Domenico se indignó... especialmente consigo mismo. Después de la tortura que había supuesto su rechazo ¿cómo era posible que la encontrara irresistible? Aún más indignante fue la cláusula que su tía incluyó en el testamento, por la que, si quería conservar el palacete veneciano, debía seguir casado con Rae.

Rae había tenido que huir para evitar que la adoración que sentía por su marido acabara por eclipsar su identidad. Pero había cambiado, era mucho más fuerte, y se quedaría en Venecia para demostrarlo. Lo único que temía era no poder resistirse a la peligrosa química que había entre ellos...

## ¡YA EN TU PUNTO DE VENTA!

# BIANCA

**_Una decisión para siempre:_**
**_¿pasión o venganza?_**

VENGANZA
EN EL PARAÍSO

HEIDI RICE

N.º 3138

Roman Garner pasó de niño pobre a multimillonario. Sin embargo, ninguna cantidad de dinero podía calmar su odio hacia la familia que se negó a reconocerlo. Descubrir que un miembro de la familia Cade, Milly Devlin, había robado accidentalmente su lancha podría servirle de ventaja.

Navegando a toda velocidad hacia su isla privada en el golfo de Nápoles, Roman no contaba con la capacidad de Milly para desarmarlo con su vulnerabilidad, emocionarlo con su deseo... y desafiarlo a cada paso.

¿Pero sería posible igualar el marcador si se acostaba con el enemigo?

# BIANCA.

*No todo lo que reluce... es oro*

## BELLEZA MANCILLADA

### SHARON KENDRICK

N.º 3139

Ciro D'Angelo era un despiadado hombre de negocios que reconocía una oportunidad en cuanto la veía, y Lily Scott, con su dulce vulnerabilidad y antiguos valores, era la esposa que necesitaba. Todo lo contrario a las cazafortunas que lo habían perseguido durante toda su vida.

Pero, en su noche de bodas, Ciro se dio cuenta de que Lily no era tan pura como él había esperado, y se preguntó si no sería tan interesada como las demás. Al parecer, su matrimonio había terminado antes de empezar, pero Lily ya era la señora D'Angelo y no había marcha atrás.